Für meine Familie

BRIT
BENNETT

DIE VERSCHWINDENDE HÄLFTE

Roman

Aus dem Englischen
von Isabel Bogdan
und Robin Detje

ROWOHLT TASCHENBUCH VERLAG

Die Originalausgabe erschien 2020 unter dem Titel
«The Vanishing Half» bei Riverhead Books, New York.

2. Auflage August 2022

Veröffentlicht im Rowohlt Taschenbuch Verlag, Hamburg, April 2022

Covergestaltung any.way, Barbara Hanke / Cordula Schmidt,
nach dem Original von Penguin Random House
Coverabbildung Lauren Peters-Collaer
Satz aus der Karmina
bei Pinkuin Satz und Datentechnik, Berlin
Druck und Bindung GGP Media GmbH, Pößneck, Germany
ISBN 978-3-499-00257-1

Die Rowohlt Verlage haben sich zu einer nachhaltigen Buchproduktion verpflichtet. Gemeinsam mit unseren Partnern und Lieferanten setzen wir uns für eine klimaneutrale Buchproduktion ein, die den Erwerb von Klimazertifikaten zur Kompensation des CO_2-Ausstoßes einschließt.
www.klimaneutralerverlag.de

FSC www.fsc.org
MIX
Papier aus verantwortungsvollen Quellen
FSC® C014496

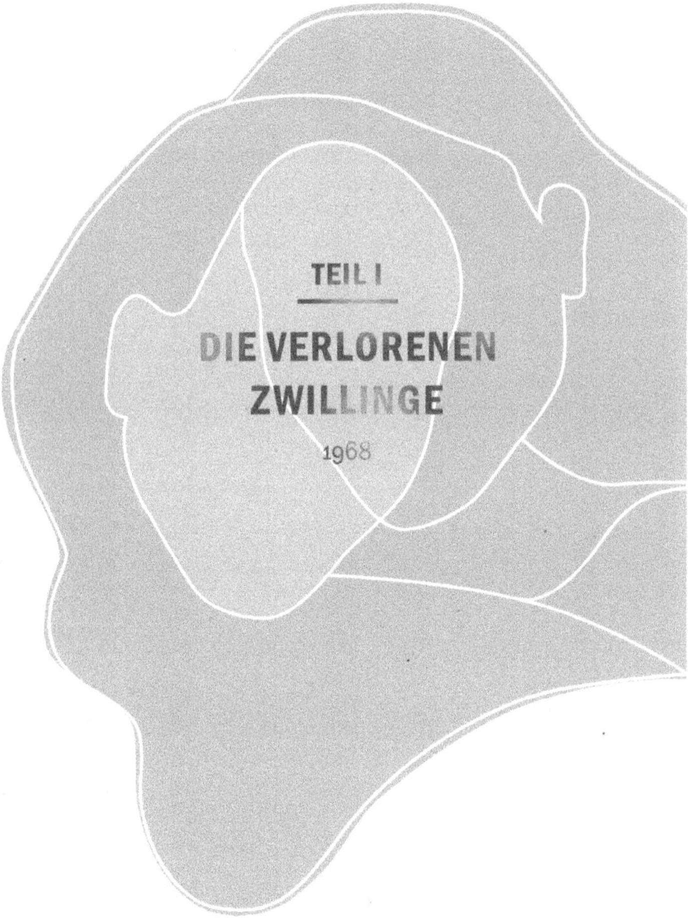

TEIL I

DIE VERLORENEN ZWILLINGE

1968

EINS

An dem Vormittag, als einer der verlorenen Zwillinge nach Mallard zurückkehrte, kam Lou Lebon mit der Nachricht ins Diner gelaufen, und selbst heute noch, viele Jahre später, können sich alle an den Schock erinnern, als der schweißnasse Lou sich durch die Glastüren drängte, schwer atmend, um den Hals herum dunkel angelaufen vor lauter Anstrengung. Die Gäste, die noch nicht ganz wach gewesen waren, zeterten um ihn herum, es waren an die zehn, obwohl später viele lügen und behaupten würden, sie wären auch dabei gewesen, um so zu tun, als hätten sie ein Mal etwas wirklich Aufregendes erlebt. In dieser kleinen Ackerbürgerstadt geschah nie etwas Überraschendes, nicht seit die Vignes-Zwillinge zehn Jahre zuvor verschwunden waren. Aber an jenem Vormittag im April 1968 entdeckte Lou auf dem Weg zur Arbeit Desiree Vignes, wie sie die Partridge Road herunterspazierte, einen kleinen Lederkoffer in der Hand. Sie sah noch genauso aus wie damals, als sie mit sechzehn verschwunden war – der Teint noch immer hell, von der Farbe angefeuchteten Sandes. Ihre schmale Gestalt erinnerte ihn an einen vom Wind durchgeschüttelten Ast. Sie hatte es eilig, ging mit gesenktem Kopf, und – hier legte Lou geschickt eine Kunstpause ein – an der Hand hielt sie ein kleines Mädchen, das acht Jahre alt sein mochte. Es war rabenschwarz.

«Blauschwarz», sagte er. «Wie frisch aus Afrika eingeflogen.»

In Lou's Egg House hoben ein Dutzend Gespräche gleichzeitig an. Der Koch bezweifelte, dass es wirklich Desiree gewesen war, schließlich wurde Lou im Mai sechzig und war noch immer zu eitel, seine Brille zu tragen. Die Kellnerin war überzeugt, dass sie es doch war – die Vignes-Schwestern konnte man selbst als Blinder sehen und auch, dass es nicht die andere von beiden gewesen war. Den Gästen, die Spiegelei und Grütze auf dem Tresen stehen ließen, war dieses Vignes-Theater egal – aber wo kam denn bitte das dunkelhäutige kleine Mädchen her? War das am Ende Desirees?

«Wessen Kind soll es denn sonst sein?», sagte Lou. Er schnappte sich eine Handvoll Papierservietten und tupfte sich den Schweiß von der Stirn.

«Ein Waisenkind vielleicht, zur Pflege.»

«Ich kann mir nicht vorstellen, dass aus Desiree etwas so Schwarzes rauskommt.»

«Glaubst du, Desiree schafft sich Pflegekinder an?»

Natürlich nicht. Desiree war ein selbstsüchtiges Mädchen. Wenn sie überhaupt noch etwas von ihr wussten, dann das, und an viel mehr erinnerten die meisten sich nicht. Die Zwillinge waren jetzt Jahre fort, fast genauso lange, wie man sie überhaupt gekannt hatte. Nach dem Stadtgründerfest hatten sie sich aus dem Bett geschlichen, während nebenan die Mutter schlief. Den einen Tag drängelten die Zwillinge sich noch vor dem Badezimmerspiegel, vier identische Mädchen, ganz mit ihren Haaren beschäftigt. Am anderen Morgen war das Bett leer, die Decke zurückgeschlagen wie immer, straff auf Stellas und zerknautscht auf Desirees Seite. Der Ort suchte den ganzen Vormittag nach ihnen, rief in den Wäldern ihre Namen, fragte sich töricht, ob sie entführt worden waren. Ihr Verschwinden kam so plötzlich wie die Entrückung, und auf einen Schlag waren alle Sünder von Mallard allein.

Die Wahrheit war natürlich weder mystisch noch geheimnisvoll; die Zwillinge tauchten bald in New Orleans wieder auf, einfach selbstsüchtige Mädchen, die sich vor der Verantwortung davongestohlen hatten. Sie würden nicht lange fortbleiben. Das Stadtleben würde sie mürbe machen. Das Geld würde ihnen ausgehen und auch die Unverfrorenheit, und bald würden sie der Mutter wieder schniefend am Rock hängen. Aber sie kamen nicht zurück. Stattdessen zerstreuten die Zwillinge sich nach einem Jahr und lebten ihre Leben so säuberlich getrennt, wie sie einst das Ei geteilt hatten. Stella wurde weiß, und Desiree heiratete den dunkelsten Mann, den sie finden konnte.

Nun war sie zurück, warum, wusste allein der Herr. Heimweh vielleicht. Sehnsucht nach der Mutter, nach all den Jahren, oder weil sie mit ihrem dunkelhäutigen Kind angeben wollte. In Mallard heiratete man nicht schwarz. Man zog auch nicht weg, aber das hatte Desiree ja schon getan. Nur dann auch noch einen dunkelhäutigen Mann heiraten und dessen blauschwarzes Kind durch die Stadt schleifen – das ging zu weit.

Die Versammlung in Lou's Egg House löste sich auf, der Koch zog sich das Haarnetz über, die Kellnerin zählte auf dem Tisch das Kleingeld, Männer in Overalls schlürften ihren Kaffee, bevor es hinaus in die Raffinerie ging. Lou lehnte sich an das schmutzige Fenster und starrte auf die Straße. Eigentlich musste er Adele Vignes anrufen. Von der eigenen Tochter so überfallen zu werden, nach allem, was sie durchgemacht hatte, das war nicht in Ordnung. Und dann noch dieses dunkle Kind. Mein Gott. Er griff nach dem Telefon.

«Glaubst du, sie will sich hier niederlassen?», fragte der Koch.

«Wer weiß? Sie schien es jedenfalls eilig zu haben», sagte Lou. «Wo sie wohl so schnell hinwollte?»

«Hochnäsig ist sie. Völlig ohne Grund.»

«Mein Gott», sagte Lou. «Ich habe noch nie ein so schwarzes Kind gesehen.»

Ein seltsamer Ort.

Mallard, benannt nach den Enten, die in den Sümpfen und Reisfeldern lebten. Eine Stadt, die, wie alle anderen auch, mehr Gedanke und Vorstellung war als Ort. Gedanke und Vorstellung Alphonse Decuirs, wie er im Jahr 1848 auf den Zuckerrohrfeldern stand, geerbt von seinem Vater, dem auch er einst gehört hatte. Nun, da der Vater tot und er befreit war, wollte der Sohn auf diesem Land etwas bauen, das die Jahrhunderte überdauerte. Eine Stadt für Menschen wie ihn, die nie als Weiße akzeptiert werden würden und sich trotzdem nicht wie Negroes behandeln lassen wollten. Einen dritten Ort. Seiner Mutter, Friede ihrer Asche, war seine Hellhäutigkeit verhasst gewesen; als Kind hatte sie ihn in die Sonne gestoßen und ihn angefleht, doch nachzudunkeln. Vielleicht hatte ihn das von der Stadt träumen lassen. Hellhäutigkeit war, wie alles zu einem hohen Preis Ererbte, ein Geschenk, das einsam machte. Er heiratete eine Mulattin, die noch hellhäutiger war als er. Sie war zum ersten Mal schwanger, und er stellte sich die Kinder seiner Kindeskinder noch lichter vor, wie eine Tasse Kaffee, die man immer weiter mit Sahne verdünnt. Immer perfektere Negroes. Eine Generation hellhäutiger als die andere.

Bald kamen mehr dazu. Bald waren Gedanke und Ort untrennbar miteinander verbunden, und Mallard wurde im Rest des Bezirks St. Landry zum Begriff. Farbige erzählten sich staunend davon. Weiße konnten nicht glauben, dass es die Stadt gab. Als im Jahr 1938 die Kirche St. Catherines erbaut wurde, schickte die Diözese einen jungen Priester aus Dublin, der sich bei seiner Ankunft verloren fühlte. Hatte der Bischof ihm nicht gesagt, Mallard sei eine Farbigenstadt? Wer waren dann diese Leute, die dort herumliefen? Hell und blond und rothaarig, der Schwärzeste von ihnen nicht dunkelhäutiger als ein Grieche. Galt das etwa in Amerika, wo die Weißen unter sich bleiben wollten, als farbig? Wie sollte man überhaupt den Unterschied erkennen?

Als die Vignes-Zwillinge geboren wurden, war Alphonse Decuir schon lange tot. Aber seine Urururenkelinnen trugen sein Erbe weiter, ob sie wollten oder nicht. Sogar Desiree, die vor jedem Stadtgründerpicknick jammerte und die Augen verdrehte, wenn der Gründer in der Schule zur Sprache kam, so als hätte das alles nichts mit ihr zu tun. So behielt man sie in Erinnerung, als die Zwillinge verschwunden waren: Desiree, die nie hatte dazugehören wollen und ihr Geburtsrecht verleugnete. Die glaubte, man könne die Geschichte abschütteln wie eine Hand auf der Schulter. Eine Stadt konnte man hinter sich lassen, aber nicht sein eigen Blut. Aber die Vignes-Zwillinge glaubten wohl irgendwie, beides zu schaffen.

Und dennoch, wenn Alphonse Decuir durch den Ort geschlendert wäre, der einst seine Idee gewesen war, hätte der Anblick seiner Urururenkelinnen ihn entzückt. Zwillinge mit sahniger Haut, Haselnussaugen, lockigem Haar. Jedes Kind ein wenig vollkommener als die Eltern – was könnte herrlicher sein?

Die Vignes-Zwillinge verschwanden am 14. August 1954, gleich nach dem Stadtgründerfest, was, wie später allen klarwurde, ihr langgehegter Plan gewesen war. Stella, die Schlaue, hatte bestimmt vorhergesehen, dass die Stadt abgelenkt sein würde. Müde vom langen Grillen in der Sonne auf dem Platz, wo Willie Lee, der Schlachter, Gestelle mit Rippchen, Ochsenbrust und Würstchen räucherte. Nach dem Räuchern kam die Rede von Bürgermeister Fontenot, die Segnung des Essens durch Pfarrer Cavanaugh; die Kinder wurden schon zappelig und pickten sich Fetzen knuspriger Hühnchenhaut von den Tellern, die ihre betenden Eltern in Händen hielten. Ein langer, festlicher Nachmittag mit Blasmusik, am Abend dann Tanz in der Turnhalle, und nach ein paar Stunden auf der Tanzfläche, die die Altvorderen zart wieder mit ihrem jüngeren Selbst vertraut gemacht hatten, und ein paar Gläsern zu viel von Trinity Thierrys Punsch torkelten sie heim.

In jeder anderen Nacht hätte Sal Delafosse vielleicht aus dem Fenster geblickt und die zwei Mädchen im Mondschein gesehen. Adele Vignes hätte die Dielen knarren hören. Selbst Lou Lebon hätte die Zwillinge vielleicht durch die beschlagenen Fenster erspäht, als er sein Diner zumachte. Aber am Stadtgründertag war Lou's Egg House lang schon geschlossen. Sal hatte einen Anfall von Rüstigkeit und schaukelte sich mit seiner Frau in den Schlaf. Adele schnarchte punschselig und träumte von einem Tanz mit ihrem Mann, damals auf dem Schulball. Niemand sah, wie die Zwillinge sich davonschlichen, genau wie geplant.

Mädchen, die eine verlassene Landstraße entlanghuschten, mit zwei kleinen Taschen. Mädchen, die sich ganz außer Atem umdrehten und glaubten, die Scheinwerfer herannahender Autos zu sehen. Es war keineswegs Stellas Einfall gewesen – Desiree hatte in diesem letzten Sommer beschlossen, nach dem Picknick wegzulaufen. Was vielleicht nicht verwunderlich war. Hatte sie nicht seit Jahren jedem, der es wissen wollte, erzählt, sie könne es nicht erwarten, aus Mallard wegzukommen? Vor allem Stella, die sie gewähren ließ, mit der Geduld derer, die an Wahnvorstellungen dieser Art schon lange gewöhnt sind. Mallard zu verlassen, das war für Stella so phantastisch wie nach China zu fliegen. Technisch möglich, was nicht bedeutete, dass sie sich auch nur ansatzweise vorstellen konnte, es zu tun. Desiree aber hatte seit Jahren laut vom Leben jenseits dieses Bauerndorfs geträumt. Als sie in Opelousas *Ein Herz und eine Krone* im Kino sahen, konnte sie bei dem ganzen Lärm der anderen farbigen Kinder auf der Empore, die vor Langeweile die Weißen im Parkett wild mit Popcorn bewarfen, kaum die Dialoge verstehen. Aber sie drückte sich fasziniert ans Geländer und sah sich selbst über den Wolken auf einen fernen Ort wie Paris oder Rom zugleiten. Nicht einmal in New Orleans war sie je gewesen, nur zwei Stunden entfernt.

«Rohheit ist alles, was dich da draußen erwartet», pflegte ihre Mutter immer zu sagen, was Desiree natürlich nur noch weiter anstachelte. Die Zwillinge kannten ein Mädchen namens Farrah Thibodeaux, das vor einem Jahr in die Stadt geflüchtet war, und das hatte so einfach geklungen. Wie schwierig konnte es sein abzuhauen, wenn Farrah es geschafft hatte, die nur ein Jahr älter war als sie? Desiree malte sich aus, wie sie in die Stadt entkam und Schauspielerin wurde. Sie hatte nur ein Mal in einer Theateraufführung die Hauptrolle gespielt – *Romeo und Julia*, neunte Klasse –, aber als sie die Bühne für sich gehabt hatte, war es ihr kurz so vorgekommen, als wäre Mallard nicht der ödeste Ort Amerikas. Die ganze Klasse jubelte ihr zu, Stella war in den Schatten der Turnhalle verschwunden, und Desiree fühlte sich endlich ganz wie sie selbst, nicht wie ein Zwilling, nicht wie eine Hälfte, der die andere fehlte. Aber im Jahr darauf ging die Rolle der Viola in *Was ihr wollt* nicht an sie, sondern an die Tochter des Bürgermeisters, der in letzter Sekunde der Schule eine Schenkung gemacht hatte, und nach einem Abend des Schmollens auf der Seitenbühne, während Mary Lou Fontenot strahlend in die Menge winkte, erklärte Desiree ihrer Schwester, sie könne nicht mehr länger warten und müsse raus aus Mallard.

«Das sagst du immer», antwortete Stella.

«Weil es immer stimmt.»

Es stimmte aber nicht ganz. Sie hasste Mallard nicht, der Ort war einfach so eng, dass sie sich in der Falle fühlte. Ihr Leben lang hatte sie dieselben Feldwege abgelaufen; sie hatte ihre Initialen auf die Unterseite von Schultischen geritzt, an denen schon ihre Mutter gesessen hatte und an denen eines Tages ihre Kinder sitzen und die Scharten mit den Fingern entlangfahren würden. Und die Schule war im selben Haus wie von alters her, alle Jahrgänge unter einem Dach, sodass selbst der Aufstieg in die Mallard High School sich nicht wie ein Aufstieg anfühlte, es war einfach ein Umzug auf die andere Seite des Flurs. Vielleicht hätte sie das alles ertragen, wenn nicht alle so von der Hellhäutigkeit besessen gewesen wären: Syl Guillory und Jack Richard, die sich beim Friseur darum stritten, wessen Ehefrau den helleren Teint hatte, oder ihre Mutter, die sie nicht ohne Kopfbedeckung nach draußen lassen wollte, oder Menschen, die an lachhafte Dinge glaubten, zum Beispiel, dass Kaffeetrinken oder Schokoladeessen in der Schwangerschaft ein Baby dunkelhäutig werden ließen. Die Haut ihres Vaters war so hell gewesen, dass sie an einem kalten Morgen die blauen Venen sah, wenn sie seinen Arm umdrehte. Nur hatte das keine Rolle gespielt, als die Weißen ihn holen kamen. Wie sollte sie da noch mit Hellhäutigkeit etwas am Hut haben?

Sie konnte sich inzwischen kaum noch an ihren Vater erinnern; das machte ihr ein wenig Angst. Das Leben vor seinem Tod kam ihr vor wie eine Geschichte, die sie erzählt bekommen hatte. Aus einer Zeit, als Mutter noch nicht bei Sonnenaufgang aufgestanden war, um mit dem Bus in die Häuser von Weißen zu fahren, als sie an den Wochenenden noch nicht zu Hause Wäsche angenommen und im Wohnzimmer kreuz und quer Wäscheleinen gespannt hatte. Die Zwillinge hatten immer gern zwischen den Steppdecken und Laken Verstecken gespielt, bis Desiree merkte, wie erniedrigend es war, immer die schmutzigen Sachen von Fremden im eigenen Heim zu haben.

«Wenn das so ist, dann solltest du etwas dagegen unternehmen», sagte Stella.

Sie dachte immer ganz praktisch. Sonntagabends bügelte Stella ihre Wäsche für die ganze Woche, anders als Desiree, die jeden Morgen auf der Jagd nach einem sauberen Kleid war und noch die Hausaufgaben fertig machen musste, die zerknittert unten in der Schultasche lagen. Stella ging gern zur Schule. Ihre Mathe-Noten waren schon in der Vorschule hervorragend gewesen, und in der zehnten Klasse ließ Mrs. Belton sie sogar ein paar Stunden lang die Jüngeren unterrichten. Sie hatte Stella ein zerlesenes Lehrbuch zur Infinitesimalrechnung gegeben, aus ihrer eigenen Zeit am Spelman College in Atlanta, und Stella lag wochenlang im Bett und versuchte, die seltsamen Formen und langen Ketten aus Zahlen und Klammern zu entschlüsseln. Desiree hatte das Buch auch einmal durchgeblättert, aber die Gleichungen lagen vor ihr wie Hieroglyphen, und Stella schnappte es ihr wieder weg, als hätte Desiree es schon durch ihre Blicke irgendwie besudelt.

Stella wollte irgendwann selbst Lehrerin an der Mallard High werden. Aber wenn Desiree sich eine Zukunft in Mallard ausmalte, wo das Leben einfach immer so weiterging, wurde es ihr eng um die Brust. Und wenn sie davon sprach, die Stadt zu verlassen, wollte Stella davon nichts wissen.

«Wir können Mama nicht allein lassen», sagte sie dann immer, und die zurechtgewiesene Desiree schwieg. *Sie hat schon so viel verloren*, das war der Teil, der nie ausgesprochen werden musste.

Am letzten Tag der zehnten Klasse kehrte ihre Mutter von der Arbeit heim und erklärte, dass die Zwillinge im Herbst nicht wieder in die Schule gehen würden. Sie hätten Schulbildung genug, sagte sie und ließ sich vorsichtig auf das Sofa sinken, um die schmerzenden Füße auszuruhen, und jetzt müssten sie arbeiten gehen. Da waren die Zwillinge sechzehn, und sie waren entsetzt, obwohl Stella vielleicht hätte auffallen können, dass immer mehr Rechnungen kamen, und Desiree sich hätte fragen sollen, warum ihre Mutter sie allein im vergangenen Monat zweimal zu Fontenot geschickt hatte, um einen höheren Kredit zu erbitten. Aber jetzt starrten die Mädchen einander schweigend an, während ihre Mutter sich die Schuhe auszog. Stella sah aus, als hätte man ihr einen Schlag in den Magen versetzt.

«Aber ich kann arbeiten und trotzdem zur Schule gehen», sagte sie. «Das kriege ich hin.»

«Das geht nicht, mein Schatz», sagte ihre Mutter. «Du musst tagsüber hier sein. Du weißt, dass ich das nicht tun würde, wenn es nicht nötig wäre.»

«Ich weiß, aber ...»

«Und Nancy Belton hat dich sogar schon selbst unterrichten lassen. Was willst du da noch lernen?»

Sie hatte ihnen schon Arbeit in Opelousas gefunden, und am nächsten Morgen sollten sie als Putzfrauen anfangen. Desiree hasste es, ihrer Mutter beim Putzen zu helfen. Die Hände in schmutziges Abwaschwasser zu tauchen, sich über Wischtücher zu beugen und zu wissen, dass auch ihre Finger irgendwann dick und rau sein würden, weil sie den Weißen die Kleider schrubbte. Aber wenigstens keine Klassenarbeiten mehr, kein Lesen und Pauken, keine gähnende Langeweile beim Anhören von Referaten. Sie war jetzt erwachsen. Endlich begann das richtige Leben. Trotzdem schwieg sie bedrückt, als sie zu kochen anfingen und Stella in der Spüle die Karotten putzte.

«Ich habe gedacht ...», sagte sie. «Ich glaube, ich dachte ...»

Sie wollte eines Tages aufs College gehen, und natürlich würde sie auf das Spelman oder die Howard University können, oder wohin sie auch wollte. Der Gedanke hatte Desiree immer erschreckt – dass Stella ohne sie nach Atlanta ziehen könnte oder nach Washington, D.C. Ein winziges Stück weit war sie erleichtert; jetzt würde Stella sie nicht mehr verlassen können. Dass ihre Schwester traurig war, sah sie trotzdem nicht gern.

«Du kannst ja trotzdem hin», sagte Desiree. «Später, meine ich.»

«Wie denn? Man braucht einen Highschool-Abschluss.»

«Den kannst du auch später machen. Abendschule oder so. Schaffst du ganz schnell, das weiß ich jetzt schon.»

Stella verfiel wieder in Schweigen und schnitt die Karotten für den Eintopf. Sie wusste, wie verzweifelt ihre Mutter war, und würde sich nie offen gegen ihre Entscheidung stellen.

Aber sie war so fassungslos, dass ihr das Messer ausrutschte und sie sich in den Finger schnitt.

«Scheiße!», flüsterte sie so laut, dass Desiree neben ihr zusammenzuckte. Stella fluchte kaum und noch seltener, wenn ihre Mutter mithören konnte. Sie ließ das Messer fallen, und aus ihrem Zeigefinger floss ein dünnes Rinnsal Blut. Ohne nachzudenken, nahm Desiree Stellas Finger in den Mund, wie früher, als sie klein waren, wenn Stella nicht aufhören wollte zu weinen. Sie wusste, dass sie jetzt viel zu alt dafür waren, und trotzdem behielt sie Stellas Finger im Mund, mitsamt dem metallischen Blutgeschmack.

«Wie eklig», sagte Stella, ohne den Finger wegzuziehen.

Den ganzen Sommer lang fuhren die Zwillinge morgens mit dem Bus nach Opelousas und meldeten sich in einem riesigen weißen Haus, verborgen hinter Eisentoren mit weißen Marmorlöwen darauf, zum Dienst. Der Anblick war so theatralisch und absurd, dass Desiree am ersten Tag in Gelächter ausbrach, aber Stella war auf der Hut, als könnten die Löwen jeden Augenblick zum Leben erwachen und sie zerfleischen. Die Mutter hatte ihnen gesagt, dass die Familie reich und weiß sei. Aber mit einem Haus wie diesem hatte Desiree nicht gerechnet: mit einem Kristallglas-Lüster an der Decke, die so hoch war, dass sie ganz nach oben auf die Leiter klettern musste, um ihn abzustauben; einer langen Wendeltreppe, auf der ihr schwindelig wurde, wenn sie das Geländer mit einem Putztuch entlangfuhr; einer großen Küche, in der sie an Geräten vorbeifeudelte, die so futuristisch und neu aussahen, dass sie nicht hätte sagen können, wie man sie benutzte.

Manchmal verlor sie Stella aus den Augen und musste nach ihr suchen. Sie wollte sie rufen, aber sie hatte Angst, ihr Name würde von der Decke widerhallen. Einmal hatte sie Stella beim Polieren der Kommode im Schlafzimmer entdeckt, versunken in ihren Anblick im Schminkspiegel, vor dem winzige Cremedöschen aufgereiht waren. Sie sah wehmütig aus, als wollte sie sich dort hinsetzen, auf das edle Bänkchen, und sich mit duftender Handcreme einreiben, so wie vielleicht Audrey Hepburn. Sich selbst bewundern – als lebte sie in einer Welt, in der Frauen so etwas taten. Aber dann war Desiree hinter ihr im Spiegel aufgetaucht, und Stella senkte den Blick, beinahe verschämt, weil sie dabei ertappt worden war, sich überhaupt nach etwas zu sehnen.

Die Familie hieß Dupont. Eine Frau mit federzarten blonden Haaren, die den ganzen Nachmittag über herumsaß, gelangweilt, mit schweren Augenlidern. Ein Mann, der bei der St. Landry Bank & Trust arbeitete. Zwei Jungen, die einander vor dem Farbfernseher herumschubsten – Desiree hatte noch nie einen gesehen und stand gebannt da, während grünes Gras den Bildschirm füllte –, und ein zu Koliken neigendes, kahlköpfiges Baby. Mrs. Dupont wirkte ständig erschöpft, obwohl sie nie wirklich etwas zu tun schien. Am ersten Tag sah sie sich die Zwillinge kurz von Kopf bis Fuß an und sagte dann geistesabwesend zu ihrem Mann: «So hübsch, die Mädchen. Ganz hellhäutig, nicht wahr?»

Mr. Dupont nickte nur. Er war unbeholfen, tollpatschig und trug eine Brille mit so dicken Gläsern, dass seine Augen klein wie Stecknadelköpfe wirkten. Immer wenn er an Desiree vorbeikam, legte er fragend den Kopf schief.

«Welche bist du gleich wieder?», sagte er dann.

«Stella», antwortete sie dann manchmal, aus Spaß. Sie war schon immer eine hervorragende Lügnerin gewesen. Der einzige Unterschied zwischen Lügen und Schauspielen war schließlich, dass beim Schauspielen das Publikum eingeweiht war; Theater war beides. Stella dagegen wollte nie die Rollen tauschen, sie glaubte fest, dass sie erwischt werden würden. Aber das Lügen – oder Schauspielen – funktionierte nur, wenn man ganz dabei war.

Desiree hatte Jahre damit zugebracht, Stella zu studieren. Wie sie mit ihrem Rocksaum spielte, wie sie sich die Haare hinter die Ohren strich oder zögernd aufblickte, bevor sie hallo sagte. Sie konnte ihre Schwester spiegeln, ihre Stimme nachahmen, im eigenen Körper die Schwester sein. Sie hielt sich für etwas Besonderes – sie konnte so tun, als wäre sie Stella, aber Stella konnte niemals Desiree sein.

Den ganzen Sommer über bekam man die Mädchen kaum noch zu Gesicht. Keine Zwillinge mehr, die über die Partridge Road spazierten, sich bei Lou an den Tisch ganz hinten quetschten oder mit den anderen Mädchen zum Football-Feld gingen, um den Jungen beim Training zuzugucken. Allmorgendlich verschwanden sie im Haus der Duponts und kamen abends wieder heraus, erschöpft und mit geschwollenen Füßen. Auf dem Heimweg lehnte Desiree sich im Bus ans Fenster. Der Sommer war fast vergangen, und ihr graute vor dem Herbst: Badezimmerböden wischen, während ihre Freundinnen im Speisesaal tratschten und den Schulball planten. Würde ihr ganzes Leben so aussehen? An ein Haus gefesselt, das sie verschluckte, sobald sie den Fuß über die Schwelle setzte?

Einen Ausweg gab es. Das wusste sie – sie hatte es immer gewusst –, aber ab August saß New Orleans ihr gnadenlos im Kopf. Als sie am Morgen des Stadtgründerfests mit der Aussicht aufgewacht war, wieder ins Haus der Duponts zu müssen, stieß sie Stella neben sich an und sagte: «Auf geht's.»

Stella ächzte und warf sich im Bett herum, die Füße in der Decke verknotet. Sie war im Schlaf schon immer wild gewesen und neigte zu Albträumen, über die sie nicht reden wollte.

«Wohin?», fragte Stella.

«Du weißt, wohin. Ich habe keine Lust mehr, nur darüber zu reden. Auf geht's.»

Sie hatte das Gefühl, dass sich ein Notausgang vor ihr aufgetan hatte, und wenn sie noch länger wartete, schloss er sich vielleicht für immer. Aber ohne Stella konnte sie nicht fort. Sie war nie ohne ihre Schwester gewesen, und ein Teil von ihr war sich nicht sicher, dass sie eine Trennung überstehen konnte.

«Komm schon», sagte sie. «Willst du etwa dein Leben lang den Duponts hinterherputzen?»

Was für Stella am Ende den Ausschlag gab, würde sie nie wirklich wissen. Vielleicht langweilte ihre Schwester sich genauso wie sie. Vielleicht war Stella, praktisch, wie sie war, klargeworden, dass sie in New Orleans mehr Geld verdienen und Mutter besser helfen konnte, wenn sie es ihr nach Hause schickte. Vielleicht aber hatte sie auch gesehen, wie der Notausgang sich langsam wieder schloss, und erkannt, dass es alles, was sie wollte, nur außerhalb von Mallard gab. Aber war es nicht egal, warum sie ihre Meinung änderte? Was zählte, war nur, dass Stella endlich sagte: «Okay.»

Den ganzen Nachmittag über hingen die Zwillinge beim Stadtgründerpicknick herum, und Desiree hatte das Gefühl, sie würde platzen, so schwer war es, das Geheimnis für sich zu behalten. Stella dagegen wirkte ruhig wie immer. Sie war der einzige Mensch, dem Desiree ihre Geheimnisse je anvertraut hatte. Stella wusste von den Klassenarbeiten, die Desiree verhauen hatte, und wie sie die Unterschrift ihrer Mutter auf der Rückseite gefälscht hatte, anstatt sie ihr zu zeigen. Sie wusste alles über den Krimskrams, den Desiree im Geschäft der Fontenots geklaut hatte – ein paar Knöpfe, einen Lippenstift, einen silbernen Manschettenknopf –, einfach so, weil es ihr, wenn die Tochter des Bürgermeisters vorüberflatterte, guttat zu wissen, dass sie ihr etwas weggenommen hatte. Stella hörte zu, gab manchmal ihr Urteil ab, verriet sie aber nie, und das war das Wichtigste. Stella ein Geheimnis zu verraten war, wie es in ein Glas zu sprechen, das man dann fest verschloss. Nichts kam mehr heraus. Sie hatte sich nur nie vorstellen können, dass Stella ihre eigenen Geheimnisse hatte.

Als die Vignes-Zwillinge Mallard verlassen hatten, trat der Fluss über die Ufer und verwandelte alle Wege in Schlamm. Wenn sie einen Tag später aufgebrochen wären, hätte das Unwetter sie ans Licht gespült. Wenn nicht der Regen, dann der Schlamm. Auf der Partridge Road hätten sie sich auf halbem Weg gedacht: Vergiss es. Sie waren keine abgehärteten Mädchen. Sie hätten niemals fünf Meilen auf einer schlammigen Landstraße überstanden – sie wären nach Hause gekommen, völlig durchnässt, und wieder in ihr Bett gekrochen. Desiree hätte eingestanden, dass sie unbesonnen gewesen war, und Stella hätte behauptet, sie wäre aus Loyalität mitgegangen. Aber in jener Nacht regnete es nicht. Der Himmel war klar, als die Zwillinge von zu Hause weggingen, ohne einen Blick zurück.

An dem Vormittag, als Desiree zurückkam, verlief sie sich halb auf dem Weg zum Haus ihrer Mutter. Sich halb zu verlaufen war schlimmer als ganz – es war unmöglich zu sagen, welcher Teil von dir den Weg wusste. Die Partridge Road führte in den Wald, und dann? In welche Richtung am Fluss? Wenn man nach langer Zeit zurückkam, sah eine Stadt verändert aus, wie ein Haus, in dem die Möbel um drei Zentimeter verrückt worden waren. Man hält es nicht plötzlich für das Haus eines Fremden, aber man schlägt sich ständig an den Kanten die Schienbeine an. Am Waldrand machte sie halt, überwältigt von der endlosen Masse der Kiefern. Sie rückte sich das Halstuch zurecht. Durch das hauchdünne blaue Tuch konnte man den Bluterguss kaum noch sehen.

«Mama?», sagte Jude. «Sind wir bald da?»

Sie sah mit großen Augen zu ihr auf und ähnelte Sam so sehr, dass Desiree den Blick abwenden musste.

«Ja», sagte sie. «Ganz bald.»

«Wie lange noch?»

«Nur noch ein bisschen, Kleines. Gleich hinter dem Wald. Mama muss sich nur orientieren, weißt du.»

Als Sam sie das erste Mal geschlagen hatte, war ihr die Rückkehr in den Kopf gekommen. Da waren sie drei Jahre verheiratet gewesen, aber sie kam sich noch immer vor wie in den Flitterwochen. Wenn Sam ihr Zuckerguss vom Finger leckte oder ihr den Nacken küsste, wenn sie für den Lippenstift eine Schnute zog, erschauderte sie. Washington, D.C., war langsam eine Art Heimat geworden, und sie konnte sich vorstellen, dort den Rest eines Lebens ohne Stella zu verbringen. Dann, eines Frühlingsabends vor sechs Jahren, hatte sie vergessen, ihm einen Knopf anzunähen, und als er sie daran erinnerte, hatte sie gesagt, sie sei mit dem Abendessen beschäftigt, er solle es selber machen. Sie war müde von der Arbeit; aus dem Wohnzimmer hörte sie schon die Ed Sullivan Show, Diahann Carroll trällerte «It had to be you». Sie schob das Hühnchen in den Ofen, und als sie sich umdrehte, klatschte Sam ihr scharf die Hand auf den Mund. Sie war vierundzwanzig Jahre alt. Noch nie hatte ihr jemand ins Gesicht geschlagen.

«Lass ihn sitzen», riet ihre Freundin Roberta ihr am Telefon. «Wenn du bleibst, glaubt er, dass er damit durchkommt.»

«So einfach ist das nicht», sagte Desiree. Sie warf einen Blick in Richtung Kinderzimmer und legte die Hand an die geschwollene Lippe. Plötzlich hatte sie Stellas Gesicht vor Augen – ihr eigenes, unverletzt.

«Warum nicht?», sagte Roberta. «Du liebst ihn? Und er liebt dich so sehr, dass er dir den Kopf von den Schultern haut?»

«So schlimm war es nicht», sagte sie.

«Willst du abwarten, bis es so schlimm ist?»

Als Desiree den Mut zu gehen fand, hatte sie lange nicht mit Stella gesprochen, nicht seitdem die Schwester die Seiten gewechselt hatte. Sie wusste nicht, wie sie sie erreichen sollte, nicht einmal, wo sie jetzt wohnte. Aber als sie sich ihren Weg durch die Union Station bahnte, die verwirrte Tochter an der Hand, wollte sie nichts anderes als ihre Schwester anrufen. Stunden zuvor, als sie gerade wieder stritten, hatte Sam sie an der Kehle gepackt und seine Pistole auf ihr Gesicht gerichtet, mit einem Blick, so leuchtend wie beim ersten Kuss. Irgendwann würde er sie umbringen. Das blieb ihr bewusst, auch als er sie losgelassen und sie sich keuchend von ihm weggedreht hatte. An diesem Abend tat sie, als würde sie neben ihm einschlafen, dann packte sie, zum zweiten Mal in ihrem Leben, im Dunkeln ihre Sachen. Am Bahnhof lief sie mit dem Geld, das sie Sam aus der Brieftasche gestohlen hatte, zum Fahrkartenschalter, die Tochter fest an der Hand und so schwer atmend, dass sie Bauchschmerzen bekam.

Was nun?, fragte sie Stella in Gedanken. Wo soll ich hin? Aber natürlich antwortete Stella nicht.

Und natürlich konnte es nur ein Ziel geben.

«Wie weit ist es noch?», fragte Jude.

«Noch ein kleines Stückchen, Kleines. Wir sind fast da.»

Fast zu Hause, aber was bedeutete das? Vielleicht würde ihre Mutter sie noch am Fuß der Treppe abweisen. Einen einzigen Blick auf Jude werfen und sie wieder auf die Straße schicken. *Natürlich hat dieser dunkelhäutige Mann dich geschlagen. Was hast du denn erwartet? Eine Ehe aus Trotz kann ja nichts werden.* Desiree bückte sich, nahm ihre Tochter auf und setzte sie sich auf die Hüfte. Sie ging jetzt, ohne nachzudenken, einfach um in Bewegung zu bleiben. Vielleicht war die Rückkehr nach Mallard ein Fehler gewesen. Vielleicht hätte sie sich eine neue Heimat suchen sollen, neu anfangen. Aber jetzt war es zu spät. Sie konnte schon den Fluss hören. Sie ging darauf zu; ihre Tochter hing ihr schwer am Hals. Der Fluss würde alles richten. Sobald sie am Ufer stand, würde sie wissen, wohin.

In Washington hatte Desiree Vignes gelernt, Fingerabdrücke zu lesen.

Sie hatte nicht einmal gewusst, dass man so etwas lernen konnte, bis zum Frühjahr 1956, als sie auf der Canal Street im Schaufenster einer Bäckerei eine Stellenanzeige der Regierung gesehen hatte. Sie hatte in der Tür haltgemacht und den Aushang angestarrt. Da war Stella sechs Monate fort gewesen, und die Zeit zog sich, zäh wie Gummi. Manchmal vergaß sie es auch, so merkwürdig das klang. Sie hörte in der Straßenbahn einen Witz oder kam an einer gemeinsamen Freundin von früher vorbei, und sie wollte sich zu Stella umdrehen: «Hey, hast du ...», und erst dann fiel ihr wieder ein, dass sie fort war. Dass Stella sie allein gelassen hatte.

Und trotzdem hatte Desiree die Hoffnung auch nach sechs Monaten nicht aufgegeben. Stella würde anrufen. Sie würde einen Brief schicken. Aber jeden Abend griff sie in den leeren Briefkasten und wartete an einem Telefon, das nicht klingeln wollte. Stella kam nicht zurück. Sie baute sich ein neues Leben auf, ohne Desiree, die unglücklich dort geblieben war, wo Stella sie verlassen hatte. Und so schrieb sie sich die Telefonnummer auf dem gelben Aushang ab und suchte gleich nach der Arbeit das Einstellungsbüro auf.

Die Personalreferentin, die schon bezweifelt hatte, dass sich in dieser Stadt überhaupt ein guter, geeigneter Mensch finden ließ, war überrascht, als diese artige junge Frau vor ihr Platz nahm. Sie warf einen Blick auf die Bewerbung und stutzte dort, wo das Mädchen «farbig» eingetragen hatte. Dann klopfte sie mit dem Kugelschreiber auf das Feld «Geburtsort».

«Mallard?», sagte sie. «Nie davon gehört.»

«Ein kleines Nest», sagte Desiree. «Nördlich von hier.»

«Kleinstädte mag Mr. Hoover. Aus den Kleinstädten kommen die besten Menschen, sagt er immer.»

«Na ja», sagte Desiree, «kleiner als Mallard geht wohl nicht.»

In Washington versuchte sie, ihr Unglück zu vergessen. Die einzige andere farbige Frau in der Erkennungsdienstlichen Abteilung, Roberta Thomas, vermietete ihr ein Zimmer. Im Grunde war es ein Keller – dunkel und fensterlos, aber dafür sauber und, was das Wichtigste war, bezahlbar.

«Macht nicht viel her», hatte Roberta an ihrem ersten Arbeitstag zu ihr gesagt. «Aber wenn du wirklich was brauchst.» Das Angebot hatte zögerlich geklungen, als hätte sie gehofft, dass Desiree nein sagen würde. Sie war müde, drei Kinder und alles, und ehrlich gesagt, Desiree wirkte selbst wie ein Pflegefall. Aber das Mädchen, gerade erst achtzehn, allein in einer neuen Stadt, tat ihr leid, also kam es in den Keller: mit Einzelbett, Kommode und einer Heizung, die Desiree jeden Abend in den Schlaf knatterte. Sie redete sich ein, dass dies ein Neuanfang war, aber sie dachte inzwischen noch häufiger an Stella und fragte sich, was sie von dieser Stadt halten würde. Sie war aus New Orleans weg, um Stella zu vergessen, aber sie konnte noch immer nicht einschlafen, ohne im Bett nach ihr zu tasten.

Beim FBI lernte Desiree alles über Endstücke, Haken oder Gabelungen. Sie lernte, daumenseitige von kleinfingerseitigen Schleifen zu unterscheiden. Einfache Wirbel von doppelten Wirbeln. Einen jungen Finger von einem alten, dessen Papillarleisten von den Jahren verschliffen waren. Sie lernte, einen Menschen unter Millionen anderen zu identifizieren, an Weite, Form, Poren, Kontur, Rissen und Falten. Auf ihrem Schreibtisch, allmorgendlich: Fingerabdrücke, abgenommen von gestohlenen Autos und Patronenhülsen, Fensterglasscherben, Tür- und Messergriffen. Sie verarbeitete die Abdrücke von Kriegsgegnern und identifizierte gefallene Soldaten, die in Eis eingelegt zu Hause eingetroffen waren. Als Sam Winston das erste Mal bei ihr vorbeikam, untersuchte sie Abdrücke von einer gestohlenen Waffe. Er trug eine lavendelblaue Seidenkrawatte mit passendem Einstecktuch, und das Leuchten der Krawatte und die Verwegenheit des pechschwarzen Brothers, der unverschämt genug war, sie zu tragen, waren wie ein Schock für Desiree. Später, als sie ihn gemeinsam mit den anderen Staatsanwälten beim Mittagessen sah, drehte sie sich zu Roberta um und sagte: «Ich wusste gar nicht, dass es schwarze Strafverfolger gibt.»

Roberta schnaubte. «Natürlich gibt es welche. Das ist hier nicht so ein Provinznest wie dein Heimatdorf.» Auch Roberta hatte noch nie von Mallard gehört. Das hatte niemand außerhalb des Bezirks St. Landry, und als Desiree Sam von dem Ort erzählte, konnte er es kaum glauben.

«Was soll das denn heißen?», sagte er. «Eine ganze Stadt voller Leute mit einem Teint wie du?»

Er hatte sie eines Nachmittags zum Lunch eingeladen, nachdem er sich, über die Wand ihrer Bürowabe gebeugt, nach einem Satz Fingerabdrücke erkundigt hatte. Später gestand er ihr, dass die Abdrücke gar nicht so dringend gewesen waren, er hatte nur einen Vorwand gesucht, um sich ihr vorzustellen. Jetzt saßen sie im National Arboretum und sahen den Enten zu, die über den Teich glitten.

«Sogar welche mit noch hellerem Teint», sagte sie und dachte an Mrs. Fontenot, die immer damit angegeben hatte, ihre Töchter seien hell wie Sauermilch.

Sam lachte. «Na, das musst du mir irgendwann mal zeigen», sagte er. «Diese hellhäutige Stadt muss ich mit eigenen Augen sehen.»

Aber er wollte nur flirten. Er stammte aus Ohio und hatte sich noch nie weiter als bis Virginia vorgewagt. Seine Mutter hatte ihn aufs Morehouse College in Atlanta schicken wollen, aber er blieb Ohio treu und wurde ein «Buckeye» an der Ohio State University, damals, bevor die Rassentrennung in den Wohnheimen aufgehoben wurde. In den Seminarräumen verweigerten die weißen Professoren ihm die Antworten auf seine Fragen. Jeden Winter kratzte er pissgelben Schnee von seiner Windschutzscheibe. Ging mit hellhäutigen Mädchen aus, die nicht öffentlich mit ihm Händchen halten wollten. Der Rassismus des Nordens war ihm vertraut.

Den der Südstaaten, den sollten sie behalten. Seine Leute hatten ihre Gründe gehabt, aus dem Süden zu flüchten – wie käme er dazu, ihr Urteilsvermögen in Frage zu stellen? Diese Rednecks würden ihn wahrscheinlich nicht wieder nach Hause lassen, witzelte er immer. Er würde auf Besuch runterfahren und am Ende den Rest seines Lebens Baumwolle häckseln.

«Mallard würde dir nicht gefallen», sagte sie.

«Warum?»

«Darum. Die sind komisch da unten. Farbversessen. Deshalb bin ich weg.»

Das stimmte nicht ganz, aber sie wollte ihn glauben machen, dass sie ganz anders war als der Ort ihrer Herkunft. Er sollte alles glauben, nur nicht die Wahrheit – dass sie einfach nur jung und erlebnishungrig gewesen war und ihre Schwester in eine Stadt gezerrt hatte, wo sie sich selbst verlorengegangen war.

Er schwieg einen Augenblick lang, dachte nach, dann hielt er ihr die Tüte mit den Brotkrumen hin. Er hatte die Kruste seines Sandwichs zerbröselt, damit sie die Enten füttern konnten, die Art von kleiner Galanterie, die sie an ihm lieben lernen würde. Sie lächelte und langte hinein.

Sie sei noch nie mit einem Mann wie ihm zusammen gewesen, erzählte sie ihm, aber in Wahrheit war sie überhaupt noch nie mit einem Mann zusammen gewesen. Und so überraschte und entzückte er sie bis ins Kleinste: Sam, der sie in Restaurants mit weißen Tischtüchern und Silberbesteck ausführte; Sam, der sie ins Theater einlud und sie mit Karten für Ella Fitzgerald überraschte. Als er sie zum ersten Mal mit zu sich nach Hause nahm, spazierte sie durch seine Junggesellenbude, fasziniert von seinem nach Farbe sortiertem Kleiderschrank, seinem großen, breiten Bett. Sie hätte fast geweint, als sie in Robertas Kellerkammer zurückmusste.

Er bat sie nicht wieder, ihn mit in ihre Heimat zu nehmen, und sie würde es ihm nie anbieten. Dass sie Mallard hasse, hatte sie ihm gleich zu Anfang gesagt.

«Das glaube ich dir nicht», sagte er. Sie lagen in seinem Bett und lauschten dem Regen.

«Was gibt es da zu glauben? Ich habe dir einfach gesagt, wie es mir damit geht.»

«Wir Negroes lieben unsere Heimat», sagte er. «Obwohl wir immer aus schrecklichen Orten stammen. Nur Weiße haben die Freiheit, ihre Heimat zu hassen.»

Er war in den Sozialwohnungswüsten von Cleveland aufgewachsen und liebte die Stadt mit der Entschlossenheit eines Menschen, der sonst nicht viel Liebenswertes zu sehen bekommen hatte. Sie hatte nur einen Ort, aus dem sie immer hatte fliehen wollen, und eine Mutter, die ihr klargemacht hatte, dass sie dort nicht mehr willkommen war. Von Stella hatte sie Sam noch nichts erzählt – das wäre nur noch etwas an Mallard, was er nicht verstehen würde. Aber als der Regen auf die eiserne Feuertreppe prasselte, drehte sie sich zu ihm hin und erzählte ihm von der Zwillingsschwester, die ein anderer Mensch hatte werden wollen.

«Irgendwann hat sie das Theater satt», sagte er. «Dann kommt sie wieder angelaufen, so groß mit Hut. Du bist viel zu süß, niemand möchte lange ohne dich sein.»

Er küsste sie auf die Stirn, und sie umarmte ihn fester, sein Herz schlug an ihrem Ohr. Das war damals, am Anfang, bevor seine Hände sich zu Fäusten ballten, bevor er sie *hochnäsige gelbe Bitch* nannte oder *genauso verrückt wie deine Schwester* oder *jetzt denkt sie wieder, sie ist weiß*. Damals, als sie langsam anfing, ihm zu vertrauen.

Als sie viele Jahre später langsam das Augenlicht verlor, machte sie dafür die langen Stunden verantwortlich, die sie mit zusammengekniffenen Augen über Bögen mit Fingerabdrücken verbracht hatte. Einmal hatte Roberta ihr erzählt, das gesamte Fingerabdruck-System würde bald von Maschinen betrieben werden. Die Japaner hätten die Technologie schon erprobt. Aber wie sollte eine Maschine einen Fingerabdruck besser prüfen als das geschulte Auge?

Desiree entdeckte Muster, die den meisten entgingen. Sie konnte einem Menschen das ganze Leben an den Fingerspitzen ablesen. Während der Ausbildung hatte sie an ihren eigenen Fingerabdrücken geübt, dieser komplizierten Maserung, die sie als einzigartig auszeichnete. Stella hatte am linken Zeigefinger eine Narbe, dort hatte sie sich einmal mit dem Messer geschnitten, einer von vielen Unterschieden.

Es konnten ganz kleine Dinge sein, die bestimmten, wer man war.

Adele Vignes wohnte in einem weißen, einstöckigen Haus, halb versteckt am Waldrand, erbaut vom Stadtgründer selbst und dann, Generation um Generation, bewohnt von Decuirs. Kurz nach ihrer Hochzeit war ihr frischgebackener Ehemann, Leon Vignes, durchs Haus gewandert und hatte die uralten Möbel in Beschau genommen. Er war ein einfacher Handwerker, der Tischler hatte werden wollen, und fuhr mit dem Finger die feinen Möbelfüße ab. Er hatte nie damit gerechnet, einmal in einem so geschichtsträchtigen Haus zu wohnen, aber er hatte auch nie damit gerechnet, einmal eine Decuir zu heiraten. Ein Mädchen, das ein Erbe trug. Seine Familie stammte von einer Reihe französischer Weinbauern ab, die in der Neuen Welt ein Weingut hatten aufbauen wollen, nur um zu entdecken, dass es dafür in Louisiana zu heiß war, weshalb sie auf Zuckerrohr umsattelten. Große Pläne, von der Realität durchkreuzt – das war sein Erbe. Seine Eltern hatten realistischere Ziele verfolgt und während der Prohibition am Ortsrand von Mallard eine Flüsterkneipe namens Surly Goat betrieben. Die gottesfürchtigeren Menschen von Mallard würden den Ursprung aller Tragödien später in diesem sündigen Geschäft suchen: vier Vignes-Brüder, die alle die dreißig nicht überlebten. Und Leon, der Kümmerling des Wurfs, musste als Erster sterben.

Man sah dem Haus an, dass viel Zeit vergangen war, aber irgendwie sah es noch genauso aus, wie Desiree es erinnerte. Sie trat auf die Lichtung, packte ihre Tochter fester, und jeder Schritt stach ihr in die Schultern. Die Messingsäulen, das blaugrüne Schindeldach, die schmale Veranda, wo die Mutter auf einem Schaukelstuhl saß und über einer Schüssel Wasser Brechbohnen putzte. Die Mutter war noch immer schmal, das Haar bedeckte ihren Rücken und war an den Schläfen jetzt grau. Desiree hielt inne, ihre Tochter hing ihr schwer am Hals. Die Jahre stießen sie zurück wie ein Schlag gegen die Brust.

«Hab mich schon gefragt, wann ihr hier mal ankommt. Weißt du, Lou hat schon angerufen und erzählt, dass er dich gesehen hat.» Die Mutter sprach mit ihr, starrte dabei aber das Kind auf ihrem Arm an. «Ganz schön groß zum Auf-den-Arm-Nehmen.»

Endlich setzte Desiree ihre Tochter ab. Ihr Rücken schmerzte, aber wenigstens war der Schmerz ein vertrautes Gefühl. Ein schmerzender Körper machte wach, und Wachheit und Wachsamkeit waren besser als die Taubheit, die sie im Zug empfunden hatte. Sie gab ihrer Tochter einen kleinen Stoß.

«Geh und gib deiner Großmama einen Kuss», sagte sie. «Geh schon, sie tut dir nichts.»

Die Tochter klammerte sich an ihre Beine, zu schüchtern, um sich zu rühren, aber sie stupste sie noch einmal an, bis sie brav die Stufen erklomm und der Großmutter nach kurzem Zögern die Arme umlegte. Adele trat einen Schritt zurück, um sie besser sehen zu können, und berührte ihr zerzaustes geflochtenes Haar.

«Geh und nimm ein Bad», sagte sie. «Ihr riecht ja alle nach Draußen.»

Im Badezimmer kniete Desiree auf den gesprungenen Fliesen vor der Wanne mit den Löwenfüßen. Mit einem Gefühl, als würde sie träumen, prüfte sie die Wassertemperatur. Der Spiegel war oben an der Ecke schwarz angelaufen, das muschelförmige Waschbecken war angeschlagen, die Dielen knarrten an Stellen, über die hinwegzusteigen sie gelernt hatte, um sich auch nach der Ausgangssperre wieder ins Haus schleichen zu können. Ihre Mutter putzte auf der Veranda grüne Bohnen, als wäre nichts gewesen. Dabei hatten sie kein Wort mehr miteinander gewechselt, seit Stella verschwunden war. Da hatte Desiree die Tränen heruntergeschluckt und zu Hause angerufen, und ihre Mutter hatte gesagt: «Das ist deine Schuld.» Was sollte sie da sagen? Es stimmte ja, sie hatte Stella dazu gedrängt, mit ihr von zu Hause wegzulaufen. Und was hatte sie davon gehabt? Eine Schwester, die lieber weiß sein wollte, und eine Mutter, die ihr alle Schuld gab, weil sie Stella keine mehr geben konnte.

In der Küche sank sie auf einen Stuhl und merkte im

nächsten Augenblick, dass sie auf ihrem Stammplatz saß, mit Stellas leerem Stuhl neben sich. Ihre Mutter machte sich am Herd zu schaffen, und einen langen Augenblick starrte Desiree ihr auf den steif gewordenen Rücken.

«Das hast du also getrieben», sagte ihre Mutter.

«Wie meinst du das?»

«Du weißt genau, was ich meine.» Ihre Mutter drehte sich um, Tränen in den Augen. «So sehr hasst du uns also.»

Desiree stieß sich vom Tisch ab. «Ich wusste, dass es falsch war herzukommen.»

«Setz dich hin.»

«Wenn du mir nicht mehr zu sagen hast ...»

«Was erwartest du denn? Du kommst von Gott weiß woher und schleppst irgendein Kind an, das kein bisschen nach dir aussieht.»

«Wir gehen», sagte Desiree. «Mir kannst du böse sein, so viel du willst, Mama, aber zu meiner Kleinen darfst du nicht gemein sein.»

«Setz dich hin, hab ich gesagt», sagte ihre Mutter, ruhiger diesmal. Sie schob ein gelbes Eck Maisbrot über den Tisch. «Ich bin einfach überrascht. Darf ich nicht überrascht sein?»

Wie oft Desiree sich vorgestellt hatte, zu Hause anzurufen. Als sie in Washington angekommen war, sich in Robertas Keller eingerichtet hatte und ihre Mutter sie unmöglich erreichen konnte. Oder nach Sams Heiratsantrag, als sie unter den blühenden Kirschbäumen Verlobungsfotos gemacht hatten. Sie hatte einen Abzug in einen Umschlag gesteckt, ihn sogar adressiert, aber es nicht über sich gebracht, ihn abzuschicken. Nicht weil sie sich seiner geschämt hätte – das war Sams Interpretation gewesen –, sondern weil es so sinnlos war, gute Nachrichten mit einer Frau zu teilen, die sich nicht mit einem freuen konnte. Sie wusste schon, was ihre Mutter ihr sagen würde. *Du liebst diesen dunkelhäutigen Mann gar nicht wirklich. Du heiratest ihn nur aus Trotz, und einem trotzigen Kind darf man auf gar keinen Fall Aufmerksamkeit schenken. Das wirst du schon noch merken, wenn du selber ein Kind hast.* Nach der Hochzeit, als die Torte angeschnitten worden war, als ihre Freunde schnapsselig und lachend auf die Straße verschwunden waren, war sie im Festsaal in ihrem rüschigen weißen Kleid zusammengesunken und hatte geweint. Sie hätte nie gedacht, dass sie einmal ohne Schwester oder Mutter an ihrer Seite heiraten würde.

Auch nachdem sie im Freedmen's Hospital ein Mädchen zur Welt gebracht hatte, hätte sie fast angerufen. Nach der Geburt von Jude hatte die farbige Schwester kurz gezögert, bevor sie das Neugeborene in eine rosa Decke wickelte. «Es bringt Glück», hatte sie dann gesagt, «wenn ein Mädchen nach dem Papa kommt.» Dann hatte sie aufmunternd gelächelt, wohl im Glauben, dass die junge Mutter es nötig hätte. Aber Desiree hatte dem Baby ins Gesicht geschaut und war entzückt gewesen. Eine andere Frau hätte enttäuscht sein können, dass die eigene Tochter so gar nicht nach ihr aussah – Desiree empfand Dankbarkeit. Das Letzte, was sie wollte, war, ein Wesen zu lieben, das genauso aussah wie sie.

«Wenn ich gewusst hätte, dass du kommst, hätte ich mehr vorbereitet», sagte ihre Mutter.

«Das war irgendwie kurzfristig», sagte Desiree.

Sie hatte im Zug kaum etwas gegessen, bloß ein paar Cracker geknabbert und schwarzen Kaffee getrunken, bis das Koffein sie zittrig machte. Sie brauchte einen Plan. Mallard, und dann? Wohin dann? Sie konnten unmöglich dortbleiben, aber sie wusste nicht, wohin sonst. Jetzt sah sie sich in der verwohnten Küche um und vermisste ihre Wohnung in Washington. Ihre Arbeit, ihre Freunde, ihr eigenes Leben. Vielleicht hatte sie überreagiert – die Unruhen hatten alle nervös gemacht. Vor einer Woche hatte sie Sam weinen sehen, als Walter Cronkite die Nachricht bekanntgab, und als sie ihn auf dem Sofa in die Arme nahm, hatte er gezittert. Der Schütze sei ein Irrer, vielleicht, oder ein Geheimagent des Militärs, vielleicht sogar vom FBI, im Regierungsauftrag. Vielleicht waren auch Negroes beteiligt, die für die falsche Seite arbeiteten? Er faselte alles Mögliche, und sie hielt ihn im Arm, bis die Sendung vorüber war. In dieser Nacht machten sie krampfhaft Liebe, auf seltsame Art vielleicht zu Ehren des Reverends, und sie war nicht ganz bei sich, überwältigt von der Trauer um einen Mann, den sie nicht gekannt hatte.

Am Morgen kam sie an verwüsteten Geschäften vorbei; *SOUL BROTHER* stand auf mit Brettern vernagelten Schaufenstern, daneben fanden sich hastige, mit Filzern gekritzelte Gefolgschaftsbekenntnisse. Das FBI schickte sie an diesem Tag früher nach Hause.

Auf dem Weg von der Bushaltestelle wollte ein verängstigter farbiger Junge – so dünn wie der Baseballschläger, den er umklammerte – ihre Handtasche. «Her damit, du weiße Bitch!», schrie er und schlug den Baseballschläger aufs Pflaster, als könnte er damit bis in den Erdkern bohren. Sie nestelte an dem ledernen Tragriemen herum, zu verschreckt, ihn zu berichtigen, und sah in seinem Schrecken und Zorn sich selbst, als Sam mit erhobenen Armen vor sie hinsprang und sagte: «Das ist meine Frau, Brother.» Der Junge verschwand im allgemeinen Getöse. Sam zog sie schnell in die Wohnung und drückte sie an seine Brust, wo sie in Sicherheit war.

Vier Nächte lang brannte die Stadt. Und in der letzten Nacht packte Sam ihren nackten Leib und flüsterte: «Machen wir noch eins.» Sie brauchte eine Weile, bis sie verstanden hatte, dass er ein Baby meinte. Sie zögerte. Das war keine Absicht, aber der Gedanke, noch ein Baby könnte sie mit ihm verbinden, ein Baby, um das sie sich bei jedem seiner Wutausbrüche sorgen musste – auf keinen Fall konnte sie noch ein Kind von ihm bekommen.

Das sagte sie ihm natürlich nicht, aber ihr Zögern hatte sie verraten, und als Sam sie später an der Kehle packte, wusste sie genau, warum. Sie hatte ihm weh getan, als er noch in Trauer war. Kein Wunder, dass er wütend geworden war. Also machte er ein bisschen auf großen Macker. Wie konnte man ihm das vorwerfen, in einer Welt, die ihn als Mann nicht respektierte? Was riss sie da das Maul auf? Sie musste für den Hausfrieden sorgen. Und hatte nicht derselbe Mann sich zwischen sie und den Baseballschläger des zornigen Jungen gestellt? Der Mann, der sie geliebt hatte, während ihre Schwester sie verlassen hatte und ihre Mutter nicht einmal ihre Anrufe entgegennahm? Er konnte ihr nicht wirklich weh tun wollen, wo er sich doch so sehr bemühte, sie zu beschützen.

Vielleicht war es noch nicht zu spät. Sie war nur zwei Tage fort gewesen. Sie konnte Sam immer noch anrufen und ihm sagen, dass sie einen Fehler gemacht hatte. Sie habe ein wenig Zeit gebraucht, um den Kopf klar zu bekommen, mehr nicht, ernsthaft verlassen wollte sie ihn nie. Ihre Mutter schob ihr den Teller wieder hin.

«Was für Ärger hast du denn?», fragte sie.

Desiree quälte sich ein Lachen ab. «Ich habe keinen Ärger, Mama.»

«Ich bin ja nicht blöd. Glaubst du, ich weiß nicht, dass du vor diesem Mann da wegläufst?»

Desiree starrte auf die Tischplatte und bekam feuchte Augen. Ihre Mutter goss Milch auf das Maisbrot und zerdrückte alles mit einer Gabel zu Brei, so wie Desiree es als Kind gegessen hatte. «Jetzt bist du ihn los», sagte sie. «Iss dein Maisbrot.»

Spät am gleichen Abend, über einhundert Meilen südöstlich von Mallard, wurde Early Jones ein Job angeboten, der sein Leben verändern sollte. Das wusste er damals nicht. Für ihn war jeder Auftrag einfach nur ein Job, und als er ins Ernesto's kam und den Hals nach Big Ceel reckte, war seine einzige Sorge, ob er Geld genug für einen Drink hatte. Er klimperte mit den Münzen in seiner Tasche. Scheine wollten einfach nicht bei ihm bleiben. Vor zwei Wochen hatte er für Ceel etwas erledigt, und irgendwie hatte er das ganze Geld schon verprasst, für alles, was ein alleinstehender junger Mann zum Leben brauchte: Kartenspiel, Schnaps und Frauen.

Jetzt suchte er wieder einen Job. Aus Geldnot, gewiss, aber auch weil er nicht stillsitzen konnte, und zwei Wochen ohne Action, das war für ihn viel zu lang.

Er war kein Mann, der sich niederließ. Verschwinden, das konnte er gut. Als Kind ohne Wurzeln hatte er es darin zur Meisterschaft gebracht. Seine Kindheit – wenn man es so nennen konnte – hatte er als Landarbeiter in Janesville und Jena verbracht und im Süden in New Roads und Palmetto. Seine Eltern hatten ihn mit acht an Tante und Onkel abgegeben, weil die keine Kinder hatten, und sie hatten zu viele. Er wusste nicht, wo sie heute lebten und ob, und behauptete, er denke nie an sie.

«Die sind weg», sagte er, wenn er gefragt wurde. «Weg ist weg.»

Aber in Wahrheit war es so: Als er damit angefangen hatte, Menschen zu jagen, die sich versteckten, hatte er zuallererst versucht, seine eigene Familie aufzuspüren. Er scheiterte schnell und auf demütigende Weise; er wusste so wenig über seine Eltern, dass er nicht den kleinsten Ansatzpunkt besaß. Wahrscheinlich war es besser so. Als Junge hatten sie ihn nicht gewollt – was sollten sie da um Himmels willen mit ihm als erwachsenem Mann anfangen? Aber die Niederlage ließ ihn nicht los. Nachdem er Menschenjäger geworden war, hatte er jeden gefunden, nur seine Eltern nicht.

Wer verschwinden und nicht wiedergefunden werden wollte, durfte nichts lieben. Immer und immer wieder war Early fasziniert, was einen auf der Flucht zurücktrieb in die Heimat. Frauen, meistens. In Jackson schnappte er einen wegen Mordes gesuchten Mann, weil der seine Frau nachholen wollte. Eine Neue ließ sich überall finden, aber aus irgendeinem Grund waren die gewalttätigsten Männer auch die emotionalsten. Reinstes Gefühl, in beide Richtungen. Was ihn wirklich mitnahm, waren Männer, die wegen irgendwelcher Besitztümer zurückkamen. Da gab es mehr Autos, als er zählen konnte, immer war da irgendeine Schrottkarre, die einer jahrelang gefahren hatte, weshalb er sich nicht trennen konnte. Und in Toledo hatte er einen Mann geschnappt, der wegen eines alten Baseballs zurückgekommen war.

«Weiß auch nicht, Mann», sagte er, in Handschellen auf dem Rücksitz von Earlys El Camino. «Ich liebe das Teil einfach.»

Die Liebe hatte Early nie irgendwo hingezwungen. Sobald er einen Ort verließ, vergaß er ihn. Namen verblassten, Gesichter verschwammen, Gebäude verwischten zu ununterscheidbaren Ziegelklötzen. Er vergaß die Namen der Lehrer all seiner Schulen, die der Straßen, an denen er gewohnt hatte, sogar, wie seine Eltern aussahen. Das war seine Gabe, ein schlechtes Gedächtnis. Ein gutes Gedächtnis konnte einen in den Wahnsinn treiben.

Seit sieben Jahren übernahm er jetzt immer wieder mal einen Job für Ceel. Er wollte nicht, dass die Menschen glaubten, er arbeitete für die Gesetzeshüter. Verbrecher fasste er nur aus einem Grund: um des Geldes willen, und die Weißenjustiz war ihm wirklich scheißegal. Wenn er einmal einen Mann gefasst hatte, interessierte ihn nicht, ob die Geschworenen ihn schuldig sprachen und ob er seine Haft überlebte. Er vergaß ihn völlig. Und obwohl er einmal in einer Bar wiedererkannt worden war und die Narben von den Messerstichen noch immer als Souvenir auf dem Bauch trug, war das Vergessen für ihn der einzige Weg, seine Arbeit zu tun. Die Jagd auf Verbrecher gefiel ihm. Aber wenn Ceel ihn wegen eines vermissten Kindes oder eines zahlungsunwilligen Vaters ansprach, schüttelte er jedes Mal den Kopf.

«Hab keine Ahnung von solchen Leuten», sagte er dann und kippte seinen Whiskey runter.

Im Ernesto's zuckte Ceel jetzt die Achseln. Er hatte ein reguläres Büro im Siebten Bezirk, aber dort traf Early sich nicht gern, auch wegen der Kirche gegenüber, der ganzen weihevollen Menschen, die ihn anstarrten, wenn sie die Stufen heruntertrampelten. Diese Bar war nach Earlys Geschmack: ein wenig zwielichtig, geschützt. Ceel war schwer gebaut, pappfarbene Haut und seidenweiche schwarze Haare. Beim Reden ließ er ein silbernes Feuerzeug durch die Finger gleiten. Schon als er Early das erste Mal angesprochen hatte, vor sieben Jahren in einer Bar wie dieser, hatte er mit dem Feuerzeug gespielt. Early hatte wenig begeistert zugehört und dem Glitzern des Silbers nachgeblickt, das sich auf dem Tresen widerspiegelte.

«Hast du Lust, dir ein bisschen was dazuzuverdienen?», fragte Ceel.

Er sah nicht nach Gangster oder Zuhälter aus, aber er besaß die Schmierigkeit eines Menschen, der am Rande der Legalität operiert. Er war Kautionsagent auf der Suche nach einem neuen Kopfgeldjäger, und Early war ihm aufgefallen.

«Du bist eher der stille Typ», sagte er. «Das ist gut. Bei mir muss ein Mann hinschauen und zuhören können.»

Early war damals vierundzwanzig, frisch aus dem Gefängnis entlassen, allein in New Orleans, einer Stadt, die ihm für einen Neuanfang so geeignet vorkam wie jede andere. Er nahm den Job an, weil er Arbeit brauchte. Nie hätte er gedacht, dass er so gut darin sein würde, so gut, dass Ceel ihm sogar Jobs anbot, die nichts mit Kautionen zu tun hatten.

«Du hast von denen genau so viel Ahnung, wie ich dir gebe», sagte Ceel. «Und ich hab noch nicht mal angefangen.»

«Ich mische mich einfach nicht gern in die Angelegenheiten fremder Leute ein. Hast du sonst nichts für mich?»

Ceel lachte. «Du bist wirklich der Einzige, von dem ich so was höre. Alle anderen wären dankbar, wenn sie mal kein fieses Arschloch jagen müssten.»

Wie ein Gesuchter dachte, konnte Early zumindest verstehen. Seine Erschöpfung, seine Verzweiflung, die reine Egozentrik des Überlebens. Die anderweitig Verschwundenen machten ihn ratlos. Eheleute verstand er schon gar nicht, da wollte er sich auf keinen Fall einmischen. Andererseits, ein Job war ein Job. Er hatte gerade zwei Wochen damit zugebracht, einem Mann bis halb nach Mexiko nachzuspüren; mitten in der Wüste war ihm das Auto liegen geblieben, und er hatte nicht gewusst, ob er da draußen sterben würde, auf der Jagd nach einem Mann, dessen Bestrafung ihm egal war. Wenn er das gleiche Geld bekam, warum dann nicht auch mal einen einfachen Job annehmen?

«Greifen tue ich sie mir nicht», sagte er.

«Darum geht es auch nicht. Du rufst einfach an, wenn du sie gefunden hast. Ihr Alter sucht nach ihr. Sie ist mit seinem Kind abgehauen.»

«Warum ist sie weg?»

Ceel zuckte die Achseln. «Geht mich nichts an. Der Mann will sie auftreiben. Sie kommt aus einem kleinen Nest im Norden, Mallard. Schon mal gehört?»

«Bin ich als Junge mal durchgekommen», sagte Early. «Komische Leute. Hochnäsig.»

Er wusste nicht mehr viel von der Stadt, außer dass alle hellhäutig und von oben herab gewesen waren, und in der Kirche hatte ein großer bleichgesichtiger Mann ihn einmal geschlagen, weil er den Finger vor seiner Frau ins Weihwasser getaucht hatte. Damals war er sechzehn gewesen, geschockt vom plötzlichen Brennen im Nacken. Sein Onkel blickte zu Boden, auf die gesprungenen Fliesen, und entschuldigte sich. Einen ganzen Sommer hatte er dort verbracht, am Ortsrand auf dem Feld gearbeitet und Lebensmittel ausgeliefert, um sich noch etwas dazuzuverdienen. Er hatte keine Freunde gefunden, sich aber hoffnungslos in ein Mädchen verknallt, dem er die Einkäufe auf die Veranda getragen hatte. Er fragte sich, warum sie ihm plötzlich wieder in den Kopf kam. Als sie einander begegnet waren, war er so jung gewesen; er hatte sie kaum gekannt; im Herbst war er schon wieder weggezogen, auf eine andere Farm in einer anderen Stadt. Aber er sah sie noch immer vor sich, wie sie barfuß in ihrem Wohnzimmer stand und die Fenster putzte. Als Ceel ihm das Foto zuschob, sackte Early der Magen weg. Fast glaubte er, es heraufbeschworen zu haben. Zum ersten Mal seit zehn Jahren sah er wieder das Gesicht von Desiree Vignes.

ZWEI

Die Vignes-Zwillinge hatten sich ohne ein Wort davongemacht, und so wurde ihr Abgang, wie jedes plötzliche Verschwinden, mit Bedeutung aufgeladen. Bevor sie in New Orleans wieder auftauchten, bevor sie einfach als lebenshungrige Mädchen galten, war eine Tragödie das Einzige, was Sinn ergab. Die Zwillinge hatten immer gesegnet und verflucht gewirkt, beides. Von mütterlicher Seite hatten sie eine ganze Stadt vermacht bekommen, auf väterlicher Seite waren sie eingeboren in eine vom Tod ausgedünnte Ahnenreihe. Vier Jungen in der Familie Vignes, und keiner von ihnen wurde älter als dreißig. Der erste starb an einem Hitzschlag bei der Zwangsarbeit; der zweite am Kampfgas in einem belgischen Schützengraben; der dritte an einer Stichwunde bei einer Kneipenschlägerei; und der jüngste, Leon Vignes, wurde zwei Mal gelyncht, das erste Mal vor den Augen seiner Zwillingstöchter, die durch einen Spalt in der Schranktür zusahen und einander dabei die Hände vor den Mund schlugen, bis ihre Handflächen spuckefeucht waren.

An jenem Abend schnitzte er gerade ein Tischbein, als fünf Weiße die Haustür eintraten und ihn nach draußen zerrten. Er landete hart auf dem Gesicht, Dreck und Blut füllten seinen Mund. Der Anführer – hochgewachsen, die Haare rotgold wie ein erntereifer Apfel – wedelte mit einem zerknitterten Zettel herum, der, wie er behauptete, bewies, dass Leon einer weißen Frau unschickliche Briefe geschrieben hatte. Leon konnte weder lesen noch schreiben – seine Kunden wussten, dass er immer nur mit einem X unterschrieb –, aber die weißen Männer trampelten auf seinen Händen herum, brachen ihm jeden Finger und jedes Gelenk und schossen dann vier Mal auf ihn. Er überlebte, und drei Tage darauf stürmten die weißen Männer ins Krankenhaus und durchsuchten alle Zimmer auf der Station für Schwarze, bis sie ihn gefunden hatten. Diesmal schossen sie ihm zwei Mal in den Kopf, und rot erblühte sein baumwollener Kissenbezug.

Das erste Lynchen sah Desiree mit an, das zweite malte sie sich endlos aus – wie ihr Vater geschlafen haben musste, mit dem Kopf auf der Seite, so wie bei seinem Nickerchen im Sessel nach dem Abendessen. Wie das Donnern der Stiefel ihn geweckt haben musste. Er schrie, vielleicht blieb auch dazu keine Zeit, die geschwollenen Hände lagen in ihren Verbänden nutzlos an seiner Seite. Aus dem Schrank hatte sie zugesehen, wie die Weißen ihren Vater aus dem Haus geschleift hatten, wie seine langen Beine auf den Boden schlugen. Plötzlich hatte sie im Glauben, ihre Schwester finge gleich an zu schreien, die Hand auf Stellas Mund gedrückt, und spürte gleich darauf Stellas Hand auf ihrem. In diesem Augenblick hatte sich zwischen ihnen etwas verschoben. Zuvor war Stella so berechenbar gewesen wie ein Spiegelbild. Aber im Schrank hatte Desiree zum allerersten Mal nicht gewusst, was ihre Schwester tun würde.

Zur Totenwache trugen die Zwillinge identische schwarze Kleider mit langen Unterröcken, die an den Beinen kratzten. Tage zuvor war Bernice LeGros, die Näherin, kondolieren gekommen und hatte Adele dabei überrascht, wie sie für Leons Beerdigung ein Paar seiner Hosen flickte. Ihr zitterten die Hände, und so nahm Bernice die Nadel. Sie fragte sich, wie Adele mit der Situation alleine zurechtkommen würde. Die Decuirs waren an Weichheit gewöhnt, an langes, leichtes

Leben. Die Zwillinge besaßen nicht einmal Trauerkleider. Am nächsten Morgen brachte Bernice einen Ballen schwarzen Stoff und kniete mit ihrem Maßband im Wohnzimmer. Sie konnte die Zwillinge noch immer nicht auseinanderhalten und mochte nicht fragen, also gab sie einfache Anordnungen wie «Du, reich mir mal die Schere» oder «Stell dich gerade hin, Schatz». Wenn sie der zappeligen Schwester sagte: «Nicht wackeln, Kleines, sonst pikst es», nahm die andere deren Hand, bis sie sich beruhigte. Wie anstrengend, dachte Bernice und blickte zwischen den beiden hin und her. Als würde man ein Kleid für einen einzigen Menschen nähen, der auf zwei Körper aufgeteilt war.

Nach dem Begräbnis fand Bernice sich mit vielen anderen in Adeles Wohnzimmer ein und bewunderte ihre Arbeit, als die Zwillinge vorbeihüpften. Der zappelige Zwilling – Desiree, wie sie später erfahren würde – zog die Schwester an der Hand zwischen den Erwachsenen hindurch, die flüsternd die Köpfe zusammensteckten. Leon hätte diese Nachricht unmöglich schreiben können – es musste etwas anderes die Wut der Weißen erregt haben, und ihr Zorn war unergründlich. Willie Lee hatte gehört, die Weißen seien böse, weil Leon sie unterboten und ihnen das Geschäft verdorben habe. Aber wie konnte man einen Mann dafür erschießen, dass er weniger verlangte als man selbst?

«Weiße bringen dich um, wenn du zu viel willst, und wenn du zu wenig willst, bringen sie dich auch um.» Willie Lee schüttelte den Kopf und stopfte sich die Pfeife. «Man muss sich an die Regeln halten, aber die ändern sie, wie es ihnen passt. Teuflisch, wenn ihr mich fragt.»

Die Zwillinge saßen auf ihrem Bett, ließen die Beine baumeln und naschten an einem Stück Rührkuchen.

«Was hat Daddy denn nur getan?», fragte Stella in einem fort.

Desiree seufzte und spürte zum ersten Mal die Last, Antworten finden zu müssen. Sie war eben die Ältere, wenn auch nur um sieben Minuten.

«Was Willie Lee gesagt hat. Er hat seine Arbeit zu gut gemacht.»

«Aber das ergibt keinen Sinn.»

«Muss es auch nicht. Sind ja Weiße.»

Die Jahre vergingen, und ihr Vater tauchte nur noch blitzlichtartig vor ihr auf, wenn sie ein Jeanshemd in den Fingern hatte und sich wieder klein fühlte, zum Beispiel, wie damals, als sie sich an den rauen, über die Vaterbrust gespannten Stoff gedrückt hatte. In Mallard – dieser seltsamen, abgeschiedenen Ortschaft – sollte man sich sicher fühlen in einer Gemeinschaft aus Gleichen. Aber selbst hier, wo niemand dunkelhäutig heiratete, war man noch immer farbig, und Weiße konnten einen umbringen, weil man nicht schon beim ersten Mal gestorben war. Die beiden Vignes-Mädchen gemahnten daran – kleine Kinder in Friedhofskleidern, die ohne einen Daddy aufwuchsen, weil weiße Männer es so beschlossen hatten.

Dann wurden sie älter und waren einfach nur noch Mädchen, hervorstechend durch ihre Gleichartigkeit und ihre Unterschiedlichkeit. Dass sie die Zwillinge einmal kaum hatten auseinanderhalten können, erschien bald lächerlich. Da war Desiree, so rastlos, als hätte man ihr einen Fuß an den Boden genagelt und sie könnte nicht aufhören, daran zu reißen; und Stella, so ruhig, dass nicht einmal das störrische Pferd von Sal Delafosse bockte, wenn sie dabei war. Desiree spielte ein Mal die Hauptrolle im Schultheater, und es wären zwei Male geworden, wenn die Fontenots nicht den Direktor bestochen hätten; die blitzgescheite Stella würde aufs College gehen, wenn ihre Mutter das Geld aufbrachte. Desiree und Stella, die Mädchen aus Mallard. Als sie älter wurden, wirkten sie nicht länger wie ein geteilter Leib, sondern wie zwei in einem, und jede zerrte in eine andere Richtung.

Am Morgen nachdem eine ihrer beiden verlorenen Töchter zurückgekehrt war, stand Adele früh auf und kochte Kaffee. Sie hatte in der Nacht kaum ein Auge zugetan. Seit vierzehn Jahren lebte sie allein, und alles außer Stille klang ihr fremd. Bei jeder knarrenden Diele, jedem Rascheln einer Decke, jedem Atemzug war sie aufgeschreckt. Jetzt schlurfte sie durch die Küche und zog den Gürtel ihres Morgenmantels zu. Durch die Haustür wehte eine Brise herein – Desiree lehnte am Geländer der Veranda, und an ihrem Kopf kräuselte sich der Rauch. So hatte sie immer dagestanden, ein Bein hinter dem anderen, wie ein Reiher. Oder war das Stella? Ihre Erinnerungen an die beiden Mädchen waren verschwommen, sie bekam die Einzelheiten nicht mehr zusammen, alles verschmolz zu einem einzigen Verlust. Ein Paar. Ein Paar hätte sie haben sollen. Und nun, da eine zurückgekehrt war, war der Verlust der anderen ein frischer Stich.

Sie schob den Wasserkessel auf den Herd, und als sie sich umdrehte, stand das dunkle Mädchen in der Tür.

«Du liebe Güte!», sagte sie. «Ich hätte fast einen Herzinfarkt bekommen.»

«Tut mir leid», hauchte das Mädchen. Wie still es war. Warum war das Mädchen so still? «Kann ich ein bisschen Wasser haben?»

«Darf ich», berichtigte Adele, füllte ihr aber trotzdem einen Becher. Sie lehnte sich an den Tresen, sah dem Mädchen beim Trinken zu und suchte in seinem Gesicht nach etwas, das sie an ihre Töchter erinnerte. Aber sie konnte nichts anderes entdecken als den bösen Kindsvater. Hatte sie Desiree nicht gesagt, dass ihr ein dunkelhäutiger Mann nicht guttun würde? Hatte sie sie nicht ein Leben lang gewarnt? Ein dunkelhäutiger Mann würde auf ihrer Schönheit herumtrampeln. Zuerst würde er diese Schönheit lieben, aber wie alles, was man begehrte, ohne es besitzen zu können, würde er sie bald hassen. Jetzt bestrafte er sie dafür.

Das Kind stellte den leeren Becher auf dem Tresen ab. Es sah verwirrt aus, als wäre es in einem fremden Land aufgewacht. Ihr Enkelkind. Mein Gott, sie hatte ein Enkelkind. Schon im Kopf kam das Wort ihr komisch vor.

«Warum gehst du nicht ein bisschen spielen?», sagte Adele. «Ich mache uns Frühstück.»

«Ich habe nichts mitgebracht», sagte das Mädchen, das wahrscheinlich an seine ganzen zurückgelassenen Spielsachen dachte. Großstadt-Spielsachen, Töff-töff-Eisenbahnen mit richtiger Dampfmaschine oder Plastikpuppen mit Echthaar. Aber Adele ging trotzdem ins Zimmer der Zwillinge, wo sie beim Anblick der zerwühlten Laken kurz erstarrte – Desiree hatte auf ihrer Seite des Betts geschlafen, wie früher –, bevor sie den muffigen Schrank öffnete. In einem Pappkarton ganz hinten fand sie eine Puppe aus getrockneten Maisblättern, die Stella für Desiree gebastelt hatte. Das Mädchen zögerte – im Vergleich zu den Puppen aus dem Laden musste diese monströs aussehen –, aber dann trug es Stellas Puppe vorsichtig ins Wohnzimmer.

Ein Paar. Ein Paar hatte Adele gehabt. Gesunde Zwillinge, und gleich bei der ersten Schwangerschaft. Sie hatte sie in ihrem Schlafzimmer zur Welt gebracht, der Schneefall war so plötzlich gekommen, dass nicht sicher war, ob die Hebamme es rechtzeitig schaffen würde. Als Madame Theroux endlich eintraf, erklärte sie Adele, sie könne sich glücklich schätzen. In beiden Familien habe es seit Generationen keine Zwillinge mehr gegeben. Wer mit Zwillingen gesegnet sei, sagte die Hebamme, müsse den Marasa opfern, den heiligen Zwillingen, die Himmel und Erde vereinten. Das seien machtvolle Kindergötter mit einem Hang zur Eifersucht. Man müsse beide gleichermaßen anbeten – zwei Süßigkeiten auf dem Altar lassen, zwei Flaschen Brause, zwei Puppen. Adele, die in St. Catherines gefirmt worden war, wusste, dass sie hätte empört sein müssen angesichts des heidnischen Geredes, aber die Geschichten lenkten sie von ihren Schmerzen ab. Dann erschien Desiree und sieben Minuten später Stella, und sie hatte in jedem Arm ein Mädchen, faltig und rosa, und sie brauchten nichts außer ihr.

Einen Altar baute Adele nach der Geburt der Zwillinge nicht. Aber später, als ihre Mädchen verschwunden waren, fragte sie sich, ob sie hochmütig gewesen war. Vielleicht hätte sie den Altar bauen sollen, egal wie töricht es klang. Vielleicht wären ihre Töchter dann geblieben. Aber vielleicht trug auch sie allein die Schuld. Vielleicht hatte sie die Zwillinge nicht beide gleich geliebt, und das hatte sie vertrieben. Mit Desiree, die mehr nach ihrem Vater kam und glaubte, dass nichts ihr etwas anhaben konnte, solange sie sich Gutes herbeiwünschte, war sie immer strenger gewesen. Kinder mit eigenem Willen musste man im Zaum halten. Aus Liebe hatte sie Desiree ihre Sturheit nicht durchgehen lassen. Aber Desiree fühlte sich gehasst, und Stella fühlte sich vernachlässigt. Das war das Problem: Man konnte zwei Menschen nie auf die gleiche Weise lieben. Von Anfang an hatte ein Fluch auf ihrem Segen gelegen: Ihre Mädchen waren so unmöglich zufriedenzustellen wie eifersüchtige Gottheiten.

Leon zu lieben war leicht gewesen. Sie hätte wissen müssen, dass er nicht lange bei ihr bleiben würde. In ihren frühen Jahren war alles Gute so unbeschwert zu ihr gekommen, und die zweite Hälfte war damit vergangen, dass sie alles wieder verlor. Aber Desiree würde sie nicht noch einmal verlieren.

Sie trat auf die knarrende Veranda, zwei Tassen Kaffee in den Händen. Desiree drückte eilig die Zigarette auf dem Geländer aus. Fast hätte Adele gelacht – eine erwachsene Frau, die sich verhielt wie ein Kind, das beim Bonbonstibitzen erwischt wird.

«Ich dachte, ich mache uns Frühstück», sagte Adele. Sie reichte Desiree den Kaffeebecher und erhaschte noch einen Blick auf den verblassten blauen Fleck unter dem dummen Halstuch.

«Ich bin nicht so hungrig», sagte Desiree.

«Du fällst vom Fleisch, wenn du nichts isst.»

Desiree zuckte die Achseln und nahm einen Schluck. Adele spürte schon, wie sie sich wieder losreißen wollte, wie ein Vogel, der in ihren Händen mit den Flügeln flatterte.

«Ich kann deine Kleine nachher bei der Schule vorbeibringen», sagte Adele. «Die Formalitäten erledigen.»

Desiree schnaubte. «Und wozu soll das bitte gut sein?»

«Sie muss doch weiter lernen ...»

«Wir bleiben nicht hier, Mama.»

«Wo wollt ihr denn hin? Und wie wollt ihr dort hinkommen? Ihr habt bestimmt nicht mal zehn Dollar in der Tasche.»

«Keine Ahnung! Sonst wohin.»

Adele spitzte die Lippen. «Du möchtest lieber sonst wo sein, Hauptsache, nicht hier bei mir.»

«So ist das nicht, Mama», seufzte Desiree. «Ich weiß einfach nicht, wo es für uns jetzt am besten ist.»

«Am besten ist es bei deiner Familie, *chère*», sagte Adele. «Bleib. Hier bist du in Sicherheit.»

Desiree schwieg und starrte in den Wald hinaus. Über ihr erwachte der Himmel, färbte sich lila und rosa, und Adele legte ihrer Tochter einen Arm um die Hüfte.

«Was denkst du wohl, was Stella gerade macht?», fragte Desiree.

«Mache ich nicht», sagte Adele.

«Pardon?»

«Ich denke nicht an Stella», sagte sie.

In Mallard sah Desiree Stella überall.

Sie sah sie an der Wasserpumpe sitzen, in ihrem fliederfarbenen Kleid, einen Finger in der Socke, um sich den Knöchel zu kratzen. Im Wald verschwinden, zum Versteckspielen hinter den Bäumen. Aus dem Fleischerladen kommen, mit Hühnerleber in Wachspapier, das Päckchen so fest umklammert, als hielte sie das kostbarste Geheimnis in Händen. Stella, die Haare zu einem Pferdeschwanz gebunden, mit einer Schleife darum, die Kleider immer gestärkt, die Schuhe poliert. Noch immer ein Mädchen, denn anders hatte Desiree sie nicht gekannt. Ständig sah sie diese Stella aus dem Augenwinkel: Stella, an einen Zaun gelehnt oder wie sie bei Fontenot einen Einkaufswagen durch den Gang schob oder auf den Steinstufen vor St. Catherines hockte und in eine Pusteblume blies. Als Desiree ihre Tochter an deren erstem Schultag begleitete, tauchte Stella hinter ihnen auf und ärgerte sich über den aufgewirbelten Staub, der auf ihren Socken landete. Desiree versuchte, sie zu ignorieren, und packte Judes Hand fester.

«Heute musst du mit den Menschen reden», sagte sie.

«Ich rede mit Menschen, die ich mag», sagte Jude.

«Aber du weißt noch nicht, wen du mögen wirst. Deshalb musst du erst mal zu allen nett sein.»

Sie zog ihrer Tochter den Kragen glatt. Den Vorabend hatte sie damit verbracht, auf Knien Judes Kleider im Waschtrog zu schrubben. Sie hatte nicht genug für sie beide eingepackt, und als sie im Hof mit beiden Händen in das schmierige Wasser fuhr, stellte sie sich vor, wie ihre Tochter immer wieder dieselben vier Kleider trug, bis sie ihr zu klein geworden waren. Warum hatte sie sich keinen Plan gemacht? Stella hätte das getan. Sie hätte ihre Flucht schon Monate im Voraus geplant und nach und nach Kleider zur Seite geschafft. Sie hätte Geld zurückgelegt, Fahrkarten gekauft, ein Ziel bestimmt und alles vorbereitet. Desiree wusste das, denn in New Orleans hatte Stella es genau so gemacht. War aus einem Leben hinaus in ein zweites geschlüpft, als wäre es das Nebenzimmer.

Am Schulhof drückten hellbraune Kinder die Gesichter an den Zaun, und Desiree nahm ihre Tochter wieder an der Hand. Sie hatte Jude die schönsten Kleider hingelegt, ein weißes Kleid mit rosa Trägerschürze, Spitzensöckchen und Spangenschuhe. «Hast du nichts Braunes?», hatte ihre Mutter gefragt, die in der Tür stand, aber Desiree hatte sie nicht beachtet und Jude rosa Schleifen an die Zöpfe gebunden. Bunt auf schwarzer Haut sah vulgär aus, hieß es überall, aber sie würde ihre Tochter nicht in trostlosen Oliv- oder Grautönen verstecken. Als sie jetzt an den anderen Kindern vorbeiparadierten, kam sie sich dumm vor. Vielleicht war Rosa wirklich zu knallig. Vielleicht hatte sie die Chancen ihrer Tochter schon ruiniert, weil sie sie so ausstaffiert hatte.

«Warum gucken mich alle so an?», fragte Jude.

«Weil du neu bist», sagte Desiree. «Sie sind nur neugierig auf dich.»

Sie lächelte und versuchte, munter zu klingen, aber ihre Tochter warf argwöhnische Blicke auf den Schulhof.

«Wie lange bleiben wir hier draußen?», fragte sie.

Desiree hockte sich vor sie hin. «Ich weiß, hier ist es ganz anders», sagte sie. «Aber ein bisschen müssen wir noch bleiben. Bis Mama ein paar Sachen geklärt hat, okay?»

«Wie lange ist *ein bisschen*?»

«Das weiß ich nicht, Kleines», sagte Desiree schließlich. «Ich weiß es nicht.»

Faul hockte das Surly Goat auf seinen Stelzen, und aus dem Moos an den Bäumen tropfte es auf das rot gestrichene Dach. Vorsichtig hielt Desiree sich am Rand des schlammigen Weges, bis hin zur ersten baufälligen Stufe. Ein kleiner Ort im Schatten einer Raffinerie, ohne Kino oder Nachtklub oder Baseballstadion in der Nähe, das hieß vor allem eins: gelangweilte harte Männer im Überfluss. Marie Vignes war in Mallard die Einzige gewesen, die kein Problem damit hatte. Stattdessen hatte sie das von ihren Eltern geerbte Farmhaus in eine Bar verwandelt und ihre vier Söhne Gläser waschen, Fässer schleppen und die gelegentlichen Schlägereien schlichten lassen. Sie hatte die Bar eines Tages einem ihrer vier Söhne hinterlassen wollen, aber als sie starb, waren schon alle dahin. Nach der Beerdigung ihres Vaters bekamen die Zwillinge kaum noch etwas von ihr mit. Ihre Mutter hatte mit der Flüsterkneipe oder deren ungehobelter Betreiberin nie etwas zu tun haben wollen. Solange er lebte, waren die beiden Frauen höflich genug gewesen, schön Wetter zu machen, aber nun, da Leon fort war, war nur noch für eine von beiden und ihre Trauer Platz genug.

Und so kannten die Zwillinge die Geschichten über Marie Vignes nur vom Hörensagen – wie sie den härtesten Kerlen von Mallard den Whiskey servierte, wie sie unter der Theke ein Schießgewehr liegen hatte, das sie Nat King Cole nannte, und wenn die Ölarbeiter anfingen, einander herumzustoßen, über eine Partie Poker oder wegen einer Frau, dann holte sie den alten Nat hervor, und die zornigen Männer, die sich von einer Frau in einer Kittelschürze sonst nicht beeindrucken ließen, waren plötzlich zahm wie Messdiener. Als Desiree jetzt zum ersten Mal einen Fuß ins Surly Goat setzte, war sie fast enttäuscht. Sie hatte sich das Lokal immer als einen magischen Ort vorgestellt, der sie irgendwie an ihren Vater erinnern würde. Dabei war es nicht mehr als eine ländliche Absturzkneipe.

Sie befand sich am helllichten Nachmittag in einer Bar, einfach weil sie nicht wusste, wo sie sonst hinsollte. Den Vormittag über war sie auf dem Beifahrersitz von Willie Lees Laster hin und her geworfen worden, den ganzen Weg bis nach Opelousas. Sie wolle sich Arbeit suchen, hatte sie ihm erzählt, als sie ihn vor seinem Laden entdeckt hatte, wo er Lieferungen auf seinen Laster lud. Ob er sie in die Stadt mitnehmen könne? Während der Fleischlaster sich immer weiter von Mallard entfernte, blieb sie in Gedanken bei ihrer Tochter, die sich nach ihr umgesehen hatte, bevor sie im Schulgebäude verschwand. Die schmalen Schultern, die an den Seiten geballten Fäuste.

«Wo soll ich dich rauslassen?», hatte Willie Lee gefragt.

«Einfach beim Sheriff.»

«Beim Sheriff?» Er warf ihr einen Blick zu. «Was hast du denn da zu suchen?»

«Arbeitssuche, habe ich doch gesagt.»

Er grunzte. «Einen Putzjob bekommst du auch näher an Mallard.»

«Es geht nicht ums Putzen.»

«Was willst du dann beim Sheriff?»

«Mich als Fingerabdruckexpertin bewerben», sagte sie.

Willie Lee lachte. «Du marschierst da also rein, und was sagst du dann?»

«Dass ich mich um eine Stelle bewerben möchte. Ich weiß nicht, was es da zu lachen gibt, Willie Lee. Ich habe jetzt zehn Jahre lang Fingerabdrücke untersucht, und wenn ich das für das FBI tun kann, warum dann nicht auch hier?»

«Mir würden da schon ein paar Gründe einfallen», sagte Willie Lee.

Aber hatte die Welt sich denn nicht ein klein wenig verändert, seit sie fortgegangen war? Und war sie denn nicht mit allem Selbstbewusstsein dieser Erde ins Sheriff's Department des Bezirks St. Landry stolziert? Mitten hinein in das schmutzige hellbraune Gebäude mit seinem Stacheldrahtzaun und hatte dem Hilfssheriff, einem stattlichen Mann mit strohblondem Haar, erklärt, dass sie sich bewerben wolle. «Beim FBI, haben Sie gesagt?», hatte er gefragt, mit hochgezogener Augenbraue, und sie hatte sich ein wenig Optimismus erlaubt. Sie saß in einer Ecke des Warteraums, arbeitete rasend schnell noch einmal die Fingerabdruckprüfung durch, dankbar, dass sie etwas zum Nachdenken hatte, und zwar nicht – wie so oft in der letzten Zeit – darüber, wie lange das Geld reichen würde, sondern echtes analytisches Denken. Sie sei aber schnell fertig, sagte der Hilfssheriff, ein wenig erstaunt, wahrscheinlich Rekordzeit. Er holte die Antworten aus einem Ordner, zum Abgleich. Aber vorher sah er sich ihre ganze Bewerbung an, und als er auf ihren Wohnort, Mallard, stieß, verschattete sich sein Blick. Er legte die Antworten wieder in den Ordner und setzte sich.

«Kannst du dalassen, Kleines», sagte er. «Muss ich meine Zeit nicht mit verschwenden.»

Jetzt betrat sie das Surly Goat, unter dem Willkommensschild hindurch – EISKALTE WEIBER! HEISSES BIER! –, und quetschte sich auf dem Weg zu einem leeren Tisch an einer Reihe Männern in schmierigen Overalls vorüber.

«Sieh mal einer an, wen sie aus dem Käfig gelassen haben», sagte Lorna Hebert, die alte Barfrau. Sie schenkte einen Whiskey ein, ohne dass Desiree etwas bestellt hatte.

«Sehr überrascht siehst du ja nicht aus», sagte Desiree. Sie war jetzt seit zwei Tagen in der Stadt, natürlich wussten alle Bescheid.

«Irgendwann musstest du ja wieder nach Hause kommen», sagte Lorna. «Lass dich mal anschauen.»

Auch im Dunkel der Bar trug Desiree noch ihr blaues Halstuch. Falls Lorna etwas merkte, behielt sie es für sich. Sie verschwand wieder hinter dem Tresen, und Desiree kippte den Whiskey herunter. Das Brennen in der Kehle tröstete sie. Sie kam sich erbärmlich vor – Alkohol am helllichten Tag –, aber was sollte sie sonst tun? Sie brauchte Arbeit. Geld. Einen Plan. Stattdessen wurde ihre Tochter von diesen Kindern angeglotzt. Der Hilfssheriff schickte sie wieder weg. Sam würgte sie. Sie gab Lorna einen Wink; sie wollte vergessen.

Ein Glas, dann noch eins, und als ihr Blick auf ihn fiel, war sie schon beschwipst.

In ihrem letzten Sommer in Mallard war Desiree einem Jungen von der falschen Sorte begegnet.

Davor hatte sie ihr Leben lang nur die richtige Sorte kennengelernt: Jungen aus Mallard, ehrgeizig und hellhäutig, Jungen, die sie am Pferdeschwanz zogen, Jungen, die in der Firmkatechese neben ihr saßen und das Apostolikum murmelten, Jungen, die sie beim Schulfest vor der Tür um Küsschen anbettelten. Es wurde erwartet, dass sie einen dieser Jungen heiratete, und wenn Johnny Heroux ihr kleine Nachrichten in Herzform ins Geschichtsbuch malte oder Gil Dalcourt mit ihr auf den Schulball gehen wollte, konnte sie förmlich spüren, wie ihre Mutter sie anstupste. *Such dir einen aus, such dir einen aus.* Und immer stellte sie sich dann auf die Hinterbeine. Nichts machte einen Jungen weniger aufregend, als dass von einem erwartet wurde, ihn zu mögen.

Die Jungs aus Mallard waren so ungefährlich und vertraut wie Cousins, aber es gab keine anderen, es hatte höchstens einmal jemand einen Neffen zu Besuch, oder eine Farm am Stadtrand bekam einen neuen Pächter. Mit diesen Pächterjungen hatte sie nie ein Wort gewechselt – sie sah sie nur durch den Ort kommen, hochgewachsen, sehnig und braun verkrustet. Wie Männer sahen sie aus, diese Jungen, worüber konnte man da mit ihnen reden? Außerdem sollte man mit dunkelhäutigen Jungen überhaupt nicht reden. Einmal hatte einer sich vor ihr an den Hut getippt, und ihre Mutter hatte *tststs* gemacht und sie fester am Arm gepackt.

«Nicht mal hinsehen», hatte ihre Mutter gesagt. «Jungen wie der haben nichts Gutes im Sinn.»

Dunkelhäutige Jungen seien in Mallard nur auf Mädchenjagd, sagte ihre Mutter immer. Sie wollten ein weißes Mädchen hernehmen, aber da das nicht ging, war ein hellbraunes

Mädchen das Nächstbessere. Aber vor jenem einen Abend im Juni, als sie die Wohnzimmerfenster putzte und durch das verschmierte Glas einen dunkelhäutigen Jungen auf der Veranda stehen sah, hatte sie noch nie einen kennengelernt. Er war groß, trug kein Hemd unter dem Overall, seine Haut war dunkles Karamell. Er hatte Einkäufe im Arm, nahm einen Bissen von einer irgendwie violetten Frucht und wischte sich mit dem Handrücken über den Mund.

«Lässt du mich rein?», sagte er. Er blickte sie so direkt an, dass sie rot wurde.

«Nein», sagte sie. «Wer bist du?»

«Was glaubst du denn?», sagte er. Er drehte ihr den Einkaufsbeutel zu, damit sie das Fontenot-Logo sehen konnte. «Mach auf.»

«Ich kenne dich nicht», sagte sie. «Du könntest mich abstechen wollen.»

«Sehe ich so aus, als hätte ich ein Messer dabei?»

«Vielleicht kann man es von hier nicht sehen.»

Er hätte die Lieferung auf der Veranda lassen können. Als er es nicht tat, merkte sie, dass sie flirteten.

Sie ließ den Lappen auf das Fensterbrett fallen und sah ihm beim Kauen zu.

«Was isst du da überhaupt?»

«Komm her, dann zeige ich es dir.»

Schließlich hakte sie die Fliegentür auf und trat auf die Veranda. Early kam vorsichtig näher. Er roch nach Schweiß und Sandelholz, und als er ganz nah war, dachte sie eine atemlose Sekunde lang, er würde sie vielleicht küssen. Aber das tat er nicht. Er hob die Feige an ihre Lippen. Sie biss zu, wo vorher sein Mund gewesen war.

Später erfuhr sie seinen Namen, der eigentlich kein Name war; sie musste trotzdem lächeln, wenn er ihr über die Zunge rollte. Early, Early, immer zu früh. Den ganzen Monat über legte er ihr Obst hin, als wären es Blumen. Jeden Abend, wenn sie von den Duponts nach Hause kamen, fand sie auf dem Verandageländer eine Pflaume oder einen Pfirsich oder in eine Serviette eingeschlagene Brombeeren. Nektarinen und Birnen und Rhabarber, mehr, als sie essen konnte, Obst, das sie unter ihrer Schürze versteckte – für später oder zum Kuchenbacken. Manchmal kam er abends auf seiner Runde vorbei und hing auf den Stufen zu ihrer Veranda herum. Das Ausliefern mache er in Teilzeit, erklärte er ihr; vor allem helfe er Onkel und Tante auf einer Farm am Ortsrand. Aber nach der Ernte wolle er fort in eine richtige Stadt, New Orleans zum Beispiel.

«Glaubst du nicht, dass du deiner Familie fehlen wirst?», sagte Desiree. «Wann willst du weg?»

Er schnaubte. «Das Geld», sagte er. «Das wird ihnen fehlen. An was anderes denken die nicht.»

«Na ja, man muss ja auch ans Geld denken», sagte Desiree. «Die Erwachsenen sind eben so.»

Wie wohl ihre Mutter wäre, wenn sie sich nicht mehr die ganze Zeit Sorgen um das Geld machte? Wie Mrs. Dupont vielleicht, und traumwandlerisch durch das Haus gleiten. Aber Early schüttelte den Kopf.

«Das ist nicht dasselbe», sagte er. «Deine Mama hat ein Haus. Und ihr die ganze verschlafene Stadt. Wir haben gar nichts. Deshalb verschenke ich dieses Obst. Gehört mir sowieso nicht.»

Sie nahm sich eine Brombeere aus seiner Serviette. Inzwischen hatte sie schon so viele gegessen, dass ihre Fingerspitzen dunkellila angelaufen waren.

«Also, wenn dir das ganze Obst gehören würde», sagte sie, «dann würdest du mir nichts davon geben?»

«Wenn es mir gehören würde», sagte er, «dann würde ich dir alles geben.»

Dann küsste er sie innen aufs Handgelenk und auf die Handfläche, steckte sich ihren kleinen Finger in den Mund und leckte ihr den Beerensaft von der Haut.

Ein dunkelhäutiger Junge, der über die Wiese hinter dem Haus kam und ihr Obst brachte. Sie wusste nie im Voraus, wann Early kommen würde, ob überhaupt, also fing sie an, auf ihn zu warten, und hockte bei sinkender Sonne auf dem Verandageländer. Stella warnte sie, sie müsse aufpassen. «Ich weiß, das willst du nicht hören», sagte sie. «Aber du kennst ihn kaum, und er klingt frech.» Das war Desiree egal. Er war der erste interessante Junge, der ihr je begegnet war, der einzige, der sich ein Leben außerhalb von Mallard auch nur vorstellen konnte. Und vielleicht gefiel es ihr sogar, dass Stella ihm nicht traute. Sie wollte nicht, dass die beiden einander kennenlernten. Er würde grinsen, zwischen beiden Mädchen hin- und herblicken und zwischen ihren Ähnlichkeiten nach den Unterschieden suchen. Sie hasste dieses Lautlos-abgeschätzt-Werden, jemandem dabei zusehen zu müssen, wie er sie mit einer Variante ihrer selbst verglich. Vielleicht sogar einer besseren. Was, wenn er in Stella etwas sah, das ihm besser gefiel? Mit ihrem Aussehen würde es nichts zu tun haben, und das machte es irgendwie noch schlimmer.

Mit ihm auszugehen war unmöglich. Das war ihm auch klar, ohne dass sie darüber geredet hätten. Er kam immer nur an die Veranda, wenn ihre Mutter noch auf Arbeit war, und ging, sobald es dämmerte. Eines Abends erwischte ihre Mutter sie trotzdem beim Schwatz, als sie früher als sonst nach Hause kam. Early sprang vom Geländer, und die Brombeeren auf seinem Schoß kugelten wie Schrotkugeln über das Holz.

«Du gehst jetzt lieber», sagte ihre Mutter. «Kavaliere kann ich hier nicht haben.»

Er hob die Hände und ergab sich, als hätte er selbst das Gefühl, etwas falsch gemacht zu haben.

«Tut mir sehr leid, Ma'am», sagte er. Hastig verschwand er zwischen den Bäumen, ohne Desiree auch nur anzusehen. Sie sah ihm verzweifelt nach.

«War das nötig, Mama?», sagte sie.

Aber ihre Mutter scheuchte sie ins Haus. «Eines Tages wirst du es mir danken», sagte sie. «Glaubst du, dass du schon alles weißt? Du hast keine Ahnung, wie grausam diese Welt sein kann, Kleines.»

Und was die unermessliche Grausamkeit der Welt anging, mochte ihre Mutter recht haben. Sie hatte selbst ihr Teil getragen; und wo Desirees Teil schon unterwegs war, wollte sie es von einem dunkelhäutigen Jungen nicht noch beschleunigt sehen. Aber vielleicht war ihre Mutter auch einfach wie alle anderen, fand dunkle Haut hässlich und versuchte, Abstand zu halten. Wie dem auch sein mochte, Early Jones kam nicht mehr vorbei. Beim Putzen bei den Duponts dachte Desiree an ihn. Samstagnachmittags lungerte sie bei Fontenot herum, obwohl sie nichts kaufen wollte, und hoffte, einen Blick auf ihn zu erhaschen, wenn er Einkäufe über die Straße schleppte. Als sie schließlich nachfragte, erklärte Mr. Fontenot ihr, die Familie des Jungen sei weitergezogen.

Und was hätte sie Early auch sagen sollen, wenn sie ihn erreicht hätte? Hätte sie sich für die Worte ihrer Mutter entschuldigen sollen? Oder dafür, dass sie ihn mit keinem Wort verteidigt hatte? Ihm erklären, dass sie anders sei als ihre Familie, obwohl sie nicht mehr sicher war, dass das wirklich stimmte? Die Schande, bei etwas erwischt zu werden, ließ sich nicht mehr von der Schande dieses Etwas trennen. Wäre sie nicht selbst ein klein wenig überzeugt gewesen, und sei es auch nur das kleinste bisschen, dass es nicht recht war, Zeit mit Early zu verbringen, hätte sie ihn wohl gefragt, ob er bei Lou's ein Malzbier mit ihr trinken wolle? Oder mit ihr spazieren gehen oder am Fluss sitzen? In Earlys Augen war sie wahrscheinlich genau wie ihre Mutter. Deshalb war er ohne Abschied weggezogen.

Und nun war Early Jones wieder in Mallard, kein Junge mehr mit Obst in der Tasche, sondern ein erwachsener Mann. Unwillkürlich war sie aufgestanden und wankte auf ihn zu. Er warf einen Blick über die Schulter, und seine braune Haut glänzte im matten Licht. Er wirkte nicht überrascht, sie zu sehen, und lächelte ihr ganz kurz zu. Ganz kurz fühlte sie sich wieder wie ein kleines Mädchen und wusste nicht, was sie sagen sollte.

«Hab ich mir doch gedacht, dass du das bist», sagte sie schließlich.

«Natürlich bin ich das», sagte er. «Wer soll es denn sonst sein?»

Auf gewisse Weise war er noch genau, wie sie ihn in Erinnerung hatte, groß und schlank, mit den Muskeln einer Wildkatze. Aber selbst im Dämmerlicht des Lokals konnte sie ihm schwere Jahre an den Augen ablesen, und seine Müdigkeit erschreckte sie. Er kratzte sich den Dreitagebart, winkte Lorna zu und deutete lässig auf Desirees Glas.

«Was um Himmels willen machst du hier?», sagte sie. Mallard war der letzte Ort, an dem sie sich je hätte vorstellen können, ihn wiederzusehen.

«Bin nur kurz in der Stadt», sagte er. «Was Geschäftliches.»

«Was für eine Art Geschäft?»

«Ach, nichts Großes. Dies und das.»

Er lächelte wieder, aber das Lächeln hatte etwas Verstörendes. Er warf einen Blick auf ihre linke Hand.

«Also, welcher hier ist dein Mann?», fragte er mit einem Nicken in den Raum.

Sie hatte vergessen, dass sie noch immer den Ehering trug, und rollte die Finger ein.

«Er ist gerade nicht hier», sagte sie.

«Und es macht ihm nichts aus, dass du ganz allein an so einem Ort sitzt?»

«Ich komm schon klar», sagte sie.

«Da bin ich mir sicher.»

«Ich wollte meine Mama besuchen, das ist alles. Er konnte nicht mit.»

«Na, das ist mal ein mutiger Mann. Dass er dich aus den Augen lässt.»

Sie wusste genau, dass er nur um der alten Zeiten willen flirtete, trotzdem spürte sie, wie sie errötete. Geistesabwesend zupfte sie an ihrem blauen Halstuch.

«Was ist mit dir?», sagte sie. «Ich sehe gar keinen Ring an deiner Hand.»

«Wirst du auch nicht», sagte er. «Das ganze Ding passt mir nicht.»

«Und deiner Frau ist das egal?»

«Wer sagt denn, dass ich eine habe?»

«Vielleicht auch mehr als eine», sagte sie. «Ich weiß ja nicht, was du so getrieben hast.»

Er lachte und kippte seinen Drink hinunter. Sie hatte schon seit Jahren nicht mehr mit einem fremden Mann geflirtet, allen Vorwürfen von Sam zum Trotz, sie mache dem Liftboy schöne Augen, sie lächele den Portier zu freundlich an, sie lache zu laut über die Witze des Taxifahrers. In der Öffentlichkeit gab er sich geschmeichelt, wenn sie die Aufmerksamkeit anderer Männer erregte. Zu Hause bestrafte er sie dafür. Was würde Sam sagen, wenn er sie an einem Ort wie diesem fände und Early so dicht vor ihr, dass sie ihm mit der Hand über die Hemdknöpfe fahren könnte?

«Und wann geht es wieder nach Hause?», sagte er.

«Weiß ich noch nicht.»

«Hast du denn keine Rückfahrkarte oder so was?»

«Du stellst aber viele Fragen», sagte sie. «Und was du machst, hast du mir immer noch nicht erzählt.»

«Ich jage», sagte er.

«Was jagst du denn?», fragte sie.

Einen langen Augenblick schaute er schweigend auf sie herab, und sie spürte, wie seine Hand ihr über den Nacken strich. Zart, fast so, wie man ein weinendes Kind trösten würde. Das kam so überraschend und war so anders als sein grobes Flirten, dass sie nicht wusste, was sie sagen sollte. Dann löste er ihr das Halstuch. Das Würgemal war langsam verblasst, aber selbst im Dämmerlicht der Bar konnte er es quer über ihrem Hals gut erkennen.

Davor hatte sie niemand gewarnt, als sie klein war und alle ihr erzählten, wie schön ihr heller Teint sei: wie schnell ein zorniger Mann auf dieser Haut seine Spuren hinterlassen konnte.

Early verzog das Gesicht, und sie fühlte sich so entblößt, als hätte er ihr den Rock hochgehoben. Sie stieß ihn von sich, und er stolperte überrascht einen Schritt zurück.

Mallard krümmte sich.

Ein Ort war nichts Festes, das wusste Early längst. Eine Stadt war wie Gelee, das sich immer neu um deine Erinnerungen legt. Am Morgen nachdem Desiree Vignes ihn in der Bar herumgeschubst hatte, lag Early in seiner Pension, versunken in die Betrachtung des Fotos, das Ceel ihm gegeben hatte. Er war länger im Surly Goat geblieben als geplant, andererseits hatte er auch nicht vorgehabt, Desiree überhaupt zu begegnen. Er hatte nur die Zeit totschlagen und sich vielleicht ein wenig umhören wollen. Zwei Tage lang hatte er in New Orleans herumgeschnüffelt, obwohl er wusste, dass Desiree kaum dort sein würde.

«Sie ist wieder dahin, das weiß ich genau», hatte ihr Mann ihm am Telefon gesagt. «All ihre Freunde sind dort. Wo soll sie sonst hin? Die Schwester ist weg. Mit ihrer Mutter redet sie nicht.»

Early hielt den Hörer fest und fuhr mit dem nackten Zeh über den Holzboden.

«Wo ist ihre Schwester denn hin?», fragte er.

«Scheiße, was weiß ich. Hören Sie, ich habe Ihnen die erste Rate geschickt, finden Sie sie nun, oder was?»

Auch deshalb jagte Early lieber Kriminelle: Zwischen dem Kriminellen und dem Kautionsagenten wurde es nie persönlich, es war immer nur eine einfache Meinungsverschiedenheit um Dollars und Cents. Aber ein Mann, der nach seiner Frau suchte, das war etwas anderes. Da war Verzweiflung im Spiel. In seinem Rücken konnte er Sam Winston hin und her tigern hören. Vielleicht würde Desiree von selbst wieder zu ihm zurückkehren. Early hätte gern zehn Cent für jede Frau, die im Zorn aus dem Haus gestürmt war. Aber Sam war überzeugt, dass sie nicht wiederkommen würde.

«Einfach abgehauen», sagte er. «Hat eine Tasche gepackt und mein Kind auch noch mitgenommen, Mann. Einfach mitten in der Nacht abgehauen. Was soll ich denn jetzt machen?»

«Warum, glauben Sie denn, ist sie einfach so weg?», fragte Early.

«Keine Ahnung», sagte Sam. «Es gab einen Streit, aber sie wissen ja, wie das bei Eheleuten ist.»

Das wusste Early nicht, aber er sagte nichts. Er wollte nicht, dass Sam etwas über ihn erfuhr. Also erzählte er Sam auch nichts davon, als er beschloss, lieber nach Mallard zu fahren. Ein verletzter Vogel kehrt ins Nest zurück, und mit einer verletzten Frau war es nicht anders. Es würde sie heimwärts ziehen, da war er sich sicher – obwohl er über ihr Leben nichts wusste. Auf dem Freeway I-10 spielte er mit den Fotos, die Ceel ihm gegeben hatte. Weil er nach Hinweisen suchte, wie er sich einredete; dabei wusste er genau, dass er sie einfach anhimmeln wollte. Aus dem hübschen Mädchen, das auf der Veranda mit ihm geflirtet hatte, war eine schöne Frau geworden, die lächelte, vor dem Weihnachtsbaum kniete, umgeben von schimmernden Kerzen. Sie sah glücklich aus. Gar nicht der Typ, der einfach seine Sachen packt und abhaut. Was hatte sie dazu getrieben? Aber die Grübelei war sinnlos. Es ging ihn nichts an. Er würde sie finden und zum Beweis ein paar Fotos schießen. Die Fotos in die Post geworfen, dann war sein Geld zu ihm unterwegs, und die Sache mit Desiree Vignes war erledigt.

Dass er sie so schnell finden würde, in einer Bar voller Raffinerieարbeiter, damit hatte er nicht gerechnet. Und auch nicht mit dem Mal an ihrem Hals. Er hatte ihr nicht zu nahe treten wollen, als er ihr das Halstuch gelöst hatte – er war bloß überrascht gewesen, mehr nicht. Aber sie war zurückgeschreckt, als wäre er es gewesen, der sie gewürgt hatte, und hatte ihn dann mit solcher Kraft von sich gestoßen, dass er den Mann hinter sich angerempelt und seinen Drink verschüttet hatte. Er hätte ihr nachgehen sollen, aber er war erschrocken gewesen und hatte sich ein wenig geschämt, um die Wahrheit zu sagen, und all die anderen Männer hatten gejohlt und gelacht.

«Warum hat sie das denn gemacht?», fragte die alte Barfrau.

«Keine Ahnung.» Early nahm eine Serviette und wischte sich die Jacke ab. «Ich habe sie Jahre nicht gesehen.»

«Ihr wart früher mal zusammen?», fragte ein dünner Mann mit Stetson.

«Früher mal», lachte ein alter Mann und klopfte Early auf die Schulter. «Ja, *früher mal* klingt korrekt!»

«Früher war sie nicht so aufbrausend», sagte Early.

«Die würde ich lieber in Ruhe lassen, wenn ich du wäre», sagte der Mann mit dem Stetson. «Die ganze Familie hat so ihre Probleme.»

«Was für Probleme?»

«Na ja, ihre Schwester ist abgehauen und bildet sich ein, sie wäre weiß.»

«Ja, genau», sagte der alte Mann. «Die lebt da draußen jetzt schön als weiße Lady.»

«Und Desiree hat dann dieses Kind bekommen.»

«Was ist denn mit dem Kind?», fragte Early.

«Überhaupt nichts», sagte der Mann mit dem Stetson gedehnt. «Das ist einfach so schwarz, schwärzer geht's nicht. Desiree ist losgezogen und hat sich den schwärzesten Jungen geangelt, den sie finden konnte, und jetzt glaubt sie, keiner bei uns weiß, dass er sie vermöbelt.»

«Kommt mit einem dicken blauen Fleck wieder in die Stadt marschiert!» Der alte Mann lachte. «Wahrscheinlich Training. Er wollte sie in Joe Frazier verwandeln, deshalb ist sie auch auf dich los!»

Frauen schlagen, das war nicht Earlys Sache. Ein Mann sollte im Kampf fair bleiben, und wenn er keine Frau fand, die ihm Schlag um Schlag gewachsen war, sollte er seine Konflikte anders lösen. Andererseits war ein Job ein Job. Er war nicht ihr Beichtvater und schon gar nicht ihr Freund. Er hatte sie nie wirklich kennengelernt. Sie war einfach ein Mädchen, das bei sich auf der Veranda mit ihm geflirtet hatte. Was zwischen ihr und ihrem Ehemann war, ging ihn nichts an.

Am Morgen gab er einem Jungen fünf Cent, damit er ihm den Weg zum Haus von Adele Vignes zeigte. Er stieg über dicke Baumwurzeln, und langsam fiel der Weg ihm wieder ein. Die Fototasche schlug ihm an die Hüfte. Schon fühlte er sich wieder wie mit siebzehn, als er liebeskrank durch diese Wälder gestrichen war. Wie angeekelt Adele Vignes ihn weggeschickt hatte. Und Desiree, die schweigend neben ihr stand, hatte ihn nicht einmal ansehen können. Gedemütigt war er nach Hause gestolpert, aber als er seinem Onkel davon erzählte, hatte der nur gelacht. «Was hast du erwartet, Junge?», hatte er gesagt. «Weißt du nicht, was du in dieser Gegend bist? Für diese Nigger bist du der letzte Nigger.»

Danach hatte er kein Wort mehr mit Desiree gewechselt. Was hätte er ihr auch sagen sollen? Jeder Ort, ob fest oder nicht, hatte seine Regeln. Early war sich vor allem dumm vorgekommen, weil er geglaubt hatte, Desiree würde diese Regeln um seinetwillen ignorieren.

Jetzt wartete er hinter den Bäumen und stellte das weiße Haus durch sein Objektiv scharf. Zehn Minuten lang vielleicht, obwohl er das Zeitgefühl verloren hatte, dem Rauschen der Schwalben über sich lauschend. Gestern in der Bar hatte sie ihn erschreckt. Bei Licht betrachtet, sah sie mehr nach dem Mädchen aus, das ihm einst begegnet war. Gertenschlank, mit einem Wust von dunklem Haar auf dem Rücken. Barfuß ging sie auf und ab, erfüllt von einer nervösen Energie, die sie bis an die Zigarettenspitze zu durchglühen schien. Schließlich schoss er seine Fotos. Desiree am Ende der Veranda – *klick* – dann, wie sie auf den Fersen kehrtmachte – wieder *klick*. Als er erst einmal angefangen hatte, konnte er nicht wieder aufhören, sie durch das kleine Rechteck zu betrachten, das Verrutschen ihres blauen Kleids, das seine Blicke auf ihre schlanken Fesseln lenkte. Dann ging die Fliegentür auf, und ein pechschwarzes Mädchen trat auf die Veranda. Desiree wandte sich ihm zu, lächelnd, und hockte sich hin, um es in die Arme zu schließen. Early ließ die Kamera sinken und sah zu, wie Desiree ihre Tochter ins Haus trug.

«Was gibt's Neues?», sagte Sam, als er an jenem Abend anrief. «Haben Sie sie gefunden?»

Early lehnte sich an den Schrank, das Bild von Desiree auf der Veranda vor Augen, wie sie ihre Tochter in die Arme nahm. Als er ihr das Halstuch weggezogen hatte, hatte sie nach dem Würgemal gelangt und war sich mit den Fingern über die Haut gefahren, als legte sie sich ein Halsband zurecht. Er hatte das Mal auch berühren wollen.

«Ich brauche noch etwas Zeit», sagte er.

DREI

Mallard zu verlassen, war Desirees Idee gewesen, in New Orleans zu bleiben aber Stellas, und Desiree würde jahrelang daran herumrätseln. Nach ihrer Ankunft in der Stadt hatten die Zwillinge Arbeit an der Heißmangel der Dixie Laundry gefunden und für zwei Dollar am Tag Bett- und Kissenbezüge gefaltet. Anfänglich erinnerte Desiree der Geruch nach sauberer Wäsche so sehr an zu Hause, dass sie am Rand der Tränen war. Der Rest der Stadt war schmutzig – urinfleckige Pflastersteine, Müll, der aus den Tonnen auf die Straße quoll, und selbst das Trinkwasser schmeckte nach Metall. Das lag am Mississippi, behauptete Mae, ihre Schichtaufseherin. Wer wusste schon, was da reingeleitet wurde. Sie stammte aus Kenner, nicht weit von der Stadt, und die Verwirrung der Neuankömmlinge amüsierte sie. Als sie eines Morgens in der Dixie Laundry auftauchten – atemlos und zu spät, nachdem der Trambahnfahrer sie genervt hatte stehenlassen, weil sie ihm zu lange nach Wechselgeld kramten –, taten Mae die beiden Landeier leid. Sie stellte sie sofort ein, obwohl sie noch nicht volljährig waren.

«Ist ja euer Arsch, nicht meiner», sagte sie. Wenn es eine Inspektion gab, immer unangekündigt, klingelte sie viermal mit der Glocke zur Mittagspause, und dann lachten die anderen Wäscherinnen, während die Zwillinge in den Waschraum rasten. Wenn sie später an die Dixie Laundry zurückdachte, sah Desiree sich immer auf der Klobrille balancieren, Rücken an Rücken mit Stella. Sie fand es schrecklich, so zu arbeiten, immer die Furcht im Nacken, aber was sollte sie sonst machen?

«Mir egal, in wie viele Toiletten ich springen muss», sagte sie. «Nach Mallard gehe ich nicht wieder zurück.»

Für solche Verlautbarungen reichte ihr Eigensinn. Im Stillen war sie sich nicht ganz so sicher. Sie hatte Schuldgefühle, weil sie ihre Mutter verlassen hatten. Stella erklärte Desiree, sie werde ihnen nicht ewig böse sein können – wenn sie erst eine bessere Arbeit hätten, würden sie Geld nach Hause schicken, und dann würde Mama schon einsehen, dass sie ihr keinen größeren Gefallen hätten tun können, als fortzugehen. Einen Augenblick lang erleichterte der Gedanke Desiree so sehr von ihren Schuldgefühlen, dass sie sich nicht einmal darüber wunderte, dass Stella, die sie mit Gewalt nach New Orleans hatte schleifen müssen, nun offenbar bleiben wollte. War das schon der Beginn ihrer Wandlung gewesen? Nein, die kam später. Damals, wenigstens zu Anfang, war sie noch dieselbe Stella, die sie immer gewesen war. Still und penibel stapelte sie bei der Arbeit die Kissenbezüge, während es Desiree immer zu den schwatzenden Mädchen hinzog, die abends um die Häuser ziehen wollten. Stella führte Buch über jeden Penny, den sie verdienten, Stella schlief noch immer an ihrer Seite und litt noch immer gelegentlich an Albträumen, aus denen Desiree sie sanft wecken musste.

Aus Wochen wurden Monate, und aus ihrem abrupten Aufbruch war langsam Alltag geworden. Ein aufregender und erschreckender Gedanke. Dieser Anfall von Narrheit ließ sich in Normalität verwandeln. Und wenn das so war, was kam dann? Was gab es, das sie nicht bewältigen konnten?

«Das erste Jahr ist am härtesten», erklärte ihnen Farrah Thibodeaux. «Wenn du ein Jahr durchhältst, kannst du es schaffen.»

Den ersten Monat über schliefen die Zwillinge auf einem

Stapel Decken bei Farrah auf dem Fußboden. Sobald sie in der Stadt angekommen waren, triefäugig, hungrig und schmuddelig, hatten sie im Telefonbuch nach ihr gesucht. Farrah hatte bei ihrem Anblick lachend in der Tür gelehnt. Sie lachte sie oft aus, zum Beispiel wenn sie die Burlesquetänzerinnen angafften, die in den Schaufenstern der Clubs posierten, oder vor besoffenen Pennern zurückschreckten, die über den Bürgersteig torkelten – kurz, wenn sie wie zwei Landeier wirkten, die noch nichts von der Welt gesehen hatten.

«Das sind meine Zwillinge», sagte sie immer, wenn sie ihnen ihre Freunde vorstellte, und Desiree schämte sich jedes Mal. Die Befangenheit ihrer Schwester vervielfachte ihre eigene. Farrah arbeitete in einem kleinen Jazzclub namens Grace Note als Kellnerin. Wenn sie bis zur Sperrstunde arbeitete, schmuggelte sie die Zwillinge durch die Hintertür hinein und versorgte sie mit Essen aus der Küche. Dann spielte ihr dominikanischer Freund Saxophon, in einem glitzernden, bis an den Bauchnabel offenen Silberhemd; zwischen zwei Stücken beugte er sich von der Bühne herab und fragte die Zwillinge, was sie hören wollten. Und dann verbrachten sie die Nacht auf der Tanzfläche, aufgedreht, herumgewirbelt von Jungs mit großen Ohren. Sie freundeten sich mit den Stammgästen an: einem Schuhputzer, der mit Desiree tanzte, bis ihr die Füße weh taten; einem Soldaten, der immer wieder darum bettelte, Stella zu Drinks einladen zu dürfen; einem Pagen aus dem Hotel Monteleone, der Desiree zum Taxi-Rufen immer in seine Pfeife blasen ließ.

«Jetzt denkt ihr bestimmt nicht mehr an Mallard», sagte Farrah eines Nachts, als die Zwillinge lachend und erschöpft auf den Rücksitz rutschten.

Desiree lachte. «Nie wieder», sagte sie.

Sie war gut darin, die Tapfere zu spielen. Sie würde Farrah gegenüber nie zugeben, dass sie Heimweh hatte und ständig Geldsorgen. Bald würde Farrah nicht mehr wollen, dass die Zwillinge sich auf ihrem Fußboden breitmachten, ihr die Speisekammer leer fraßen, immer um sie waren, ein ungewollter Gast mal zwei. Was dann? Wo sollten sie hin? Vielleicht waren sie wirklich nur dumme Landeier, die sich übernommen hatten. Vielleicht war es dumm von Desiree gewesen, sich je mehr einzubilden. Vielleicht sollten sie einfach wieder zurück nach Hause gehen.

«Das ist für immer, hast du gesagt», sagte Stella. «Und jetzt willst du schon wieder zurück? Wozu denn? Um dich von allen auslachen zu lassen?»

Erst später wurde Desiree klar, dass Stella immer ganz genau gewusst hatte, was sie sagen musste, um ihr die Heimkehr auszureden. Aber wenn Stella bleiben wollte, warum hatte sie das nicht einfach gesagt? Warum hatte sie nie gefragt? Desiree war sechzehn und egozentrisch und hatte schreckliche Angst, ihr impulsives Wesen könnte sie und ihre Schwester obdachlos machen.

«Ich hätte dich nicht mitnehmen dürfen», sagte sie. «Ich hätte einfach alleine abhauen sollen.»

Stella sah so erschrocken aus, als hätte Desiree ihr ins Gesicht geschlagen. «Hättest du nie getan», sagte sie, als wäre es plötzlich eine Möglichkeit geworden.

«Nein», sagte Desiree. «Hätte ich aber machen sollen. Ich hätte dich da nicht mit reinziehen dürfen.»

So sah Desiree sich damals: als einzige treibende Kraft in Stellas Leben, eine Windbö, stark genug, sie zu entwurzeln. Das war die Version, die Desiree sich einreden musste, und Stella ließ es zu. Sie fühlten sich beide wohl damit.

Als Desiree Vignes' erste Woche in Mallard zu Ende ging, hatten schon alle von dem Stoß gehört, der inzwischen zum Schlag, zum Boxhieb oder gar zur ausgewachsenen Prügelei geworden war, bei der man die kleine Vignes kreischend und um sich tretend aus der Bar hatte schleifen müssen. Wer sich nicht zu fein war zuzugeben, an jenem Nachmittag im Surly Goat gewesen zu sein, erzählte, sie sei aus freien Stücken gegangen, gleich nach ihrer Attacke auf den dunkelhäutigen Mann. Wer der wohl war und womit er sie so aufgebracht hatte? Manche hielten ihn für ihren Mann, der sie holen gekommen war. Andere glaubten, es handele sich um einen Fremden, der frech geworden war – sie habe sich nur verteidigt. Desiree hatte ihren Stolz; natürlich würde sie um sich schlagen, anders als Stella, die lieber sterben würde, als eine Szene zu machen.

Beim Barbier strich Percy Wilkins das Rasiermesser langsam am Lederriemen ab und lauschte der Debatte der Männer darüber, welcher Vignes-Zwilling der schönere gewesen sei. Im Rückblick erschien ihnen Stella exotischer, schöner jetzt, da sie verschwunden war. Aber seit ihrer Rückkehr war Desirees Kurs gestiegen. Sie war noch immer ein Kracher, das war offensichtlich. Mindestens drei Männer witzelten, von der würden sie sich auch gern mal herumstoßen lassen.

«Die waren nicht mehr ganz richtig», sagte der Barbier. «Nach der Sache mit ihrem Papa.»

Was die Vignes-Zwillinge gesehen hatten, war nicht für kleine Mädchen bestimmt gewesen. Auf der Beerdigung hatte er zu ihnen hinübergeschielt und nach Zeichen gesucht, dass sie sich verändert hatten. Für ihn hatten sie wie ganz normale Mädchen ausgesehen, nicht anders als die zwei, die mit Leon durch die Stadt gehüpft waren, an beiden Seiten untergehakt.

Trotzdem unmöglich, dass sie halbwegs normal geblieben waren. Was ihn betraf, er hielt sie beide für ein bisschen verrückt, Desiree vielleicht für die Verrücktere. Sich als Weiße auszugeben, um voranzukommen, war einfach vernünftig. Aber einen dunkelhäutigen Mann heiraten? Sein blauschwarzes Kind austragen? Desiree hatte mit der Art Feuer gespielt, das sich nicht löschen ließ.

In Lou's Egg House lernte Desiree Vignes Teller voller Rührei, Speck und Toast balancieren. Mit in Butter geschwenkter Grütze und dicken, siruptriefenden Pfannkuchen. Sie lernte, sich den Weg zwischen winzigen Tischen hindurch zu bahnen, scharf in die Kurve zu gehen, ohne Kaffee zu verschütten, sich Bestellungen zu merken. Sie lernte schnell, denn als sie sich um die Stelle beworben hatte, hatte sie Lou erzählt, sie habe drei Jahre gekellnert.

«Drei Jahre, sagst du?», fragte er sie an ihrem ersten Morgen, als sie sich schwertat, eine Bestellung aufzunehmen.

«Ist schon eine Weile her, aber ja», sagte sie lächelnd, «damals in New Orleans.» Sie habe auch in Washington gekellnert, behauptete sie. Sie verlor den Überblick über ihre Lügen, und obwohl Lou es merkte, stellte er sie nicht zur Rede. Er war nicht der Typ, der Frauen Lügen vorwarf, außerdem war ihm klar, dass Desiree Arbeit brauchte, auch wenn sie zu stolz war, es zuzugeben.

Man stelle sich vor: Die Ururenkelin des Stadtgründers kellnerte – und nicht einmal für Weiße, sondern hier in Mallard. Wer hätte geglaubt, das noch erleben zu dürfen. Drei Generationen lang hatten die Decuirs als freie Menschen gelebt, dann hatte Adele den Vignes-Jungen geheiratet. Und jetzt brachte ihre Tochter Raffineriearbeitern den Kaffee und den Bauernknechten ihren Pecan Pie. Wer einmal in eine gewöhnliche Sippe einheiratete, blieb für alle Zeiten gewöhnlich.

«Eine tolle Kellnerin ist sie nicht», sagte Lou zum Koch. «Aber sie tut auch keinem weh.»

Wenn er ehrlich gewesen wäre, hätte er zugeben müssen, dass Desirees Einstellung sogar das Geschäft angekurbelt hatte. Alte Schulfreunde, von der Neugier gepackt, saßen am Tresen vor einem Kaffee, auf den sie sonst verzichtet hätten. An den hinteren Tischen drängelten sich die Teenager, die zu jung waren, um sich noch an sie zu erinnern, und flüsterten hinter ihrem Rücken mit dem Eifer all jener, die eben eine kleinere Berühmtheit gesehen hatten.

Was ihr nicht entging, wie sollte es auch? Trotzdem atmete sie jeden Morgen tief durch, band sich die Schürze um und setzte ein Lächeln auf. Sie dachte an ihre Tochter und schluckte die Demütigung herunter. Schon in der ersten Woche biss sie sich auf die Zunge, als sie aus der Küche kam und Early Jones am Tresen sitzen sah. Kurz zauderte sie und nestelte an ihrer Schürze herum. Wenn sie ihn nicht bediente, würde sie noch mehr Aufmerksamkeit erregen. Also Zähne zusammenbeißen und durch.

Er trug wieder seine Lederjacke und kratzte sich am Bart, als sie ihm eine Kaffeetasse hinschob. Auf dem leeren Hocker neben ihm lag eine abgewetzte Tasche. Sie hielt die Kaffeekanne über die Tasse, aber er hielt seine Hand darüber.

«Der Typ, der dir das angetan hat», sagte er. «Weiß der, wo deine Mama wohnt?»

Das Würgemal war inzwischen nur noch eklig gelb, trotzdem berührte sie es sacht.

«Nein», sagte sie.

«Sie hat dir nie einen Brief geschrieben, nichts?»

«Wir hatten keinen Kontakt.»

«Gut.» Er schob seinen Finger in den glatten Griff seiner leeren Tasse. «Was ist mit deiner Schwester?»

«Was soll mit ihr sein?»

«Wann hast du das letzte Mal von ihr gehört?»

Sie schnaubte. «Vor dreizehn Jahren.»

«Was ist denn aus ihr geworden?», fragte er.

«Sie hat eine Stelle angenommen», sagte sie. Als sie es aussprach, klang es so simpel, und so hatte es natürlich auch angefangen. Stella brauchte einen neuen Job, deshalb bewarb sie sich auf eine Annonce, in der eine Sekretariatsstelle im Büro des Kaufhauses Maison Blanche ausgeschrieben war. Eine Farbige hätte so ein Büro niemals eingestellt, aber das Stadtleben war teuer, und warum sollten die Zwillinge hungern, nur weil Stella, die gut an der Schreibmaschine war, nicht mehr in Frage kam, sobald jemand wusste, dass sie eine Farbige war. Es wäre nicht lügen, erklärte sie Stella. Es war schließlich nicht ihre Schuld, dass man sie bei der Einstellung für weiß gehalten hatte. Warum sie jetzt korrigieren?

Ein guter Job für Stella und dann ein guter Job für sie, das war der Plan. Stella musste sich ein bisschen verstellen, aber das schien ein kleiner Preis dafür, dass sie weiter ein Dach über dem Kopf hatten. Dann kam Desiree eines Abends von der Arbeit in der Dixie Laundry nach Hause, und die Wohnung war leer. Stellas Kleider, all ihre Sachen, waren verschwunden. Als wäre sie nie dort gewesen.

In ihrer säuberlichen Handschrift hatte Stella eine Nachricht hinterlassen: *Vergib mir, Schatz, aber ich muss meinen eigenen Weg gehen.* Wochenlang trug Desiree den Zettel bei sich, bis sie ihn eines Abends in einem Wutanfall in kleine Fetzen riss und aus dem Fenster warf. Das tat ihr jetzt leid. Sie wünschte, sie hätte noch etwas von Stella, und sei es ein kleiner Zettel mit ihrer Handschrift.

Early schwieg einen Augenblick, schließlich schob er ihr die leere Tasse hin.

«Und wenn ich dir helfe, sie zu finden?», sagte er.

Sie verzog das Gesicht und schenkte ihm langsam den Kaffee ein.

«Wie meinst du das?», sagte sie.

«Ich habe hinten in Texas einen neuen Job, dann komme ich wieder hier raus», sagte er. «Wir könnten nach New Orleans fahren. Rumfragen.»

«Warum willst du mir überhaupt helfen?», sagte sie.

«Ist mein Spezialgebiet», sagte er.

«Was?»

Er schob ihr einen zerknitterten braunen Umschlag über den Tresen. Er war an einen Mann namens Ceel Lewis adressiert, aber sie konnte Sams Handschrift erkennen.

«Die Jagd», sagte er.

In einem kleinen Nest bei Abilene, Texas, träumte Early Jones von Desiree Vignes.

Im Licht des Sonnenuntergangs streckte er sich auf der Rückbank seines El Camino aus, ihr Foto in Händen. Er hatte ihr Ceels Bilder zurückgegeben, außer dem einen, das er vorsorglich in die Innentasche seiner Lederjacke gesteckt hatte; die Ecken stachen ihm in die Brust. Warum er das Bild behalten hatte, wusste er nicht genau. Vielleicht als Erinnerungsstück, falls sie nie wieder ein Wort mit ihm wechselte. Als sie erfahren hatte, dass seine eigentliche Aufgabe gewesen war, sie aufzuspüren, war sie so erschüttert gewesen, dass er es ihr nicht hätte verdenken können.

Er hatte nicht abgewartet, bis er wusste, ob sie ihm vergeben konnte. Auf nach Texas, zur Jagd nach einem Automechaniker mit einer Anklage wegen tätlichen Angriffs und versuchten Mordes – seine Frau, ihr Liebhaber und ein Schraubenschlüssel. Die blutbespritzte Werkstatt hatte es sogar auf die Titelseite der *Times-Picayune* geschafft. Auf der Fahrt nach Westen malte Early sich aus, wie der Mechaniker den Schraubenschlüssel schwang wie Samson einen Eselkiefer, geblendet vom Verrat und seiner eigenen Rechtschaffenheit. Früher hätte er es vielleicht aufregend gefunden, einen Mann zu jagen, der eines so aufsehenerregenden Verbrechens beschuldigt wurde. Aber jetzt war er abgelenkt; wenn er die Augen schloss, stellte er sich nichts anderes vor als Desiree.

Am Truck-Stop kaufte er eine Coke und benutzte die Telefonzelle, um Sam Winston mitzuteilen, dass seine Frau nicht in New Orleans war. «Hat sich wahrscheinlich in den Osten davongemacht», sagte er. «New York, New Jersey, so was in der Art.»

«Da gibt es nichts für sie zu wollen, Mann», sagte Sam. «Nein, ich sag dir, sie ist wieder in New Orleans. Du hast einfach nicht gründlich genug gesucht.»

«Sie können ja Ceel fragen, wie gründlich ich suche. Wenn sie dort gewesen wäre, hätte ich sie längst gefunden.»

«Und wenn ich dir mehr Geld schicke?»

«Werde ich Ihnen das Gleiche sagen», sagte Early. «Sie ist nicht hier. Versuchen Sie's woanders.»

Er legte auf und lehnte sich an die Zellenwand. Im Kopf rollte er alles von hinten auf; er wusste, wie man einen Mann fand, der sich versteckte – wie aber eine Frau verstecken, sodass sie nie mehr gefunden werden konnte? Fehlinformationen verbreiten, die Spuren verwischen, damit der Nächste, den Sam anheuerte, nicht einmal ahnen würde, wo er anfangen sollte. Er suchte in seinen Taschen nach einer Zigarette, mit zitternden Händen. Noch nie hatte er einen Job abgebrochen. Er vernichtete den Film aus seiner Kamera in der Sonne, und die Bilder von Desiree auf der Veranda liefen dunkel an. Geld, das ihm durch die Finger rann. Als er Ceel berichtet hatte, dass er mit leeren Händen dastand und schnell einen neuen Auftrag brauchte, hatte Ceel nur mit den Achseln gezuckt und ihm das Foto des Automechanikers gegeben.

«Nicht zu glauben, dass die kleine Lady dich ausgetrickst hat», hatte er gesagt und sich lachend vom Tresen abgestoßen.

Das hatte sie wirklich, wie Early langsam zugeben musste. Er wusste nicht, wie sie es machte, aber sie hatte sich an ihn gehängt wie eine Klette. Er konnte sie nicht wieder abschütteln. Wollte es auch nicht. In der Telefonzelle holte er eine zerknitterte Quittung aus der Tasche und wählte die Nummer von Lou's Egg House. Als er ihre Stimme hörte, war er so nervös, das er beinahe aufgehängt hätte. Aber dann räusperte er sich und fragte, wie es bei ihr so lief.

«Oh», sagte sie. «Es geht, wie es geht. Wohin bist du gerade unterwegs?»

«Eula, Texas», sagte er. «Schon mal in Eula gewesen?»

«Nein», sagte sie. «Wie ist es da?»

«Trocken», sagte er. «Staubig. Verlassen. Komme mir vor wie der einzige lebendige Mensch hier draußen. Wie falsch abgebogen und auf einem anderen Planeten gelandet. Kennst du das Gefühl?»

Er stellte sie sich am anderen Ende der Leitung vor, den Hörer in der Hand, an die Küchentür gelehnt. Das Diner leerte sich wahrscheinlich gerade, und sie machte bald zu. Vielleicht war sie ganz allein und wollte, dass die Zeit schneller verging. Dachte an ihre Schwester, vielleicht sogar an ihn.

«Das kenne ich sehr genau», sagte sie.

Kein Mensch hätte damals geglaubt, dass Desiree Vignes in Mallard bleiben würde. Die Stadt gab ihr keinen vollen Monat. Sie würde das rohe Geflüster über ihre Tochter satthaben, Geflüster, das sie immer, wenn die beiden durch den Ort spazierten, spüren würde, auch wenn sie es nicht hören könnte. Manche, die Desiree mit dem dunkelhäutigen kleinen Mädchen an der Hand sahen, hofften, dass die beiden nicht so lange bleiben würden. Sie waren es nicht gewohnt – ein so dunkelhäutiges Mädchen in ihrer Mitte – und waren selbst überrascht vom Ausmaß ihrer Erschütterung. Jedes Mal wenn das Mädchen vorbeikam, sogar noch ohne Hut, waren sie so wütend wie damals, als Thomas Richard aus dem Krieg heimgekehrt war, um ein halbes Bein leichter, und mit zurückgestecktem Hosenbein durch die Stadt gelaufen war, damit jeder sah, was er verloren hatte. Wenn man gegen die Hässlichkeit nichts unternehmen konnte, sollte man doch wenigstens so tun, als wollte man sie verbergen.

Aber ein Monat ging ins Land, zum allgemeinen Erstaunen. Wenn Desiree nicht ihrer Tochter zuliebe ginge, dann würde doch bestimmt die Langeweile sie vertreiben. Wie konnte sie nach all ihren Großstadtabenteuern das Kleinstadtleben noch ertragen? Das endlose Karussell aus Kuchenbasar vor der Kirche, Talentwettbewerben, Geburtstagspartys, Hochzeiten und Beerdigungen. Schon bevor sie fortgegangen war, hatte sie sich nicht viel darum gekümmert. Es war die andere, die für den Kirchenbasar Pecan Pies gebacken und brav im Schulchor mitgesungen hatte oder zwei Stunden geblieben war, um den siebzigsten Geburtstag von Trinity Thierry zu feiern – nicht Desiree, die nur hinging, weil Stella sie mitschleifte, und dann so gelangweilt aussah, dass man sich wünschte, sie gar nicht erst eingeladen zu haben. Und dann ließ sie einen sowieso schon im Stich, während man noch die Torte anschnitt.

Und ebendiese Desiree war nun aus irgendeinem Grund wieder da und kniete bei der Sonntagsmesse zwischen ihrer Mutter und ihrer Tochter. Sie war nicht weniger überrascht als alle anderen, als sie eines Morgens feststellen musste, dass sie schon einen ganzen Monat wieder zu Hause war. Inzwischen hatte sie feste Gewohnheiten – morgens Jude in die Schule bringen, dann Hausputz, zum Dinner die behäbigen Gäste im Lou's bedienen, während Jude am Tresen saß und las. Jeden Abend wartete sie auf den Anruf von Early Jones. Sie wusste nie, von wo er sich melden würde oder ob überhaupt, aber wenn im Lou's kurz vor Schluss das Telefon klingelte, nahm immer sie ab. Das schrille Läuten riss sie aus der stumpfen Routine ums Wiederauffüllen der Zuckerdosen und Tischeabwischen.

«Wollte nur mal hören, wie es dir geht», sagte Early dann immer. Ob sie einen guten Tag gehabt habe? Wie es ihrer Mama gehe? Ihrer Tochter? Gut, ja, alles in Ordnung. Manchmal erkundigte er sich nach ihrer Schicht, und sie erzählte ihm, sie habe drei Bestellungen zurückgehen lassen müssen, weil der Koch, unkonzentriert wie sonst was, ihr Rührei gemacht habe statt gewendete Spiegeleier. Oder sie fragte ihn nach seiner Fahrt, und er erzählte ihr, er sei in Oklahoma in einen Staubsturm geraten und habe die Hand vor Augen nicht gesehen, und dass er Schritttempo fahren und hoffen musste, nicht von schweren Gegenständen getroffen zu werden. Sie fand seine Geschichten aufregend, sogar die langweiligen.

Sein Leben kam ihr so anders vor als ihres. Mit der Zeit fing er an, aus seiner Vergangenheit zu erzählen, wie Tante und Onkel ihn aufgezogen hatten, nachdem seine Eltern ihn eines Abends bei ihnen abgegeben hatten. Sie hatte von solchen Kindern gehört, die einfach weggegeben worden waren. Als ihr Vater tot war, hatte die Schwester ihrer Mutter sich erboten, eine von ihnen aufzunehmen.

«Das ist zu viel», hatte Tante Sophie gesagt und die Hände ihrer Mutter in ihre genommen. «Wir wollen dir ein wenig von deiner Last abnehmen.»

Die Zwillinge hatten, an ihre Zimmertür gedrängt, angestrengt gelauscht, und jede hatte sich gefragt, ob sie wohl fortmüsse. Würde Tante Sophie sich eine von ihnen aussuchen, wie ein junges Kätzchen aus dem Korb? Oder würde ihre Mutter entscheiden, auf welche Tochter sie verzichten konnte? Schließlich hatte ihre Mutter gesagt, dass sie ihre Mädchen nicht voneinander trennen könne, und später hatte Desiree erfahren, dass die Tante sie hatte haben wollen. Tante Sophie lebte in Houston, und Desiree malte sich immer wieder ihr Leben dort aus, als Stadtkind in gestärkten Kleidchen und Lederschuhen, nicht in dem ausgeblichenen Kattun, den ihre Mutter in der Kirche aus der Spendenbox holte.

Nach Mallard, erzählte Early, habe er es sattgehabt, anderen Leuten das Land zu bestellen, also habe er sich nach Baton Rouge durchgeschlagen, um dort sein Glück zu versuchen. Ein Glück der harten Sorte. Ein Jahr habe er dort verbracht und Autoteile gestohlen, um sich über Wasser zu halten, bis er geschnappt worden und ins Angola State Prison verfrachtet worden sei. Da war er zwanzig, vor dem Gesetz ein erwachsener Mann, und ehrlich gesagt habe er sich schon wie ein Mann gefühlt, seit seine Eltern ihn ohne Abschied verlassen hatten. In der Welt lief es ganz anders, als er es sich vorgestellt hatte. Menschen, die man liebte, gingen fort, und es gab nichts, was man dagegen tun konnte. Als er das einmal begriffen hatte, die Unvermeidlichkeit des Verlassenwerdens, fühlte er sich gleich ein wenig älter.

Vier Jahre hatte er im Gefängnis verbracht; diese Zeit übersprang er und würde auch später im Leben kaum darüber reden.

«Ändert das etwas?», fragte er sie.

Sie stellte ihn sich irgendwo in einer Telefonzelle vor, einen Stiefel an der Scheibe abgestützt.

«Sollte es das?», sagte sie.

Er schwieg eine Minute lang und sagte dann: «Ach, ich weiß auch nicht.»

Aber sie wusste, was er meinte: ob sie jetzt anders über ihn dachte. Sie war sich nicht sicher, was sie überhaupt von ihm hielt. Einst war sie in ihn verknallt gewesen, vor langer Zeit, aber den Mann, der aus ihm geworden war, kannte sie nicht. Sie hatte keine Ahnung, was er von ihr wollte. Vor ein paar Wochen hatte er ihr angeboten, Stella zu finden, und als sie ihm erklärt hatte, sie könne ihn nicht sofort bezahlen, hatte er gesagt: «Das macht nichts.»

«Was soll das heißen?»

«Das heißt, Vorkasse ist nicht nötig. Wir finden schon eine Lösung.»

Ihr war noch nie ein arbeitender Mensch begegnet, der es mit dem Geld so leichtnahm, andererseits war ihr aber auch noch nie ein arbeitender Mensch begegnet, der sein Geld verdiente wie Early. Er jagte Angeklagte, die auf Kaution draußen und dann verschwunden waren, um irgendwo neu anzufangen. Aber wenn man genau genug hinsah, fand man immer einen Hinweis – niemand verschwand spurlos. Sie dachte wieder an den Umschlag mit den Fotos, den er ihr gegeben hatte. Im Diner hatte sie den Packen mit klopfendem Herzen in der Hand gehalten.

«Mach dir keine Sorgen», hatte er gesagt. «Ich schicke das Arschloch auf eine völlig falsche Spur.» Er musste ihr die Zweifel angesehen haben, denn er sagte: «Keine Angst. Ich verrate dich nicht.»

Aber warum nicht? Er kannte sie kaum, und Sam hatte ihm gutes Geld geboten. Warum sollte er sich ihr gegenüber loyal verhalten? Wochenlang fragte sie sich, ob sie mit Jude wieder umziehen sollte. Und wenn Sam nach ihr suchte, müsste er sie dann nicht irgendwann finden? Würde er nicht einfach selbst nach Mallard fahren? Aber im Augenblick war Mallard für sie vielleicht der sicherste Ort. Sams Spürhund hatte ihm erzählt, dass sie nicht in Louisiana sei, und warum sollte er ihm nicht glauben? Vielleicht konnte sie Early trauen – wenn er ihr hätte schaden wollen, dann hätte Sam sie schon gefunden. Aber dass sie ihm trauen konnte, hieß noch nicht, dass er nichts von ihr wollte.

«Der erzählt dir nur, was du hören willst», sagte ihre Mutter eines Abends, als sie ihr einen nassen Teller reichte. «Der Mann weiß genauso wenig, wo Stella ist, wie du.»

Desiree seufzte und griff zum Geschirrtuch.

«Aber er weiß, wie man suchen muss», sagte sie. «Warum sollen wir es nicht versuchen?»

«Sie will nicht gefunden werden. Lass sie. Ihr eigenes Leben leben.»

«Das ist nicht ihr Leben!», sagte Desiree. «Das wäre alles nicht passiert, wenn ich ihr nicht geraten hätte, die Stelle anzunehmen. Oder sie nicht nach New Orleans geschleift hätte. Punkt. Die Stadt war nicht gut für Stella. Du hast von Anfang an recht gehabt.»

Ihre Mutter spitzte die Lippen. «Das war auch nicht das erste Mal», sagte sie.

«Wie bitte?»

«Dass sie die Weiße gespielt hat», sagte ihre Mutter. «New Orleans war nur die Gelegenheit, es endlich wirklich zu sein.»

Dies war die Geschichte, die ihre Mutter für sich behalten hatte:

Eine Woche nachdem Stella Richtung Stadt verschwunden war, kam Willie Lee vorbei, mit Hundeblick. Er müsse Adele etwas erzählen – etwas, das er ihr schon Wochen vor dem Stadtgründungstag hätte erzählen sollen. Eines Nachmittags habe er Stella nach Opelousas mitgenommen. An den Wochenenden half sie ihm im Fleischerladen aus, weil sie gut im Kopfrechnen war. Ein Pfund Rinderhack konnte sie schneller abschätzen als er, und wenn er nachwog, hatte sie immer richtiggelegen Sie war ein kluges, bedachtsames Mädchen, aber in jenem Sommer war ihm noch etwas an ihr aufgefallen. Sie wirkte trauriger, verschlossen. Es lag wohl daran, dass sie mit der Schule aufgehört hatte, dachte er, obwohl er es nicht ganz verstand; er war in der neunten Klasse rausgeflogen. Ein Mädchen, das mit bloßen Augen ein Pfund Rinderhack abschätzen konnte, würde es im Leben weit bringen, mit College oder ohne. Aber nicht alle waren so auf die Praxis fixiert wie er, und wie Stella so bedrückt an der Kasse stand, dachte er sich, sie sei noch immer enttäuscht, dass sie nicht irgendwann aufs Spelman College gehen würde, wie erhofft.

Deshalb nahm er sie eines Nachmittags nach Opelousas mit. Er musste Waren ausliefern und dachte sich, sie würde bestimmt gern mal kurz aus der Stadt kommen. Er hatte ihr fünf Cent für eine Coke gegeben, und als er mit Abladen fertig war, fand er sie neben dem Laster, außer Atem und mit rotem Kopf. Sie war in einen Laden namens Darlene's Charms gegangen, und die Verkäuferin hatte sie für eine Weiße gehalten.

«Ist das nicht komisch?», hatte sie gesagt. «Die Weißen lassen sich so leicht täuschen! Genau wie alle sagen.»

«Das ist kein Spiel», erklärte er ihr. «Die Seiten wechseln. Das ist gefährlich.»

«Aber die Weißen merken es nicht», sagte sie. «Sieh dich doch an – du bist genauso rothaarig wie Vater Canvanaugh. Warum darf er weiß sein und du nicht?»

«Weil er weiß *ist*», sagte er. «Und ich will es nicht sein.»

«Na gut, ich auch nicht», sagte sie. «Ich wollte mir einfach nur den Laden angucken. Du sagst Mama doch nichts davon, oder?»

In Mallard hörte man schon als Kind Geschichten von Leuten, die so taten, als wären sie weiß. Von Warren Fontenot, der im Zug ein Weißenabteil nahm und den misstrauischen Schaffner mit genug Französisch überzeugte, er sei ein Europäer mit dunklem Teint; von Marlena Goudeau, die weiß wurde, damit sie ihre Lehramtszulassung bekam; von Luther Thibodeaux, der von seinem Vorarbeiter als weiß eingestuft worden war und seitdem mehr Geld verdiente. Immer wieder so die Seiten zu wechseln, von einem Augenblick auf den anderen, war lustig. Plötzlich als weiß durchzugehen, von einem Moment auf den anderen, war ein Spaß. Heldenhaft gar. Wer wollte den Weißen nicht zur Abwechslung mal eins auswischen? Aber die wahren *passe blanc* blieben im Verborgenen. Jemandem, der unentdeckt hinübergewechselt war, würde man genauso wenig begegnen wie einer, die erfolgreich das eigene Ableben vorgetäuscht hatte. Es konnte nur gelingen, wenn niemand je herausfand, dass es eine Finte gewesen war. Desiree kannte nur die Gescheiterten: jene, deren Heimweh zu stark geworden war, die aufgeflogen waren oder es irgendwann sattgehabt hatten. Aber Stella musste inzwischen ihr halbes Leben als Weiße durchgegangen sein, und wenn man den anderen gegenüber so lange so tat, als ob, war es vielleicht irgendwann kein «als ob» mehr. Vielleicht wurde man irgendwann einfach weiß, wenn man nur lange genug so tat.

«Bin jetzt hier fertig», sagte Early zwei Abende später; er rief vom Stadtrand von Shreveport an. «Komme in deine Gegend, falls du immer noch nach deiner Schwester suchen willst.»

Sie hätte nie gedacht, dass Stella große Geheimnisse vor ihr hatte. Doch nicht Stella, die an ihrer Seite schlief, deren Gedanken in ihren Nervenbahnen mitschwammen, deren Stimme in ihrem Kopf widerklang! Wie konnte ihr den ganzen Sommer über verborgen geblieben sein, dass Stella beschlossen hatte, ein anderer Mensch zu werden? Desiree wusste nicht mehr, wer Stella war, und vielleicht hatte sie sie nie gekannt.

Sie zwirbelte den Finger fester in die Telefonschnur. Im leeren Diner saß Jude am Tresen und las ein Buch. Immer las sie, immer allein.

«Doch», sagte Desiree. «Ich glaube schon.»

An dem Morgen, als Early Jones eintraf, waren die Wolken regenprall und hingen tief. Desiree saß auf der Sofakante, flocht Jude Zöpfe, lauschte dabei dem Frühjahrsunwetter und dachte an ihre ersten Wochen in New Orleans, als sie sich mit Stella vor den unerwarteten Schauern in die Hauseingänge geflüchtet hatte. Irgendwann war sie die Launenhaftigkeit des Regens gewohnt, aber damals hatte jeder plötzliche Guss sie kreischen lassen, und gemeinsam mit Stella hatte sie sich lachend an die Hauswände gedrückt, und das Wasser war ihnen an die Knöchel gepladdert. Jude wand sich vor ihr auf dem Teppich und deutete zur Veranda.

«Mama, ein Mann», sagte sie, und da stand Early vor der Tür, den Jackenkragen hochgeschlagen, mit Regentropfen im Bart. Desiree erhob sich hastig, sie war seltsam nervös und merkte erst, als sie die Tür öffnete, dass sie genau dort standen, wo sie einander vor endlosen Jahren zum ersten Mal begegnet waren.

«Komm doch rein», sagte sie.

«Ganz bestimmt?», sagte er. «Ich will nichts schmutzig machen.»

Er wirkte genauso nervös, wie sie sich fühlte, das machte sie mutiger. Sie winkte ihn herein, und er trat den Schlamm an seinen Stiefeln auf der Veranda ab. Dann folgte er ihr, stand in der Tür, eine Faust in der Jackentasche geballt.

«Das ist Jude», sagte sie. «Komm, Jude, sag Mr. Early hallo. Ich mache eine kleine Reise mit ihm, weißt du noch?»

«Early genügt», sagte er. «Ich bin kein Mister.»

Er lächelte und streckte die Hand aus. Jude schob ihre eine Sekunde lang hinein, dann schoss sie ins Schlafzimmer davon, ihre Büchertasche holen. Später, auf dem Freeway, fragte Early, ob Jude immer so schweigsam sei.

Desiree blickte aus dem Fenster und sah auf dem Lake Pontchartrain die Sonne glitzern.

«Ja», sagte sie. «Sie kommt überhaupt nicht nach mir.»

«Mehr nach ihrem Vater?»

Sie sprach nicht gern mit Early über Sam, mochte sich nicht einmal vorstellen, dass beide Männer nebeneinander in der Weite ihres Lebens existierten. Außerdem kam Jude auch nicht nach Sam. Sie kam, auf gewisse Weise, nach Stella. Zurückhaltend, als ob sie, wenn sie jemandem etwas erzählte, es weggegeben hätte und nie zurückbekommen könnte.

«Nein», sagte sie. «Sie ähnelt nur sich selbst.»

«Das ist gut für ein Mädchen. Ganz sie selbst zu sein.»

«Nicht in Mallard», sagte sie. «Nicht für ein Mädchen wie Jude.»

Early berührte ihre Hand, was sie überraschte. Dann besann er sich und zog die Hand wieder zurück.

«Das wird nicht einfach», sagte er. «War es für mich in Mallard auch nicht. Weißt du, dass ich einmal in der Kirche von einem geschlagen worden bin? In den Nacken. Und nur, weil ich die Finger vor seiner Frau ins Weihwasser getunkt hatte. Ich dachte, mein Onkel würde auf meiner Seite sein. Weiß auch nicht, warum, ich habe es einfach gedacht. Aber er hat sich bei dem Mann entschuldigt, als hätte ich etwas falsch gemacht.»

Er lachte verbittert. Auf der anderen Seite des Freeways rumpelte ein Güterzug vorbei, das Regenwasser spritzte von den Schienen. Sie wandte sich ihm wieder zu, mit feuchten Augen.

«Ich hätte etwas sagen sollen», sagte sie. «Als meine Mama dich einfach so weggejagt hat.»

Er zuckte die Achseln. «Lange her.»

«Warum willst du mir dann helfen? Sag ehrlich.»

«Ach, was weiß ich», sagte er. «Macht mich wohl traurig, der Gedanke an dich und deine Tochter.» Er blickte starr geradeaus, um sie nicht dabei anzusehen. «Und irgendwie rede ich gern mit dir. Hab im Leben noch nie so viel mit einer Frau geredet.»

Sie lachte. «Du sagst aber höchstens zwei Wörter auf einmal.»

«Reicht doch», sagte er.

Sie lachte wieder und strich ihm über den Nacken, und später würde er ihr erzählen, da sei er sich zum ersten Mal sicher gewesen. Als er den Wagen über die Brücke fuhr und die zarte Hand im Nacken spürte.

Sie jagten der Vergangenheit nach und suchten in Straßen, Gassen und Hauseingängen nach Stella.

Sie trampelten durchs Treppenhaus zu der Wohnung der Zwillinge im dritten Stock, wo jetzt ein älteres farbiges Paar wohnte. So höflich sie konnte, fragte Desiree, ob sie vielleicht Post bekommen hätten, für Stella oder Desiree Vignes. Aber das Paar wohnte hier erst seit zwei Jahren. Lange bevor es eingezogen war, musste das Leben der Zwillinge schon in den Wänden der Wohnung versickert sein. Das Leben der Schwestern, die gemeinsam kochten und dabei dem kleinen Transistorradio lauschten, ihrem ersten kleinen Luxus. Der Schwestern, die bis zur Morgendämmerung aufblieben und sich endlich wie die erwachsenen Frauen fühlten, für die sie sich hielten. Die den Mietvertrag für diese erste Wohnung unterzeichnet hatten, obwohl Stella da vielleicht schon wusste, dass es eine Vereinbarung auf Zeit war. Vielleicht hatte sie da schon begonnen, sich ihren Fluchtweg zu suchen.

Den ganzen Nachmittag über waren sie an altvertrauten

Orten auf der Jagd. Sie fragten in der Dixie Laundry und im Grace Note. Desiree suchte im Telefonbuch nach alten Freunden, aber niemand hatte etwas von Stella gehört. Farrah Thibodeaux, die inzwischen mit einem Stadtrat verheiratet war, lachte nur ins Telefon.

«Nicht zu glauben, die kleine Stella ist abgehauen», sagte sie. «Also, bei dir hätte ich mir das vorstellen können ...»

«Trotzdem danke», sagte Desiree und wollte schon auflegen.

«Jetzt warte doch mal», sagte Farrah. «Warum denn die Eile? Ich wollte dir gerade erzählen, dass ich deine Schwester gesehen habe.»

Ihr Herz schlug schneller. «Wann?»

«Ach, das ist lange her. Bevor du weg bist. Sie kam die Royal Street herunterspaziert, sorglos wie nur was. Und mit einem weißen Mann im Arm. Kam direkt auf mich zu, und dann hat sie weggeguckt. Sie hat mich ganz bestimmt gesehen.»

«Bist du dir sicher, dass sie es war?»

«So sicher, wie ich mir bin, dass du es nicht warst», sagte Farrah. «Erkenne ich an den Augen, Schätzchen. Ihr weißer Mann sah übrigens gut aus. Wahrscheinlich hat sie deshalb so gegrinst.»

Dass Stella sie verlassen hatte, um sich einen Mann zu angeln. Stella, heimlich verliebt. Stella, die nie verrückt nach Jungs gewesen war und nur die Augen verdreht hatte, wenn Desiree von Early schwärmte. Den «frigiden Zwilling» hatten die Jungen sie genannt. Aber Early erklärte ihr, die einfachste Erklärung sei oft die richtige.

«Du würdest dich wundern, zu was Gefühle die Menschen treiben», sagte er.

«Aber ich kenne sie», sagte Desiree und brach dann ab. Sie

konnte bei Stella nichts mehr voraussetzen. Wusste sie das nicht mittlerweile?

Als Early vorschlug, dass sie es im Maison Blanche versuchen sollten, war sie schon erschöpft. Sie hatte sich nur einmal hineingewagt, ein paar Tage nachdem Stella verschwunden war. Stella konnte unmöglich einfach so verschwunden sein, hatte sie sich in der Straßenbahn auf der Canal Street gesagt. Sie hatte einfach eine ihrer düsteren Phasen. Spielte Verstecken, duckte sich hinter den Bettlaken auf der Leine. So redete sie auf sich ein, um sich selbst zu beruhigen. Stella würde schon wieder auftauchen. Sie würde plötzlich wieder vor ihrer Türe stehen und alles erklären. Sie konnte doch nicht den besten Job aufgeben, den sie je gehabt hatte. Sie würde sie doch nicht im Stich lassen.

Im Kaufhaus war Desiree herumgewandert, ganz langsam, in der Parfümabteilung. Sie wusste, dass Stella in einem der Büros in den oberen Stockwerken arbeitete, aber sie wusste nicht, in welchem. In der Eingangshalle hatte sie so lange das Verzeichnis studiert, dass der schroffe Wachmann sie gefragt hatte, was sie hier zu suchen habe. Sie war eingeknickt, hatte Angst bekommen, Stella bloßzustellen, und schließlich hatte er sie weggejagt.

«Zu verkrampft», sagte Early. «Man muss das locker angehen. Wenn man verzweifelt ist, spüren die Leute das. Und machen zu.»

Sie saßen in einem Café gegenüber vom Maison Blanche. Sie hatte ihren Espresso kaum angerührt. Sie dachte noch immer über den weißen Mann nach, den Farrah bei Stella gesehen hatte. Wie glücklich sie ausgesehen hatte. Sie wollte nicht gefunden werden. Durfte Desiree sie in ein Leben zurückzerren, das sie nicht länger haben wollte?

«Du musst da rein wie eine, der die Leute Antworten schuldig sind», sagte er. «Eine, die kriegt, was sie will.»

«Du meinst, ich soll weiß sein.»

Er nickte. «Das macht es einfacher», sagte er. «Ich kann nicht mit rein. Dann fliegst du auf. Du gehst allein und sagst, du suchst jemanden. Eine alte Freundin. Nicht deine Schwester, dann kommen zu viele Fragen. Sag ihnen, ihr hättet den Kontakt verloren, irgend so was. Aber ganz locker, fröhlich. Wie eine weiße Lady, sorgenfrei.»

Also stellte sie sich vor, sie wäre Stella – nicht die Stella, die sie früher gekannt hatte, sondern die Stella von heute. Sie schob sich an den riesigen MB-Türgriffen vorbei ins Kaufhaus. Sie durchschritt die Parfümabteilung mit dem Selbstvertrauen einer Frau, die sich jede Flasche leisten konnte. Sie schnupperte an ein paar, als wollte sie wirklich eine kaufen. Bewunderte den Schmuck in den Vitrinen, warf einen Blick auf die edlen Handtaschen, winkte ab, wenn sich Verkäuferinnen näherten. In der Eingangshalle blickte der schwarze Liftboy zu Boden, als sie den Fahrstuhl bestieg. Sie ignorierte ihn, wie Stella es vielleicht getan hätte. Ihr wurde mulmig, weil es so einfach war. Man musste nur so tun, als wäre man weiß, dann war man es auch.

Als sie in der ersten Büroetage ausstieg, eilte ein weißer Wachmann herbei, um ihr zu helfen. Sie sagte sich noch einmal vor, was Early gesagt hatte: locker, fröhlich, sorgenfrei. Sie sagte ihm, sie suche eine alte Freundin, die früher in der Werbung gearbeitet habe.

Natürlich konnte er im Verzeichnis keine Stella Vignes finden, aber er erklärte ihr den Weg. Sie nahm den Fahrstuhl in den sechsten Stock, und als sie das Büro betrat, war sie darauf gefasst, dass jemand sie mit Stella verwechseln würde.

Aber die rothaarige Sekretärin lächelte sie nur freundlich an.

«Ich bin auf der Suche nach einer alten Freundin», sagte Desiree. «Sie hat hier als Sekretärin gearbeitet.»

«Und der Name war?»

«Stella Vignes.» Sie blickte sich in dem stillen Büro um, als könnte sie ihre Schwester heraufbeschwören, indem sie ihren Namen sagte.

«Stella Vignes», wiederholte die Sekretärin und drehte sich zu einem Aktenschrank in ihrem Rücken um. Beim Suchen summte sie ein Lied, das einzige Geräusch neben dem zarten Hämmern der Schreibmaschinen. Desiree versuchte, sich Stella an einem Ort wie diesem vorzustellen. Eingereiht in die Gemeinschaft der anderen höflichen weißen Mädchen an ihren Schreibtischen.

Die Sekretärin kehrte mit einem Aktenordner zurück.

«Keine aktuelle Anschrift, leider», sagte sie. «Unsere letzten paar Weihnachtskarten sind zurückgekommen.»

Sie entschuldigte sich vielmals, sie könne Desiree leider nur die letzte zu den Akten genommene Adresse geben, eine Karte, ausgefüllt in Stellas klarer Handschrift, mit einer Nachsendeadresse, die nach Boston, Massachusetts, führte.

«Nicht gerade eine heiße Spur», sagte Early am gleichen Abend. «Aber ein Anfang.»

Sie saßen an einem abgeschiedenen Tisch im Surly Goat, und Early nippte an seinem Whiskey. Am nächsten Morgen musste er wieder los, ein neuer Auftrag, der ihn nach Durham bringen würde. Aber danach wollte er die Adresse in Boston aufsuchen und sehen, was er dort herausfinden konnte. Sie fragte sich, wie Stella ausgerechnet in dieser Stadt gelandet war, aber das spielte eigentlich keine Rolle. Auf dem kleinen Zettel stand mehr, als Desiree je herausgebracht hatte.

Wieder fühlte sie sich von Earlys Hilfsbereitschaft überfordert und wusste nicht, wie sie ihm danken sollte. Als sie ausgetrunken hatten, begleitete sie ihn in die Pension. Er klemmte sich ihre Hand unter den Arm, als sie die ausgetretenen Stufen erklommen, und sie zog sie nicht zurück, nicht einmal, als sie bei ihm im Zimmer waren. Sie war nicht betrunken, aber die Luft im Zimmer kam ihr plötzlich heiß vor. Sie hatte sich schon Jahre nicht mehr vor einem fremden Mann ausgezogen.

Also langsam. Er lehnte an der abgenutzten Kommode und wartete, und sie drückte sich an ihn und fuhr mit ihrer Hand über seinen Bauch. Am Gürtel hielt er sie auf.

«Das ist erst ein Anfang», sagte er. «Ich habe sie noch lange nicht gefunden.»

Er hielt ihre Hand fest, als könnten sie unter dieser Bedingung nicht weiter gehen.

«Ja, gut», sagte sie.

«Vielleicht finde ich sie nie. Vielleicht ist sie weg. Das ist dir doch klar?

Sie schwieg. «Das ist mir klar.»

«Ich suche, so lange du willst», sagte er. «Sag mir, dass ich aufhören soll, dann höre ich auf.»

Sie entwand ihm ihre Hand und schob sie unter sein schwarzes T-Shirt. Ihre Finger stießen an eine wulstige Narbe quer über seinem Bauch. Er erbebte.

«Nicht aufhören», sagte sie.

TEIL II

KARTEN

1978

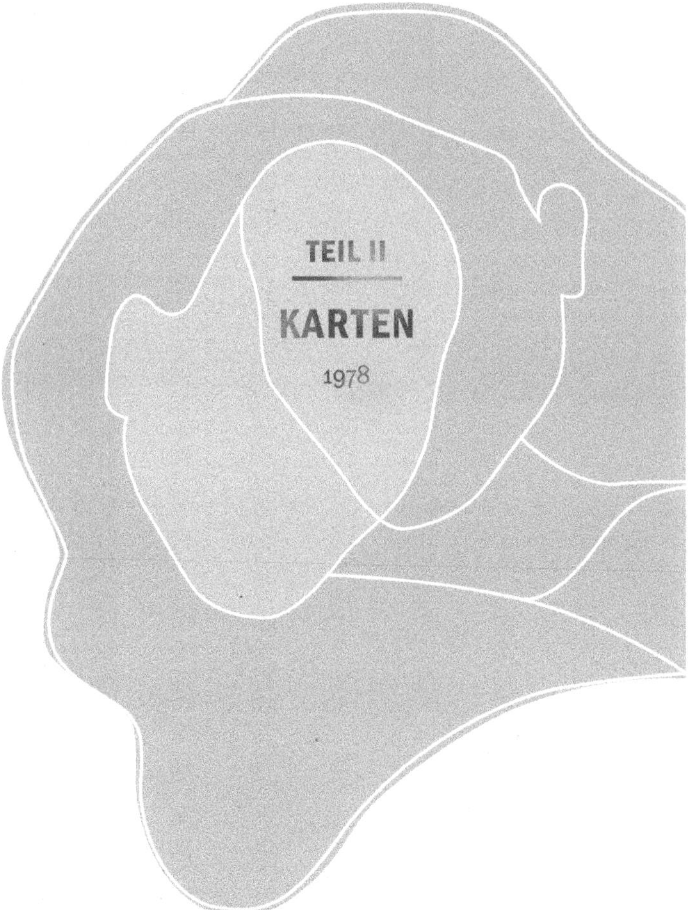

VIER

Im Herbst 1978 wurde ein dunkelhäutiges Mädchen nach Los Angeles hereingeweht, aus einer Stadt, die auf keiner Karte verzeichnet war.

Es kam mit dem Greyhound, den ganzen Weg aus diesem unkartierten Ort, und unten im Gepäckfach rumpelten seine beiden Koffer. Ein Mädchen, von nirgendwoher, aus dem Nichts, und wenn man die anderen Reisenden befragt hätte, dann wäre ihnen nichts Besonderes aufgefallen, außer dass es eben so, nun ja, schwarz war. Und ansonsten schweigsam.

Das Mädchen blätterte in einem zerfledderten Kriminalroman, den der Freund seiner Mutter ihm zum siebzehnten Geburtstag geschenkt hatte und den es zum zweiten Mal las, um alle Spuren zu finden, die es übersehen hatte. An den Raststätten klemmte es sich das Buch unter den Arm und ging enge Kreise, um sich die Beine zu vertreten. Unruhig. Den italienischen Busfahrer erinnerte es an einen rastlosen Gepard im Käfig, auf und ab. Es hätte ihn nicht überrascht, wenn das Mädchen Läuferin gewesen wäre – der schlanke, jungenhafte Körper, diese langen Beine. Er rauchte seine Zigarette und sah ihm zu, wie es noch eine Runde um den Bus drehte. Zu schade, solche Beine und dann dieses Gesicht. Diese Haut. Herrgott, er hatte noch nie eine so tiefschwarze Frau gesehen.

Sie merkte nicht, dass der Busfahrer sie beobachtete. Sie merkte überhaupt kaum noch, dass sie angestarrt wurde, und wenn doch, wusste sie genau, womit sie die Blicke auf sich zog. Sie war nicht zu übersehen. Tiefschwarz, ja, und dazu noch groß und langgliedrig, genau wie ihr Vater, von dem sie seit zehn Jahren nichts gehört hatte. Noch eine gemächliche Runde, dann versuchte sie, in dem zerlesenen Buch mit den Eselsohren die richtige Stelle wiederzufinden. Kriminalgeschichten hatte sie schon als Mädchen geliebt; sie hatte immer auf der Veranda gesessen, und der Freund ihrer Mutter hatte seine Waffe gereinigt und ihr von den Männern erzählt, die er gejagt hatte.

Im Nachhinein war es vielleicht eine etwas sonderbare Art, eine Bindung zu einem kleinen Mädchen aufzubauen, aber dass Early Jones ein sonderbarer Mann war, wusste sie ja. Er war nicht ihr Vater, aber näher würde sie einer Vaterfigur nicht kommen. Sie sah ihm gern dabei zu, wie er die Waffe auseinandernahm, und bombardierte ihn dabei mit Fragen. Wenn man gut lügen könne, lasse sich fast jeder finden, erklärte er ihr. Verstellung sei auf der Jagd die halbe Miete: sich als alter Freund ausgeben, der die Anschrift seines Kumpels sucht, als Neffe, der nach langen Jahren wieder Kontakt zum Onkel will, als Vater auf der Suche nach dem Sohn. Immer gebe es in unmittelbarer Nähe zur Zielperson jemanden, der sich manipulieren lasse. Und wenn man keine Tür finde, komme man immer durchs Fenster rein.

«Spannend, oder?», sagte er und kaute dabei auf einem Zahnstocher. «Die meiste Zeit beschwatzt man alte Omis am Telefon.»

Verschollene aufzuspüren, klang bei ihm so einfach, dass sie ihn einmal fragte, ob er nicht ihren Daddy finden könne. Ohne aufzublicken, bearbeitete er den Pistolenlauf weiter mit der Bürste.

«Dass ich den suche, solltest du lieber nicht wollen.»

«Warum nicht?»

«Weil», sagte er, «er ist kein netter Mann.»

Er hatte natürlich recht, aber seine Selbstsicherheit ärgerte sie trotzdem. Wie konnte er das so genau wissen? Er hatte ihren Daddy nie gesehen.

Sie hatte sich immer vorgestellt, wie ihr Vater in seinem glänzenden Buick vorfuhr und sie rettete. Eines Tages würde er vor der Schule auf sie warten, ihr Vater, hochgewachsen und gutaussehend, der sie anlächelte, mit offenen Armen. Die anderen Kinder würden Augen machen. Dann nähme er sie mit nach Washington, wo sie in die Schule gehen und Freunde finden, mit Jungs ausgehen und Bahnen laufen würde, um dann in einer Stadt aufs College zu gehen, die so anders als Mallard wäre, dass sie irgendwann kaum noch glauben könnte, dass es Mallard überhaupt gab – vielleicht hatte sie sich den Ort nur ausgedacht.

Aber zehn Jahre gingen ins Land, ohne Anruf, ohne Briefe. Schließlich rettete sie sich selbst. Bei den Landesmeisterschaften gewann sie eine Goldmedaille über 400 Meter und wurde wundersamerweise von College-Scouts entdeckt. Sie war so schnell gelaufen, wie sie konnte, und kam jetzt endlich raus. Im Busbahnhof stand sie unten auf den Eisenstufen, während Early ihre Koffer einlud. Ihre Großmutter legte ihr einen Rosenkranz um den Hals, dann drückte ihre Mutter sie an sich.

«Ich verstehe noch immer nicht, warum du ganz bis raus nach Kalifornien willst», sagte sie. «Hier gibt es doch auch sehr gute Unis.»

Dann lachte sie kurz, als hätte sie nur einen Witz machen wollen, als hätte sie gar nicht versucht, Jude zum Bleiben zu überreden. Sie wussten beide, dass sie das nicht schaffen würde. Jude hatte das Leichtathletik-Stipendium der UCLA schon angenommen – als wäre es überhaupt vorstellbar gewesen, es abzulehnen –, und nun stand sie vor dem Bus und wollte einsteigen.

«Ich rufe an», sagte sie. «Und schreibe euch.»

«Wehe, wenn nicht!»

«Alles wird gut, Mama. Ich komme euch besuchen.»

Aber sie wussten beide, dass sie nie wieder nach Mallard zurückkommen würde. Im Bus spielte sie mit den Perlen des Rosenkranzes und malte sich aus, wie ihre Mutter Mallard selbst in so einem Bus verlassen hatte. Nur dass sie nicht allein gewesen war, mit Stella neben sich in der Dunkelheit. Jude umklammerte das alte Taschenbuch und drückte sich an das verschmierte Glas. Sie hatte noch nie die Wüste gesehen – und die wollte gar nicht wieder aufhören. Dann war der Bus wieder eine Meile weiter, weiter fort von ihrem alten Leben.

Teerbaby hatten sie sie genannt.

Mitternachtskind. Darky. Matschkuchen. Lach mal, hatten sie gesagt, wir sehen dich nicht. Du bist so schwarz, hatten sie gesagt, du verschwimmst mit der Tafel. Du, hatten sie gesagt, kannst ja nackt zur Beerdigung gehen. Dir fliegen ja tagsüber die Glühwürmchen nach. Wenn du schwimmen gehst, siehst du bestimmt wie ein Klumpen Erdöl aus. Sie dachten sich jede Menge Witze aus, und einmal, als sie schon über vierzig war, würde sie auf einer Dinnerparty in San Francisco die ganze Litanei herunterbeten. Dich nennen die Kakerlaken bestimmt Cousine. Du kannst bestimmt deinen eigenen Schatten nicht finden. Ihr Erinnerungsvermögen erstaunte sie selbst. Auf dieser Party zwang sie sich zu lachen, obwohl sie damals nichts davon komisch gefunden hatte. Die Witze waren wahr. Sie war wirklich schwarz. Blauschwarz. Nein, so schwarz, dass sie lila aussah. Schwarz wie Kaffee, Asphalt, das All, so schwarz wie der Anfang und das Ende der Welt.

Anfangs versuchte ihre Großmutter noch, sie vor der Sonne zu schützen. Sie gab ihr einen breitkrempigen Gärtnerhut, den sie ihr so fest ums Kinn band, dass es sie würgte. Mit dem Hut auf dem Kopf konnte sie nicht laufen, und sie lief so gern, woran man nichts ändern konnte, aber Adele bekniete sie, wenigstens zu warten, bis die Sonne niedrig stand. Ihre Sommer verbrachte sie drinnen mit Lesen, und wenn sie einen Lagerkoller bekam, jagte sie ihren Schatten über den Hof, den großen Würgehut auf dem Kopf, lange Ärmel über den verschwitzten Armen. Sie wurde nicht schwärzer, auch wenn es ihr immer mehr so vorkam, je länger sie in Mallard lebte. Ein schwarzer Punkt auf den Klassenfotos, ein dunkler Klecks auf der Kirchenbank, ein Schatten, der am Flussufer saß und den anderen beim Schwimmen zusah. So schwarz, dass man außer ihr nichts mehr sah. Eine Fliege in der Milch, die alles verdarb.

In der ersten Stunde saß sie vor Lonnie Goudeau, Pitcher in der Baseballmannschaft der Schule, der ihr die ganze Zeit über Papierkügelchen an den Rücken warf. Er hatte graue Augen, goldbraune Haare, die sich im Nacken lockten, und Sommersprossen auf den Wangen. Er war sehr schön. Deshalb prickelte es bei ihr, wenn sie sich vorstellte, dass er sie anstarrte, die Ärmel aufkrempelte, seine Unterarme so hell, dass man die braunen Härchen darauf sah, und die Muskeln anspannte, das Papier zwischen die Finger geklemmt. Dann spürte sie den Hauch eines Schlages in den Nacken, und die Jungen hinter ihr gackerten. Sie drehte sich nie um. Einmal wurde Lonnie von Mr. Yancy erwischt und musste nachsitzen. Auf dem Weg nach draußen kam Jude an ihm vorbei. Er wischte gerade die Tafel, grinste sie an und fuhr dabei mit dem Schwamm durch den Kreidestaub. Sie spielte den Augenblick den ganzen Heimweg über immer wieder durch. Seine Lippen zwischen Lächeln und Grimasse.

Lonnie Goudeau war der Erste, der sie Teerbaby nannte. Einen Monat nachdem sie nach Mallard gezogen war, fand er eine Ausgabe von *Brer Rabbit* in der Bücherkiste und tippte hämisch auf den schwarzen Klecks auf dem Umschlag. «Guckt mal, das ist Jude», sagte er, und sie war erschrocken, dass er wusste, wie sie hieß. Erst als die ganze Klasse in Lachen ausbrach, merkte sie, dass er sich über sie lustig gemacht hatte. Er bekam eine Rüge, weil er das stille Lesen unterbrochen hatte, und die Lehrerin wurde rot und nahm ihm das Buch weg. Abends nach dem Essen fragte Jude ihre Mutter, was ein Teerbaby sei. Ihre Mutter schwieg und stellte ihre schmutzigen Teller in die Spüle.

«Das ist nur eine Geschichte von früher», sagte sie. «Warum?»

«So hat mich heute ein Junge genannt.»

Langsam trocknete ihre Mutter sich die Hände, dann hockte sie sich vor sie hin.

«Der will dich bloß ärgern», sagte sie. «Gar nicht beachten. Irgendwann hat er es satt und lässt es wieder.»

Aber es kam anders. Lonnie bespritzte ihre Socken mit Schlamm und warf ihre Bücher in den Müll. Er trat ihr bei Klassenarbeiten gegen den Stuhl, zog sie an den Haaren, und sobald sie in Hörweite war, sang er «Tutti-frutti, schwarze Judy». Am letzten Tag der fünften Klasse stellte er ihr auf der Treppe ein Bein, und sie schlug sich das Knie auf. Ihre Großmutter nahm später am Küchentisch ihr Bein auf den Schoß und tupfte mit einem Wattebällchen vorsichtig das Blut ab.

«Vielleicht mag er dich», sagte die Großmama. «Kleine

Jungs können sehr gemein zu kleinen Mädchen sein, die sie gernhaben.»

Sie versuchte, sich vorzustellen, wie Lonnie mit ihr Händchen hielt, ihr die Bücher nach Hause trug oder ihr sogar einen Kuss gab und ihr mit seinen langen Wimpern die Wangen kitzelte. Wie sie neben ihm im Kino saß oder auf dem Jahrmarkt ganz oben im Riesenrad, mit Lonnies Arm um ihre Schultern. Aber sie sah nur vor sich, wie Lonnie sie aus einer Pfütze mit Schlamm bespritzte, ihr Kaugummi in die Haare drückte oder sie eine dumme Kuh schimpfte, wie Lonnie sie boxte, bis ihr die Lippe blutete und ihr das Auge zuschwoll. Und sah dann ihren Vater davonstürmen und ihre Mutter, die schluchzend auf dem Fußboden lag, das Gesicht in ein Sofakissen vergraben. Ein Mal war er nicht sofort gegangen. Stattdessen drückte er das Gesicht ihrer Mutter gegen seinen Bauch und strich ihr über das Haar. Die Mutter wimmerte, ohne sich ihm zu entziehen, als wäre seine Liebkosung ein Trost.

Es war besser, sich vorzustellen, wie Lonnie auf sie einschlug. Das andere – der zärtliche Teil – machte ihr noch mehr Angst.

Vor den Beleidigungen und Witzen, vor Hohn und Spott, den Stuhltritten, den um sie freibleibenden Plätzen beim Lunch – vor alldem waren die Fragen gewesen. Wie sie heiße? Woher sie komme und was sie hier wolle? Am ersten Schultag hatte Louisa Rubidoux sich an ihrem gemeinsamen Tisch zu ihr gelehnt und sie gefragt, wer die Dame gewesen sei, die sie vorhin begleitet habe.

«Meine Mama», sagte Jude. War das nicht offensichtlich? Sie hatte sie zur Schule gebracht, sie an der Hand gehalten. Wer sollte es sonst sein?

«Aber nicht deine richtige Mama, stimmt's?», sagte Louisa. «Ihr seht euch nämlich überhaupt nicht ähnlich.»

Jude schwieg und sagte dann: «Ich sehe meinem Daddy ähnlich.»

«Und wo ist der?»

Sie zuckte die Achseln, obwohl sie es wusste. Zu Hause in Washington, wo sie ihn zurückgelassen hatten. Sie vermisste ihn schon, obwohl sie den blauen Fleck am Hals ihrer Mutter noch immer sehen konnte, obwohl sie sich an alle blauen Flecken erinnern konnte, die sie im Lauf der Zeit an ihr gesehen hatte, dunkle Kleckse auf dieser seltsamen Körperlandschaft. Einmal, im Schwimmbad, hatte sie zugesehen, wie ihre Mutter sich in der Kabine umzog und plötzlich mittendrin aufhörte, weil sie an ihrem Oberschenkel einen verblassenden blauen Fleck entdeckt hatte. Still zog sie sich wieder an und erklärte Jude, sie werde ihr heute nur vom Beckenrand aus zusehen. Als sie wieder nach Hause kamen, begrüßte ihr Vater die Mutter mit einem Kuss, und Jude wurde klar, dass sie sich mit einiger Mühe einreden könnte, dass die blauen Flecken von woandersher kamen. Ihre Beziehung zum einen Elternteil löste sich auf wundersame Weise von jener zum anderen. Wenn sie jetzt an ihren Vater dachte, lag er neben ihr auf dem Teppich und blätterte Comics durch. Und zerrte ihre Mutter nicht etwa an den Haaren ins Schlafzimmer, nein, das war ganz jemand anders. Und wenn die Glasscherben zusammengefegt waren, das Blut von den Fliesen geputzt und ihre Mutter im Bad verschwunden war, einen Eisbeutel ans Gesicht gedrückt, erschien ihr echter Daddy wieder und streichelte ihr die Wange.

«Warum sehe ich nicht aus wie du?», fragte sie an jenem Abend ihre Mutter. Sie saß auf dem ausgetretenen Teppich vor dem Sofa, und ihre Mutter flocht ihr die Haare, sodass sie ihr Gesicht nicht sehen konnte und ihre Hände trotzdem spüren.

«Das weiß ich nicht», sagte ihre Mutter schließlich.

«Du siehst doch auch wie Großmama aus.»

«Manchmal ist das einfach so, mein Schatz.»

«Wann fahren wir wieder nach Hause?», fragte sie.

«Das habe ich dir doch gesagt», antwortete ihre Mutter. «Wir bleiben eine Weile hier. Jetzt zappel nicht so rum, sonst werde ich nie fertig.»

Langsam dämmerte ihr, was bald Gewissheit werden würde: Es war überhaupt nicht geplant, dass sie wieder zurück oder auch sonst wohin gingen, und ihre Mutter log, wenn sie das Gegenteil behauptete. Am Tag darauf saß Jude allein beim Lunch, als Louisa sie zusammen mit drei anderen beigefarbenen Mädchen stellte.

«Wir glauben dir nicht», sagte Louisa. «Dass das deine Mama ist. Die ist viel zu hübsch, um deine Mama zu sein.»

«Ist sie auch nicht», sagte Jude. «Meine richtige Mama ist ganz woanders.»

«Wo denn?»

«Weiß ich auch nicht. Irgendwo. Ich hab sie noch nicht gefunden.»

Sie dachte dabei irgendwie an Stella – eine Frau, die ihr genauso wenig ähnelte, die sie sich aber als bessere Version ihrer Mutter dachte. Stella würde Daddy nicht so böse machen, dass er sie verprügelte. Sie würde Jude nicht mitten in der Nacht wecken und sie zwingen, mit dem Zug in einen kleinen Ort zu fahren, wo sie von den anderen Kindern gehänselt wurde. Sie würde Wort halten. Stella würde nicht versprechen, dass sie wieder aus Mallard wegzogen, nur um dann doch zu bleiben.

«Bei deiner Mama musst du aufpassen», hatte ihr Vater sie einmal gewarnt. «Die ist noch immer wie diese Leute.»

«Welche Leute?» Sie lag neben ihm auf dem Teppich und sah ihm zu, wie er Spielfiguren einsammelte. Seine große Hand verschwamm ihr vor den Augen.

«Die Leute von da, wo sie herkommt», sagte er. «Von denen hat deine Mama immer noch was. Sie glaubt noch immer, dass sie was Besseres ist als wir.»

Sie wusste nicht genau, was er meinte, aber Teil eines «wir» zu sein, gefiel ihr. Die Menschen glaubten, man wäre etwas Besonderes, wenn man einzigartig war. Dabei war man einfach nur einsam. Was einen zu etwas Besonderem machte, war Zugehörigkeit.

Als sie in die Highschool kam, hatten die Hänseleien ihren Schrecken verloren. Das Schlimmste war jetzt die Einsamkeit. An sie konnte man sich nie ganz gewöhnen; immer wenn sie glaubte, es geschafft zu haben, versank sie nur noch tiefer darin. Sie saß allein beim Lunch und blätterte in einem billigen Taschenbuch. An den Wochenenden kam nie jemand vorbei, sie wurde nicht zu Lou's eingeladen, niemand rief an und wollte wissen, wie es ihr ging. Nach der Schule ging sie alleine laufen. In der Leichtathletik-Mannschaft war sie die Schnellste, und in jeder anderen Stadt wäre sie Mannschaftskapitänin geworden. Aber hier machte sie vor dem Training ihre Dehnübungen allein, saß allein im Mannschaftsbus, und auch nachdem sie bei den Landesmeisterschaften die Goldmedaille gewonnen hatte, war Trainer Weaver der Einzige, der ihr gratulierte.

Und trotzdem lief sie. Sie lief aus Leidenschaft, weil sie etwas besonders gut können wollte, weil ihr Vater für die

Ohio State University gelaufen war, und wenn sie ihre Laufschuhe zuschnürte, dann dachte sie an ihn. Manchmal, wenn sie hinter der Spielerbank ihre Runden drehte, spürte sie die Blicke von Lonnie Goudeau. Sie hatte ein Ruckeln im Lauf, lief ohne Eleganz, eine schlechte Angewohnheit, die der Trainer ihr nicht hatte austreiben können. Lonnie fand wahrscheinlich, dass es komisch aussah, oder er lachte sie einfach so aus, wegen des weißen Hemds und der weißen Shorts auf ihrer schwarzen Haut. Nie fühlte sie sich dunkelhäutiger als beim Laufen, und gleichzeitig fühlte sie sich nie weniger schwarz, weniger festgelegt.

Sie lief in einem Paar goldener Laufschuhe, die sie Early einmal zu Weihnachten abgebettelt hatte. Ihre Mutter hatte geseufzt.

«Möchtest du nicht lieber ein hübsches Kleid?», hatte sie gefragt. «Oder neue Ohrringe?» Jedes Jahr schob sie den Karton über den Teppich, als wären glühende Kohlen darin. «Schon wieder Turnschuhe», sagte sie verdrossen, wenn Jude auspackte. «Ich werde wirklich nie verstehen, was ein Mädchen mit so vielen Turnschuhen will.»

Ihr erstes Paar Laufschuhe hatte Early ihr gekauft, als sie elf war, weiß und von New Balance; er hatte sie in Chicago aufgetrieben. Im Jahr darauf hatte er in Kansas zu tun und war über Weihnachten nicht da, und dann war er im nächsten Jahr wieder dabei, als sei nichts gewesen, mit einem neuen Paar Schuhe, und inzwischen hatte sie sich längst an sein Kommen und Gehen gewöhnt, wie an den Wechsel der Jahreszeiten.

«Jetzt schnüffelt dieser Mann hier wieder rum», sagte ihre Großmutter immer. Sie rief Early nie mit Namen – sie sagte immer «dieser Mann» oder einfach nur «der». Dass ihre Tochter mit einem Mann zusammenlebte, war ihr nicht recht, obwohl Earlys Besuche nie lange genug andauerten, um als «Zusammenleben» zu gelten – was es entweder besser oder nur schlimmer machte. Trotzdem begann ihre Mutter sich vor jeder Early-Saison, wie Jude es nun nannte, zu verändern. Zuerst verwandelte sich das Haus, ihre Mutter balancierte auf Stühlen, riss die Gardinen herunter, klopfte die Teppiche aus, putzte die Fenster. Dann ihre Garderobe: Ihre Mutter leistete sich ein neues Paar Nylonstrümpfe, nähte das Kleid fertig, das sie vor Monaten angefangen hatte, polierte ihre Schuhe, bis sie glänzten. Der letzte und peinlichste Teil: ihre Mutter, die sich wie ein eitles Schulmädchen im Spiegel bewunderte, sich die langen Haare erst über eine Schulter warf, dann über die andere, und ein neues Shampoo ausprobierte, das nach Erdbeeren roch. Early liebte ihre Haare, deshalb pflegte sie sie besonders gut. Einmal hatte Jude gesehen, wie er von hinten an sie herantrat und das Gesicht in einer Handvoll ihrer Haare vergrub. Sie hätte nicht sagen können, wer sie in diesem Augenblick lieber sein wollte – Early oder ihre Mutter, die Schöne oder der Betrachter –, und hatte sich vor Sehnsucht so krank gefühlt, dass sie sich wegdrehen musste.

Ihre Mutter gestand den Beginn einer Early-Saison nie ein, aber Großmama wusste Bescheid. Auch das gehörte zu den Eigenheiten der Early-Saison: Die provisorische Allianz zwischen ihrer Großmutter und ihr wurde fester.

«So viele Männer», sagte Großmama, «so viele Männer gibt es in der Gegend, und sie läuft immer noch dem da nach.»

Jude setzte sich aufs Bett und langte nach der Flasche mit den Augentropfen, die Dr. Brenner ihrer Großmutter verschrieben hatte, nachdem sie über Trockenheit geklagt hatte. Jeden Abend vor dem Schlafengehen legte ihre Großmutter Jude ihren Kopf in den Schoß, die grauen Haare aufgefächert, und Jude verabreichte ihr vorsichtig in jedes Auge einen Tropfen.

«Du hättest sie mal sehen sollen», sagte ihre Großmutter. «All die Jungs, die in die beiden verliebt waren.»

Das tat sie manchmal noch, über Judes Mutter reden und sie *die beiden* nennen. Jude berichtigte sie nie. Langsam ließ sie ihr den Tropfen ins Auge fallen, und ihre Großmutter blinzelte zu ihr auf.

Als Desiree Vignes am Busbahnhof dem Bus ihrer Tochter nachwinkte, wartete sie, bis der Greyhound um die Ecke verschwunden war, bevor sie sich die Tränen aus den Augen wischte. Das sollte nicht der letzte Eindruck ihrer Tochter sein, falls sie wirklich aus dem Rückfenster sah – ihre dumme Mutter, die weinte, als würden sie einander nie wiedersehen. Early reichte ihr ein Taschentuch, und sie lachte und tupfte sich die Augen ab. «Alles gut, alles gut», sagte sie, was nicht stimmte, und außerdem hatte niemand gefragt.

Als Early sie zum Schichtantritt vor Lou's Egg House abgesetzt hatte und sie sich wenig später die Schürze umband, merkte sie, dass sie ihren Tag genauso begann wie jeden anderen in den vergangenen zehn Jahren, außer dass sie diesmal nicht wusste, wann sie ihre Tochter wiedersehen würde.

Zehn Jahre. Seit zehn Jahren war sie wieder zu Hause. Manchmal blickte sie sich kopfschüttelnd im Haus um, als könnte sie noch immer nicht ganz verstehen, wie sie hier gelandet war. Als wäre sie im *Zauberer von Oz,* aber statt wie die Böse Hexe des Ostens unter dem Haus begraben zu sein, war sie durchs Dach ins Haus gefallen und erst Jahre später wieder zu sich gekommen, verdattert, dass sie noch immer dort war. Anfangs hatte sie sich gesagt, es sei praktischer so. Sie verdiene bei Lou's nicht genug, um irgendwo anders zu wohnen. Sie könne ihre Mutter nicht wieder allein lassen. Aber sie hoffte noch immer, dass Stella von sich aus wieder nach Hause käme. Und selbst wenn sie es nicht täte, fühlte sie sich ihr hier näher, mitten unter ihren alten Sachen. Dem Stuhl, auf dem Stella am Tisch gesessen hatte, der Maisblätter-Puppe, die Stella Jane getauft hatte. Im ganzen Haus gab es Türgriffe, Decken oder Sofakissen, die Stella einmal berührt hatte und die noch immer ihre Fingerabdrücke trugen.

Sie hatte sich hier eine Art Leben aufgebaut, oder etwa nicht? Mit ihrer Mutter und ihrer Tochter und Early Jones, der immer wieder fortging, aber auch immer wieder zurückkam. Wenn er da war, fühlte Desiree sich wieder wie ein Mädchen, die Jahre fielen von ihr ab wie das Fleisch vom Knochen. Seine Ankunft war jedes Mal wie ein kleines Wunder. Einmal brachte sie eine Portion Country-Steak mit Ei an einen Tisch, und plötzlich saß Early am Ende des Tresens und kaute auf einem Zahnstocher. Ein anderes Mal schloss sie das Diner ab und drehte sich um, und auf der anderen Straßenseite lehnte Early an der Telefonzelle. Sie war erschöpft, musste aber bei seinem Anblick, so unversehens wie der Frühlingsanbruch, trotzdem lachen. Am einen Tag Frost, am anderen Tag Blüte.

«Ich musste gerade an dich denken», sagte er, als hätte er nur kurz auf dem Nachhauseweg haltgemacht – dabei war er den ganzen Weg von Charleston gefahren, müde, unter Hochdruck durch die Nacht, um schneller bei ihr zu sein. «Wollte nur mal sehen, was du so treibst.»

Natürlich trieb sie nie irgendetwas, ihre Tage verschwammen zu einer Gleichförmigkeit, die sie später tröstlich fand. Keine Überraschungen, keine Wutanfälle, kein Mann, der sie in den Armen hielt, um sie im nächsten Augenblick zu schlagen. Ihre Lage war stabil. Sie wusste, was jeder neue Tag bringen würde, nur wann genau Early kommen und wieder gehen würde, wusste sie nicht. Er blieb nie länger als ein, zwei Tage. Einmal überredete er sie, sich bei Lou krankzumelden, damit er mit ihr angeln gehen konnte. Sie fingen nichts, aber als der Nachmittag halb vergangen war, küsste er sie, glitt mit den Fingern unter ihr Kleid und streichelte sie, während sie auf dem glasklaren See trieben. Das war das Aufregendste, was ihr seit Monaten widerfahren war.

Wenn Early in der Stadt war, wurde ihre Mutter finster und schmallippig und sah Desiree böse nach, wenn sie davonhuschte, um sich in der Pension mit ihm zu treffen.

«Ich verstehe nicht, dass du dich mit diesem Mann rumtreibst», sagte sie. «Hält es hier nicht aus, findet keine anständige Arbeit.»

«Er hat Arbeit», sagte Desiree.

«Keine anständige!», sagte ihre Mutter. «Wahrscheinlich laufen ihm da draußen Frauen jeder Sorte nach ...»

«Das ist seine Sache, das geht mich nichts an.»

Sie fragte nicht, mit wem Early jenseits von Mallard die Nächte verbrachte. Er stellte ihr auch keine Fragen. Immer wenn er ging, vermisste sie ihn, aber sie fragte sich, ob es mit ihnen vielleicht nur deshalb gut lief, eben weil er wieder ging. Er war nicht der Typ, der sich häuslich niederließ, und vielleicht war sie auch nicht die Frau dafür. Wenn sie ans Eheleben dachte, fühlte sie sich eingesperrt, mit Sam in einer Wohnung, in der sie keine Luft bekam und sich in jedem ruhigen Moment vor dem nächsten Wutausbruch wappnen musste. Aber mit Early war es einfach. Er hatte keine Abgründe. Sie stritten nie, und wenn er ihr auf die Nerven ging, tröstete sie sich mit dem Gedanken, dass er bald wieder weg sein würde. Er konnte sie in keine Falle locken, weil er selbst nicht drinnen sitzen wollte. Wenn er kam, musste sie ihn überreden, bei ihr zu wohnen.

«Ach, ich weiß nicht, Desiree», sagte er und rieb sich langsam das Kinn.

«Ich will ja keinen Ehering», sagte sie. «Ich will gar nichts. Es hat einfach keinen Sinn, dass ich dauernd in die Pension gelaufen komme. Und für Jude wäre es, glaube ich, auch besser, wenn ...» Early sollte nicht denken, sie würde von ihm erwarten, dass er die Vaterrolle übernahm. Er schuldete ihnen nichts. Verpflichtungen waren nicht Teil ihrer Abmachung.

«Was ist mit deiner Mama?», sagte er.

«Um die musst du dir keine Sorgen machen. Das regle ich schon. Ich finde einfach ... na ja, es ergibt einfach keinen Sinn. Wir sind beide erwachsen. Ich habe das Versteckspiel satt.»

«Also gut», sagte er.

Als er das nächste Mal kam, trafen sie sich bei ihrer Mutter. Er stand auf der Veranda, schnürte sich brav die schmutzigen Stiefel auf und betrat das Haus, als wäre es ein edles Geschäft und er hätte Angst, etwas kaputt zu machen. Lächerlicherweise hatte er einen Blumenstrauß mitgebracht, und sie holte eine Vase in dem Gefühl, sie würden Ehepaar spielen, mit Early als artigem Fernsehgatten, der ihr von der Tür sein «Schatz, ich bin zu Hause» zuschmetterte. Geschenke von seinen Reisen hatte er auch mitgebracht: eine neue Handtasche für sie, ein Fläschchen Parfüm für ihre Mutter, für das die sich nicht bedanken mochte, und ein Buch für Jude. Sie hatte ihrer Tochter erklärt, dass Early jetzt bei ihnen wohnen würde.

«Immer?», fragte Jude.

«Nein, nicht immer», sagte Desiree. «Nur manchmal. Wenn er in der Stadt ist.»

Ihre Tochter schwieg, dann sagte sie: «Vielleicht sollte er lieber nicht zu uns ziehen. Aber wir könnten ja zu ihm ziehen.»

«Das geht nicht, Kleines. Er hat nicht einmal ein richtiges Haus. Deshalb müssen wir hierbleiben. Aber er kommt uns besuchen und bringt dir schöne Sachen mit. Wäre das nicht was?»

Sie hatte Jude natürlich verstanden. Ihre Tochter wollte einfach nur weg. Sie hatte vom ersten Tag an wieder aus Mallard weggewollt, und Desiree hatte sich geschämt und es ihr immer wieder versprochen. Dass die anderen Kinder nett zu ihr sein würden, mit ihr Lunch essen oder spielen würden, konnte sie ihr nicht versprechen. Und wenn wieder ein Geburtstag gefeiert wurde, ohne dass Jude eine Einladung bekam, erklärte Desiree ihrer Tochter, das alles sei vergessen, wenn sie erst weggezogen wären. Wegziehen war das Einzige, was sie anbieten konnte. Aber wenn sie Early und Jude nebeneinander auf dem Teppich lesen sah, dachte sie, dass Bleiben für Jude vielleicht nicht das Schlechteste war. Hier hatte sie wenigstens Familie. Sie wurde geliebt. Nachts hielt Desiree ihre Tochter in den Armen und erzählte ihr Geschichten aus ihrer eigenen Kindheit. Anfangs erzählte sie ihr, sie habe eine Schwester, dann hieß es «Du hast eine Tante» und dann «Es war einmal ein Mädchen, das hieß Stella und hat hier gewohnt».

Jahrelang blieb Early auf der Spur von Stella Vignes, bis sie nicht länger Stella Vignes war.

Stella Vignes war in New Orleans und Boston gewesen,

dann verlor sich die Spur – sie musste geheiratet haben –, aber er konnte an keinem der Orte, an denen sie gelebt hatte, eine Beurkundung auftreiben. Also musste sie anderswo geheiratet haben. Sie würde, wie er annahm, noch immer Stella heißen. Sich an einen neuen Vornamen zu gewöhnen, war zu schwer. Eine völlig neue Identität annehmen, das schaffte man nur als Profi-Betrüger, und Profi war Stella eher nicht. Warum so gründlich sein, wenn man glaubte, dass sowieso niemand nach einem suchte? Sie war schon schluderig genug gewesen, dass er ihre Wohnung in Boston hatte finden können.

«Die war wirklich nett», sagte die Vermieterin, als er anrief. «Ruhig. Hat irgendwo in der Innenstadt gearbeitet. In einem Kaufhaus vielleicht. Dann ist sie ganz plötzlich weg. Aber wirklich nett. Hat nie Ärger gemacht.»

Er stellte sich Stella in einer Parfümabteilung vor, wie sie die Damen im Vorbeigehen aus rosa Fläschchen besprühte oder zur Weihnachtszeit Puppen einpackte. Ein- oder zweimal hatte er sie im Traum durch eine Filiale von Sears and Roebuck verfolgt, wo Stella sich hinter Kleider-Drehständern und Schuhregalen versteckte.

«Hatte sie einen Freund?», fragte er.

Da verfiel die Vermieterin in Schweigen und sagte dann, sie habe keine Zeit mehr. Ein Farbiger, der sich nach einer Weißen erkundigte – sie hatte schon zu viel verraten. Aber für Early war es nicht genug, nicht einmal eine Nachsendeadresse war für ihn dabei herausgesprungen. Stella streute Brotkrumen aus, das war fast schlimmer als nichts. Aber nur fast, denn im Grunde wollte er Stella nicht finden.

Anfangs hatte es eine Zeit gegeben, da war das – redete er sich wenigstens ein – anders gewesen. Im Rückblick war er sich schon nicht mehr so sicher. Vielleicht war es eigentlich immer nur Desiree gewesen, von der er sich hatte mitziehen lassen. Er hatte ihr gefallen wollen, deshalb hatte er ihr überhaupt erst angeboten, Stella aufzuspüren. Er wollte Stella finden, weil Desiree sie gefunden haben wollte; dieses doppelte Wollen mischte sich zu einem Verlangen, das ihn über die Jahre auf der Spur gehalten hatte. Aber Stella wollte nicht gefunden werden, und ihr Verlangen schien noch stärker zu sein. Wenn Desiree in die eine Richtung zog, zerrte Stella noch heftiger in die andere. Early hing irgendwie dazwischen.

Wie Sand war ihm die Zeit aus den Taschen gerieselt, und er hatte nicht darauf geachtet. Eines Morgens stieg er aus Desiree Vignes Bett und entdeckte in seinem Bart ein graues Haar. Er verbrachte zehn Minuten vor dem Badezimmerspiegel und suchte nach mehr, zum ersten Mal erschreckt vom eigenen Gesicht. Er würde, vermutete er, mehr und mehr wie sein eigener Vater aussehen – eine beunruhigende Verwandlung in einen fremden Menschen. Dann spürte er, wie sich Arme um ihn schlangen, und Desiree drückte sich an seinen Rücken.

«Bist du jetzt langsam mit der Selbstbeschau fertig?», fragte sie.

«Ich habe ein graues Haar gefunden», sagte er. «Sieh mal, hier.»

Sie lachte los. Nach all den Jahren entzückte ihr Lachen ihn noch immer, und das verblüffte ihn und riss ihn nur noch mehr mit.

«Du hast hoffentlich nicht geglaubt, dass du ewig jung und schnuckelig bleibst», sagte sie und schob ihn sanft beiseite, damit sie sich die Zähne putzen konnte. Er lehnte im Türrahmen und sah ihr zu. An den meisten Tagen öffnete sie das

Lou's morgens um vier und war schon aus dem Haus, wenn er aufwachte. Er wiederum wachte meist nicht im eigenen Bett auf, sondern in seinem Auto auf der Rückbank oder auf der fleckigen Matratze eines heruntergekommenen Motels, wo er sich Desirees Zimmer vorstellte. Die dunkel getäfelten Wände, die Kommode mit den Fotografien darauf, die Überdecke aus blauem Kattun. Ihr Kinderzimmer, das Bett, das sie einst mit Stella geteilt hatte. Early hatte sich angewöhnt, auf Stellas Seite zu schlafen, und manchmal, wenn sie Liebe machten, war er ein wenig verschämt, als würde Stella auf der Kommode hocken und zusehen.

Desiree spritzte sich Wasser ins Gesicht. Er wollte sie zurück ins Bett ziehen. Er bekam nie genug von ihr. Nie konnte er sie so lieben, wie er wollte. Ganz. Das würde ihr Angst machen. Immer wenn er wieder nach Mallard kam, wollte er ihr einen Ring bringen. Dann würde ihre Mutter ihn endlich respektieren; vielleicht sogar langsam einen Sohn in ihm sehen. Aber Desiree wollte nicht wieder heiraten.

«Damit bin ich durch», sagte sie, erschöpft wie ein Soldat, der vom Krieg erzählt.

Auf gewisse Weise war es ein Krieg gewesen, einer, den sie nicht gewinnen konnte, nur hoffen, ihn zu überstehen. Sie erzählte ihm von all den Arten, wie Sam ihr weh getan hatte: ihr Gesicht in die Badezimmertür krachen lassen, sie an den Haaren über den Badezimmerboden schleifen, sie auf den Mund schlagen, die Hand voller Blut und Lippenstift. Sie berührte zart Earlys Mund, und er küsste ihr die Fingerspitzen und versuchte, die ruhige Stimme, die er vor zehn Jahren am Telefon gehört hatte, mit dem Mann in Verbindung zu bringen, den sie beschrieb. Sie wusste nicht, wo Sam heute lebte, aber Early hatte ihn natürlich schon aufgespürt. Er wohnte in Norfolk, mit seiner neuen Frau und drei Söhnen. Genau, was die Welt nicht brauchte: drei Jungen, aus denen bösartige Männer werden würden. Aber Desiree erzählte er nie davon. Wozu sollte das gut sein?

«Gestern Abend hat Jude angerufen», sagte Desiree.

«Wirklich?», sagte er. «Wie läuft es bei ihr?»

«Du kennst sie ja. Sie erzählt mir kaum was. Aber ich glaube, es geht ihr gut. Es gefällt ihr da draußen. Ich soll dich grüßen.»

Er grunzte. Und bezweifelte, dass sie dort, Tausende von Meilen entfernt, überhaupt an ihn dachte. Er erinnerte sie nur an ihren Vater, der nicht da war.

Desiree tätschelte ihm den Bauch. «Kannst du dir mal das Leck in der Spüle ansehen, Schatz?»

Wenigstens hatte sie ihn nett gefragt. Nicht so wie Adele, die ihn bei Tisch kaum angeguckt hatte. Und im Vorbeigehen «Stuhl wackelt» geknurrt hatte, als sie an ihm vorbeikam. Er war der Mann im Haus, in einem Haus, in dem er kaum je wohnte. Er war der Vater für eine Tochter, die ihn nicht einmal mochte.

In der Küche quetschte er sich mit schmerzendem Rücken unter die Spüle. Jetzt rächte sich alles, die im Auto verbrachten Nächte, die Stunden, versteckt in irgendeinem engen Loch. Er war nicht mehr jung, nicht mehr der Mann, der elektrisiert zu einem neuen Auftrag aufbrach. Jetzt fühlte er sich einfach müde oder sogar angeödet. Er hatte Männer aller Arten gejagt. Die, nach denen er am längsten gesucht hatte, waren bis heute nicht gefunden.

An seinen besten Abenden kam er in Desiree Vignes' Bett zur Ruhe und massierte ihr die Füße. Er sah ihr zu, wie sie sich die Haare ausbürstete, und lauschte ihrem Summen. Er schüttelte die Hosen ab, und sie kletterte im Nachthemd ins

Bett, und selbst das waren noch zu viele Schichten. Denn sobald sie das Licht ausgeschaltet hatte, hingen ihm die Boxershorts um die Knöchel, und ihr Nachthemd war bis an die Hüfte hochgeschoben. Sie versuchten, leise zu sein, aber nach einer Weile kümmerte sie nicht mehr, ob jemand sie hörte, nicht solange es so wenige Nächte wie diese gab. Unterwegs versuchte er, sich daran zu erinnern, wie man allein einschlief.

«Die Jagd wird schwieriger, weißt du», erzählte er Desiree eines Abends. «Dauert länger. Manchmal machen sie einen Fehler, aber ...»

«Ich weiß», sagte sie. Im Mondlicht hatte ihre Haut einen silbrigen Schimmer. Er rollte auf sie zu und legte ihr eine Hand auf die Hüfte. Sie war so schlank, das vergaß er manchmal, wenn er länger fort war.

«Vielleicht kommt sie von selbst zurück», sagte er. «Heimweh. Vielleicht wird sie älter und merkt, dass sich das alles nicht lohnt.»

Er strich Desiree über die weichen Locken. Seine Gier war so groß, er war so von ihr erfüllt, dass er es kaum aushielt. Aber sie wandte sich ab.

«Es ist zu spät», sagte sie. «Selbst wenn sie wiederkommt. Sie bleibt fort.»

In Los Angeles hatte noch nie jemand von Mallard gehört.

Das ganze erste Studienjahr hindurch erzählte Jude den Leuten nur zu gern, dass ihr Heimatort auf keiner Karte zu finden war, auch wenn ihr zu Anfang niemand glauben wollte, besonders Reese Carter nicht, der darauf beharrte, dass jede Stadt irgendwo auf einer Karte verzeichnet sein musste. Er war skeptischer als die Kalifornier, die leicht zu überzeugen waren, dass irgendein Städtchen in Louisiana zu unbedeutend war, um die Aufmerksamkeit eines Kartographen zu verdienen. Aber Reese stammte selbst aus den Südstaaten. Er war in El Dorado, Arkansas, aufgewachsen, einem Ort, der noch ausgedachter klang als ihre Heimatstadt und trotzdem auf den Landkarten auftauchte. Also schleppte sie ihn eines Abends im April in die Bibliothek und blätterte einen gigantischen Atlas mit ihm durch. Draußen hatte es geregnet, Reeses nasse Haare lockten sich auf seiner Stirn. Sie wollte die schlaff herabhängenden Strähnen beiseiteschieben, aber stattdessen deutete sie auf eine Karte von Louisiana, unterhalb der Stelle, an der sich der Atchafalaya River vom Red River trennte.

«Siehst du», sagte sie. «Kein Mallard.»

«Verdammt», sagte er. «Du hast recht.»

Mit zusammengekniffenen Augen lehnte er sich über ihre Schulter. Sie hatten sich auf einer Party kennengelernt, auf die ihre Mitbewohnerin, Erika, sie letztes Halloween geschleift hatte. Erika war eine gedrungene Sprinterin aus Brooklyn, die sich pausenlos über Los Angeles beklagte, über den Smog, den Verkehr, die fehlende U-Bahn. Ihr Unmut machte Jude bewusst, wie dankbar sie war. Dankbarkeit betonte nur das Ausmaß ihrer Bedürftigkeit und musste versteckt werden. Am Einzugstag hatte Erika Judes zwei Koffer angesehen und gefragt: «Wo ist dein anderes Zeug?» Auf ihrem Schreibtisch stapelten sich die Schallplatten, an den Wänden klebten die Fotos ihrer Freunde, ihr Schrank war mit schimmernden Blusen vollgestopft. Jude packte still ihre Sachen aus und sagte, der Rest sei noch im Zwischenlager. Als Erika das Thema nicht wieder zur Sprache brachte, stand für Jude fest, dass sie sie mochte.

Zu Halloween warf Erika sich in ein lila Glitzerkleid und setzte sich ein Goldkrönchen auf; Jude griff faul nach einem Paar Katzenohren. Im Bad setzte sie sich auf den Toilettendeckel, und Erika hockte vor ihr und puderte ihr die Augenlider stahlblau.

«Weißt du, du könntest ganz hübsch sein, wenn du dich ein bisschen anstrengen würdest», sagte sie.

Aber das helle Blau ließ sie nur noch dunkler wirken, und die ganze Autofahrt über tupfte Jude an ihren Augenlidern herum. Später würde Reese ihr verraten, der blaue Lidschatten sei das Erste gewesen, was ihm an ihr aufgefallen war. In der vollgepackten Wohnung stolperte Jude hinter Erika her und quetschte sich an Hexen, Gespenstern und Mumien vorbei. Während Erika in der eisgefüllten Badewanne nach Bier fischte, drückte Jude sich überfordert in den Türrahmen. Sie war noch nie bei Fremden auf einer Party gewesen, und sie war so nervös, dass sie den Cowboy auf dem Sofa anfangs nicht einmal bemerkte. Er war goldbraun und sah gut aus, mit Bartstoppeln am Kinn. Er trug eine Rohlederweste zu blau kariertem Hemd und ausgewaschenen Jeans, dazu ein rotes Halstuch. Sie spürte seine Blicke, und weil ihr nichts Besseres einfiel, sagte sie: «Hi, ich bin Jude.»

Sie spielte verschämt mit dem Rocksaum. Aber der Cowboy lächelte schon.

«Hallo, Jude», sagte er. «Ich bin Reese. Nimm dir ein Bier.»

Ihr gefiel, wie er das sagte, mehr Anordnung als Angebot. Aber sie schüttelte den Kopf.

«Ich trinke kein Bier», sagte sie. «Es schmeckt mir nicht so. Und ich komme mir dann so langsam vor. Ich bin Läuferin.»

Sie war ins Plappern gekommen. Er legte den Kopf ein wenig schief.

«Wo kommst du her?»

«Louisiana.»

«Wo denn da?»

«Kleiner Ort. Kennst du nicht.»

«Woher willst du das wissen?»

«Glaub mir», sagte sie. «Ich weiß es.»

Er lachte und hielt ihr dann seine Flasche hin. «Bist du sicher, dass du nicht mal probieren willst?»

Vielleicht war es sein Akzent, Südstaaten, so wie sie. Vielleicht weil er so gut aussah. Oder weil er in einem vollen Zimmer ausgerechnet mit ihr ein Gespräch angefangen hatte. Sie machte einen Schritt auf ihn zu, dann noch einen und noch einen, bis sie zwischen seinen Beinen stand. Dann stürmte eine laute Gruppe Jungs in den Raum, mit einem kleinen Fass Bier, und Reese zog sie in Sicherheit. Seine Hand lag auf ihrer Kniekehle, und noch Wochen später konnte sie, wenn sie an diese Party dachte, seine Finger an ihrem Rocksaum spüren.

Jetzt, in der muffigen Bibliothek, blätterte sie im Atlas weiter, über Louisiana hinaus in die USA, in die Welt.

«Als ich klein war», sagte sie, «vier oder fünf vielleicht, dachte ich, das wären nur die Karten von unserer Seite der Erde. Als würde es noch andere Karten geben, von einer anderen Seite der Erde. Mein Papa hat mir gesagt, das sei dumm.»

Er war mit ihr in eine Stadtbücherei gegangen, und als er den Globus herumwirbeln ließ, hatte sie gewusst, dass er recht hatte. Aber jetzt sah sie zu, wie Reese mit dem Finger über die Karte fuhr, und ein Teil von ihr hoffte, dass ihr Vater sich vielleicht doch irgendwie geirrt hatte, dass es da noch mehr Welt gab, die entdeckt werden wollte.

FÜNF

Auf dem Weg von El Dorado wurde Therese Anne Carter zu Reese. In Plano schnitt er sich die Haare, das heißt, er hackte sie sich mit einem gestohlenen Jagdmesser auf dem Raststättenklo zentimeterweise ab. Am Stadtrand von Abilene kaufte er sich ein blau kariertes Hemd und einen Ledergürtel mit einem silbernen Hengst als Schnalle; das Hemd trug er noch heute, die Schnalle hatte er in El Paso versetzt, als ihm das Geld ausgegangen war, aber er erinnerte sich noch mit Wehmut an sie und spürte ihr Gewicht an seiner Taille. In Socorro fing er an, sich eine weiße Bandage um die Brust zu wickeln, und als er in Las Cruces war, hatte er das Gehen neu gelernt, breitbeinig, starr in den Schultern. Er redete sich ein, so wäre das Trampen sicherer, aber in Wahrheit war er immer schon Reese gewesen. Als sie in Tucson waren, kam Therese ihm schon wie ein abgelegtes Kostüm vor. Wie echt konnte eine Persönlichkeit sein, wenn sie sich auf einer Strecke von tausend Meilen ablegen ließ?

In Los Angeles fand er einen Putzjob in einem Fitnessstudio in Uni-Nähe, dort lernte er Bodybuilder kennen, die ihm erklärten, wie er an das richtig gute Zeug herankam. Am Muscle Beach, wo die Männer in der Nachmittagssonne stolz aus ihren Tanktops platzten, hielt er sich ganz am Rand. Frag nach Thad, sagte ihm jemand, und da war er, ein Riese von einem Mann, unbehaart bis auf den Zottelbart. Als Reese endlich Mut gefasst hatte, wischte Thad ihn mit einer Riesenpratze beiseite.

«Komm mit fünfzig Dollar wieder, Junge», sagte er. «Dann können wir reden.»

Einen Monat lang sparte er sich Geld vom Mund ab, bis er genug zusammenhatte und Thad in einer Bar an der Strandpromenade auftrieb. Thad bugsierte ihn auf die Herrentoilette und holte eine Ampulle heraus.

«Schon mal was gespritzt?», fragte er.

Reese schüttelte den Kopf und starrte mit großen Augen die Nadel an. Thad lachte.

«Herrgott, Kleiner, wie alt bist du eigentlich?»

«Alt genug», sagte Reese.

«Mit diesem Scheiß spielt man nicht», sagte Thad. «Man fühlt sich anders. Macht den Babymacher müde. Aber da musst du dir wahrscheinlich noch keine Sorgen machen.»

«Wirklich nicht», sagte Reese, und Thad zeigte ihm, was er machen musste. Seither hatte er bei einer Menge Thads eine Menge Steroide gekauft, und jedes Mal hatte es sich so schmierig angefühlt wie damals auf dem schmutzigen Kneipenklo. Er traf sich in dunklen Gassen mit Muskelprotzen, spürte, wie ihm beim Handschlag Ampullen in die Hand gedrückt wurden, fand in seinem Schließfach im Fitnessstudio unbeschriftete Packpapiertüten. Jetzt, sieben Jahre später, war Therese Anne Carter nur noch ein Name auf einer Geburtsurkunde auf dem Amt von Union County. Niemand konnte wissen, dass er einst sie gewesen war, und manchmal glaubte er es selbst nicht mehr.

Er erzählte das ganz sachlich, im rot glühenden Licht der Dunkelkammer, ohne Jude anzublicken, während er das jungfräulich weiße Fotopapier in den Entwickler tauchte. Wochen nach der Halloween-Party hatten sie begonnen, sich hier zu treffen. Sie hatte nicht damit gerechnet, ihn wiederzusehen, und es wäre vielleicht auch nicht passiert, wenn Erika auf dem Heimweg nicht erwähnt hätte, dass sie vorhin den süßen Cowboy gesehen habe, er arbeite um die Ecke im Fitnessstudio. Jude fing an, dort aufs Laufband zu gehen, obwohl sie Indoor-Training hasste – kein Himmel, keine Luft, einfach auf der Stelle laufen und das eigene Spiegelbild anstarren. Sie hasste alles daran, bis plötzlich Reese auftauchte und hinter ihr ein Trainingsrad putzte. Er lehnte sich an den Lenker und sagte: «Wo sind deine Ohren?»

Sie warf einen Blick in den Spiegel, verwirrt, bis ihr klarwurde, dass er sich auf ihr langweiliges Halloween-Kostüm bezog. Sie lachte, überrascht, dass er sich überhaupt an sie erinnerte. Aber natürlich tat er das. Wer auf diesem Campus – wer in ganz Los Angeles – war so dunkelhäutig wie sie?

«Muss ich vergessen haben», sagte sie.

«Schade», sagte er. «Haben mir gut gefallen.»

Er trug ein schiefergraues T-Shirt mit einer Kurzhantel auf der Brust. Manchmal, wenn er sich bei der Arbeit langweilte, warf er sich auf die Geräte und machte ein paar Klimmzüge. Er hatte sich auf die Stelle beworben, weil er das Fitnessstudio dann kostenlos nutzen konnte, und dass er ohne Papiere von auswärts gekommen war, hatte dem Geschäftsführer auch nichts ausgemacht. Aber sein Traum war, Fotograf zu werden. Er fragte sie, ob sie seine Arbeiten sehen wolle, also fingen sie an, sich samstags in der Uni-Dunkelkammer zu treffen. Jetzt, als er das Foto betrachtete, betrachtete sie ihn und versuchte, Therese in ihm zu erkennen. Es gelang ihr nicht. Sie sah nur Reese, sein rumpeliges Gesicht, die Hemdsärmel bis an die Ellenbogen aufgerollt, immer eine Haarsträhne in der Stirn. So gutaussehend, dass sie seinem Blick auswich, als er aufsah.

«Wie denkst du denn darüber?», fragte er.

«Keine Ahnung», sagte sie. «So etwas habe ich noch nie gehört.»

Das stimmte nicht ganz. Sie hatte immer gewusst, dass es möglich war, in einem Leben zwei verschiedene Menschen zu sein, aber vielleicht konnten das nur wenige. Vielleicht mussten die anderen einfach bei dem bleiben, was sie waren. Sie war noch jung genug, um zu glauben, dass so etwas möglich wäre, aber auch alt genug, um zu begreifen, dass es dazu einen Grad von Alchemie bräuchte, der sich ihr entzog. Zauberei. Sie war nicht so dumm zu hoffen, irgendwann einmal hellhäutig zu sein, aber ein dunkles Braun wäre schon ... alles, nur nicht dieses bodenlose Schwarz.

Wunder ließen sich nicht erzwingen, aber sie hatte ihr Bestes gegeben. In der Zeitschrift *Jet* hatte sie eine Anzeige für Nadinola gesehen – eine karamellfarbene Frau, dunkelhäutig in Mallards Augen, hellhäutig in ihren eigenen, mit roten Lippen, der ein brauner Mann etwas ins Ohr flüsterte. *Ist die Haut klar und hell, geht alles ganz schnell. Nadinola macht hell!* Sie riss die Anzeige aus der Zeitschrift und faltete sie zu einem winzigen Rechteck, das sie wochenlang mit sich herumtrug und so oft ausbreitete, dass bald weiße Schluchten die roten Lippen der Frau spalteten. Eine Dose Creme. Mehr brauchte sie nicht. Sie würde sich die Haut dick einreiben, und wenn der Herbst kam, würde sie wieder in die Schule gehen, hell und wie neu.

Aber sie hatte die zwei Dollar für die Creme nicht, und ihre Mutter konnte sie nicht fragen, die würde sie nur ausschimpfen. Nimm dir die Hänseleien der anderen Kinder nicht so zu Herzen, würde sie sagen, dabei ging es um mehr als ihre Mitschüler. Jude wollte ein anderer Mensch werden, und sie verstand nicht, warum das so schwer sein musste oder warum sie irgendjemandem dafür eine Erklärung schuldig sein sollte. Ihre Großmutter würde sie verstehen, glaubte sie seltsamerweise, also gab sie ihr die zerfledderte Anzeige. Großmama starrte sie einen Augenblick an und gab sie ihr zurück.

«Da gibt es bessere Wege», sagte sie.

Die ganze Woche lang mischte ihre Großmutter Zaubermittel an. Sie ließ Bäder mit Milch und Zitrone ein und hieß Jude, sich dort einzuweichen. Sie schmierte ihr Honigmasken ins Gesicht und pellte sie dann langsam wieder ab. Sie presste Orangen aus, mischte sie mit Gewürzen und trug Jude die Mixtur vor dem Schlafengehen auf. Nichts davon wirkte. Nie wurde sie heller. Und als ihre Mutter am Ende der Woche fragte, warum ihr Gesicht so ölig aussehe, stand Jude auf, wusch sich Großmamas Creme ab, und das war's.

«Ich wollte immer anders sein», erklärte sie Reese. «Na, ich bin in diesem Ort aufgewachsen, wo alle hellhäutig sind, und ich dachte ... Jedenfalls hat es nie funktioniert.»

«Ein Glück», sagte er. «Deine Haut ist wunderschön.»

Er warf ihr einen Blick zu, aber sie wich ihm aus und konzentrierte sich auf das Fotopapier, auf dem langsam ein leerstehendes Haus zu schimmern begann. Sie hasste es, wenn man sie schön nannte. Die Leute sagten das nur, weil sie sich dazu gedrängt fühlten. Sie dachte daran, wie Lonnie Goudeau sie unter den mit Feenmoos behangenen Bäumen geküsst hatte, in den Ställen oder nachts hinter der Scheune der Delafosses. Im Dunkeln war man nie zu schwarz. Im Dunkeln hatte alles die gleiche Farbe.

Als es Frühling wurde, verbrachte Jude all ihre Wochenenden mit Reese, sie waren so unzertrennlich geworden, dass man nach dem oder der anderen fragte, wenn man die oder den einen traf. Manchmal verabredeten sie sich in der Stadt, und sie lief neben ihm her, während er fotografierte, und trug am Schulterriemen seine Fototasche. Er brachte ihr die Bezeichnungen für die verschiedenen Objektive bei und zeigte ihr, wie sie den Reflektor halten musste, um das Motiv auszuleuchten. Seine erste Kamera hatte er von einem Mann aus der Kirchengemeinde, der selbst Fotograf war und ihm angeboten hatte, dass er beim Kirchenpicknick Bilder machte. Das unbehauene Talent von Reese hatte ihn wohl so erschreckt, dass er ihm zum Rumspielen eine alte Kamera gegeben hatte. Reese verbrachte seine Highschool-Jahre hinter dem Sucher und nahm für die Jahrbücher Fußballspiele, Schultheater-Aufführungen und Proben der Marschkapelle auf. Er fotografierte überfahrene Opossums, Sonnenstrahlen, die durch die Wolken brachen, und zahnlose Rodeo-Stars, die sich an bockende Pferde klammerten. Alles hatte er gern vor der Linse, nur sich selbst nicht. Die Kamera sah ihn nie so, wie er sich sah.

Jetzt fotografierte er an den Wochenenden leerstehende Häuser mit vernagelten Fenstern, Bushaltestellen voller Graffiti, von Schrottkarren abblätternde Farbe. Leblose Dinge, Verfall. Schönheit langweilte ihn. Manchmal schoss er auch Fotos von ihr, immer ungestellt, Jude, die im Hintergrund abhing und in die Luft guckte. Sie merkte es immer erst beim Entwickeln. Wenn sie sich selbst durch sein Objektiv sah, fühlte sie sich sehr verletzlich. Er schenkte ihr ein Foto, auf dem sie auf dem Gehweg stand, und sie wusste nicht, wohin damit, also schickte sie es nach Hause. Ihre Großmutter staunte am Telefon.

«Endlich mal ein gutes Foto von dir», sagte sie.

Auf all ihren Klassenfotos sah sie entweder zu schwarz oder überbelichtet aus, vom Weiß ihrer Augen und Zähne abgesehen. Die Kamera, hatte Reese ihr einmal erklärt, funktioniere wie das menschliche Auge. Was bedeutete, dass sie nicht dafür geschaffen war, um Jude wahrzunehmen.

«Es ist wieder so weit», sagte Erika immer verschlafen, wenn Jude sich samstags früh aus dem Haus schlich. «Auf zu deinem Klassemann.»

«Das ist nicht mein Mann», sagte Jude, was genau genommen stimmte. Er hatte sie nie um ein Date gebeten, sie nie zum Essen ausgeführt oder ihr den Stuhl zurechtgerückt. Er hatte sie nie geküsst oder mit ihr Händchen gehalten. Aber hatte er sie nicht mit seiner Jacke geschützt, als sie in einen Regenguss kamen, obwohl er dann klatschnass geworden war? War er nicht zu all ihren Wettkämpfen in der Stadt gekommen und hatte sie beim Laufen angefeuert und danach vor der Damenumkleide in den Arm genommen? Hatte sie ihm nicht von ihrer Mutter und ihrem Vater erzählt, von Early, sogar von Stella? In Manhattan Beach hatte sie sich auf der Seebrücke ans türkisfarbene Geländer gelehnt, während Reese die Kamera auf drei Angler richtete. Und sich dabei auf die Lippen biss, wie immer, wenn er sich konzentrierte.

«Wie ist sie wohl, was meinst du?», fragte er.

Sie spielte mit dem Riemen der Fototasche. «Ach, keine Ahnung», sagte sie. «Hab ich mich früher oft gefragt. Ich will es, glaube ich, gar nicht mehr wissen. Was für ein Mensch lässt schon einfach seine Familie im Stich?»

Ihr fiel zu spät auf, dass Reese natürlich genau das getan hatte. Mit seiner gesamten Vergangenheit hatte er auch seine Familie hinter sich gelassen, und er sprach überhaupt nicht mehr von ihr. Sie wusste, dass sie ihn besser nicht ausfragte, obwohl er immer mehr über ihr Leben erfahren wollte. Einmal fragte er nach ihrem ersten Kuss, und sie erzählte ihm, wie ein Junge namens Lonnie sie sich hinter einer Scheune geschnappt hatte. Da war sie sechzehn gewesen und hatte sich für ein nächtliches Lauftraining aus dem Haus geschlichen; er war beschwipst gewesen von einer geklauten Flasche Kirschwein, die er den Abend über mit Freunden am Fluss geleert hatte. Sie fragte sich immer noch, ob diese Flasche der einzige Grund gewesen war, dass er sie geküsst hatte, warum er überhaupt auf sie zugekommen und schwankend über den Zaun geklettert war, als sie hinter der Scheune der Delafosses zum Stehen kam. Sehr plötzlich und mit schmerzenden Knien.

«W-was machst du hier draußen?», hatte er gefragt.

Belämmert hatte sie sich umgesehen, und er hatte gelacht. «Dich meine ich», sagte er. «Außer uns beiden ist hier niemand.» Bisher hatte er außerhalb der Schule nie ein Wort an sie gerichtet. Sie hatte ihn natürlich gesehen, beim Rumalbern mit seinen Freunden hinten in der Ecke im Lou's oder wie er aus dem Fenster vom Pick-up seines Vaters hing. Er hatte sie immer ignoriert, als wüsste er, dass Hänseleien außerhalb des Schulgebäudes fehl am Platze waren, oder weil er vielleicht gemerkt hatte, dass es noch gemeiner war, sie zu ignorieren, und sie lieber verspottet worden wäre, als gar keine Aufmerksamkeit von ihm zu bekommen. Aber jetzt ärgerte sie nur, dass er sie ausgerechnet ansprach, als sie keuchte und schmutzig war, schweißüberströmt.

Er sei auf dem Heimweg, sagte er ihr, und nehme die Abkürzung über die Weiden der Delafosses. Nach der Schule versorge er immer Miss Delafosses Pferde. Ob sie sie sehen wolle? Sie seien steinalt, aber immer noch hübsch. Die Pferde seien über Nacht im Stall, aber er habe einen Schlüssel. Sie wusste nicht, warum sie mitging. Vielleicht, weil die ganze

Nacht sich so seltsam entwickelte – Lonnie, der sie erwischt hatte, Lonnie, der so normal mit ihr redete –, dass sie wissen wollte, was noch kommen würde. Im Stall ging sie Lonnie blind nach, betäubt vom Gestank des Dungs. Dann blieb er stehen, und im weich einfallenden Mondlicht sah sie zwei Pferde, braun und grau, größer als gedacht, muskelbepackt. Lonnie legte dem Grauen die Hand auf den Hals, und sie tat es ihm langsam nach und streichelte dem Tier das weiche Fell.

«Schön, oder?», sagte Lonnie.

«Ja», sagte sie. «Schön.»

«Du solltest sie mal laufen sehen. Erinnern mich an dich. Du läufst anders als alle Menschen, die ich je gesehen habe. Hoppelst ein bisschen, wie ein Pony.»

Sie lachte. «Woher weißt du das?»

«Ist mir aufgefallen», sagte er. «Mir fällt alles auf.»

Dann stampfte der Braune auf, der Graue erschrak, und Lonnie zog Jude aus dem Stall, bevor bei Miss Delafosse flackernd das Licht anging. Sie huschten hinter die Scheune und mussten lachen, weil sie fast erwischt worden wären, dann beugte Lonnie sich vor und küsste sie. Die Nacht umfing sie feucht und schwer wie wassergetränkte Baumwolle. Sie schmeckte die Süße auf seinen Lippen.

«Einfach so?», sagte Reese.

«Einfach so.»

«Aber hallo.»

Sie standen auf dem Dach des Hauses, in dem sein Freund Barry wohnte. Früher am Abend war Barry als Bianca in einem Club in West Hollywood aufgetreten, der Mirage hieß. Sieben elektrisierende Minuten lang war Bianca die Bühne abgeschritten und hatte mit einer lila Federboa um die Schultern

«Dim all the lights» geschmettert. Mit feuerrotem Lippenstift und einer Blondhaarperücke wie Dolly Parton.

«Eine Frau zu sein, genügt ihm nicht», hatte Reese während der Show gewitzelt. «Es muss auch noch eine weiße Frau sein.»

Barrys Wohnung war voller Perückenköpfe mit Haaren in allen Farben, natürlich oder schrill: ein brauner Bubikopf, ein schwarzer Pagenkopf, ein glatter, pink gefärbter Cher-Schnitt mit geraden Stirnfransen. Zuerst hatte sie geglaubt, Barry sei wie Reese, aber dann kam sie zu ihm nach Hause, und er trug Polohemd und Freizeithose und kratzte sich die Bartstoppeln. Unter der Woche unterrichtete er an einer Highschool in Santa Monica Chemie; in Bianca verwandelte er sich nur für zwei Samstage im Monat, in einem winzigen, düsteren Club in der Nähe des Sunset Boulevard. Im Alltag war er ein hochgewachsener Mann mit Glatze, der ganz und gar nicht wie eine Frau aussah, was Anlass des Entzückens war, wie sie merkte, als sie das verzauberte Publikum betrachtete: Es war ein Spaß, weil alle wussten, dass es nicht echt war.

Unten in der Wohnung war es laut und heiß, eine neue Thelma-Houston-Platte ergoss sich aus dem Fenster. Die Girls waren vorbeigekommen. Mit «Girls» meinte Barry immer die anderen Männer, die an seinen Dragqueen-Abenden außer ihm noch auftraten. Als es Frühjahr wurde, war Jude oft genug bei Barrys Partys gewesen, um zu wissen, wie alle ohne Make-up aussahen: Luis, der in pinkem Pelz Celia-Cruz-Stücke sang, war Buchhalter; Jamie, der eine Supremes-Perücke und Go-go-Boots trug, arbeitete bei den Elektrizitätswerken; Harley verwandelte sich in Bette Midler – er war Kostümbildner bei einer kleinen Theatergruppe und half den anderen bei der Perückenauswahl. Die Girls nahmen Jude bei sich auf, bis sie fast das Gefühl hatte, sie gehöre dazu. Sie hatte noch nie eine Clique gehabt. Und sie akzeptierten sie nur wegen Reese.

«Was ist mit dir?», fragte sie jetzt. «Wer hat dir den ersten Kuss gegeben?»

Reese lehnte sich ans Geländer und zündete sich einen Joint an. «So interessant ist das nicht.»

«Ach ja? Muss es ja auch nicht sein.»

«Eins von den Mädchen aus der Kirche», sagte er. «War mit meiner Schwester befreundet. Vorher.»

Vorher hieß, bevor er Reese geworden war. Er sprach nie über vorher. Sie hatte nicht einmal gewusst, dass er eine Schwester hatte.

«Wie war sie denn so?», fragte sie. Seine Schwester, das Mädchen, das ihn geküsst hatte? Therese? Egal, sie wollte einfach ein Bild von seinem alten Leben haben. Sie wollte, dass er sich ihr anvertraute.

«Weiß ich nicht mehr», sagte er. «Was ist denn aus dem Pferdejungen geworden?» Er grinste und hielt ihr den Joint hin. Er klang beinahe eifersüchtig, aber das war vielleicht Wunschdenken.

«Nichts», sagte sie. «Wir haben uns ein paarmal geküsst, aber geredet haben wir danach nicht mehr.»

Sie schämte sich zu sehr, um ihm die Wahrheit zu sagen: dass sie sich wochenlang im Stall mit Lonnie getroffen hatte. Er breitete in der dunkelsten Ecke eine Decke aus, stellte eine Taschenlampe auf und nannte es ihr geheimes Versteck. Sich am helllichten Tag zu treffen, war zu gefährlich. Was, wenn sie gesehen wurden? Nachts konnte niemand sie ertappen, da waren sie wirklich allein. Wollte sie das nicht auch?

Ihr fester Freund war er nicht. Wenn er ihr fester Freund gewesen wäre, hätte er mit ihr Händchen gehalten, sie gefragt, ob sie einen schönen Tag gehabt habe. Im Stall fasste er sie nur an, legte die Hand auf ihre Brüste, schob seine Finger in ihre Shorts. Im Stall schluckte sie, was er ihr in den Mund tropfen ließ, und atmete dabei den Duft von Dung. In der Stadt sah er einfach an ihr vorbei. Und trotzdem hätte sie sich weiter mit ihm getroffen, wenn Early sie nicht eines Nachts erwischt hätte. Nicht gehört hätte, wie sie sich wegschlich, ihr nicht durch den Wald nachgegangen wäre, an das Tor gehämmert hätte, bis Lonnie sich panisch die Hosen hochzog und sie nach draußen stieß. Sie weinte schon, bevor sie überhaupt draußen war. Early packte sie am Arm. Er konnte ihr nicht in die Augen blicken.

«Was ist denn los mit dir?», sagte er. «Wenn du einen Freund haben willst, dann soll er sich zu Hause vorstellen. Du kannst dich doch nicht mitten in der Nacht mit Jungs treffen.»

«Anderswo will er nicht mit mir reden», sagte sie.

Sie weinte heftiger, ihre Schultern bebten, und Early drückte sie an seine Brust. Er hatte sie schon Jahre nicht mehr so in den Armen gehalten; sie hatte sich gewehrt. Er war nicht ihr Vater und würde es nie sein, dieser Mann, dessen Gewalttätigkeit sie nicht zu spüren bekommen hatte, dessen Zorn jedes Ziel recht gewesen war, sie ausgenommen. Ihr Vater hatte ihr das Gefühl gegeben, etwas Besonderes zu sein, und das hatte ihr gefehlt.

Lonnie war nicht ihr fester Freund. Sie wäre nie so dumm gewesen, sich das einzubilden. Aber von einem Jungen geliebt zu werden, konnte sie sich sowieso nicht vorstellen; dass Lonnie sie überhaupt bemerkte, war ihr schon genug.

Ein Lüftchen wehte, und sie erschauerte und legte die Arme um sich. Reese berührte sie am Ellenbogen.

«Ist dir kalt, Baby?», sagte er.

Sie nickte und hoffte, dass er sie in den Arm nehmen würde. Aber er bot ihr nur seine Jacke an.

«Ich verstehe das nicht», sagte Barry. «Das ist wie eine Ehe ohne Sex.»

Er hockte im Mirage hinter der Bühne vor dem Schminkspiegel und trug sich Rouge auf die Wangen auf. In einer Stunde fing die Show an, und bald würden sich in der Garderobe die Transen vor den Spiegeln drängeln, Lidschatten tauschen und die Luft mit Haarspray vernebeln. Aber für den Augenblick war es im Mirage noch still und dunkel, und sie saß auf dem Fußboden und sah Barry zu, ein Chemie-Lehrbuch auf den Knien. Sie hatten ein Abkommen. Er half ihr bei ihren Chemie-Aufgaben, und sie begleitete ihn in die Fox Hills Mall und tat, als kaufte sie das Make-up, das er brauchte, für sich. Er führte sie durch die Gänge, sie hängte sich bei ihm ein. Sie hätten als Liebespaar durchgehen können, ein hochgewachsener Mann in grauer Freizeithose, eine junge Frau am Puderregal. Wenn er an der Kasse für alles zahlte, hielten die Kassiererinnen ihn für einen Gentleman. Niemand wäre auf den Gedanken gekommen, dass sein Badregal voller kleiner Fläschchen mit parfümierten Cremes, Lidschattenpaletten und goldener Lippenstifte war. Oder dass das Mädchen an seiner Seite überhaupt kein Interesse an den ganzen Sachen hatte, obwohl er ihm einen kostenlosen Schminkkurs angeboten hatte. Jude glaubte nicht, dass sie einen Farbton finden würde, der zu ihrer Haut passte, und außerdem wusste sie, wie die Leute dunkelhäutige Mädchen nannten, die sich die Lippen rot anmalten. Pavianarsch.

Nein, Barrys Tuben und Dosen interessierten sie nicht; sie waren ihr genauso ein Rätsel wie die Reagenzgläser im

Chemielabor. Ein paar Wochen nach Semesterbeginn kam sie schon nicht mehr mit. Barry hatte nur eingewilligt, ihr Nachhilfe zu geben, weil Reese ihn darum gebeten hatte, und bei Reese konnte er nicht nein sagen. Als sie einander vor sieben Jahren zum ersten Mal begegnet waren, hatte er Reese wunderschön gefunden, und nach ein paar Gläsern zu viel hatte er endlich den Mut gefasst, es ihm zu sagen.

«Was hast du ihm denn gesagt?», fragte sie.

«Was denkst du denn?», sagte er. «Ob er mit zu mir kommen will! Und weißt du, was er geantwortet hat? *Nein danke.*» Barry lachte. «Ist das zu glauben? Er hat nein danke gesagt, als hätte ich ihm eine Tasse Kaffee angeboten. Ah, diese Landeier sind mir immer am liebsten. Lieb und vom Land, so hab ich sie gern.»

Sie versuchte, sich vorzustellen, selbst so wagemutig zu sein, bei Reese aufzumarschieren und ihm zu sagen – ja, was? Dass sie pausenlos an ihn dachte, selbst jetzt, ein Lehrbuch voller unverständlicher Symbole vor Augen und im Gespräch mit einem Mann, der sich die Lippen anmalte?

«Wir sind einfach Freunde», sagte sie. «Was ist denn daran so schlimm?»

«Schlimm ist überhaupt nichts daran.» Er warf ihr im Spiegel einen Blick zu. Er hatte einen neuen Look ausprobiert – klassisches Hollywood, Lana Turner –, aber das Rouge war zu pink und gab seiner Haut einen Stich ins Orange. «Ich habe einfach noch nie gesehen, dass Reese mit jemandem so zusammen war.»

Einmal, als er ihr die Einkäufe nach oben brachte, hatte Reese gewitzelt, er komme sich vor wie ihr fester Freund, und sie hatte gelacht, ohne genau zu wissen, was der Witz war. Dass er es nicht war? Dass er es nie sein würde? Dass er sich trotzdem irgendwie dabei ertappt hatte, diese Rolle zu spielen? Was sie nicht sagte: Sie kam sich auch manchmal wie seine feste Freundin vor, und das Gefühl machte ihr Angst. Es füllte ihr die ganze Brust und schnürte ihr den Atem ab.

«Wir sind einfach Freunde», sagte sie wieder. «Ich verstehe nicht, dass du das nicht siehst.»

«Und ich verstehe nicht, dass du nicht siehst, dass ihr das nicht seid.» Barry seufzte und drehte sich zu ihr um. Eine Wange war voll geschminkt, die andere Gesichtshälfte noch unberührt. «Ich verstehe auch nicht, warum du dagegen ankämpfst. Achtzehn und verliebt, was könnte schöner sein? Ach, was weißt denn du. Wenn ich die Zeit zurückdrehen könnte, würde ich alles anders machen.»

«Zum Beispiel?», sagte sie.

«Ach, einfach alles.» Er drehte sich wieder zum Spiegel um. «Diese ganze große Welt, und wir haben nur einen einzigen Durchgang. Das ist das Allertraurigste, wenn du mich fragst.»

In diesem Sommer zog sie aus dem Wohnheim aus und bei Reese ein.

Sie redete sich eine ganze Reihe Gründe dafür ein, warum es praktischer war: Sie arbeitete auf dem Campus, was nur logisch war, auch wenn ihre Mutter bei der Nachricht, dass sie nicht nach Hause kommen würde, schrecklich enttäuscht geklungen hatte. Sie hatte für das nächste Semester noch keine Wohnung und würde Geld sparen, wenn sie sich die Miete und die Einkäufe teilten. Mit Sparsamkeit ließ sich jede dumme Entscheidung begründen. Also hatte sie ja gesagt, als Reese sie fragte, und bald schleppten sie ihre Kartons durchs enge Treppenhaus nach oben. Reese sagte ihr, dass er auf dem Sofa schlafen werde.

«Ich hab schon an schlimmeren Orten geschlafen, kannst du mir glauben», sagte er, und sie dachte daran, wie er per Anhalter aus Arkansas gekommen war. Auf Raststätten oder in leerstehenden Häusern geschlafen hatte, wie die, die er heute noch fotografierte, immer und immer wieder.

Zuerst war sie sich in der Wohnung von Reese komisch vorgekommen, wie ein Gast, der zu lange blieb. Aber nach und nach wurde es ihr Zuhause. Wenn sie auf dem Weg zum morgendlichen Lauftraining auf Zehenspitzen durch das Wohnzimmer schlich, lag Reese zusammengerollt unter einer Decke, und die Haare fielen ihm über die Augen. Sie teilten sich die Ablage im Bad, und sie fuhr mit dem Finger über den Griff seines Rasierers. Wenn sie abends nach Hause kam, machte er Hot Dogs zum Abendessen oder bügelte ihrer beider Hemden, oder sie hörten gemeinsam auf dem Sofa Musik, ihr Fuß an seinem Oberschenkel. Er brachte ihr das Autofahren bei, überraschend geduldig, während sie seinen knarzenden Mercury Bobcat langsam über einen leeren Parkplatz lenkte.

«Wenn du Auto fahren kannst, kannst du überallhin», erklärte er ihr. «Wenn du es hier satthast, suchst du dir einfach eine andere Stadt.»

Er lächelte ihr zu und ließ einen Arm aus dem Fenster hängen, während sie noch eine langsame Runde drehte. Bei ihm klang das so einfach, leben.

«Ich werde es hier nie satthaben», sagte sie.

Unter der Woche meldete sie sich in der Musikbibliothek zum Dienst, wo sie einen schweren Karren durch die Gänge schob und dünne Partituren einordnete, bis ihr vom Staub auf den Umschlägen die Hände austrockneten. Wieder zu Hause, kam West Hollywood ihr so anders vor, im Vergleich zu diesem idyllischen Campus mit seinen Ziegelbauten – die sie noch immer so einschüchternd fand, dass sie darin die Stimme senkte wie in der Kirche –, mit den weiten Rasenflächen und den Fahrrädern, die ständig vorbeizischten. Im Wohnheim war sie von gnadenlosen Strebern umgeben gewesen, aber in dem Apartmenthaus in West Hollywood traf sie Menschen, deren Traum vom Ruhm schon geplatzt war. Kameraleute, die in Fotogeschäften arbeiteten, Drehbuchautoren, die Englischkurse für Einwanderer gaben, Schauspielerinnen, die in zwielichtigen Burlesque-Shows auftraten. Menschen, die es nicht geschafft hatten, waren in der Stadt tief verwurzelt. In alle Bürgersteige waren die Sterne mit ihren Namen eingelassen, man konnte sie nur nicht sehen.

An den Wochenenden erwanderte sie sich mit Reese die Strände von Santa Barbara, oder sie erkundeten das Museum für Naturgeschichte, und einmal fuhren sie in Long Beach sogar zum *Whale Watching*. Sie hatten nur Delfine zu sehen bekommen, aber woran sie sich erinnerte, war, dass sie auf Deck die Balance verloren hatte und er hinter sie getreten war und sie festgehalten hatte. So stand sie dann den Rest der Bootsfahrt über da, an seine Brust gelehnt.

Samstagabends duckten sie sich unter einer Kaskade aus Regenbogenfahnen ins Mirage, um Barrys Auftritt zu erleben. Oder sie sahen sich im Cinerama Dome einen Film an, und dort, in der Dunkelheit des Kinosaals, hoffte sie, dass Reese ihre Hand nehmen würde. Aber er tat es nie. Auf Barrys Party zum Unabhängigkeitstag am 4. Juli drängten sich alle bei ihm auf dem Dach und sahen dem Prasseln des Feuerwerks am Himmel zu. Bei all den Jungen rund um sie herum, die einander betrunken küssten, glaubte sie, dass auch Reese ihr vielleicht einen Kuss geben würde – ganz freundschaftlich, auf die Wange. Aber stattdessen ging er nach drinnen, etwas zu trinken holen, und ließ sie, in blaues und rotes Licht getaucht, allein. Was wollte er von ihr? Sie hätte es nicht sagen können. Einmal, nach Barrys Show im Mirage, bat Reese sie um einen Tanz. Der Abend neigte sich dem Ende zu, der DJ spielte schon Kuschelmusik, um die Liebespaare Richtung Ausgang zu treiben. Er hielt ihr die Hand hin, und sie ließ sich von ihm auf die Tanzfläche führen. Noch nie hatte sie jemand so fest umarmt.

«Ich liebe diesen Song», sagte sie.

«Ich weiß», sagte er. «Du singst ihn dauernd.»

Sie war nicht betrunken, aber sie fühlte sich ganz leicht, getragen von der Stimme Smokey Robinsons, in den Armen von Reese. Dann ging das Licht an, die Pärchen seufzten, und Reese ließ sie los. Bisher war ihr nicht aufgefallen, wie traurig das Mirage bei Licht aussah: die nackten Rohre, die abblätternde Farbe, die Dielen, klebrig vom Bier. Und Reese, der lachte, während ihre Freunde sich langsam Richtung Ausgang bewegten, als wäre der Tanz mit ihr das Normalste von der Welt gewesen, so wie ihr in die Jacke zu helfen. Manchmal fühlte sie diese große Nähe zu ihm und gleichzeitig große Distanz.

Dann kam sie eines Abends früher von der Arbeit nach Hause und sah Reese mit nacktem Oberkörper im Bad. Er trug einen dicken Verband um den Brustkorb, an den Rändern zeichneten sich wunde Stellen ab, und er betastete behutsam seine Rippen. Ihr erster Gedanke war der dümmste: dass jemand ihn verprügelt hatte. Als er aufblickte, trafen ihre Blicke sich im Spiegel, und er zog sich ruckhaft das T-Shirt über.

«Du kannst dich nicht einfach so anschleichen», sagte er.

«Was ist passiert?», fragte sie. «Diese blauen Flecke ...»

«Sieht schlimmer aus, als es ist», sagte er. «Bin ich gewohnt.»

Es dauerte einen Augenblick, bis sie begriff, was er ihr sagen wollte: dass er nicht verprügelt worden war, dass es der Verband war, der ihm den Brustkasten wund scheuerte.

«Du solltest das Ding abnehmen», sagte sie. «Wenn es dir weh tut. Hier musst du es nicht tragen. Mir ist egal, wie du aussiehst.»

Sie hatte geglaubt, dass er vielleicht erleichtert wäre, aber stattdessen huschte ein finsterer und unvertrauter Ausdruck über sein Gesicht.

«Es geht nicht um dich», sagte er, dann schlug er krachend die Badezimmertür zu. Die ganze Wohnung erbebte, und sie ließ zitternd die Schlüssel fallen. Er war noch nie laut geworden.

Ohne darüber nachzudenken, verließ sie die Wohnung. Sie hatte ihn noch nie so wütend erlebt. Er schimpfte auf schlechte Autofahrer, er meckerte über seine Kollegen, und einmal hatte er in einer Bar einem Mann einen Stoß versetzt, der sie «Darky» genannt hatte. Sein Zorn flammte auf und verging, und dann war er wieder ganz er selbst. Aber diesmal richtete seine Wut sich gegen sie. Sie hätte ihn so nicht sehen dürfen – sie hätte sich umdrehen müssen, sobald sie ihn durch die offene Tür entdeckt hatte. Aber die wunden Stellen hatten sie geschockt, und sie hatte etwas ganz Idiotisches gesagt. Jetzt konnte sie sich nicht einmal entschuldigen, weil er ihr so böse war. Er hatte die Tür zugeschlagen, er hatte ihr nicht ins Gesicht geschlagen, aber vielleicht war es nur bequemer so gewesen. Wenn sie in Reichweite gewesen wäre, hätte er vielleicht einfach sie an die Wand geschleudert.

Als sie bei Barry ankam, war sie in Tränen aufgelöst. Er nahm sie einfach in die Arme.

«Er hasst mich», sagte sie. «Ich war so blöd. Und jetzt hasst er mich ...»

«Er hasst dich nicht», sagte Barry. «Komm, setz dich. Morgen früh ist alles wieder gut.»

Bloß eine kleine Keilerei, sagte Barry. Nicht schlimm.

Aber Jude würde es für den Rest ihres Lebens nicht ertragen, wenn Menschen einen Streit so nannten. Keilerei, das hieß: offene Wunden, blaue Augen, Knochenbrüche. Blut. Keine kleine Meinungsverschiedenheit über die abendliche Restaurantwahl. Keine Diskussion. Eine Keilerei war mehr als eine im Zorn erhobene Männerstimme – die sie trotzdem immer an ihren Vater denken ließ. Wenn lärmende Männer eine Bar verließen oder Jungen bei Football-Übertragungen den Fernseher anbrüllten, zuckte sie immer ein wenig zusammen. Wenn Türen zugeschlagen wurden. Teller zu Bruch gingen.

Ihr Vater hatte mit der Faust auf Wände eingehämmert, Geschirr zerschlagen und einmal sogar seine eigene Brille einfach durch das Wohnzimmer an die Tür geworfen. Blind vor Zorn. Wie seltsam, und für sie damals doch ganz normal, auf eine Weise, die sie erst ganz verstehen würde, als sie älter war.

Sie verbrachte die Nacht bei Barry auf dem Sofa und starrte an die Decke. Um halb drei hörte sie es an der Tür klopfen. Als sie durch das Guckloch sah, stand dort im Licht der Außenbeleuchtung Reese. Er atmete schwer, die Fäuste in den Taschen seiner Jeansjacke geballt, und wollte gerade wieder klopfen, als sie doch noch die Tür entriegelte.

«Du weckst noch alle auf», flüsterte sie.

«Tut mir leid», sagte er. Er hatte eine Bierfahne.

«Du bist betrunken», sagte sie, eher überrascht. Sie hatte nie erlebt, dass er in einer Bar verschwand, wenn er sich geärgert hatte, aber da stand er nun, schwankend.

«Ich hätte dich nicht so anbrüllen dürfen», sagte er. «Ich wollte dich nicht ... Scheiße, du weißt genau, dass ich dir nie weh tun würde. Das weißt du doch, Baby?»

Wer einem weh tun würde, konnte man nie wissen, bevor es zu spät war. Aber er klang verzweifelt, und sie öffnete die Tür noch ein Stück weiter.

«Da gibt es diesen Arzt», sagte er. «Luis hat mir von ihm erzählt. Man muss den Eingriff im Voraus bezahlen, aber ich hab darauf gespart.»

«Was für einen Eingriff?», fragte sie.

«Für meine Brust. Dann muss ich dieses Scheißteil überhaupt nicht mehr tragen.»

«Ist das nicht gefährlich?»

«Nicht sehr», sagte er.

Sie starrte auf seine Brust, die sich schwach hob und senkte.

«Mir tut es auch leid», sagte sie. «Ich will einfach nicht, dass du dich quälst. Ich wollte nicht – ach, keine Ahnung. Ich wollte mich nicht wichtigmachen.»

«Sag das nicht», sagte er.

«Was denn?»

Er schwieg einen Augenblick lang, dann beugte er sich vor und küsste sie. Als sie es begriff, hatte er sich schon wieder zurückgezogen.»

«Dass du mir nicht wichtig bist», sagte er.

Am Morgen spazierte sie benommen über den strahlenden Campus. Nachdem Reese wieder im Dunkel der Nacht verschwunden war, hatte sie kein Auge zugetan. Selbst jetzt noch krampfte sich ihr beim Gedanken an ihn der Magen zusammen. Vielleicht war er so betrunken gewesen, dass er sich an den Kuss nicht einmal mehr erinnern konnte. Vielleicht war er zu Hause aufgewacht, mit nichts als dem undeutlichen Gefühl, etwas Peinliches gemacht zu haben. Vielleicht bereute er es auch, jetzt, wo er nüchtern war. Sie war die Sorte Mädchen, die man als Junge nur heimlich küsste, und nachher stritt man alles ab.

Bei den Girls war an diesem Abend Party. In Harleys proppenvollem Wohnzimmer quetschte sie sich auf die Fensterbank und hielt sich an einer Cola-Rum fest. Ihr war nicht nach Feiern zumute, aber es war ihr noch immer zu peinlich, nach Hause zu gehen und Reese gegenüberzutreten. Der dann natürlich auf der Party auftauchte, in Jeans und einem schwarzen T-Shirt, die Haare noch nass vom Duschen. Als er hereinkam, winkte er ihr zu, kam aber nicht zu ihr. Vielleicht tat sie ihm leid. Und er hatte sie nur geküsst, weil er sich schämte, dass er sie angebrüllt hatte. Er wusste, dass sie hoffte, der Kuss würde mehr bedeuten, und deshalb wich er ihr aus und stand so weit weg am anderen Ende des Raums, dass Harley sie fragte, was los sei.

«Nichts», sagte sie und schenkte sich Rum nach.

«Warum habt ihr euch dann beide so?», fragte er.

Er trug einen fluffigen Pony nach Art von Farrah Fawcett, den er sich ständig aus den Augen wischte. Sie zuckte die Achseln und starrte aus dem Fenster. Sie konnte nicht so weitermachen und einfach so tun, als wäre alles wie immer. Sie brauchte frische Luft. Aber plötzlich wurde es im ganzen Raum stockfinster. Die Musik verstummte, und die Stille danach war genauso kreischend wie die Dunkelheit. Dann erklangen Stimmen, Barry fragte nach einer Taschenlampe, Harley sagte, es gebe vielleicht Kerzen im Bad, und Luis, der am Fenster lehnte, rief alle zu sich. Alle Häuser in der Straße lagen im Dunkeln.

Sie gehe Kerzen suchen, sagte Jude und tastete sich durch den dunklen Flur in Richtung Bad, als Reese ihre Hand packte.

«Ich bin es», sagte er.

«Ich weiß», sagte sie.

Im Dunkel konnte man sein, wer man wollte, aber sie hatte ihn schon erkannt, bevor er den Mund aufmachte. Sein Herrenduft, seine rauen Hände. Sie hätte ihn in jedem dunklen Raum gefunden.

«Ich kann überhaupt nichts sehen», sagte er mit einem leisen Lachen.

«Und ich suche die Kerzen.»

«Warte. Können wir nicht einfach reden?»

«Es gibt nichts zu reden», sagte sie. «Ich weiß, dass du mich nicht magst. Nicht so. Und das ist okay. Wir müssen wirklich nicht darüber reden.»

Er ließ ihre Hand los. Wenigstens musste sie ihm jetzt nicht in die Augen blicken. Und wenn sie die Kerzen nicht finden würde, müsste sie es überhaupt nicht mehr. Langsam tastete sie sich weiter durch den Flur und spürte endlich die Kacheln der Badezimmerwand, aber als sie den Medizinschrank öffnen wollte, drückte Reese ihn wieder zu. Sie stand mit dem Rücken am Waschbecken, als er sie küsste.

Ein paar Schritte weiter riefen die anderen fröhlich nach ihren Freunden und lachten über die eigene Blindheit. Im Bad aber küssten sie einander so verzweifelt, als wüssten sie, dass es nicht von Dauer sein konnte. Das Licht würde flackernd wieder angehen, irgendwer würde sie suchen kommen, schamrot würden sie sich beim Klang der Schritte einander entwinden. Aber als Barry aus der Küche kam und triumphierend eine Taschenlampe schwenkte, waren sie schon nach draußen geschlüpft. Sie tasteten sich die Treppe hinunter, bis sie sicher auf dem Gehweg standen und sich, noch immer händchenhaltend, im Dunkel der Stadt auflösten. Über ihren Köpfen blinkten nutzlos die Ampeln. Autos krochen die Straßen entlang. Die Skyline über ihnen war verschwunden, und zum ersten Mal seit fast einem Jahr konnten sie die Sterne sehen.

Irgendwo auf der anderen Seite dieser gewaltigen Stadt lauschte eine Großmutter Kindern, die sich vor einem dunklen Bildschirm Gespenstergeschichten erzählten. Ein Mann saß vor seinem Haus und kraulte seinem Hund die graue Schnauze. Eine dunkelhaarige Frau zündete in ihrer Küche eine Kerze an und starrte auf den dunklen Swimmingpool hinaus. Ein junger Mann und eine junge Frau gingen heim, die stille Treppe hinauf und schlossen vor dem Rest der Stadt die Tür. Sie hielt ihm das Feuerzeug, während er in den Schränken nach Kerzen suchte. Er konnte keine finden, und beide waren erleichtert. Sie hatte keine Angst vor der Dunkelheit; er fühlte sich darin sicherer.

Im Bett zog er ihr das T-Shirt aus und küsste sie vom Hals bis an die Brüste. Erst als er sie zwischen den Beinen küsste, merkte sie, dass er noch voll bekleidet war.

In der ganzen Stadt taten Pärchen es ihnen nach. Teenager küssten sich am dunklen Strand auf Decken, und schwarz rollte der Ozean heran. Frisch Verheiratete fummelten im Hotelzimmer. Ein Mann flüsterte seinem Liebhaber etwas ins Ohr. Die dunkelhaarige Frau hielt das Streichholz an die schlanke Kerze, und ihr Gesicht leuchtete im Widerschein des Küchenfensters auf. Licht und Dunkel, in der ganzen Stadt.

SECHS

Irgendwas an dir ist anders», sagte Desiree Vignes am Telefon zu ihrer Tochter.

Im August war eine Hitzewelle über Los Angeles hereingebrochen, und auch wenn man alle Fenster aufriss, regte sich kein Lüftchen. Draußen glänzte der Asphalt wie ein stiller, dunkler Teich. Große braune Grillen tasteten die Rohre nach Wasser ab, und Jude fand jeden Morgen ein, zwei in der Dusche; sie hatte so viel Angst, sie auf dem beigefarbenen Teppich zu übersehen, dass sie nicht mehr barfuß durch die Wohnung ging. Die Hitze war unerträglich, aber das Leben war gar nicht so schlecht, dachte sie, als sie zusah, wie Reese sich einen Eiswürfel zwischen die Lippen schob. Er trug eine blaue Badehose und ein schwarzes T-Shirt, auf seinen Schlüsselbeinen glänzte der Schweiß. Sie wickelte sich das Telefonkabel um den Finger.

«Ma'am?», fragte sie.

«Jetzt komm mir nicht mit Ma'am. Du hast schon verstanden. Irgendwas ist anders. Das höre ich an deiner Stimme.»

«Mit meiner Stimme ist alles in Ordnung, Mama.»

«In Ordnung, ja. Aber anders. Glaubst du, das merke ich nicht?»

Sie wollten sich in Venice Beach mit den Girls treffen, und als das Telefon klingelte, war der Picknickkorb gerade gepackt. Sie hatte seit einem Monat nicht zu Hause angerufen, darum waren ihre Schuldgefühle zu groß, um ihre Mutter auf später zu vertrösten. Aber jetzt bereute sie, dass sie rangegangen war. Was wollte ihre Mutter damit sagen, anders? Und woher wollte sie das überhaupt wissen? Die Vorstellung, durchschaubar zu sein, und sei es auch nur für ihre Mutter, war Jude zuwider. Aber hatte Barry es nicht auch sofort gemerkt? Zwei Tage nach dem Blackout war sie ihm am Springbrunnen vor dem Kaufhaus May Company begegnet, und er hatte sie schon aus der Entfernung misstrauisch angeguckt.

«Was ist passiert?», wollte er wissen. «Warum guckst du so?»

«Wie denn?», fragte sie und lachte.

Dann dämmerte ihm etwas. «Das glaube ich nicht», flüsterte er. «Das ist ja wirklich nicht zu fassen! Da sitzt du bei mir auf der Couch und erzählst mir, ihr hättet euch wahnsinnig gestritten ...»

«Stimmt ja auch! Also, da war jedenfalls noch nichts gewesen, Ehrenwort ...»

«Warum habt ihr mir nichts gesagt?», fragte er. «Ich verstehe nicht, dass keiner von euch mich angerufen hat.»

Nach dem Blackout hatte sie niemandem etwas erzählt. Sie wusste nicht einmal selbst, was zwischen Reese und ihr passiert war. Am Abend waren sie noch gute Freunde gewesen und am nächsten Morgen ein Liebespaar. Als sie aufwachte, war er schon zur Arbeit gegangen. Sie fuhr mit der Hand über das zerwühlte Laken, das noch warm von ihm war. Bei Tageslicht betrachtet, kam die vergangene Nacht ihr vor wie ein Fiebertraum. Aber diese warmen Laken. Ihr Höschen auf dem Fußboden. Sein Herrenduft auf dem Kissen. Sie drehte sich um und vergrub das Gesicht darin. Den ganzen Tag lang stellte sie sich vor, wie er ihr sagen würde, die vergangene Nacht sei ein Fehler gewesen. Aber am Abend kroch er zu ihr ins Bett und küsste sie auf den Nacken.

«Was machen wir da?», fragte sie.

«Ich küsse dich», sagte er.

«Du weißt, was ich meine.»

Sie drehte sich zu ihm um. Er lächelte und spielte mit dem Saum ihres T-Shirts.

«Willst du, dass ich wieder gehe?», fragte er.

«Willst du das?»

«Auf keinen Fall, Baby.»

Als er ihr den Pyjama auszog, langte sie nach seinem Gürtel, aber er entwand sich ihr.

«Nicht», sagte er leise, und sie erstarrte und wusste nicht, was tun. Lonnie hatte keine Hemmungen gehabt. Hätte ihre Hand in seine Boxershorts geschoben, sich ihr Gesicht zwischen die Beine gedrückt. Das Liebesleben mit Reese hatte eigene Regeln, die sie mit der Zeit beachten lernte. Licht aus. Ihn nicht ausziehen. Bauch und Arme durfte sie berühren, aber nie die Brust, an die Beine durfte sie ihm fassen, aber nie dazwischen. Sie hätte ihn gern so unbekümmert berührt wie er sie, aber sie beklagte sich nie. Wie könnte sie? Jetzt, wo sie so glücklich war, dass Barry ihr Strahlen schon von der anderen Seite der Shopping Mall auffiel, so glücklich, dass ihre Mutter es sogar am Telefon hören konnte.

Am Strand saß sie auf ihrem Handtuch und sah Barry, Luis und Harley zu, die im Wasser herumtollten. Sie hatten eine Stunde im Stau gestanden und waren langsam aufs Meer zugekrochen; als sie endlich in Venice waren, rissen die Girls sich die T-Shirts vom Leib, warfen sie auf einen wüsten Haufen und liefen kreischend Richtung Wasser. Reese bettete seinen Kopf auf ihren Schoß und sah ihnen beim Baden zu, im Sonnenschein glänzend. Sie fuhr ihm mit den Fingern durch die Haare.

«Willst du nicht schwimmen gehen?», fragte sie.

Er lächelte und blinzelte sie von unten an. «Später vielleicht», sagte er. «Willst du denn nicht ins Wasser?»

Sie gehe nicht gerne schwimmen, behauptete sie. Dabei war sie in D. C. wirklich gern im Stadtbad gewesen. In Mallard hatte sie sich nie getraut, im Fluss zu baden – so viel von sich zeigen, man stelle sich vor! Sie wohnte nicht mehr in Mallard, aber irgendwie wurde sie das Kaff nicht los. Selbst jetzt noch, in Venice Beach, glaubte sie, die anderen würden lachen, wenn sie sich auszog. Und auch über Reese kichern und sich fragen, was er mit dem schwarzen Ding da trieb.

Als sie an jenem Abend vom Strand nach Hause kamen, legte Reese sich auf sie, und sie fragte, ob sie das Licht anschalten dürfe. Er lachte ein wenig und vergrub sein Gesicht an ihrem Hals.

«Warum?», murmelte er.

«Darum», sagte sie. «Ich möchte dich sehen.»

Er hielt einen Augenblick still, dann rollte er von ihr herunter. «Aber das möchte ich nicht», sagte er.

Nach Wochen schlief er zum ersten Mal wieder auf dem Sofa. In der Nacht darauf kam er wieder zu ihr ins Bett, aber sie konnte die Einsamkeit der Nacht ohne ihn noch immer spüren, als wären sie auch jetzt noch durch eine Wand voneinander getrennt. Was sie eigentlich spüren wollte, bekam sie nie: seine Haut auf ihrer Haut.

«Ich habe einen Freund», sagte sie ihrer Mutter beim nächsten Anruf.

Ihre Mutter lachte. «Natürlich», sagte sie. «Ich weiß nicht, warum du glaubst, dass ich nichts mitbekomme.»

«Er ist ...» Jude brach ab. «Er ist nett, Mama. Er ist wirklich lieb zu mir. Aber er ist nicht wie andere Jungen.»

«Wie meinst du das?»

Sie überlegte kurz, ob sie ihrer Mutter die ganze Geschichte erzählen sollte. Aber dann sagte sie nur: «Er lässt mich nicht an sich heran.»

«Na», sagte ihre Mutter. «Ich will dich ja nicht enttäuschen, aber da ist er genau wie die anderen. Ganz genau wie alle anderen.»

Sie hörte den Schlüssel im Schloss, Reese kam herein und warf seine Jacke über die Stuhllehne. Er lächelte, als er vorbeiging, und strich ihr über den Fußknöchel.

«Jude?», fragte ihre Mutter. «Bist du noch da?»

«Jawohl, Ma'am», sagte sie. «Ich bin hier.»

Ein Job. Sie würde sich wieder Arbeit suchen.

Das war ihr plötzlich sonnenklar, als sie Reese in seinem verschwitzten T-Shirt aus dem Bett steigen sah. Er wollte einen neuen Oberkörper. Trug die zerfledderte Visitenkarte von Dr. Jim Cloud, einem Schönheitschirurgen mit Praxis am Wilshire Boulevard, immer in der Brieftasche. Der war Stammgast im Mirage und hatte entfernte Bekannte operiert – aber das kostete. Dreitausend Dollar im Voraus, bar auf die Hand. Ein fairer Preis, wenn man bedachte, welches Risiko er mit solchen Operationen einging. Die Aufsichtsbehörde konnte ihm die Lizenz entziehen, seine Praxis schließen, seine Verhaftung fordern. Die Zwielichtigkeit der ganzen Sache verunsicherte Jude, obwohl Reese darauf beharrte, dass es sich um einen anerkannten Arzt handelte. Sie hatte trotzdem angefangen zu rechnen. Sie hatte die ausgewaschene graue Socke in seiner Schublade umgekrempelt und die zerknitterten Scheine aufs Bett geschüttelt. Zweihundert Dollar. Allein würde er nie genug zusammenbekommen.

«Ich brauche wieder einen Job», erklärte sie Barry.

Der Herbst war gekommen und mit ihm die Santa-Ana-Winde. Nachts erzitterten ihre Fenster unter den heißen Böen. Sie feierten Barrys dreißigsten Geburtstag dicht gedrängt in seinem Apartment.

Barry zuckte die Achseln und fuhr sich mit einer Hand über den kahlgeschorenen Kopf.

«Und das erzählst du mir?», sagte er. Er war beim dritten Martini, und die Zunge saß ihm locker. «Einen neuen Job brauche ich selber. Diese Weißen zahlen mir ja jetzt schon kaum was.»

«Du weißt, was ich meine», sagte sie. «Einen richtigen Job. Mit dem man richtig Geld verdient.»

«Ich würde dir ja gerne helfen, meine Süße, aber ich kenne niemanden mit offenen Stellen. Na ja, mein Vetter Scooter fährt einen Catering-Bus, aber so was würdest du doch nicht machen, oder?»

Am Nachmittag darauf holte Scooter sie mit einem alten silbernen Bus ab, an dem in abblätternder lila Kursivschrift *Carla's Catering* stand. Die Inneneinrichtung befand sich in Auflösung, aus dem Beifahrersitz quoll gelber Schaumstoff, die Deckenverkleidung hing durch wie eine Hängematte und am Rückspiegel baumelte ein ausgeblichenes Duftbäumchen. Nichts Tolles, aber der Kühlschrank funktioniere, sagte Scooter und deutete mit dem Daumen auf die Wand, hinter der das gekühlte Essen war. Er war so schlaksig wie Barry, aber mit gelblicherem Teint, und trug eine lila Lakers-Kappe.

«Eins kann ich dir sagen», rief er, «du darfst kein Wort von dem glauben, was du über die Wirtschaftslage und so weiter hörst. Kannst du alles vergessen. Die Weißen werden immer eine Party schmeißen wollen.»

Er lachte, der Bus fuhr polternd auf die Fairfax, und sie griff schnell nach dem Anschnallgurt. So war es immer: Er ließ den Ellenbogen beim Fahren aus dem Fenster hängen und plauderte fröhlich, wobei er mitten ins Gespräch einstieg, als würde er auf eine Frage antworten, die sie gar nicht gestellt hatte.

«Früher mal hatte ich meine eigene Bude», sagte er. «Ein hübscher kleiner Laden, in der Nähe der Crenshaw. Hab ihn aber nicht halten können. War noch nie so gut mit Geld. Was reinkommt, geht gleich wieder raus, wie das eben so geht. Mit dem Essen war ich gut, aber ich bin kein Geschäftsmann, wirklich nicht. Ist aber alles gut gelaufen. Jetzt bin ich Carlas rechte Hand.»

Carla Stewart, erklärte er, als sie auf dem Pacific Coast Highway in Richtung Malibu krochen, sei hart, aber fair. In der Gastronomie müsse man als Frau so sein. Die Cateringfirma habe sie nach dem Tod ihres Mannes aufgebaut. Schlau, in einer Stadt, in der es immer genug Leute gab, die ohne viel Aufwand Events veranstalten wollten. Er warf ihr ein schwarzes Polohemd in den Schoß.

«Das musst du anziehen», sagte er. Als sie zögerte, lachte er. «Nicht jetzt, wenn wir drinnen sind! Ich bin kein Perversling. Keine Sorge, Barry hat mir erzählt, dass du für ihn so was wie eine kleine Schwester bist, und er soll wirklich nicht zu hören kriegen, dass ich mit dir flirte oder so was.»

Das war das Netteste, was Barry je über sie gesagt hatte, und natürlich war es nicht für ihre Ohren bestimmt gewesen.

«Barry ist schon komisch», sagte sie.

«Ja, wirklich», sagte Scooter. «Ein komischer Junge, aber ich liebe ihn. Ich liebe ihn trotzdem.»

Ob Scooter von Bianca wusste? Barry war so stolz darauf, dass er seine beiden Leben auseinanderhielt. «Ganz wie in der Heiligen Schrift», hatte er ihr einmal gesagt, «lass deine Linke nicht wissen, was die Rechte tut.» An zwei Samstagabenden im Monat war er Bianca, und sonst schlug er sie sich aus dem Kopf, auch wenn er manchmal an sie dachte, für sie einkaufte, ihre Rückkehr vorbereitete. Barry ging in die Kirche, zu Lehrerkonferenzen und Familientreffen, und irgendwo im Hintergrund wartete Bianca. Sie hatte ihre Rolle zu spielen und Barry seine. Man konnte so leben, gespalten. Solange man nicht vergaß, wer gerade am Ruder war.

«Wo bist du gewesen?», fragte Reese, als sie spät in der Nacht zu ihm ins Bett stieg. Er klang besorgt; sie blieb abends nie lange weg, ohne anzurufen. Aber sie hatte das Catering für einen Immobilienmakler gemacht, der Burt Reynolds und Raquel Welch ihre Häuser verkauft hatte. Sie war durch seine Villa spaziert, hatte die langen weißen Sofas und die marmornen Arbeitsflächen bewundert und die riesigen Fenster mit Meerblick. Unvorstellbar, so zu wohnen – direkt an einer Steilküste, schutzlos hinter Glas. Aber vielleicht verspürten die Reichen keine Not, sich zu verstecken. Vielleicht kam mit dem Wohlstand die Freiheit, sich zu offenbaren.

Um ein Uhr war die Party zu Ende gewesen, und sie hatte noch aufräumen müssen. Als Scooter sie wieder absetzte, färbte der Morgenhimmel sich lila.

«In Malibu», sagte sie.

«Was machst du denn so weit weg?»

«Ich habe einen neuen Job», sagte sie. «Bei einer Cateringfirma. Barry hat ihn mir vermittelt.»

«Wieso das denn?», sagte er. «Ich dachte, du wolltest dich aufs Studium konzentrieren?»

Den wahren Grund konnte sie ihm nicht verraten; er ließ

sie nicht einmal fürs Abendessen bezahlen und griff immer gleich zur Brieftasche, wenn die Rechnung kam. Nie würde er Geld für eine teure Operation von ihr annehmen. Und was, wenn er sie falsch verstand? Was, wenn er glaubte, sie würde ihn zu der Operation drängen, weil sie wollte, dass er anders wurde? Sie durfte es ihm nie verraten, nicht bevor sie so viel Geld gespart hätte, dass es dumm von ihm wäre, nein zu sagen. Sie kuschelte sich in seine Armbeuge und strich ihm über das Gesicht.

«Ich habe einfach gedacht, ein bisschen Extrageld wäre nett», sagte sie. «Mehr nicht.»

In diesem Semester hatte sie Körper im Kopf.

Einmal die Woche saß sie mit einem Spritzbesteck in der Hand auf dem Rand der Badewanne, und Reese rollte seine karierten Boxershorts hoch. Auf dem Regal lag eine Ampulle mit einer Flüssigkeit, gelb und klar wie Chardonnay. Er hasste Nadeln noch immer und sah nicht hin, wenn sie an die Spitze schnipste, bevor sie ihm das Beinfett zusammenquetschte. Okay, sagte sie hinterher flüsternd; es tat ihr leid, dass sie ihm weh getan hatte.

Jeden Monat kratzte er das Geld für eine Ampulle zusammen, die so klein war, dass sie in seine Handfläche passte. Jude hatte keinen blassen Schimmer, wie Hormone funktionierten, also belegte sie spontan einen Anatomiekurs, der ihr viel mehr Spaß machte als gedacht. Das Auswendiglernen, das alle anderen langweilte, fand sie großartig. In der ganzen Wohnung verteilte sie mit Körperteilen beschriftete Lernkarten: *Phalangen* am Waschbecken im Bad, *Deltamuskeln* auf dem Küchentisch, *dorsale Metakarpalvenen* zwischen die Sofakissen geklemmt.

Das Herz war ihr Lieblingsorgan. Sie war in ihrem Kurs die Erste, die ein Schafsherz korrekt sezieren konnte. Das sei, wie ihr Professor sagte, die schwierigste Dissektion, weil das Herz nicht völlig symmetrisch war, aber fast, sodass man nie sagen könne, welche Hälfte welche sei. Man müsse das Herz korrekt ausrichten, um die Blutgefäße zu finden.

«Ihr müsst das Herz regelrecht mit den Händen erspüren», sagte er. «Ich weiß, dass es glitschig ist, aber traut euch. Ihr müsst die Dissektion ertasten.»

Abends breitete sie ihre Lernkarten auf Reese aus und fragte sich ab. Er lag auf dem Sofa, las einen Roman und versuchte stillzuhalten, während sie ihm eine Karte an den Arm lehnte. Sie fuhr ihm mit dem Finger den Bizeps ab, sang sich selbst leise die lateinischen Bezeichnungen vor, bis er sie an sich zog. Gewebe und Muskeln und Nerven, Knochen und Blut. Einem Körper konnte man Bezeichnungen zuordnen, aber einem Menschen nicht, und der Unterschied zwischen den beiden hing an dem Muskel in der Brust. Diesem geliebten Organ, ohne Empfindungen, ohne Bewusstsein, ohne Gefühl, es pumpte einfach immer weiter und hielt einen am Leben.

In Pacific Palisades trug sie auf einem *Meet and Greet* für Schauspielagenten Tabletts mit Datteln im Speckmantel durch die Gegend. In Studio City schenkte sie auf dem Geburtstag eines alternden Gameshow-Moderators Cocktails aus. In Silver Lake hatte sie einen Gitarristen im Nacken, der ganz sichergehen wollte, dass die Krabben im Krabbensalat nicht aus Imitat waren. Am Ende ihres ersten Monats konnte sie ohne Messbecher einen Martini mixen. Im Waschsalon entdeckte sie in ihren Taschen Cracker-Krümel. Den Olivengeruch an den Händen wurde sie nicht mehr los.

«Sieh doch mal nach, ob sie in der Bibliothek wieder jemanden brauchen», sagte Reese.

«Warum?»

«Weil du dauernd weg bist. Wir sehen uns kaum noch.»

«So oft bin ich nicht weg.»

«Ich finde es zu oft.»

«Wird besser bezahlt, Baby», sagte sie und legte die Arme um ihn. «Und ich sehe was von der Stadt. Macht mehr Spaß, als den ganzen Tag in irgendeiner alten Bibliothek zu hocken.»

Sie hatte Einsätze von Ventura bis Huntington Beach, von Pasadena bis Bel Air. In Santa Monica trug sie ein Tablett mit Austern durch das Haus eines Musikproduzenten und machte im Foyer halt, um den Pool zu bewundern, der endlos bis an die Skyline zu reichen schien. Hier war ihr Mallard ferner denn je. Vielleicht würde sie es mit der Zeit ganz vergessen. Es wegschieben, tief in sich begraben, bis es nur noch ein Ort wäre, von dem sie gehört hatte, und keiner mehr, an dem sie einmal gelebt hatte.

«Das gefällt mir nicht», sagte ihre Mutter. «Du solltest dich auf dein Studium konzentrieren, statt bei Weißen zu kellnern. Dafür hab ich dich nicht bis nach Kalifornien geschickt.»

Aber es war nicht das Gleiche, nicht wirklich. Sie war nicht ihre Großmutter, die jahrelang derselben Familie hinterhergewischt hatte. Sie hatte nicht Kindern den Schnodder von der Nase geputzt oder sich beim Bohnern die Klagen von Ehefrauen über ihre untreuen Männer angehört, sie hatte nicht Wäsche angenommen, bis ihr Heim voll mit den schmutzigen Unterhosen fremder Menschen war. Hier gab es keine Intimität. Sie rauschte durch ihre Partys, mit Tabletts voller Essen, und sah sie nie wieder.

Eines Abends lag sie spät im Bett und hielt Reese in den

Armen. Es war viel zu warm, um ihm so nah zu sein, aber sie konnte nicht von ihm lassen.

«Woran denkst du?», fragte er.

«Ach, ich weiß auch nicht», sagte sie. «An dieses Haus in Venice. Weißt du, dass sie im ganzen Haus eine Lüftung hatten? Ohne sie wirklich zu brauchen. So nah am Strand hätten sie zum Abkühlen einfach die Fenster einen Spalt aufmachen können. Aber so sind reiche Leute wohl.»

Er lachte, dann kletterte er aus dem Bett und brachte ihr ein Glas mit Eiswürfeln. Er ließ einen zwischen ihren Lippen verschwinden, und sie drehte das Eis im Mund hin und her, überrascht, wie normal sich das alles anfühlte. Vor Monaten hatte sie sich nicht einmal eingestehen können, dass sie in Reese verknallt war, und jetzt lag sie nackt in seinem Bett und kaute auf Eis. Sie linste durch die Jalousie, sah am Himmel einen Polizeihubschrauber, drehte sich wieder um und sah, wie Reese sie angaffte.

«Was denn?», sagte sie lachend. «Lass das!»

Er trug noch immer T-Shirt und Boxershorts, und sie zog sich plötzlich verlegen ein Laken über die Brust.

«Was denn?»

«Guck nicht so.»

«Aber ich gucke dich gerne an.»

«Wieso?»

«Einfach so», sagte er. «Du bist hübsch zum Angucken.»

Sie schnaubte und drehte sich wieder zum Fenster um. Es machte ihm vielleicht nichts aus, dass sie so schwarz war, aber es konnte ihm unmöglich gefallen. Das konnte niemandem gefallen.

«Ich hasse es, wenn du das machst», sagte er.

«Was denn?»

«So tun, als würde ich dir was vormachen», sagte er. «Ich bin nicht wie die Leute bei dir zu Hause. Manchmal benimmst du dich, als wärst du noch immer dort. Bist du aber nicht, Baby. Wir sind hier anders.»

Er hatte ihr einmal erzählt, der Name Kalifornien sei von einer dunkelhäutigen Königin abgeleitet. In San Francisco habe er ein Wandgemälde von ihr gesehen. Sie hatte ihm nicht geglaubt, bis er ihr ein Foto zeigte, selbst geschossen, und da war die schwarze Königin, ganz oben, den Kopf an der Decke, von Kriegerinnen flankiert. Sie sah so majestätisch und imposant aus – es brach Jude das Herz, als sie erfuhr, dass es sie nie gegeben hatte. Sie war, hieß es in einem Band zur Kunstgeschichte, eine Figur aus einem populären spanischen Roman, der von einer Insel namens California handelte, beherrscht von einer schwarzen Amazonenkönigin. Wie alle Kolonisten schrieben die Konquistadoren ihre Fiktionen der Wirklichkeit ein, ihre Mythen wurden Geschichte. Was blieb, war Kalifornien, ein Ort, der sich immer noch wie eine mythische Insel anfühlte. Sie war mitten im Meer, abgeschottet von allen, die sie einmal gekannt hatte, und trieb dahin.

Das Seltsamste an diesem Herbst war vielleicht, dass sie plötzlich anfing, von ihrem Vater zu träumen.

Einmal ging sie auf der Straße neben ihm her und hielt auf dem Weg über eine stark befahrene Kreuzung seine Hand; als die Autos vorbeischossen, wachte sie auf. Ein anderes Mal schob er sie am Spielplatz auf der Schaukel an, und sie streckte die Beine gerade vor sich aus. In einem dritten Traum ging er vor ihr auf Bahnschienen, und sie rannte ihm hinterher, ohne ihn je einzuholen. Keuchend wachte sie auf.

«Du zitterst ja», flüsterte Reese und zog sie näher an sich.

«Es war nur ein Traum», sagte sie.

«Worum ging es?»

«Meinen Daddy.» Sie schwieg. «Ich weiß nicht einmal, warum. Wir haben endlos lange nicht mehr miteinander geredet. Früher dachte ich immer, er würde mich suchen kommen. Er ist kein so guter Mensch. Aber ein Teil von mir möchte noch immer von ihm gefunden werden. Ist das nicht blöd?»

«Nein.» Er starrte an die Decke. «Überhaupt nicht. Ich habe seit sieben Jahren nicht mit meiner Familie geredet, aber ich denke immer noch an sie. Meiner Mama haben meine Fotos früher immer gefallen. Sie hat sie in der Kirche allen gezeigt. Ich habe so viele Aufnahmen von ihr gemacht, aber alle dagelassen. Ich habe alles dagelassen.»

«Was ist passiert?», fragte sie. «Ich meine, warum bist du weg?»

«Ach, das ist eine lange Geschichte.»

«Dann erzähl mir wenigstens einen Teil. Bitte.»

Er schwieg ein wenig länger, dann erzählte er ihr, dass sein Vater ihn erwischt hatte, wie er mit der Freundin seiner Schwester rumgemacht hatte. Seine Familie war zu einer großen Erweckungsveranstaltung gefahren, und er hatte sich krank gestellt und war allein zu Hause geblieben. Er wühlte den Schrank seines Vaters durch, probierte gestärkte Hemden an, übte Windsorknoten, lief in glänzenden Budapestern durch die Wohnung. Er hatte sich eben mit Rasierwasser benetzt, als Tina Jenkins auf dem Rasen stand und ans Fenster klopfte. Was er da treibe? Ob er in irgendeinem Theaterstück mitspiele? Kein schlechtes Kostüm, aber an der Frisur müsse man noch arbeiten. Sie klemmte ihm den Pferdeschwanz in den Nacken.

«Fertig», sagte sie. «Siehst du, jetzt bist du männlicher. Wie heißt das Stück? Und hast du was zu trinken?»

Er ignorierte die erste Frage und kümmerte sich um die zweite. Tina würde ihren Eltern später erzählen, der Gin sei schuld gewesen. Der Gin, den er in zwei große Gläser gegossen hatte, um dann die Seagrams-Flasche mit Wasser aufzufüllen. Dass sie ihn zuerst geküsst hatte und dass sie nur aufgehört hatten, weil die Familie zu früh nach Hause gekommen war, erzählte sie ihnen nicht.

«Mein Daddy hatte so einen Gürtel mit Silberschnalle», sagte er. «Er hat gesagt, wenn ich ein Mann sein wolle, würde er mich auch so behandeln.»

Sie kniff die Augen zu.

«Das tut mir so leid», sagte sie.

«Ist lange her.»

«Das ist egal», sagte sie. «Das war nicht recht. Er hatte kein Recht, dir das anzutun ...»

«Früher habe ich mir immer vorgestellt, wie ich nach El Dorado fahre», sagte er. «Ihm sage, er solle es doch jetzt noch mal probieren. So sollte keiner seinem Vater gegenüber empfinden. Schnürt mir die Kehle zu, ich bekomme überhaupt keine Luft mehr. Und dann wieder sehe ich mich durch die Stadt spazieren. Keiner erkennt mich. Wie wenn man sich vorstellt, zur eigenen Beerdigung zu gehen. Einfach zugucken, wie das Leben ohne einen weitergeht. Vielleicht klopfe ich an. Sage: Hi Mama, aber sie würde schon Bescheid wissen. Obwohl ich anders aussehe, sie hätte mich erkannt.»

«Könntest du machen», sagte sie. «Du könntest wieder hinfahren.»

«Würdest du mitkommen?»

«Mit dir gehe ich überallhin», sagte sie.

Er küsste sie, schob ihr das T-Shirt hoch, und sie griff, ohne nachzudenken, nach seinem. Er erstarrte, und sie schreckte zusammen, als er sich zurückzog. Aber er verschwand im Bad, und als er wieder herauskam, hatte er sein Shirt ausgezogen und beugte sich mit um die Brust gewickeltem Verband über sie.

«Den brauche ich», sagte er.

«Okay», sagte sie. «Okay.»

Sie zog ihn auf sich, fuhr ihm mit den Fingern den weichen Rücken hinauf, berührte Haut und Baumwolle.

Von Anfang an hatte Reese Carter immer auch das Ende mitgedacht.

Als er in Los Angeles angekommen war, zum Beispiel – obdachlos, kahlgeschoren wie ein Lämmchen –, hatte er sich schon vorgestellt, diese Stadt, die ihn zweifellos vernichten würde, wieder zu verlassen. Oder als er Jude Winston zum ersten Mal sah, auf einer Halloweenparty, die er nur besucht hatte, weil er von einem Jungen eingeladen worden war, für den er auf der Arbeit einsprang. Ach, warum nicht, hatte er sich gedacht. Ganz allein stand sie da, nestelte an ihrem Rocksaum, schwärzer als alles, was er sonst gesehen hatte, und hübsch genug, dass er sich wie von einer festen Hand auf das Sofa gedrückt fühlte. Lass es einfach, Reese. Ganz ruhig. Er wusste schon, wie das ausgehen würde, wie sie ihn verlassen würde, sobald sie ihm zwischen die Beine gelangt hatte und spürte, wie er sie von sich stieß.

Zu Anfang hatte er nicht geglaubt, dass er in Los Angeles bleiben würde. Er hatte zwischen sich und El Dorado Land gewinnen wollen, so viel wie möglich. Er wäre bis ins Meer gefahren, wenn er gekonnt hätte. Lange Wochen hatte er die

Nächte damit zugebracht, in dunklen Gassen Männer anzufassen, manchmal mit dem Mund, was er gehasst hatte, obwohl die Männer hinterher freundlicher waren, dankbarer. Sie tätschelten ihm den Kopf und nannten ihn einen lieben Jungen. Zum Schutz hatte er das Jagdmesser seines Vaters dabei, und manchmal, wenn er zu den an die Wand zurückgeworfenen Köpfen aufblickte, stellte er sich vor, diesen Männern die Kehlen aufzuschlitzen. Stattdessen steckte er ihre zerknüllten Geldscheine ein und suchte sich einen Schlafplatz, auf Parkbänken oder unter Freeway-Brücken, was ihn seltsamerweise an Zelturlaub mit seinem Vater erinnerte: auf einem hohlen Baumstamm sitzen und zusehen, wie der Vater ein Kaninchen aufschlitzt mit einem Messer, das anzurühren er Reese verboten hatte. Einem Messer, das er wiederum von seinem Vater geerbt hatte, einem Messer, das er seinem Sohn vererbt haben würde, wenn er einen gehabt hätte, weshalb Reese es mitnahm, als er sich davonmachte.

Männer zum Anfassen traf er in Nachtclubs und Bars, Männer, die in der Menge nach seiner Hand griffen, Männer, die ihm zuprosteten und unbedingt mit ihm tanzen wollten. Er ging nie zweimal in denselben Club und hatte immer Angst, jemand könnte merken, wie weich die Haut an seinem Hals war, wie klein seine Hände oder dass in seiner Unterhose eine zusammengerollte Socke steckte. Einmal war ein Mann in Westwood dahintergekommen und hatte ihm vor Wut ein blaues Auge verpasst. Die Regeln hatte er schnell raus. Wenn er ehrlich wäre, was seine Vergangenheit anging, würde man ihn für einen Betrüger halten. Sicherheit gab es nur im Verborgenen.

An dem Abend, als er Barry begegnete, war ihm vor Hunger schwindelig, er nippte an einem Whiskey Soda und war fast verzweifelt genug, mit ihm nach Hause zu gehen. Aber jenseits der Gassen hatte er noch nie mit einem Mann zu tun gehabt; dort, im Dunkel, fühlte er sich sicherer. Also ließ er Barry abblitzen, und deshalb war er später am Abend überrascht, als Barry ihn am Arm packte und ihm ein Abendessen anbot.

«Scheiße, ich hab doch nein gesagt ...»

«Ich weiß», sagte Barry. «Ich habe nur gefragt, ob du was zu essen willst. Du siehst hungrig aus. Es gibt gleich hier einen Laden.»

Er zeigte auf ein Late-Night-Diner eine Straße weiter. Das Neonschild tauchte den Beton in Lila und Blau. Barry bestellte Pecan Pie, und Reese schlang seinen Cheeseburger so schnell herunter, dass er beinahe daran erstickt wäre. Irgendwie würde er für das Essen bezahlen müssen, oder auch nicht, dachte er und tastete nach dem Messer in seiner Tasche.

Barry sah ihm zu und spielte mit seiner Gabel in der Schlagsahne. «Wie alt bist du?», fragte er.

Reese wischte sich mit dem Handrücken den Mund. Dann kam er sich unzivilisiert vor und griff nach dem Serviettenspender.

«Achtzehn», sagte er, obwohl er erst in zwei Monaten so weit sein würde.

«Gute Güte.» Barry lachte. «Ein Baby bist du, weißt du das? Ich habe Schüler, die sind so alt wie du.»

Er sei Lehrer, sagte er, was vielleicht der Grund für seine Freundlichkeit war. In einem anderen Leben hätte Reese vielleicht einer seiner Schüler sein können und nicht der Junge, den er in einem Nachtclub hatte aufreißen wollen. Reese hatte die Highschool nie abgeschlossen, was er erst bedauerte, als er sich in ein kluges Mädchen verliebte. Bildung war eines von vielen Gebieten, auf denen er irgendwann von ihr überholt werden würde.

«Und wo kommst du her?», fragte Barry. «Hier in der Stadt kommt offenbar jeder von anderswoher.»

«Arkansas.»

«Ganz schöne Strecke, Cowboy. Was treibst du hier, so weit draußen?»

Er zuckte die Achseln und dippte seine Pommes in einen Ketchup-Klecks. «Neu anfangen.»

«Kennst du hier draußen wen?»

Reese schüttelte den Kopf. Barry zündete sich eine Zigarette an. Seine Finger waren schön und lang.

«Du brauchst Menschen», sagte er. «Die Stadt ist zu groß, um sich allein durchzuschlagen. Brauchst du eine Unterkunft? Jetzt guck mich nicht so an. Ich bin nicht scharf auf Leute, die nicht scharf auf mich sind. Ob du einen Schlafplatz brauchst, habe ich gefragt. Oder bist du dir für mein Sofa etwa zu gut?»

Reese wusste nicht, warum er eingewilligt hatte. Vielleicht hatte er es einfach satt, in leerstehenden Häusern zu schlafen und trampeln zu müssen, um die Ratten zu vertreiben. Vielleicht sah er in Barry etwas, dem er vertraute, vielleicht aber spürte er auch die Messerklinge, die an seinen Schenkel schlug, und wusste, wozu er fähig war, wenn es sein musste. Jedenfalls ging er mit zu Barry.

Als sie drinnen waren, hielt er inne und ließ den Blick über die Perücken schweifen, die rundherum auf den Arbeitsflächen standen. Barry erstarrte.

«Das ist einfach so ein Ding, das ich manchmal mache», sagte er, legte dabei aber ganz zart Hand an eine Perücke und sah so verletzlich aus, dass Reese sich abwandte.

«Ich bin nicht, was du denkst», sagte Reese.

«Du bist transsexuell», sagte Barry. «Ich weiß genau, was du bist.»

Reese hatte das Wort noch nie gehört – er hatte nicht einmal gewusst, dass es ein Wort für ihn gab. Er musste überrascht ausgesehen haben, denn Barry lachte.

«Ich kenne haufenweise Jungs wie dich», sagte er. Er trat einen Schritt näher und sah ihn sich an. «Die anderen haben natürlich alle einen besseren Haarschnitt. Machst du das selber?»

Im Bad legte er Reese ein Handtuch um den Hals und griff zur Haarschneidemaschine. Sanft drückte er Reese den Kopf nach unten, und Reese schloss die Augen und versuchte, sich daran zu erinnern, wann ihn ein Mann zum letzten Mal so zart berührt hatte.

Als es Dezember wurde, hatte die Stadt sich endlich abgekühlt, aber die Sonne stand noch immer hoch und unnatürlich hell am Himmel; das Winter zu nennen, wirkte ganz verkehrt. Im Cateringbus ließ Jude den Arm aus dem Fenster hängen und genoss den Fahrtwind. Sie hatte in letzter Minute eine Schicht ergattert, eine Ruhestandsparty in Beverly Hills, und die Arbeit war zu gut bezahlt, um abzusagen, sosehr Reese auch geschmollt hatte, als sie aus der Tür schlüpfte.

«Ich wollte dich zum Essen ausführen», sagte er.

«Morgen, Baby», sagte sie. «Versprochen.»

Sie gab ihm einen Kuss und dachte dabei schon an das Trinkgeld, das sie einstecken würde, wenn der Abend erst vorüber war. Bei Firmenpartys klingelte die Kasse. Hohe Tiere, erklärte Scooter ihr, als sie in Beverly Hills einrollten. Der Bus glitt durch steile Kurven aufwärts, bis es immer einsamer wurde. Schließlich standen sie vor einem hohen Eisentor. Scooter schnaubte.

«Da müssen sie ordentlich was hinlegen, um so wohnen zu können», sagte er, als das Tor quietschend aufging. «Ist das zu fassen?»

So würde das kommende Jahrhundert aussehen, sagte er. Die Reichen würden aus den Städten wegziehen und sich hinter riesigen Toren wegschließen, sie würden wie mittelalterliche Lords Burggräben ausschaufeln. Im Schritttempo fuhren sie Alleen hinunter, bis sie das Haus erreichten, zweigeschossig, mit Portikus.

Carla ließ sie ein. Sie tauchte bei ihren Jobs selten auf, aber die Party war wichtig, und ihr fehlte Personal. «Die Hardison Group ist ein wichtiger Stammkunde», sagte sie, «also benehmt euch, ja?»

Schon ihre Anwesenheit machte Jude nervös. Sie merkte, wie Carla sie musterte, während sie Sellerie schnitt und Tomaten pürierte, während sie mit Tabletts voller Prosciutto-Röllchen über dem Kopf durch die Party sauste oder an der Bar Cocktails mixte. Mr. Hardison ging in den Ruhestand – untersetzt, mit Silberhaar, in einem grauen Anzug, der teuer aussah, und mit blonder Ehefrau am Arm. Die Menge, reinweiß, betucht und in den mittleren Jahren, erhob das Glas auf seine Karriere, trank dann auf seinen Nachfolger, einen gutaussehenden blonden Mann in marineblauem Anzug. Ein Mädchen hielt sich an seiner Seite. Sie war vielleicht achtzehn, langbeinig, mit welligem blonden Haar und einem schimmernden Silberkleid, das ihre Knie verruchterweise unbedeckt ließ. Als die Party dem Ende zuging, löste sie sich von dem Mann, schlenderte an die Bar und hielt Jude ihr leeres Martini-Glas hin.

«An unter Einundzwanzigjährige soll ich nichts ausschenken», sagte Jude.

Das Mädchen legte sich lachend eine Hand an den Hals.

«Na, dann bin ich einundzwanzig.» Ihre Augen waren so blau, dass sie lila aussahen. Sie hielt ihr wieder das Glas hin. «Die Party ist sowieso öde. Da brauche ich doch einen Drink.»

«Und deinem Dad ist das egal?»

Das Mädchen warf einen Blick über die Schulter auf den gutaussehenden Mann.

«Auf keinen Fall», sagte sie. «Aber er ist viel zu sehr damit beschäftigt, dass Mutter nicht da ist. Wahnsinn. Ich bin den ganzen Weg von der Uni hergekommen, weil er befördert wird, und sie kriegt das nicht hin. Dumm gelaufen, oder?»

Sie wackelte wieder mit dem Glas. Offenbar würde sie erst wieder gehen, wenn sie ihren Willen bekommen hätte, also schenkte Jude ihr nach. Das Mädchen drehte sich zur Party um und schob sich die Olive zwischen die pinken Lippen.

«Und, bist du gerne Barkeeperin?», fragte sie. «Da trifft man bestimmt lauter interessante Leute.»

«Ich bin keine Barkeeperin. Nicht Vollzeit. Vor allem bin ich Studentin.» Dann setzte Jude ein bisschen zu stolz hinzu: «An der UCLA.»

Das Mädchen hob eine Augenbraue. «Witzig», sagte sie. «Ich gehe auf die Southern California. Da bist du ja bei der Konkurrenz.»

Was sie daran so komisch fand – dass eine Fremde zufällig die Uni auf der anderen Seite der Stadt besuchte oder dass diese schwarze Tresenschlampe es irgendwie auf die UCLA geschafft hatte –, war nicht schwer zu erraten. Ein weißer Mann im Tweedsakko wollte Wein, Jude entkorkte eine Flasche Merlot und hoffte, das Mädchen werde gehen. Aber als sie gerade beim Einschenken war, hörte sie laute Rufe aus der Eingangshalle. Verdrossen wandte das Mädchen sich ihr zu.

«Jetzt wird's ernst», sagte sie und kippte ihren Martini runter.

Dann stellte sie das leere Glas auf den Tresen und machte sich in Richtung Eingang auf, wo eben eine Frau eingetroffen war. Mr. Hardison half ihr aus dem Pelzmantel, und als sie sich umdrehte und sich mit der Hand durch die schwarzen Haare fuhr, zerschellte die Weinflasche auf dem Boden.

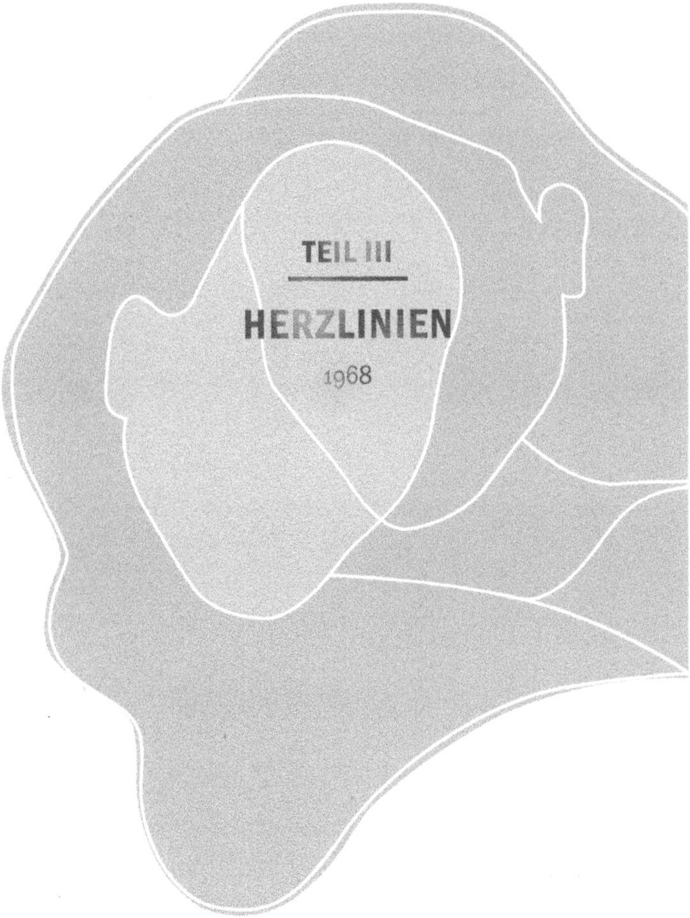

TEIL III

HERZLINIEN

1968

SIEBEN

An dem Abend, als einer der verlorenen Zwillinge nach Mallard zurückkehrte, hing in den Palace Estates an jeder Haustür der Aufruf zu einer Notfall-Eigentümerversammlung. Die Estates, die neueste Erweiterung von Brentwood, hatten erst ein Mal eine Versammlung außer der Reihe einberufen – als der Verwalter der Unterschlagung bezichtigt wurde –, und so versammelten die Nachbarn sich im Clubhaus, aufgeregt flüsternd und auf Skandal gebürstet. Aber damit hatten sie nicht gerechnet: Mit hochrotem Kopf überbrachte der amtierende Vorsitzende Percy White an der Stirnseite des Raums die traurige Nachricht. Die Lawsons aus dem Sycamore Way wollten ihr Haus verkaufen, und eben hatte ein Farbiger ein Angebot abgegeben. Lautes Geifern erhob sich, und Percy, der sich plötzlich in der Schusslinie wiederfand, hob verzweifelt die Hände.

«Ich gebe das nur weiter», sagte er immer wieder, obwohl niemand ihn hören konnte. Dale Johansen fragte, wozu es einen Eigentümerverband gebe, wenn er so etwas nicht verhindern könne. Tom Pearson, entschlossen, ihn zu übertrumpfen, drohte, seine Beiträge einzubehalten, wenn der Verband nicht endlich seine Arbeit mache. Sogar die Damen regten sich auf, vielmehr: Die Damen regten sich besonders auf. Sie brüllten nicht wie die Männer, aber sie hatten in ihren Ehen mit Männern, die sich ein Haus in einem der teuersten Bezirke leisten konnten, alle gewisse Opfer gebracht und wollten jetzt auch etwas dafür sehen. Cath Johansen fragte, wie man im Viertel denn jetzt noch für Sicherheit garantieren wolle, und Betsy Roberts, die vor der Heirat am Bryn Mawr College im Hauptfach BWL studiert hatte, klagte über die drohende Vernichtung von Immobilienwerten.

Nach einigen Jahren jedoch würden die Nachbarn sich nur noch an eine einzige Person erinnern, die sich in der Versammlung zu Wort gemeldet hatte, eine einzelne Stimme, die sich irgendwie über den Lärm erhoben hatte. Die Frau hatte nicht gebrüllt – vielleicht hatte man ihr deshalb zugehört. Vielleicht auch, weil sie sonst für leise Töne bekannt war und alle wussten, dass sie etwas Wichtiges zu sagen haben musste, wenn sie sich mitten in einer lärmigen Versammlung erhob. Vielleicht aber auch, weil sie mit ihrer Familie am Sycamore Way wohnte, einer Sackgasse, gegenüber von den Lawsons, und den neuen Nachbarn am stärksten ausgesetzt sein würde. Was auch immer der Grund war, als Stella Sanders aufstand, wurde es still im Raum.

«Du musst sie aufhalten, Percy», sagte sie. «Sonst kommen immer mehr, und wo soll das enden? Es reicht!»

Sie zitterte, ihre hellbraunen Augen blitzten, und die Nachbarn bewegte die Leidenschaftlichkeit ihres Ausbruchs zu wildem Applaus. Sie hatte sich auf den Versammlungen nie zu Wort gemeldet, und bevor sie aufgestanden war, hatte sie nicht gedacht, dass sie es je tun würde. Fast hätte sie geschwiegen – sie hasste es, alle Blicke auf sich zu spüren, und wäre auf ihrer eigenen Hochzeit am liebsten im Boden versunken. Aber ihre stockende Stimme packte die Menschen umso stärker. Nach der Versammlung kam sie kaum aus dem Saal, so viele Nachbarn wollten ihr die Hand schütteln. Wochen später flatterten an den Bäumen und Laternenpfählen gelbe Flugblätter, auf denen in großen Blockbuchstaben stand: NACHBARN, WEHRT EUCH. ES REICHT. Eines davon fand sie unter dem Scheibenwischer ihres Autos und erschrak, als sie die eigenen Worte zurückgespiegelt sah wie die Worte eines Fremden.

Dabei war Blake Sanders so überrascht gewesen wie alle anderen, dass seine Frau sich in der Versammlung zu Wort gemeldet hatte. Das Demonstrieren lag ihr nicht. Er hatte sie selten aufgebracht erlebt, und wenn sie doch einmal eine Petition unterzeichnet hatte, dann wahrscheinlich nur, weil sie zu höflich gewesen war, den College-Kids ihre Klemmbretter wieder ins Gesicht zu schieben, wie er es getan hätte. Natürlich wollte auch er den Planeten sauber halten. Diesen Krieg fand er niederträchtig. Aber das bedeutete nicht, dass man anständige, hart arbeitende Menschen anbrüllen durfte. Stella hörte freundlich zu und unterschrieb die Petitionen, weil sie zu lieb war, die Unterschriftensammler wegzujagen. Und trotzdem war es jetzt so weit gekommen, mitten in der Verbandsversammlung, dass sie mit der gleichen Inbrunst auftrat wie diese jungen Protestler.

Er hätte lachen mögen. Seine schüchterne Stella machte eine Szene! Aber vielleicht hätte er nicht überrascht sein dürfen. Eine Frau, die ihr Heim beschützte, das waren Urinstinkte, älter als alle Politik. Außerdem hatte er sie in all den Jahren, die sie sich kannten, noch nie ein gutes Wort über einen Farbigen sagen hören. Das war ihm sogar ein wenig peinlich. Er respektierte die naturgegebene Ordnung, aber man musste ja nicht gemein werden. Als Junge hatte er ein farbiges Kindermädchen namens Wilma gehabt, das praktisch zur Familie gehörte. Er schickte ihr noch immer jedes Jahr eine Weihnachtskarte. Aber Stella wollte nicht einmal eine schwarze Haushaltshilfe einstellen – Mexikanerinnen arbeiteten härter, behauptete sie. Er hatte auch nie verstanden, warum sie den Blick abwandte, wenn eine alte Negrofrau auf dem Gehweg an ihnen vorüberschlurfte, und warum sie bei den Liftboys immer so kurz angebunden war. Farbige machten sie nervös, wie ein Kind, das vom Hund gebissen worden war.

Als sie dem Clubhaus an diesem Abend entkommen waren, lächelte er und bot ihr verschmitzt den Arm. Es war ein frischer Abend im April. Langsam schritten sie unter den Jacarandabäumen einher, die lila zu blühen begannen.

«Ich wusste gar nicht, dass ich so eine Aufrührerin geheiratet habe», sagte er.

Er sei der Sohn eines Bankers, hatte er ihr bei ihrer ersten Begegnung erzählt, und aus Boston weg, um aufs College zu gehen – wobei er unerwähnt ließ, dass die Bank, bei der sein Vater als Manager arbeitete, die Chase Manhattan war und das College Yale. Später würde sie die Zeichen für seine Abkunft aus dem Geldadel lesen können: dass er sich so selten teuer anzog, obwohl er es hätte tun können, dass er so wenig über seinen Vater und sein Erbe redete. Er hatte Finanzwirtschaft und Marketing studiert, und statt an die Madison Avenue zu gehen, war er seiner Verlobten in deren Heimatstadt New Orleans gefolgt. Die Beziehung war nicht von Dauer, aber da hatte er sich schon in die Stadt verliebt. Und so war er in der Werbeabteilung der Maison Blanche gelandet und hatte sie, Stella Vignes, als seine neue Sekretärin eingestellt.

Selbst nach acht Ehejahren war es Stella ein wenig unangenehm, wenn die Leute fragten, wie sie sich kennengelernt hatten. Ein Chef, seine Sekretärin, die alte Geschichte. Vor dem inneren Auge sah man einen schmerbäuchigen alten Knacker mit Hosenträgern ein junges Mädchen um einen Schreibtisch jagen.

«Ich war ja kein Lustgreis», hatte Blake einmal lachend auf einer Dinnerparty gesagt, und das stimmte. Er war damals achtundzwanzig, mit kantigem Kiefer, zerzausten blonden Haaren und blaugrauen Paul-Newman-Augen. Und das machte vielleicht den Unterschied aus. Damals welkte sie dahin, wenn sie die Aufmerksamkeit eines Weißen erregte. Unter Blakes Blick blühte sie auf.

«Habe ich mich zum Narren gemacht?», fragte sie später. Sie saß am Schminktisch und bürstete sich die Haare aus. Blake trat hinter sie und knöpfte sich das weiße Hemd auf.

«Natürlich nicht», sagte er. «Und es wird nie so weit kommen, Stel. Ich weiß gar nicht, warum sich alle so aufregen.»

«Aber du hast Percy da vorn doch gesehen. Stand da wie der Ochs vorm Tor.»

Blake lachte. «Ich liebe es, wenn du so redest.»

«Was denn?»

«Wie ein Landei.»

«Mach dich nicht lustig. Nicht jetzt.»

«Mach ich nicht! Ich finde es süß.»

Er beugte sich vor, um ihr einen Kuss auf die Wange zu geben, und sie sah im Spiegel, wie sein blondes Haar sich auf ihr dunkles legte, Konnte man ihr die Nervosität ansehen? Eine farbige Familie im Viertel. Blake hatte recht, so weit würde es nicht kommen. Das würde der Verband nicht zulassen. Dafür hatten sie doch Anwälte, oder nicht? Wozu hatte man den Verband denn, wenn nicht, um dafür zu sorgen, dass keine unerwünschten Personen herzogen, um dafür zu sorgen, dass das Viertel genau so blieb, wie die Bewohner es sich wünschten? Sie versuchte, das Flattern im Bauch zu beruhigen, aber es gelang ihr nicht.

Sie war schon mal entlarvt worden. Ein einziges Mal nur,

bei ihrem zweiten Versuch, als Weiße durchzugehen. In ihrem letzten Sommer in Mallard hatte sie, Wochen nach ihrem Ausflug in den kleinen Laden, das South Louisiana Museum of Art besucht – an einem gewöhnlichen Samstagvormittag, nicht am Negro Day, und zwar mitten durch den Haupteingang, nicht durch den Nebeneingang, vor dem die Negroes in der Seitengasse Schlange standen. Niemand hielt sie auf, und wieder kam sie sich dumm vor, weil sie es nicht früher versucht hatte. Zum Weiß-Sein gehörte nichts als Unverschämtheit. Man konnte jeden davon überzeugen, dass man dazugehörte, egal wo, wenn man nur selbst überzeugt tat.

Im Museum schlenderte sie durch die Säle und sah sich die fusseligen Impressionisten genau an. Mit halbem Ohr lauschte sie einer älteren Führerin, die zu einer Gruppe lustloser Kinder sprach, da merkte sie, dass sie von einem schwarzen Wachmann in der Ecke angestarrt wurde. Dann zwinkerte er ihr zu, und sie hastete an ihm vorbei, mit gesenktem Kopf, und wagte kaum zu atmen, bevor sie wieder im hellen Tageslicht stand. Mit hochrotem Kopf nahm sie den Bus zurück nach Mallard. Natürlich war es nicht so einfach, als weiß durchzugehen. Natürlich hatte der schwarze Wachmann sie erkannt. Seine eigenen Leute erkenne man immer, hatte ihre Mutter gesagt.

Und jetzt zog gegenüber eine Farbigenfamilie ein. Ob sie sie als das erkennen würden, was sie war? Oder vielmehr nicht war? Blake gab ihr einen Kuss in den Nacken und ließ seine Hand unter ihren Morgenmantel gleiten.

«Mach dir keine Sorgen, Schatz», sagte er. «Das wird der Verband nie zulassen.»

Mitten in der Nacht fing ihre Tochter an zu schreien, und Stella stolperte ins Kinderzimmer, um sie aus den Fängen eines Albtraums zu befreien. Sie kroch zu Kennedy in das winzige Bett und schüttelte sie zart, bis sie aufwachte. «Ich weiß, ich weiß», sagte sie und tupfte ihr die Tränen ab. Ihr eigenes Herz raste, obwohl sie inzwischen daran gewöhnt sein sollte, aus dem Bett zu springen, den Schreien nach, immer das Schlimmste befürchtend, um ihre Tochter dann in einer zerwühlten Decke zu finden, die Hände in die Laken gekrallt. Der Kinderarzt sagte, körperlich fehle ihr nichts; der Schlafspezialist sagte, Kinder mit hyperaktiver Vorstellungskraft neigten eben zu lebhaften Träumen. Das bedeute wahrscheinlich einfach, dass sie Künstlerin sei, sagte er schmunzelnd. Der Kinderpsychologe begutachtete ihre Zeichnungen und fragte sie, was sie träume. Aber Kennedy, die erst sieben war, konnte sich nicht erinnern, und Blake tat die Ärzte als Geldverschwendung ab.

«Das muss sie von dir haben», sagte er zu Stella. «Ein braves Sanders-Girl knackt weg wie nichts.»

Sie erzählte ihm, sie habe als Kind auch Albträume gehabt und sich nie an sie erinnern können. Aber das stimmte nicht. Ihr Albtraum war immer derselbe gewesen: weiße Männer, die sie an den Fußknöcheln packten und aus dem Bett zerrten, während sie schrie. Sie hatte ihrer Schwester nie davon erzählt. Immer wenn sie aus dem Schlaf schreckte und Desiree neben sich schnarchen sah, schämte sie sich für ihre Ängste. Hatte Desiree nicht auch alles mit angesehen? Hatte sie nicht gesehen, was die weißen Männer getan hatten? Warum wachte sie dann nicht auch mitten in der Nacht mit Herzrasen auf?

Sie redeten nie über ihren Vater. Wann immer Stella es versuchte, bekam Desiree feuchte Augen.

«Was soll ich denn sagen?», sagte sie. «Ich weiß genauso wenig wie du.»

«Ich wünschte, ich würde wissen, warum», sagte Stella.

«Niemand weiß, warum», sagte Desiree. «Schlimme Sachen passieren eben. Das ist einfach so.»

Zart wischte Stella ihrer Tochter das seidig blonde Haar aus der Stirn.

«Alles ist gut, mein Liebling», flüsterte sie. «Schlaf weiter.»

Sie umarmte ihre Tochter ganz fest und zog die Decke über sie beide.

Anfangs hatte sie nicht Mutter werden wollen. Die Vorstellung einer Schwangerschaft machte ihr Angst; sie malte sich aus, wie sie ein dunkelhäutiges Baby zur Welt brachte und wie Blake entsetzt zurückschreckte. Es wäre ihr fast lieber gewesen, dass er glaubte, sie habe eine Affäre mit einem Schwarzen gehabt. Diese Lüge kam ihr milder vor als die Wahrheit, ein kurzer Ausrutscher weniger gravierend als ihr dauernder Betrug.

Die Erleichterung nach der Geburt war überwältigend: Das Neugeborene in ihren Armen war perfekt. Milchweiße Haut, blonde Locken und die Augen so blau, dass sie lila aussahen. Manchmal hatte sie das Gefühl, Kennedy sei die Tochter einer anderen, ein Kind, das sie geborgt hatte, genau wie dieses ganze Leben, das nie für sie vorgesehen gewesen war.

«Wo kommst du her, Mommy?», hatte Kennedy sie einmal beim Baden gefragt. Da war sie knapp vier und wollte alles wissen. Stella kniete neben der Badewanne, fuhr ihrer Tochter sanft mit dem Waschlappen über die Schultern und blickte in diese lila Augen, verstörend und schön, so gar nicht wie die Augen aller anderen Menschen.

«Aus einer kleinen Stadt im Süden», sagte Stella. «Du hast

bestimmt noch nicht von ihr gehört.» Sie sprach immer so mit Kennedy, wie mit einer Erwachsenen. Das wurde in allen Babybüchern empfohlen und als hilfreich beim Spracherwerb betrachtet. Aber in Wahrheit kam sie sich einfach blöd vor, wenn sie brabbelte wie Blake.

«Aber wo ist das?», fragte Kennedy.

Stella übergoss sie mit warmem Wasser, und der Schaum löste sich auf. «Ein ganz kleines Nest namens Mallard, Liebling», sagte sie. «Mit Los Angeles überhaupt nicht zu vergleichen.»

Da war sie, zum ersten und letzten Mal, ganz ehrlich zu ihrer Tochter gewesen. Weil sie wusste, dass sie noch zu klein war, um sich später daran zu erinnern. Später würde Stella lügen. Sie würde Kennedy, wie allen anderen, erzählen, dass sie aus Opelousas sei, und sonst kaum über ihre Kindheit reden. Aber Kennedy fragte trotzdem weiter, und ihre Fragen trafen sie immer völlig überraschend, ein Finger in der Wunde. Wie war das, als du groß geworden bist? Hattest du Brüder und Schwestern? Wie hat dein Haus ausgesehen? Einmal, beim Schlafengehen, fragte sie Stella nach ihrer Mutter, und Stella hätte fast das Buch mit den Gutenachtgeschichten fallen lassen.

«Sie ist nicht mehr bei uns», sagte sie schließlich.

«Aber wo ist sie?»

«Dahin», sagte sie. «Meine Familie ist dahin.»

Blake hatte sie vor Jahren dieselbe Lüge erzählt: dass sie als Einzelkind nach dem Unfalltod ihrer Eltern nach New Orleans gezogen sei. Er hatte ihre Hand genommen, und plötzlich hatte sie sich mit seinen Augen gesehen: eine Waise aus kleinen Verhältnissen, allein in der Stadt. Solange sie ihm leidtat, würde er sie nie klar sehen können. Er würde all ihre

Lügen im Licht ihrer Trauer betrachten und ihre Verschlossenheit als einen Ausdruck von Leid. Was als Lüge begonnen hatte, kam, dem Gefühl nach, der Wahrheit immer näher. Sie hatte seit dreizehn Jahren kein Wort mit ihrer Schwester gewechselt. Wo war Desiree heute? Wie ging es ihrer Mutter? Sie hatte das Buch zurück ins Regal gestellt, bevor die Geschichte zu Ende war, und als sie sich später die Zähne putzte, hörte sie Blake mit Kennedy reden.

«Mommy spricht nicht gern über ihre Familie», raunte er. «Dann wird sie traurig.»

«Aber warum?»

«Darum. Sie sind nicht mehr bei uns. Also frag nicht mehr, okay?»

In Blakes Vorstellung hatte Stella in ihrer Jugend eine Tragödie erlebt – die ganze Familie vom Erdboden verschluckt. Ihr war es recht. Leere. Ein Vorhang trennte Vergangenheit und Gegenwart, und nie durfte sie dahinterschauen. Wer weiß, was sonst hindurchgekrochen käme?

Eine Farbigenfamilie im Viertel. So weit würde es nicht kommen.

Und trotzdem ließ Stella sich am Morgen nach der Versammlung stundenlang im Pool treiben und dachte immer noch darüber nach. Über ihr glitten Wolken dahin, vielleicht zog Regen auf. Sie trug einen roten Badeanzug, passend zu ihrem Aufblasfloß, und nippte an einem Gin mit Soda, den sie sich heimlich eingeschenkt hatte, kaum dass ihre Tochter in der Schule war, nahm noch einen Schluck und hoffte, dass Yolanda, die in der Küche herumwerkelte, ihn für Wasser hielt. Natürlich war es für Gin noch zu früh, aber sie musste die Unruhe niederkämpfen, die ihr seit gestern Abend in der Brust saß. Blake hielt die Bewerbung um das Haus der Lawsons für völlig chancenlos, aber warum hatte Percy dann die Versammlung überhaupt einberufen? Warum hatte er so erschüttert ausgesehen da vorn im Raum, als wüsste er schon, dass er nichts ausrichten konnte? Das Land veränderte sich jeden Tag mehr, sie hatte in der Zeitung von den Demonstrationen gelesen. Für Toiletten, Universitäten und städtische Schwimmbäder wurde die Rassentrennung aufgehoben, weshalb Blake, als sie nach Brentwood zogen, auf den Swimmingpool im Garten bestanden hatte. Ihr war ein eigener Pool übertrieben vorgekommen, aber Blake sagte: «Du möchtest doch nicht, dass Ken ins städtische Schwimmbad muss, oder? In einem Becken mit allen, die sie jetzt da reinlassen.»

Er war in Boston aufgewachsen und hatte Bäder nur für Weiße besucht. Sie war im Fluss schwimmen gegangen, manchmal auch am Strand, am Golf, wo die weißen Rettungsschwimmer sie auf die Farbigenseite der roten Flagge schickten. Das Wasser mischte sich natürlich trotzdem, und wenn man auf der schwarzen Seite Pipi machte – was Desiree immer kichernd androhte –, würde es irgendwann auf der weißen Seite ankommen. Aber Stella stimmte Blake zu, sie konnten ihre Tochter nicht in ein städtisches Schwimmbad schicken. Ein eigener Pool war die einzige Lösung.

Mit den Jahren hatte sie ihn schätzen gelernt, so wie alles andere, was sie Blakes Ansicht nach in Los Angeles unbedingt brauchten: ihren roten Thunderbird, ihr Hausmädchen Yolanda und all die anderen kleinen Annehmlichkeiten, die er ihr bot. Leibliches Wohl, sie liebte den Ausdruck und stellte sich immer ein flauschiges Hündchen dabei vor, das sich wohlig an ihre Knöchel schmiegte. Wohligkeit hatte es in ihrem Leben vor Blake nicht gegeben. Wie sie gestaunt hatte, wenn er ein ganzes Steak für sich allein bestellte, und an die Nächte gedacht hatte, die sie mit leerem Magen eingeschlafen war. Oder wenn er sich nicht zwischen zwei Krawatten entscheiden konnte und beide kaufte – und sie war mit zu kleinen Schuhen zur Schule gegangen, die an den Zehen drückten. Oder wenn sie in die Küche kam und sah, wie Yolanda das Besteck polierte – und vor Jahren hatte sie sich noch selbst in den Gabeln der Duponts gespiegelt.

Damals hatte sie ein Haus voller teurer Sachen in Ordnung zu halten, Sachen, die sie sich selbst nie würde leisten können. Hinter den Blagen aufzuputzen und Mr. Dupont aus dem Weg zu gehen, der sie bis in die Speisekammer verfolgte, die Tür schloss und ihr mit den Händen unter das Kleid fuhr. Drei Mal hatte er sie angefasst, und auch sich selbst, keuchend, mit Brandyfahne, während sie versuchte zu entkommen, aber die Speisekammer war zu klein, und er war zu kräftig und drückte sie an die Regale. Dann war es vorbei, so schnell, wie es angefangen hatte. Ihre Angst vor ihm war bald schlimmer als das Tatschen. Die Furcht, er könnte sich anpirschen, verdarb ihr auch die Tage, an denen er es nicht tat. Nach dem ersten Mal hatte sie abends im Bett Desiree gefragt, was sie von ihm hielt.

«Was gibt es denn von dem zu halten?», sagte Desiree. «Ein alter weißer Knacker eben. Wieso? Was hältst du denn von ihm?»

Selbst in ihrem abgedunkelten Zimmer, selbst vor Desiree brachte Stella kein Wort heraus. Sie wollte sich einreden, dass an ihr etwas Besonderes sei, aber sie wusste, dass Mr. Dupont sie nur deshalb ausgesucht hatte, weil er spürte, dass sie die Schwächere war. Sie war der Zwilling, der nichts ausplaudern würde.

Und das tat sie auch nicht. Ihr Leben lang würde sie nie etwas sagen. Und als Desiree mit dem Plan kam, am Gründertag abzuhauen, spürte Stella wieder, wie Mr. Dupont sie an die Vorratsregale presste, und wusste, dass auch sie fortmusste. Als Desiree in New Orleans schwankend wurde, spürte Stella ihn in ihrer Unterwäsche herumfingern und brachte für sie beide die Kraft auf zu bleiben.

Aber das war schon endlos lange her. Sie hatte einen Zeh ins Wasser gestreckt. Das war nun Wohligkeit – sich den Vormittag über träge auf dem Pool treiben lassen, ein zweigeschossiges Haus, in dem es immer genug zu essen gab, eine große Spielkiste für ihre Tochter, ein Bücherregal mit Platz genug für eine ganze Enzyklopädie. Das war Wohligkeit – Wunschlosigkeit.

Am späten Vormittag wurde es diesig, und sie war müde vom Gin, also zwang sie sich, aus dem Wasser zu steigen. Als sie, noch tropfnass, über die Küchenfliesen patschte, hob Yolanda, die gerade die Möbel im Esszimmer abstaubte, den Blick. Ihre Füße waren noch feucht, und sie merkte einen Augenblick zu spät, dass Yolanda schon gewischt hatte.

«Tut mir leid», sagte sie. «Jetzt mache ich dir den Fußboden dreckig.»

Manchmal redete sie mit Yolanda noch immer so, als wäre sie zu Besuch im Haus und nicht umgekehrt. Yolanda lächelte nur.

«Schon okay, Miss», sagte sie. «Ihr Tee.»

Auf dem Weg unter die Dusche, das Handtuch locker über die Schultern gelegt, trank Stella von ihrem süßen Tee. Sie würde im Pool gut trainieren können, hatte sie sich anfangs eingeredet. Aber meistens schwamm sie überhaupt nicht und ließ sich nur auf der Luftmatratze treiben. Am schönsten war es, wenn sie dabei schon morgens einen Cocktail in der Hand hielt. Ein verbotenes Vergnügen, aber auch ein wenig traurig, es aufregend zu finden. Ihre Tage gingen ineinander über und zersplitterten wie in dem Spiegelkabinett, in das Desiree sie einmal auf dem Jahrmarkt geführt hatte. Sobald sie drinnen waren, war sie weggehuscht, und Stella hatte verzweifelt nach ihr gerufen. Einmal hatte sie Desiree hinter sich auftauchen sehen, aber als sie sich umdrehte, war dort niemand. Sie starrte nur sich selbst an, und ihr eigenes Gesicht fiel merkwürdig auf sie zurück.

So fühlte sich ihr ganzes Leben an, ihre Tage vervielfältigten sich, aber worüber sollte sie sich beklagen? Vor allem vor Blake, der in New Orleans und Boston so hart gearbeitet hatte, dass er die Aufmerksamkeit einer Kanzlei in Los Angeles erregte, eines Umschlagplatzes der Weltmärkte. Er arbeitete bis zum Umfallen, war ständig unterwegs und schlief im Bett über seinen bunten Diagrammen ein. Ihre Tage kamen ihm wahrscheinlich traumhaft vor, besonders wenn man bedachte, wie wenig sie eigentlich tat. Wie oft die Torten, an deren Guss sie letzte Hand anlegte, wenn er nach Hause kam, Fertigware waren; dass Yolanda die Laken wusch, auf die er sich nachts bettete; dass selbst das Leben ihrer Tochter ihr manchmal vorkam wie eine Haushaltspflicht, die sie an jemand anders delegiert hatte.

An diesem Nachmittag saß sie im Mehrzweckraum der Brentwood Academy und fuhr mit ihren Selleriesticks langsam durch das Ranch-Dressing. An der Stirnseite des Raums notierte Betsy Roberts die Namen von Freiwilligen für den Frühjahrsball. Stella wusste, dass sie sich hätte melden sollen – wann hatte sie sich zuletzt für mehr freiwillig gemeldet als eine Schüssel Bowle? –, aber sie starrte einfach aus dem

Fenster auf den perfekt gepflegten Rasen. Sie verlor bei diesen Zusammenkünften, bei denen die Diskussionen meistens um die Farbe der Wimpel kreisten, immer schnell die Lust. Die Geschmacksrichtungen der Brownies, die Jahresgabe für Direktor Stanley. Herrgott, wenn sie sich noch eine Geschichte über ein Kind anhören musste, das sie nicht kannte – wie Tina J. beim Talentwettbewerb allen die Schau gestohlen oder wie Bobby R. beim Tee-Ball gewonnen hatte oder was es sonst noch an geistlosen Höchstleistungen gab. Ihre Tochter brachte nie irgendwelche Höchstleistungen, aber selbst wenn, besaß Stella Anstand genug, nicht allen die Heldengeschichte aufzudrängen.

Sie wusste, was die anderen Mütter über sie dachten: Das ist diese Stella Sanders, eine hochnäsige Ihr-wisst-schon-Was. Sollten sie doch denken, was sie wollten. Sie brauchte Abstand. Nach all den Jahren wurde sie unter weißen Frauen noch immer nervös, und sobald sie den Mund öffnete, ging ihr der Smalltalk aus. Als das Treffen zu Ende war, rutschte Cath Johansen zu Stella herüber und bedankte sich, dass sie auf der Eigentümerversammlung das Wort ergriffen hatte.

«Höchste Zeit, dass jemand für das eintritt, was recht und billig ist», sagte Cath.

Die Johansens waren in Los Angeles geboren. Dales Familie gehörte eine Orangenplantage in Pasadena, und er hatte Blake und sie einmal zu einem kleinen Besuch *auf dem Acker* eingeladen, wie er es ausdrückte, als ginge es um einen kleinen Bauernhof und nicht um ein millionenschweres Anwesen. Weil Stella seine Angeberei nicht aushielt, trennte sie sich von der Gruppe und spazierte allein durch die Baumreihen. Auf der Heimfahrt befand Blake, Cathy und sie würden gute Freundinnen abgeben. Das machte er immer so: Er versuchte, sie aus sich herauszulocken. Aber sie fühlte sich sicherer so, ganz weggeschlossen.

Eine Woche nach der Eigentümerversammlung entdeckte Stella erste Anzeichen, dass ihr schlimmster Albtraum wahr wurde. Zuerst ein ganz buchstäbliches: ein rotes VERKAUFT-Schild auf dem Rasen der Lawsons. Sie kannte die Lawsons nicht gut; sie redete kaum mit ihnen, abgesehen von den üblichen Höflichkeiten beim Nachbarschaftsfest, trotzdem zwang sie sich, Deborah Lawson eines Morgens auf ihrer Auffahrt anzuhalten. Deborah warf ihr einen gehetzten Blick zu; sie lud gerade ihre beiden flachsblonden Jungen auf den Rücksitz.

«Die neue Familie», sagte Stella. «Sind die nett?»

«Ach, keine Ahnung», sagte Deborah. «Ich kenne die nicht. Das macht alles der Makler.» Aber sie konnte Stella dabei nicht in die Augen blicken, drängte sich an ihr vorbei und verschwand im Auto; deshalb wusste Stella, dass sie gelogen hatte. Später würde sie die ganze Geschichte von Hector Lawsons Spielsucht erfahren, durch die er seine Familie in Schulden gestürzt hatte. Die Hälfte der Nachbarn hatte Mitleid mit ihm, die andere führte die Zwangslage auf seine Verantwortungslosigkeit zurück. Ein Mann, der so viel verloren hatte, konnte einem leidtun – aber wenn sein Pech dem ganzen Viertel schadete, hielt das Mitleid sich in Grenzen. Trotzdem hoffte Stella weiter, dass ihr Verdacht sich als falsch erweisen würde, bis Blake vom Racquetball nach Hause kam, sich mit dem T-Shirt den Schweiß vom Gesicht wischte und ihr berichtete, der Verband sei umgekippt.

«Der farbige Herr hat gedroht, uns zu verklagen, wenn wir ihn nicht reinlassen», sagte er. «Einen fetten Anwalt hat er auch. Da ist der gute alte Percy in Panik geraten.» Er merkte, dass ihr das Gesicht wegrutschte, und drückte ihr die Hüfte. «Jetzt guck nicht so, Stel. Das wird schon wieder. Länger als einen Monat halten die es hier bestimmt nicht aus. Die werden schon sehen, dass sie hier unerwünscht sind.»

«Aber nach ihnen werden noch mehr kommen.»

«Nicht solange sie es sich nicht leisten können. Fred hat mir erzählt, der Mann habe bar für das Haus bezahlt. Das ist schon was.»

Es klang beinahe, als würde er den Mann bewundern. Aber was für eine Sorte Mensch drohte damit, sich in ein Viertel einzuklagen, in dem er nicht willkommen war? Warum sollte man auf so etwas bestehen? Aus Prinzip? Um sich unglücklich zu machen? Um in den Abendnachrichten vorzukommen wie die ganzen Demonstranten, die sich verprügeln ließen oder Märtyrer wurden, weil sie glaubten, sie könnten die Weißen überzeugen, von ihrem Standpunkt abzurücken? An Blakes Seite, von der Armlehne seines Sessels aus, hatte sie vor zwei Wochen zugesehen, wie im ganzen Land Städte lichterloh brannten. Eine einzige Kugel, sagte der Ansager, die Wucht des Schusses, der King die Krawatte abgerissen hatte. Verständnislos starrte Blake auf verzweifelte Schwarze, die an brennenden Gebäuden vorbeiliefen.

«Das werde ich nie begreifen», sagte er. «Dass sie ihre eigenen Viertel niederbrennen.»

In den Lokalnachrichten rief die Polizei dazu auf, die Ruhe zu bewahren, die Stadt habe sich nach den Aufständen in Watts vor drei Jahren noch immer nicht beruhigt. Stella ging ins Bad, eine Hand auf den Mund gepresst, um ihr Schluchzen zu dämpfen. War Desiree an jenem Abend verzweifelt? War sie jemals nicht verzweifelt gewesen?

Das Land sei nicht wiederzuerkennen, sagte Cath Johansen, aber für Stella sah es aus wie immer. Tom Pearson und Dale Johansen und Percy White würden nie auf die Veranda eines Farbigen stürmen und ihn aus seiner Küche zerren, sie würden ihm nicht die Hände zertrampeln oder ihm fünf Kugeln in den Leib jagen. Sie waren gute Menschen, brave Bürger, die an Wohltätigkeitsorganisationen spendeten und zusammenzuckten, wenn sie Südstaaten-Sheriffs gegen farbige Studenten den Knüppel schwingen sahen. Sie hielten King für einen beeindruckenden Redner und teilten vielleicht sogar einige seiner Ideen. Sie hätten ihm keine Kugel in den Kopf gejagt – sie hätten angesichts seiner Beerdigung, der armen jungen Hinterbliebenen vielleicht sogar geweint –, aber dass der Mann ihr Nachbar würde, hätten sie trotzdem nicht zugelassen.

«Wir könnten damit drohen wegzuziehen», sagte Dale beim Abendessen. Er drehte sich eine Zigarette und blickte aus dem Fenster wie der diensthabende Wachposten. «Was würde der Verband dazu wohl sagen? Wenn wir uns alle einfach davonmachen?»

«Warum sollen denn ausgerechnet wir wegziehen?», sagte Cath. «Wir haben hart gearbeitet und unsere Beiträge bezahlt.»

«Reine Taktik», sagte Dale. «Verhandlungstaktik. Wir machen Druck mit unserer kollektiven Macht ...»

«Du klingst ja wie ein Bolschewik», sagte Blake und grinste. Stella umfing sich mit den Armen. Sie hatte ihren Wein kaum angerührt. Sie wollte an alles andere denken als an die Farbigenfamilie, die einziehen würde, aber es gab natürlich kein anderes Gesprächsthema.

«Schön, dass du das so lustig findest», sagte Dale. «Warte einfach ab, bis es im ganzen Viertel aussieht wie in Watts.»

«Ich habe doch gesagt, es wird nie so weit kommen», sagte Blake und zündete Stella die Zigarette an. «Ich weiß nicht, warum ihr euch alle so aufregt.»

«Auf keinen Fall», sagte Dale. «Dafür werde ich sorgen.»

Was sie mehr verunsicherte, vermochte sie nicht zu sagen: schwarze Nachbarn zu bekommen – oder die Aussicht auf das, was man ihnen antun könnte, um sie zu vertreiben.

Tage vergingen, dann kroch langsam ein gelber Umzugswagen die kurvigen Straßen der Palace Estates hinan und hielt an jeder Kreuzung auf der Suche nach dem Sycamore Way. Stella lugte durch die Schlafzimmerjalousien, als der Laster vor dem Haus der Lawsons hielt. Drei schlaksige Farbige in lila T-Shirts kletterten von der Ladefläche. Ein Stück nach dem anderen luden sie ab: ein Sofa, eine marmorierte Vase; einen langen aufgerollten Teppich; einen riesigen, dickbäuchigen Elefanten aus Stein; eine schlanke Stehlampe. Eine endlose Möbelparade, aber keine Familie in Sicht. Stella sah zu, so lange sie konnte, bis ihre Tochter sich anschlich und flüsterte: «Was ist da los?» Als würden sie Geheimagenten spielen. Stella schämte sich plötzlich und zuckte vom Fenster zurück.

«Nichts», sagte sie. «Hilfst du Mommy beim Tischdecken?»

Nach Wochen der Anspannung war ihre erste Begegnung mit den neuen Nachbarn zufällig und belanglos. Früh am nächsten Morgen stieß sie auf die Frau, als sie vollbepackt mit ihrer Tochter aus der Tür kam. Sie trug ein Schuhkarton-Diorama in den Armen, das ihr beim Abschließen wegzurutschen drohte, und hätte die hübsche farbige Frau auf der anderen Straßenseite fast übersehen. Sie war schlank und adrett, nussbraun und hatte eine Hochfrisur wie die Supremes. Sie trug ein braungelbes Kleid, tief ausgeschnitten, und hielt ein kleines Mädchen in einem pinken Kleidchen an der Hand. Stella stutzte und drückte sich die Bastelarbeit an den Bauch. Dann lächelte die Frau und winkte, und Stella zögerte, bevor sie schließlich auch die Hand hob.

«Schöner Morgen», rief die Frau. Sie hatte einen leichten Akzent – Mittlerer Westen vielleicht.

«Ja, stimmt», sagte Stella.

Sie hätte sich vorstellen sollen. Von den anderen Nachbarn hatte das niemand getan, aber ihr Haus war gleich gegenüber – sie konnte der Frau praktisch ins Wohnzimmer gucken. Aber sie dirigierte Kennedy einfach Richtung Auto. Den ganzen Schulweg über hielt sie das Lenkrad fest umklammert und spielte das Gespräch im Kopf immer wieder nach. Das lockere Lächeln dieser Frau. Dass es ihr nichts auszumachen schien, sie einfach anzusprechen. Hatte sie etwas in ihr entdeckt, über die Straße hinweg, zu dem sie Vertrauen fassen konnte?

«Ich habe die Nachbarn getroffen», erzählte sie Blake am Abend. «Die Frau.»

«Mhm», sagte er, als er zu ihr ins Bett stieg. «Wenigstens nett?»

«Ja, denke schon.»

«Alles wird gut, Stel», sagte er. «Wenn sie wissen, was für sie gut ist, bleiben sie für sich.»

Es wurde dunkel im Zimmer, und die Matratze knarrte, als Blake sich zu ihr drehte und sie küsste. Wenn er sie berührte, sah sie manchmal den Mann vor sich, der ihren Vater auf die Veranda geschleift hatte, den mit den rotgoldenen Haaren. Hochgewachsen, graues Hemd, weit aufgeknöpft, Schorf an der Wange, als hätte er sich beim Rasieren geschnitten. Blake drückte ihre Schenkel auseinander, und es war der Mann mit den rotgoldenen Haaren, der sich auf sie legte – fast konnte sie seinen Schweiß riechen, die Sommersprossen auf seinem Rücken sehen. Dann war es wieder Blakes frische *Savon d'Ivoire*, seine Stimme, die ihren Namen flüsterte. Es war lächerlich – die Männer sahen einander überhaupt nicht ähnlich, und Blake hatte ihr nie etwas angetan. Aber er könnte es, und deshalb packte sie ihn noch fester, als sie spürte, wie er in ihr versank.

ACHT

Die neuen Nachbarn hießen Loretta und Reginald Walker, und als sich herumgesprochen hatte, dass Sergeant Tommy Taylor persönlich in den Sycamore Way gezogen war, zogen selbst die Kampfeslustigsten langsam die Krallen ein. Sergeant Taylor war, natürlich, eine beliebte Figur aus *Frisk*, der schärfsten Krimiserie zurzeit. Er spielte den korrekten Partner der rüpeligen Hauptfigur, der er ständig mit Bürokratie und Vorschriften in den Ohren lag. «Füll das Formular aus!», war sein Standardsatz, und wenn Blake ihn auf der anderen Seite der Sackgasse erspähte, rief er ihn über Monate zur Begrüßung.

Reg Walker zuckte beim Rasenmähen oder Zeitungholen jedes Mal zusammen, dann zeigte er sein berühmtes Lächeln und hob leicht die Achseln, als würde er den Satz noch für die mildeste Beleidigung halten, die ein Weißer ihm von der anderen Straßenseite aus zurufen konnte.

Blake fand es toll, als wäre es ein gemeinsames Spiel. Er merkte nicht, dass Reg Walker ihn nur sehr geduldig tolerierte. Aber Stella war es immer peinlich, und sie lief ins Haus. Außer Nachrichten sah sie kaum fern, und Krimiserien interessierten sie bestimmt nicht, also war ihr völlig egal, dass Reg in einer Sendung mitspielte, die Blake gefiel. Die Männer mochten sich davon beeindrucken lassen – wenn sie schon in der Nachbarschaft eines Schwarzen leben mussten, dann konnte er wenigstens berühmt sein. Vertrauenswürdig, ausgeglichen, eine Figur, die man auf dem Bildschirm nie ohne Uniform sah. Man stelle sich die Überraschung vor, als sie Reg Walker das erste Mal vor sich sahen: groß, schlank, die Haare kurzgeschnitten. Er trug grün karierte Hosen zu Seidenhemden, die eng an seinem muskulösen Brustkorb anlagen. Wenn er sich in seinen glänzenden schwarzen Cadillac setzte, blitzte in der Sonne die goldene Uhr an seinem Handgelenk auf.

«Protzig», nannte Marge Hawthorne ihn, mit dem gleichen dramatischen Unterton, mit dem sie «gefährlich» hätte sagen können.

Freitagabends sah Stella die Walkers in ihr Auto steigen, Reg im schwarzen Anzug, Loretta in einem königsblauen Kleid. Auf dem Weg zu einer Party vielleicht, auf der sich die Filmstars drängten, in einer Villa in den Hollywood Hills. Oder in einen Nachtclub voller Footballspieler am Sunset Boulevard. Kurz kam Stella sich mit ihrem Misstrauen dumm vor. Bob Hawthorne war Zahnarzt. Tom Pearson gehörte ein Lincoln-Autohaus. Für die Walkers waren vielleicht sie die unwürdigen Nachbarn. Wenn sie so an sich herunterblickte, schon im Pyjama, konnte sie kaum widersprechen.

«Na?», fragte Cath atemlos, als sie sich auf der nächsten Elternversammlung auf den Platz neben ihr fallen ließ. «Wie sind sie so?»

Stella zuckte die Achseln. «Keine Ahnung», sagte sie. «Ich habe sie nur ein oder zwei Mal gesehen.»

«Der Mann ist in Ordnung, habe ich gehört. Aber seine Frau muss ja eine Nummer sein.»

«Wie meinst du das?»

«Dreist wie nur was. Barb hat mir erzählt, dass sie ihre Tochter bei uns auf die Schule schicken will. Völlig verrückt, wenn du mich fragst! Gute Schulen mit farbigen Kindern gibt es doch in der ganzen Stadt. Mit Bussen und allem.»

Loretta Walker sah nicht wie eine Unruhestifterin aus, aber was wusste Stella schon über sie? Sie blieb auf Abstand und beobachtete sie nur durch die Jalousie. Reg Walker, der an Drehtagen frühmorgens in seinen Cadillac stieg, Loretta, die in einem seidigen grünen Morgenmantel auf der Veranda stand und ihm nachwinkte. Loretta, die montags, immer montags, vom Einkaufen kam und den Kofferraum auslud. Einmal hielt auf der Auffahrt ein hellbrauner Buick, und drei farbige Ladys purzelten heraus, mit Kuchen und Wein. Loretta kam sie begrüßen und warf lachend den Kopf in den Nacken. Ein breites Lächeln, das auch Stella lächeln ließ. Wann hatte sie jemanden zum letzten Mal so lächeln gesehen?

Durch die Jalousie sah sie den Walkers zu wie einer Fernsehsendung. Aber nie entdeckte sie etwas Beunruhigendes, bis zu jenem Morgen, als sie ihre Tochter in der Sackgasse mit der kleinen Walker spielen sah. Zum Nachdenken blieb keine Zeit. Blindwütig stürmte sie auf die Straße und packte Kennedy am Arm; den beiden Mädchen stand der Mund offen, als sie ihre Tochter wieder ins Haus zerrte. Zitternd versuchte sie, hinter sich abzuschließen, während Kennedy der Puppe nachweinte, die noch draußen auf der Straße lag. Inzwischen war ihr klar, dass sie überreagiert hatte – hatte sie in diesem Alter etwa nicht mit weißen Mädchen gespielt? Wenn man klein genug war, kümmerte das niemanden. Früher waren die Zwillinge mit ihrer Mutter zur Arbeit gegangen und hatten mit dem weißen Mädchen gespielt, das dort wohnte, bis deren Mutter es eines Nachmittags einfach weggezerrt hatte.

Stella sagte ihrer Tochter das, was sie damals von dieser Mutter gehört hatte. «Mit Niggern spielen wir nicht», sagte sie, und vielleicht lag es an ihrem barschen Ton oder an der

Tatsache, dass sie dieses Wort ihrer Tochter gegenüber nie benutzt hatte, jedenfalls war die Sache erledigt.

So hatte sie gedacht, bis es nach dem Abendessen klingelte und Loretta Walker auf der Fußmatte stand, Kennedys Puppe im Arm. Wie sie sich da im weichen Licht der Verandabeleuchtung die Puppe an den Bauch drückte, sah sie selbst fast wie ein kleines Mädchen aus. Sie drückte Stella die Puppe in die Hand und ging wieder über die Straße.

Drei Wochen lang wich sie Loretta Walker aus.

Sie spionierte ihr nicht mehr nach – jetzt lugte sie durch die Jalousie, bevor sie die Post holen ging, um sicherzugehen, dass sie Loretta nicht begegnen würde. Einkaufen ging sie dienstags, nie an einem Montag, aus Angst, dass sie am Kühlregal aufeinandertreffen könnten.

Bisher hatte es nur einen kleinen Unfall gegeben, an einem Sonntagmorgen, als die beiden Paare gleichzeitig zu ihren Gottesdiensten fuhren. Die Männer hatten sich freundlich gegrüßt, aber die Frauen hatten nur wortlos ihren Töchtern ins Auto geholfen.

«Sehr nett ist die aber nicht», grummelte Blake, als er auf der Auffahrt zurücksetzte, und Stella zupfte sich schweigend die Handschuhe zurecht.

Es gab im Grunde nichts, wofür sie sich schämen musste. Sie hatte nur getan, was Cath Johansen oder Marge Hawthorne genauso getan hätten. Blake hatte sie trotzdem nichts davon erzählt. Was, wenn er sich fragte, warum sie so überreagiert hatte? Oder fand, sie benehme sich wie der Trash aus den Sümpfen von Louisiana, dem seine Mutter sie immer zugerechnet hatte? Er glaubte an eine Politik der Mitte. Am wichtigsten sei, das sagte er immer, wenn er die Polizei in den Nachrichten auf Demonstranten einprügeln sah, dass alle sich miteinander vertrugen.

Also wäre ihm die Sache peinlich – als wäre sie ihr nicht schon peinlich genug. Denn obwohl sie wusste, dass sie nichts falsch gemacht hatte, wurde ihr schlecht, wenn sie daran dachte, wie Loretta bei ihr gestanden hatte, die Puppe im Arm. Es wäre leichter gewesen, wenn Loretta sie beschimpft hätte. Als rückständige kleingeistige Spießerin. Aber das hatte sie nicht getan. Sie hatte sich beherrscht, weil sie es musste, und das beschämte Stella umso mehr.

«Wusstest du, dass diese Walker an die Schule geschrieben hat?», fragte Cath sie eines Sonntags, nachdem sie sich neben sie auf die Kirchenbank gequetscht hatte.

«Einen Brief?», fragte Stella. Sie war zu erschöpft, um Cathys atemlosem Getuschel zu folgen. Nicht einmal in der Kirche konnte sie Loretta Walker entkommen.

«Einen Anwaltsbrief», sagte Cath, «von einer riesigen Kanzlei. Sie wollen klagen, wenn ihre Kleine im Herbst nicht bei uns in die Schule darf. Kannst du dir das vorstellen? Ein ganzes Gerichtsverfahren wegen eines kleinen Mädchens. Es gibt Leute, die brauchen wirklich das Rampenlicht ...»

«So wirkt sie auf mich gar nicht», sagte Stella.

«Woher willst du das wissen?», fragte Cath. Sie verschränkte die Arme vor der Brust. Stella hob die Hände und ergab sich.

«Du hast recht», sagte sie. «Das kann ich nicht wissen.»

Im Juni buk sie ihre Schuldgefühle in einen Zitronenkuchen mit Zuckerguss ein. Die Idee war ihr ganz plötzlich gekommen, und ohne lange darüber nachzudenken, hatte sie eine Packung Mehl aus dem Schrank geholt und kramte im Kühlschrank nach Eiern. Wenn sie sich noch länger zu Hause grämte und jedes Mal aus dem Fenster sah, bevor sie vor die Tür ging, würde sie verrückt werden. Sie war die Magenkrämpfe leid, die sie packten beim Gedanken an die kleine Walker, wie sie da allein zwischen den verstreuten Puppen auf dem Gehweg hockte und ihr aus großen Augen nachsah. Sie musste sich entschuldigen. Sonst hätte sie keine Ruhe mehr. Sie würde einen Kuchen als Einzugsgeschenk vorbeibringen. Dann konnte sie der Frau wenigstens mit Höflichkeit begegnen. Mit Anstand. Gastfreundlichkeit war nicht dasselbe wie Freundlichkeit, und falls jemand fragen sollte, würde sie antworten, man habe sie zur Gastfreundlichkeit erzogen. Nicht mehr, nicht weniger. Ein Zitronenkuchen für ihren Seelenfrieden, das wäre ein guter Tausch.

Am Nachmittag atmete sie tief durch, bevor sie sich auf den Weg über die Straße machte, den Kuchen auf einer Glasplatte vor sich hertragend. Auf der Auffahrt stand der hellbraune Buick. Loretta hatte Gäste, umso besser. Sie brauchte nur den Kuchen bringen, sich entschuldigen und konnte wieder gehen.

Loretta öffnete in einem schimmernden grünen Kleid, ein goldenes Tuch um den Hals. Sofort schämte Stella sich für ihr gewöhnliches blaues Kleid und den zusammengefallenen Kuchen.

«Ach, hallo, Mrs. Sanders», sagte Loretta. Sie stand in den Türrahmen gelehnt, ein Glas Weißwein in der Hand.

«Hallo», sagte Stella. «Ich wollte einfach nur ...»

«Warum kommen Sie nicht rein?»

Stella zögerte, das hatte sie nicht erwartet. Aus dem Wohnzimmer drang dröhnendes Gelächter und versetzte ihr einen schmerzhaften Stich. Wann hatte sie das letzte Mal so dagesessen und im Kreis von Freundinnen gelacht?

«Oh nein, wirklich nicht», sagte sie. «Sie haben Besuch ...»

«Unsinn», sagte Loretta. «Kommen Sie, wir müssen hier doch nicht auf der Veranda reden.»

Stella blieb am Eingang stehen, erschlagen vom feudalen Dekor: Ein flauschiger weißer Teppich schmückte das Wohnzimmer, darauf eine Stehlampe mit goldglänzendem Schirm, auf dem Kaminsims die marmorierte Vase. Ihr eigenes Zuhause war schlicht eingerichtet, ein Zeichen von gutem Geschmack. Nur die Unterklasse wohnte so, mit vergoldeten Möbeln, alles voller Klimperkram. Auf dem langen Ledersofa saßen drei farbige Frauen und tranken zum Gesang von Aretha Franklin Wein.

«Meine Damen, dies ist Mrs. Sanders», sagte Loretta. «Sie wohnt gegenüber.»

«Mrs. Sanders», sagte eine der Frauen. «Wir haben schon so viel von Ihnen gehört.»

Stella wurde rot; das Lächeln der Frauen sagte ihr deutlich, was sie gehört hatten. Warum war sie bloß mit hereingekommen? Nein, warum hatte sie überhaupt den Kuchen gebracht? Warum hatte sie nicht einfach auf Distanz bleiben können, wie die anderen Nachbarn? Jetzt war es zu spät. Loretta winkte sie in Richtung Küche, wo sie den Kuchen abstellte.

«Möchten Sie etwas trinken, Mrs. Sanders?», fragte Loretta.

«Sagen Sie doch Stella zu mir», sagte sie. «Und nein, wirklich nicht, ich wollte nur kurz vorbeikommen und ... na ja, Sie alle bei uns willkommen heißen. Und dann, wegen der Sache neulich ...»

Sie hoffte, dass Loretta ihr auf halbem Weg entgegenkommen und es ihr ersparen würde, den Zwischenfall noch einmal zu durchleben. Stattdessen lüpfte die Frau eine Augenbraue und griff nach einem leeren Weinglas.

«Sie wollen bestimmt nichts trinken?», sagte sie.

«Ich wollte mich einfach nur entschuldigen», sagte Stella. «Ich weiß nicht, was über mich gekommen ist. Normalerweise bin nicht so.»

«Wie denn?»

Loretta wusste genau, was sie meinte, aber es machte ihr viel zu viel Spaß, mit ihr zu spielen. Stella errötete wieder.

«Ich meine, normalerweise würde ich nicht ...» Sie unterbrach sich. «Wissen Sie, das ist alles ganz neu für mich.»

Loretta nahm sie einen Augenblick lang ins Visier und trank dann einen Schluck.

«Glauben Sie etwa, ich wollte hierherziehen?», sagte sie. «Leider hatte Reg sich völlig darauf versteift, und da ...»

Sie ließ den Satz in der Luft hängen, aber Stella konnte sich den Rest denken.

Als sie zum ersten Mal die Seiten gewechselt hatte, war es ihr so einfach vorgekommen, dass sie sich fragte, warum sie es nicht längst probiert hatte. Fast war sie ihren Eltern böse, dass sie es ihr vorenthalten hatten. Wenn sie gemeinsam hinübergewechselt wären, sie als Weiße erzogen hätten, wäre alles anders gewesen. Keine Weißen, die Daddy von der Veranda geschleift hätten. Kein Wohnzimmer voller Wäschekörbe. Sie hätte die Schule abschließen können, als Klassenbeste. Vielleicht wäre sie auf einer Uni wie Yale gelandet und hätte Blake dort kennengelernt. Vielleicht wäre sie die Sorte Mädchen geworden, die seine Mutter sich für ihn wünschte. Sie hätte alles im Leben haben können, was sie jetzt hatte, und Vater, Mutter und Desiree noch dazu.

Zuerst war ihr das Seitenwechseln so einfach vorgekommen, dass sie nicht verstehen konnte, warum ihre Eltern es nicht getan hatten. Da war sie noch jung. Ihr war nicht klar gewesen, wie lange es dauert, ein anderer Mensch zu werden, oder wie einsam man sein konnte in einer Welt, die nicht für einen bestimmt war.

«Vielleicht können die Mädchen mal zusammen spielen», sagte Stella. «Eine Straße weiter gibt es einen hübschen kleinen Park.»

«Ja, vielleicht.» Lorettas Lächeln hing einen Augenblick lang in der Luft, als habe sie noch mehr sagen wollen. Kurz fragte Stella sich, ob sie ihr Geheimnis erraten hatte. Fast wünschte sie es sich. Es machte ihr Angst, wie unbedingt sie sich nach Zugehörigkeit sehnte, zu wem auch immer.

«Wie komisch», sagte Loretta schließlich.

«Was denn?»

«Ich hatte keine Ahnung, was uns hier erwartet», sagte Loretta. «Aber dass eine weiße Frau mit einem so zerknautschten Kuchen in meiner Küche auftaucht, das hätte ich nicht im Traum gedacht.»

Loretta Walker wusste selbst nicht, wie sie in Los Angeles gelandet war. Das sagte sie selbst, mit einem müden Seufzer, und zog wieder an ihrer Zigarette. Sie saß auf der Parkbank und sah den Mädchen beim Schaukeln zu. Es war noch Frühsommer, aber der Morgen war schon so warm, dass Stella sich mit einem Taschentuch die feuchte Stirn abtupfte. Sie hatte Kennedy auf der Schaukel Schwung gegeben, als das kleine farbige Mädchen in den Park gelaufen kam, mit Loretta im Schlepptau. Das Mädchen beäugte Stella argwöhnisch und griff nach der Hand der Mutter, und Stella überlegte kurz, ob sie gehen solle. Stattdessen holte sie tief Luft und blieb.

Jetzt blickte Loretta missmutig in den wolkenlosen Himmel.

«Immer Sonne», sagte sie. «Unnatürlich. Als wenn man die ganze Zeit im Kino wäre.»

Sie war in St. Louis geboren, aber Reg hatte sie an der Howard University kennengelernt. Er studierte Theater im Hauptfach und war von August Wilson und Tennessee Williams besessen; sie studierte Geschichte und wollte Professorin werden. Beide hätten sie nie gedacht, dass Reg irgendwann als langweiliger Polizist berühmt werden würde. Als er lange Monologe probte und Loretta mit seiner Sprechtechnik beeindruckte, ging er nicht davon aus, dass sein bekanntester Text Jahre später «Füll das Formular aus» lauten würde.

«Wie hat es dir dort gefallen?», fragte Stella. «Auf der Howard. Eine Uni für Farbige, oder?» Als hätte sie nicht alle Broschüren aufgehoben, die Mrs. Belton ihr gegeben hatte, und die der Howard University so oft durchgeblättert, bis sie auseinanderfiel. All die farbigen Studenten, dort auf dem Rasen. Das war ihr damals wie ein Traum vorgekommen.

«Ja», sagte Loretta. «War ganz okay.»

«Ich wollte auch immer aufs College», sagte Stella.

«Kannst du ja noch.»

Stella lachte und zeigte mit großer Geste auf das Viertel. «Aber wozu?»

«Keine Ahnung. Weil du Lust hast?»

Aus Lorettas Mund klang es so einfach, aber Blake würde lachen. Zeit- und Geldverschwendung, würde er sagen. Außerdem hatte sie nie die Highschool abgeschlossen.

«Dafür ist es jetzt zu spät», sagte sie schließlich.

«Was würdest du denn gern studieren?»

«Mathe mochte ich früher.»

Jetzt war es Loretta, die lachte. «Na, du musst ja was im Hirn haben», sagte sie. «Mathe mag keiner einfach so aus Spaß.»

Aber was sie an der Mathematik geliebt hatte, war die Einfachheit gewesen, eine Zahl wuchs oder dezimierte sich, abhängig von der angewandten Funktion. Keine Überraschungen, nur ein logischer Schritt nach dem anderen. Loretta beugte sich vor und sah den Mädchen beim Spielen zu. Sie wirkte überhaupt nicht so wie die Frau, über die alle tratschten – die ihre Tochter dreist in die Brentwood Academy einklagen wollte. Sie wirkte nicht einmal, als wollte sie überhaupt in Los Angeles wohnen. Nach dem College hatte sie nach Missouri zurückkehren und vielleicht ihren Master machen wollen. Dann hatte sie sich in Reg verguckt und sich von seinen Träumen mitziehen lassen.

«Warum bist du eigentlich hergezogen?», fragte Stella. «In die Estates, meine ich.»

Loretta zog eine Augenbraue hoch. «Was war denn dein Grund?»

«Na ja, die Schulen. Und es ist ein schönes Viertel, oder? Sauber. Sicher.»

Sie gab die Antworten, die von ihr erwartet wurden, aber ob sie auch stimmten? Sie waren Blakes Arbeit wegen nach Los Angeles gezogen, und manchmal hatte sie das Gefühl, kein Mitspracherecht gehabt zu haben. Dann wiederum erinnerte sie sich, wie aufregend die Aussicht auf Los Angeles ihr vorgekommen war, die vielen Meilen zwischen ihr und ihrem alten Leben. So zu tun, als hätte sie sich diese Stadt nicht ausgesucht, war dumm. Sie war keine Nussschale, die sich auf den Wellen treiben ließ. Sie hatte sich selbst erschaffen. Von dem Morgen an, als sie als Weiße aus dem Maison Blanche getreten war, war alles ihre Entscheidung gewesen.

«Und wieso sollte ich das alles nicht auch wollen?», fragte Loretta.

«Ja, aber bist du nicht ... Ich meine, für dich müsste es einfacher sein, wenn du ...»

«Wenn ich unter meinesgleichen bleibe?» Loretta zündete sich noch eine Zigarette an. Ein Bronzeglanz lag auf ihrem Gesicht.

«Irgendwie schon», sagte Stella. «Ich verstehe einfach nicht, warum man sich das antun sollte. Also, es gibt doch viele schöne Schwarzenviertel, und es gibt so viel Hass unter den Menschen.»

«Hassen tun sie mich sowieso», sagte Loretta. «Dann können sie mich gleich in meinem großen Haus mit all meinen schönen Sachen hassen.»

Sie zog wieder an ihrer Zigarette. Ihr schlaues Lächeln erinnerte Stella an Desiree. Sie war wieder wie das Mädchen, das verstohlen auf der Veranda rauchte, während die Mutter schlief. Sie griff nach Lorettas Zigarette und spürte die Glut im Gesicht.

Da waren die Johansens, natürlich, am Magnolia Way – Dale arbeitete in der Stadt als Banker, Cath war Schriftführerin des Elternverbandes der Brentwood Academy, obwohl sie bei all den Versammlungen kaum je etwas mitschrieb. Stella hätte nicht sagen können, wie oft sie auf Caths Notizblock gelugt und nichts als weißes Papier gesehen hatte. Dann gab es die Whites, drüben an der Juniper – Percy arbeitete in einem der Filmstudios in der Buchhaltung, sie wusste nicht mehr, in welchem, Blake würde es wissen. Außerdem hatte er den Vorsitz im Eigentümerverband, aber er hatte sich nur zur Wahl gestellt, weil seine Frau ihm Druck machte, mehr Ehrgeiz zu zeigen. Lynn stammte aus Oklahoma, aus einer Öl-Familie, und warum sie sich Percy White aufgeladen hatte, wusste der

Himmel. Sagen wir mal so: Er war nicht gerade das, was man sich unter einem Mann aus der Traumfabrik Hollywood vorstellte, und eigentlich sah man das auf den ersten Blick. Dann waren da noch die Hawthornes an der Maple – Bob hatte so ungefähr die weißesten Zähne, die sie je gesehen hatte.

«Ich glaube, dem bin ich mal über den Weg gelaufen», sagte Loretta. «Und groß sind sie auch, oder? Ungefähr wie bei Mister Ed, dem sprechenden Pferd?»

Stella lachte so sehr, dass sie fast das blaue Garnknäuel fallen ließ. Am anderen Ende des Ledersofas feixte Loretta, wie immer, wenn sie wusste, dass sie etwas Lustiges gesagt hatte. Das heißt: immer öfter, schließlich waren sie inzwischen beim zweiten Glas Wein.

«Du wirst sie ja kennenlernen», sagte Stella. «Eigentlich sind sie alle ganz nett.»

«Auf dich», sagte Loretta. «Du weißt, dass du die Einzige bist, die bisher einen Schatten auf meine Tür geworfen hat.»

Das wusste Stella wohl, aber sie versuchte, nicht zu lange darüber nachzugrübeln. Sie sah zu, wie das Garn sich vor ihr abrollte und Lorettas Häkelhaken durch die Luft fuhr. Als sie Loretta vorhin angerufen und sie gefragt hatte, ob die Mädchen nicht wieder miteinander spielen könnten, war sie davon ausgegangen, dass sie sich im Park treffen würden. Sie hatte nicht damit gerechnet, dass Loretta sie zu sich einladen und dass sie die Einladung annehmen würde. Jetzt spielten die Mädchen bei den Walkers im Garten – man konnte sie durch die Fliegentür kreischen hören –, und sie war beschwipst und lauschte Lorettas Erzählung, wie Regs Schauspielkarriere plötzlich in Gang gekommen war. Dass er, obwohl er *Frisk* völlig hirnlos fand, doch dankbar war, endlich einen Cop zu spielen und nicht mehr den kleinen Gangster, der im Vorspann einer Dame die Handtasche klaut. Loretta begleitete ihn ab und zu aufs Set, fand den ganzen Betrieb aber so unendlich langweilig, dass sie meistens irgendwo in einer Ecke landete und häkelte. Es faszinierte Stella, wie wenig Bedeutung Loretta all den unglaublichen Details in ihrem Leben beimaß. Immer wenn Loretta sich nach ihrem Alltag erkundigte, war sie beschämt und merkte, wie wenig sie zu bieten hatte.

«So interessant bin ich nicht», sagte sie. «Das habe ich dir doch gesagt.»

«Ach, ich glaube dir kein Wort», sagte Loretta. «Bestimmt machst du dir lauter faszinierende Gedanken.»

«Nein, glaub mir», sagte sie. «Ich bin stinknormal.»

Eine einzige interessante Sache hatte sie im Leben getan, aber sie würde den Rest ihrer Tage damit zubringen, sie zu verbergen. Wenn Loretta sie nach ihrer Kindheit fragte, wich sie jedes Mal aus. Sie konnte nichts aus ihrer Jugend erzählen, ohne dabei Desiree heraufzubeschwören; all ihre Erinnerungen waren in zwei Stücke aufgespalten, ihre Schwester war glatt aus ihnen herausgeschnitten, und wie einsam sie jetzt klang – Stella, die allein im Fluss schwamm, durch Zuckerrohrfelder wanderte oder atemlos vor einer Gans floh, die sie den Weg hinunterjagte. Einsam, damals wie heute. Bis jetzt. Irgendwie hatte sie in Loretta Walker einen Menschen gefunden, mit dem sie reden konnte.

Den ganzen Sommer über wartete sie, dass Loretta anrief. Sie sah ihrer Tochter vielleicht gerade zu, wie sie im Garten mit Tusche malte, und dann klingelte das Telefon, und sie packte einfach die Malsachen zusammen und sah sich vorsichtig um, bevor sie Kennedy über die Straße brachte. Oder sie wollte gerade zur Märchenstunde in die Bibliothek, als

Loretta anrief, und plötzlich waren die überfälligen Bücher nicht mehr wichtig, und es ging hinüber auf die andere Straßenseite.

Als sie wieder nach Hause kamen, verbot sie ihrer Tochter, Blake von dem Spielenachmittag zu erzählen.

«Warum?», fragte Kennedy. Stella kniete vor ihr und zog ihr die Schnürsenkel auf.

«Weil», sagte sie, «Daddy es gernhat, wenn wir zu Hause sind. Aber wenn du nichts sagst, können wir weiter über die Straße gehen. Das möchtest du doch, oder?»

Ihre Tochter legte ihr die Hände auf die Schultern, wie für eine Strafpredigt, aber sie wollte sich nur abstützen, während sie aus den Turnschuhen stieg.

«Okay», sagte sie so obenhin, dass es weh tat.

Wie alles andere auch, wurde es mit der Zeit einfacher, ihre Tochter anzulügen. Sie erzog auch Kennedy zum Lügen, obwohl das Mädchen es nie merken würde. Sie war weiß; sie würde sich nie für etwas anderes halten. Falls sie je die Wahrheit erführe, würde sie sie dafür hassen. Immer wenn Loretta anrief, ging ihr dieser Gedanke durch den Kopf. Aber jedes Mal straffte sie die Schultern, nahm ihre Tochter an der Hand und ging über die Straße.

Eines Mittwochs fuhr, wie immer kurz nach der Mittagszeit, der hellbraune Buick auf der Auffahrt der Walkers vor, und Cath Johansen rief Stella an und wollte tratschen. «Ich wusste, dass es nicht bei einer bleiben würde», sagte sie. Sie war überzeugt, dass die farbigen Frauen die Nachbarschaft auskundschafteten, um sich irgendwann selbst hier niederzulassen. Stella klemmte sich das Telefon an die Wange, spähte durch die Küchenjalousien und sah Lorettas Freundinnen aus dem

Auto klettern. Die große war Belinda Cooper – ihr Mann komponierte Filmmusik für Warner Bros. Mary Butler mit der Katzenaugenbrille war mit einem Kinderarzt verheiratet. Sie hatte zusammen mit Eunice Woods studiert, deren Gatte gerade ein Drehbuch an MGM verkauft hatte. Stella wusste ein wenig über die Frauen, aber sie hatte nie erwartet, sie kennenzulernen, bis Loretta eines Mittwochs bei ihr anrief. Ob sie beim Kartenspiel die vierte Frau sein wolle?

«Ich bin nicht sehr gut im Bid Whist», sagte Stella. Sie war eine wirklich schlechte Kartenspielerin, überhaupt bei allen Spielen, bei denen der Zufall entschied.

«Schätzchen, das macht doch nichts», sagte Loretta. «Wir packen die Karten manchmal nicht einmal aus.»

Bid Whist war, wie sie bald merkte, vor allem ein Vorwand für das, was die Frauen eigentlich vorhatten, nämlich Wein trinken und tratschen. Belinda Cooper, die ihr zweites Glas Riesling schon halb geleert hatte, redete in einem fort von einem Filmstar, der nebenbei eine Affäre mit einer der Sekretärinnen bei Warner hatte, ein hübsches junges Ding, aber so abgebrüht – nahm Nachrichten von seiner Frau entgegen und schlüpfte dann in seinen Trailer und überbrachte ihm mehr als den verpassten Anruf.

«Die Mädchen werden immer frecher», sagte Loretta. Sie zog an ihrer Zigarette, ohne ihre Karten auch nur anzurühren. «Ihr wisst ja, dass Reg und ich neulich bei Carl waren und Mary-Anne begegnet sind ...»

«Wie geht es ihr?»

«Schwanger ist sie. Schon wieder.»

«Gute Güte!»

«Und wisst ihr, was sie dazu gesagt hat? – Euny, du kommst raus, Baby.»

«Mary-Anne hat mich nie gemocht», sagte Eunice. «Weißt du noch, damals, auf Thelmas Hochzeit?»

Alle Gespräche verliefen so und drehten sich immer wieder im Kreis. Stella kam nicht hinterher. Es kümmerte keine der Frauen, dass sie die komplizierten Vorgeschichten der Figuren, die hier eingeführt wurden, gar nicht kennen konnte. Sie hätte ja überhaupt nicht hier sein sollen. Aber sie saß gerne still dabei, zupfte an ihren Karten und lauschte. Falls Belinda und Eunice mit ihrer Anwesenheit ein Problem hatten, ließen sie es sie nicht spüren. Aber sie redeten um sie herum, nie mit ihr, als wollten sie die Verantwortung auf Loretta abwälzen. Trotzdem war es ein ganz netter Nachmittag, bis die Mädchen hereinstürmten, um etwas Kleines zu essen. Stella fiel jedes Mal wieder auf, wie natürlich Loretta im Umgang mit Cindy war. Das Mädchen kletterte aufs Sofa, rieb sich an ihr wie eine Katze, und Loretta nahm es in den Arm, ohne das Gespräch zu unterbrechen. Sie schien zu wissen, was Cindy brauchte, bevor das Kind etwas sagen musste.

Als die Mädchen wieder nach oben liefen, zog Eunice an ihrer Zigarette und sagte: «Ich verstehe immer noch nicht, warum das unbedingt sein muss.»

«Was denn?», fragte Loretta.

«Du weißt schon, was. Ich weiß, das ist jetzt dein neues Leben ...»

«Ich bitte dich!»

«Aber deine Kleine wird unglücklich davon, das wissen wir doch alle. Das ist es nicht wert, nur aus Prinzip.»

«Es geht nicht ums Prinzip», sagte Loretta. «Die Schule ist gleich um die Ecke, und Cindy ist genauso schlau wie die anderen Kinder ...»

«Das wissen wir doch, Schätzchen», sagte Belinda. «Es geht

nicht ums Rechthaben. Recht haben kannst du bis zum Abwinken. Aber du hast nur das eine Kind, und es hat nur das eine Leben.»

«Glaubst du, das ist mir nicht klar?», sagte Loretta. In ihren Augen blitzte es, dann fing sie sich wieder, und sie lachte kurz und drückte ihre Zigarette aus. «Zum Glück denken nicht alle wie ihr zwei.»

«Fragen wir doch deine neue Freundin», sagte Eunice. «Wie sehen Sie das Ganze, Mrs. Sanders?»

Stella senkte den Blick auf den Kartentisch; sie schwitzte schon.

«Ach, keine Ahnung», sagte sie.

«Irgendeine Meinung werden Sie doch haben.»

Eunice lächelte Stella mit gebleckten Zähnen an, wie ein Jagdhund mit einem Kaninchen in den Fängen, dachte Stella. Je mehr man zuckte, desto fester schlossen sich die Kiefer.

«Ich hätte es nicht getan», sagte sie schließlich. «Die anderen Eltern werden ihr das Leben zur Hölle machen, sie werden ein Exempel an ihr statuieren wollen. Du hast ja keine Ahnung, wie sie reden, wenn du nicht dabei bist ...»

«Und Sie verteidigen sie dann bestimmt sofort», sagte Eunice.

«Das reicht jetzt», sagte Loretta leise, aber die Stimmung war längst gekippt. Belinda und Eunice gingen, bevor das Spiel zu Ende war. Stella spülte die Weingläser, während die Mädchen oben ihr Spielzeug aufräumten. Es war spät geworden, schon fast vier. Bald würde Blake nach Hause kommen. Loretta stand neben ihr und trocknete schweigend mit einem karierten Geschirrtuch die Gläser ab.

«Es tut mir leid», sagte Stella. Was ihr leidtat, wusste sie nicht genau. Dass sie vorbeigekommen war, dass sie das Spiel verdorben hatte, dass sie genau das war, was Eunice Woods ihr vorwarf. Sie hatte Loretta nicht verteidigt, nicht einmal vor der dummen Cath Johansen. Sie stiftete die eigene Tochter zum Lügen an, aus Angst, ihr Mann könnte merken, dass sie mit dieser Frau verkehrte.

Loretta warf ihr ein seltsames Lächeln zu.

«Glaubst du, ich will deine Schuldgefühle haben?», sagte sie. «Deine Schuldgefühle nützen mir überhaupt nichts, Schätzchen. Wenn du dich weiter darin suhlen möchtest, kannst du das auf der anderen Straßenseite machen.»

Stella stellte das nasse Glas auf die Arbeitsfläche und trocknete sich die Hände ab. So sah Loretta sie also wirklich – als weiße Frau, die um sie herumschwärmte, um ihre Schuldgefühle loszuwerden. Natürlich hatte sie Schuldgefühle, aber wenn überhaupt, dann machte Lorettas Gesellschaft sie noch schlimmer. Ihr wirkliches Leben kam ihr noch falscher vor. Aber trotzdem wollte sie hier nicht weg, nicht einmal jetzt, da Loretta wütend auf sie war. Loretta griff nach dem nassen Glas, es rutschte ihr von der Arbeitsfläche und zersplitterte auf dem Boden. Sie blickte an die Decke, plötzlich erschöpft. Sie war zu jung, um so müde auszusehen, aber sie musste müde sein in ihrem Dauerkampf. Stella kämpfte nie. Sie gab immer klein bei. In dieser Hinsicht war sie feige.

Loretta bückte sich und wollte das Glas aufheben, aber Stella hielt sie unwillkürlich fest und sagte: «Nicht, Baby, du schneidest dich.» Dann kniete sie sich auf die Fliesen und putzte weg, was sie angerichtet hatte.

Erst Martin Luther King jr. in Memphis, dann Bobby Kennedy mitten in Los Angeles. Bald hatte man das Gefühl, die Zeitung nicht mehr aufschlagen zu können, ohne den blutüberströmten Körper eines wichtigen Mannes zu sehen. Stella gewöhnte sich an, die Nachrichten auszuschalten, wenn ihre Tochter zum Frühstück in die Küche gehüpft kam. Loretta sagte, Cindy habe sie vor ein paar Monaten gefragt, was ein *politischer Mord* sei. Sie habe es ihr natürlich gesagt – wenn jemand dich umbringt, um damit etwas zum Ausdruck zu bringen.

Was so weit stimmte, dachte Stella, aber nur, wenn man ein wichtiger Mann war. Wichtige Männer wurden zu Märtyrern, unwichtige zu Opfern. Die wichtigen Männer bekamen Beerdigungen mit Live-Übertragung im Fernsehen und öffentliche Trauertage. Ihr Tod befeuerte die Kunst und die Zerstörung von Städten. Unwichtige Männer aber wurden getötet, um zum Ausdruck zu bringen, dass sie unwichtig waren – dass sie nicht einmal Männer waren –, und die Erde drehte sich weiter.

Manchmal träumte sie noch immer, dass jemand bei ihnen einbrach. Mehr als einmal hatte sie Blake aus dem Bett gejagt, damit er nachsah. «Ich habe dir doch gesagt, das Viertel ist sicher», grummelte er, wenn er wieder unter die Decke kroch. Aber hatte sie sich damals nicht auch sicher gefühlt, vor vielen Jahren, versteckt in dem kleinen weißen Haus unter den Bäumen? Jetzt schlief sie mit einem Baseballschläger hinter der Kopfstütze. «Was willst du denn damit, du Brutalo?», sagte Blake und drückte ihr den winzigen Bizeps. Aber wenn er auf Geschäftsreise war, konnte sie nur mit der Hand auf dem abgewetzten Griff einschlafen, nur so wusste sie, dass er da war.

«Du erzählst nie von deiner Familie», sagte Loretta.

Sie hatte sich in ihrem Garten auf einem Liegestuhl ausgestreckt, das halbe Gesicht hinter einer Sonnenbrille verborgen. Sie trug einen lila Badeanzug und war noch nass vom Poolwasser. Stella reckte den Hals und sah den Mädchen beim Planschen zu. In zwei Wochen fing die Schule wieder an, für Kennedy an der Brentwood Academy, für Cindy an der St. Francis in Santa Monica. Eine gute Schule, nur eine halbe Stunde entfernt, hatte Loretta gesagt, und Stella war erleichtert gewesen. Es sei besser so, hätte sie gern gesagt – es sei nichts Schlimmes daran, den Kopf einzuziehen, um irgendwie durchzukommen –, aber dann hätte Loretta noch stärker das Gefühl gehabt, eingeknickt zu sein.

Gerade jammerte sie, dass ihre Schwiegereltern aus Chicago angeflogen kamen – zehn volle Tage wollten sie bleiben, und Reg hatte natürlich ja gesagt, weil er ihnen nie etwas abschlagen konnte und weil es eben an ihr hängen bleiben würde, sie zu beschäftigen, während er drehte.

«Wie ist das bei dir?», fragte Loretta. «Kommt dein Mann mit deinen Eltern klar?»

Die Frage traf Stella unvorbereitet; sie war abgelenkt gewesen und hatte darüber nachgedacht, was sie in den zehn Tagen ohne Loretta anfangen sollte.

«Meine Eltern sind schon lange tot», sagte sie. «Sie sind ...»

Sie ließ den Satz in der Luft hängen. Loretta sah betroffen aus.

«Ach, Schätzchen, das tut mir leid», sagte sie. «Und meinetwegen kommt dir das jetzt wieder hoch ...»

«Schon okay», sagte Stella. «Das ist so lange her.»

«Als du noch klein warst?»

«Zu klein jedenfalls», sagte sie. «Ein Unfall. Niemand hat schuld. So was passiert eben.»

«Und hast du Brüder und Schwestern?», fragte Loretta.

«Brüder nicht.» Stella schwieg und sagte dann: «Ich hatte

eine Zwillingsschwester. Du erinnerst mich ein bisschen an sie.»

Sie hatte das nicht sagen wollen und bereute es sofort. Aber Loretta lachte nur.

«Wie das?»

«Ach, ich weiß auch nicht. Kleine Sachen. Sie war lustig. Frech. Ganz anders als ich, wirklich.» Sie merkte, wie ihr die Tränen in die Augen stiegen, und sie tupfte sie sich rasch ab. «Tut mir leid, ich weiß nicht, was in mich gefahren ist ...»

«Das muss dir nicht leidtun», sagte Loretta. «Du hast deine ganze Familie verloren! Wenn es einen Grund zum Rumheulen gibt, dann den. Und dann noch die Schwester. Du meine Güte.»

«Ich denke noch immer an sie», sagte Stella. «Ich hätte nie gedacht, dass ich noch immer so an sie denken würde ...»

«Aber natürlich», sagte Loretta. «Einen Zwilling verlieren. Da ist man bestimmt nur noch ein halber Mensch.»

Manchmal stellte sie sich vor, wie sie das Telefon nahm und Desiree anrief, nur um ihre Stimme zu hören. Aber sie hatte keine Nummer, und außerdem, was sollte sie denn sagen? Zu viel Zeit war vergangen. Wozu sollte die Rückschau gut sein? Sie hatte es satt, sich für eine uralte Entscheidung zu rechtfertigen. Sie wollte nicht in ein Leben zurückgezerrt werden, das nicht mehr ihres war.

«Zwillinge», sagte Loretta, als wenn die Welt voller Wunder wäre. «Weißt du, was meine Mama immer gesagt hat? Sie könne einer Frau von der Handfläche ablesen, ob sie Zwillinge bekommt.»

Jetzt musste Stella doch lachen. «Wie bitte?»

«Hast du dir nie aus der Hand lesen lassen? Warte, ich zeige es dir.» Unvermittelt griff Loretta nach Stellas Hand. «Siehst du diese Linie her? Das ist deine Kinderlinie. Wenn sie sich verzweigt, bedeutet das, dass du Zwillinge bekommst. Aber das ist bei dir nicht so. Und hier, das ist die Liebeslinie. Siehst du, wie tief und gerade sie ist? Das bedeutet, dass deine Ehe lange Bestand hat. Und das ist deine Lebenslinie. Siehst du, wie sie sich teilt?»

«Und was bedeutet das?»

«Dass es einen Bruch in deinem Leben gibt.»

Loretta lächelte, und wieder fragte Stella sich, ob sie Bescheid wusste. Vielleicht hatte sie einfach mitgespielt. Der Gedanke war erniedrigend, aber auch seltsam befreiend. Vielleicht konnte sie ihr jetzt alles erzählen, und vielleicht würde Loretta es verstehen. Dass sie nie jemanden hatte verraten wollen, sondern nur ein neuer Mensch werden musste. Es war doch ihr Leben, warum konnte sie nicht beschließen, sich ein neues zu schaffen? Aber Loretta lachte. Es war alles nur Spaß. Man konnte einem Menschen sein Leben nicht aus der Hand lesen, schon gar nicht eines, das so verwickelt war wie Stellas. Trotzdem saß sie gern hier und spürte, wie Loretta mit dem Fingernagel ihre Hand abfuhr.

«Okay», sagte Stella. «Was steht da sonst noch?»

NEUN

In New Orleans spaltete Stella sich auf.

Anfangs merkte sie es nicht, weil sie ihr Leben lang zwei Menschen gewesen war: Sie war sie selbst, und sie war Desiree. Die Zwillinge, wunderschön und ungewöhnlich, wurden nie *die Mädchen* genannt, immer nur *die Zwillinge*, als wäre das eine offizielle Bezeichnung. Sie hatte sich immer als Teil eines Paars begriffen, aber in New Orleans spaltete sich davon eine ganz neue Frau ab, nachdem sie von der Dixie Laundry gefeuert worden war. Sie hatte bei der Arbeit Tagträumen nachgehangen und – wieder – daran gedacht, wie sie als Weiße im Museum gewesen war. Das Weiß-Sein war nicht das Aufregendste daran. Überhaupt eine andere zu sein, das war der Kick. Sich vor aller Augen in einen anderen Menschen zu verwandeln, ohne dass jemand es merkte. Sie war sich noch nie so frei vorgekommen. Aber schon die Erinnerung daran lenkte sie so sehr ab, dass sie sich fast die Hand in die Mangel ziehen ließ. Der Beinahe-Unfall war für Mae Anlass genug, sie sofort zu feuern. Jeder Arbeitsunfall wäre schlecht, aber einer, an dem eine illegal Beschäftigte beteiligt war – dieses Risiko war zu groß.

«Du hast Glück, dass du nur gefeuert worden bist», sagte Mae. Glück, weil sie nur die Stelle verloren hatte und nicht die ganze Hand? Oder weil nur sie entlassen und Desiree streng verwarnt worden war? Egal, sie brauchte einen neuen Job. Wochenlang meldete sie sich bei der Zeitarbeitsagentur, verbrachte die Nachmittage in überfüllten Wartezimmern und ging erst, wenn man ihr versprach, sie könne es morgen wieder versuchen. Jeden Abend graute ihr davor, sich Desiree zu stellen, wenn sie heimkam und sah, wie schnell sich ihre Kasse leerte. Dann, am Sonntag bevor die Miete fällig war, entdeckte sie in der Zeitung eine Stellenanzeige. Das Maison Blanche suchte junge Bewerberinnen mit gepflegter Handschrift, an der Schreibmaschine bewandert, für eine Stelle in der Werbeabteilung, Büroerfahrung nicht erforderlich. An der Schreibmaschine hatte sie immer gute Noten bekommen, aber ein farbiges Mädchen würde in einem Warenhaus nie mehr zu tun bekommen als Schuhe wegräumen oder Parfümproben sprühen. Trotzdem fand Desiree, sie müsse sich bewerben.

«Da verdienst du viel mehr als in der Dixie Laundry», sagte sie. «Du musst hin und es probieren.»

Fast hätte sie nein gesagt. Desiree erzählt, das könne sie vergessen. Tippen konnte sie, na und? Warum sollte sie sich von einer properen weißen Sekretärin demütigen lassen, die ihr mitteilte, dass Farbige unerwünscht seien? Trotzdem stand sie am nächsten Morgen auf, zog ihr hübsches Kleid an und nahm die Tram zur Canal Street. Schließlich war es ihre Schuld, dass ihnen das Geld ausging; sie musste es wenigstens versuchen. Der Fahrstuhl trug sie in den sechsten Stock, wo sie in ein Wartezimmer voller weißer Mädchen trat. In der Tür blieb sie stehen und überlegte, einfach kehrtzumachen. Aber die blonde Sekretärin winkte sie zu sich.

«Ich brauche eine Schreibmaschinen-Probe, meine Liebe», sagte sie.

Stella hätte wieder gehen können. Stattdessen füllte sie sorgfältig den Bewerbungsbogen aus und tippte den Probeabsatz ab. Ihre Finger auf den Tasten zitterten. Sie hatte schreckliche Angst, ertappt zu werden, aber fast noch größere, damit durchzukommen. Was dann? Das hier war nicht das Gleiche, wie sich in ein Museum zu schleichen. Wenn sie eingestellt wurde, würde sie jeden Tag weiß sein müssen, und wenn sie es nicht einmal im Wartezimmer aushielt, ohne dass ihr die Hände zitterten, wie sollte sie das hinbekommen?

Als die Sekretärin verkündete, dass die Stelle vergeben sei, war sie erleichtert. Sie hatte sich beworben; wenigstens konnte sie Desiree erzählen, sie habe ihr Bestes gegeben. Rasch raffte sie Jacke und Handtasche zusammen und machte sich in Richtung Fahrstuhl auf, da fragte die Sekretärin, ob Miss Vignes gleich morgen anfangen könne.

Im Maison Blanche adressierte Stella Umschläge für Mr. Sanders. Er war in der Werbeabteilung der Jüngste und so hübsch wie ein Filmstar, weshalb sie von allen anderen Mädchen in der Abteilung beneidet wurde. Carol Warren, eine vollbusige Blondine aus Lafayette, sagte Stella, sie wisse ihr Glück überhaupt nicht zu schätzen. Carol arbeitete für Mr. Reed, der sehr nett sein mochte, aber sie könne beim Diktat den Blick nie von den grauen Haaren wenden, die ihm aus den Ohren sprossen. Wie es wohl sein musste, für Mr. Sanders zu arbeiten! Eifrig zerkaute Carol ihren Salat und wartete, dass Stella ein leckeres Detail ausplaudern würde, die aber wusste nicht, was sie sagen sollte. Sie wechselte kaum ein Wort mit dem Mann, außer morgens, wenn er ihr Hut und Mantel auf den Tisch warf, und wenn er vom Lunch kam und sie ihm ausrichtete, wer angerufen hatte. «Vielen Dank, meine Liebe», sagte er dann immer und las die Notizzettel auf dem Weg in sein Büro. Sie glaubte nicht einmal, dass er ihren Namen kannte.

«Der ist schon ein Hingucker, oder?», flüsterte Carol einmal, als sie Stella dabei erwischt hatte, wie sie ihm nachsah.

Stella wurde rot und schüttelte rasch den Kopf. Das Letzte,

was sie brauchte, war, zum Gegenstand von Büroklatsch zu werden. Sie blieb für sich, kam pünktlich, ging zur festgelegten Zeit. Sie aß ihren Lunch am Platz und redete so wenig wie möglich, weil sie sicher war, dass sie etwas Falsches sagen und das Misstrauen der anderen erregen würde. In Gegenwart von Mr. Sanders versuchte sie, überhaupt nichts zu sagen, nur wenn er sie grüßte, entbot sie ihm ein leises Hallo.

Eines Morgens blieb er vor ihrem Schreibtisch stehen, die Aktentasche in der Hand.

«Sie sind nicht sehr gesprächig», sagte er.

Es war keine Frage, trotzdem fühlte sie sich genötigt zu antworten.

«Tut mir leid, Sir», sagte sie. «Ich war schon immer eher still.»

«Kann man wohl sagen.» Auf dem Weg in sein Büro drehte er sich plötzlich um. «Ich würde Sie heute gern zum Lunch ausführen. Ich versuche immer, die Mädchen, die für mich arbeiten, ein wenig kennenzulernen.» Dann klopfte er auf den Schreibtisch, als hätte sie ja gesagt und es wäre alles entschieden.

Den ganzen Vormittag über war sie so durcheinander, dass sie ihre Umschläge falsch adressierte. Zur Mittagszeit hoffte sie, dass Mr. Sanders seine Einladung vergessen hätte. Aber er trat aus dem Büro und bedeutete ihr, ihm zu folgen, also gingen sie los. Im Antoine's bestellte Blake Austern und, als sie schweigend auf die Karte starrte, Alligatorsuppe für zwei.

«Sie sind nicht aus der Gegend, oder?», fragte er.

Sie schüttelte den Kopf. «Nein, Sir», sagte sie. «Ich komme aus ... na ja, einem kleinen Ort, nördlich von hier.»

«Gegen kleine Orte ist nichts zu sagen. Ich mag kleine Orte.»

Er lächelte sie an, hob den Löffel zum Mund, und sie versuchte zurückzulächeln. Später, als Desiree am Abend Einzelheiten hören wollte, würden Stella weder die smaragdgrüne Tapete und die Fotos berühmter New Orleansianer einfallen noch der Geschmack der Suppe. Nur das Lächeln, das Mr. Sanders ihr geschenkt hatte. Noch nie hatte ein Weißer sie so freundlich angelächelt.

«Dann machen wir es jetzt so», sagte er. «Wenn Sie irgendetwas über die Stadt wissen möchten – was auch immer –, dann fragen Sie mich. Kommen Sie sich deswegen nicht komisch vor. Ich weiß, wie fremd man sich in einer neuen Stadt fühlen kann.»

Sie überlegte. «Wie isst man die?», fragte sie und zeigte auf die Austern.

Er lachte. «Sie haben noch nie Austern gegessen? Ich dachte, ihr in Louisiana macht das dauernd.»

«Wir hatten nie viel Geld. Wollte ich schon immer wissen.»

«Ich wollte mich nicht über Sie lustig machen», sagte er. «Ich zeige es Ihnen. Es ist ganz einfach.» Er nahm die Gabel und blickte zu ihr auf. «Sie gehören dazu, Stella. Lassen Sie sich nie etwas anderes einreden.»

Auf der Arbeit wurde Stella zu Miss Vignes oder, wie Desiree sie nannte, zur *weißen Stella*. Desiree kicherte dann immer, als wäre schon die Vorstellung absurd, was Stellas Zorn erregte. Sie wollte, dass Desiree anerkannte, wie überzeugend sie ihre Rolle spielte, aber für das Theater, das sie lebte, konnte es kein Publikum geben. Nur wer ihre wahre Identität kannte, würde ihre schauspielerische Leistung zu schätzen wissen, und die musste auf der Arbeit ein Geheimnis bleiben. Auch Desiree durfte Miss Vignes nie begegnen. Sie konnte diese Stella nur sein, wenn Desiree nicht dabei war. Morgens, auf dem Weg zur Maison Blanche, schloss sie die Augen und verwandelte sich langsam in sie. Sie dachte sich ein anderes Leben für sie aus, eine andere Vergangenheit. Keine Fußtritte, die über die Veranda donnerten, keine ekligen Weißen, die ihren Vater packten, kein Mr. Dupont, der sich in der Speisekammer an sie drückte. Keine Mama, keine Desiree. Ihr Kopf wurde leer, ihr ganzes Leben fiel von ihr ab, bis sie so frisch und unbefleckt wieder zum Vorschein kam wie ein Baby.

Bald ließ ihre Nervosität nach, auf dem Weg im Fahrstuhl in luftige Höhen, auf dem Weg ins Büro. *Sie gehören dazu*, hatte Blake gesagt. Bald dachte sie als Blake an ihn, nicht mehr als Mr. Sanders, und ihr entging auch nicht, dass er jetzt vor ihrem Schreibtisch stehen blieb, wenn er guten Morgen sagte, dass er sie öfter zum Lunch einlud, dass er sie nach der Arbeit zur Tramhaltestelle begleitete.

«Es ist zu gefährlich hier draußen», sagte er einmal, als sie am Fußgängerüberweg warteten, «für ein hübsches Mädchen wie Sie, ganz allein.»

Wenn Blake dabei war, wurde sie nicht belästigt. Die zudringlichen Weißen, die sie grinsend an der Haltestelle angesprochen hatten, schwiegen nun plötzlich; die Farbigen in der letzten Reihe blickten nicht einmal mehr zu ihr hin. Im Maison Blanche hörte sie, wie einer von Blakes Kollegen sie als *Blakes Mädchen* titulierte, und hatte das Gefühl, auch außerhalb des Hauses von diesem Ruf gedeckt zu sein. Als hätte es sie schon irgendwie verändert, als Blakes Mädchen durch die Welt zu ziehen.

Bald freute sie sich darauf, durch die Glastüren zu treten und langsam mit ihm über den Gehweg zu spazieren. Bald fiel ihr auf, wie dicht und dunkel seine Wimpern aussahen, wenn er blinzelte – wie bei einer Puppe. Dass er am Tag einer wichtigen Präsentation Manschettenknöpfe mit Bulldoggen trug, ein Geschenk seiner ehemaligen Verlobten, wie er fast schamhaft gestand. Die Beziehung war gescheitert, aber er glaubte noch immer, dass sie ihm Glück brachten.

«Du hast ein scharfes Auge, Stella», sagte er. «Ich glaube, nach denen hat mich noch nie jemand gefragt.»

Nichts an ihm entging ihr, aber sie erzählte nichts davon weiter, vor allem nicht Desiree. Dieses Leben war nicht echt. Wenn Blake wüsste, wer sie wirklich war, würde sie aus dem Büro fliegen, ohne noch ihre Sachen packen zu können. Aber was hatte sich an ihr verändert? Im Grunde nichts. Sie hatte keine Verkleidung angelegt, nicht einmal den Namen geändert. Als Farbige trat sie ein, und als Weiße kam sie wieder heraus. Sie war weiß geworden, einfach weil alle sie dafür hielten.

Abend für Abend durchlief sie den umgekehrten Vorgang. Miss Vignes bestieg die Tram, um sich wieder in Stella zu verwandeln. Zu Hause erzählte Stella ungern von der Arbeit, auch wenn Desiree fragte. Sie dachte nicht gern an Miss Vignes, wenn sie nicht Miss Vignes war, obwohl das andere Mädchen manchmal plötzlich auftauchte, wie der Gedanke an eine alte Freundin vielleicht. So kam es, dass sie in der Wohnung lag und dachte: *Was Miss Vignes jetzt wohl machen würde?* Und da war sie dann, Miss Vignes, müßig in ihrer Luxuswohnung, den Plüschteppich zwischen den Zehen, nicht in diesem engen Zimmer, das sie sich mit einer Schwester teilte, die permanent nach Wäschestärke roch. Oder, eines Abends vor einem Restaurant, wo sie darauf warteten, am Fenster für Farbige bedient zu werden: *Miss Vignes würde sich ihr Essen nicht in einer Seitengasse abholen müssen wie ein Straßenköter.* Sie wusste nicht genau, ob sie selbst beleidigt war oder nur Miss Vignes, an ihrer Stelle.

Manchmal fragte Stella sich, ob Miss Vignes nicht ein völlig eigener Mensch war und keine Maske, die sie anlegte. Vielleicht war Miss Vignes schon immer ein Teil von ihr gewesen, als wäre sie aufgespalten worden. Sie konnte die Frau werden, für die sie sich entschied, je nachdem, welche Seite ihres Gesichts sie ins Licht hielt.

In den Estates wusste niemand, was davon zu halten war: Stella Sanders ging über die Straße, auf Besuch zu dieser farbigen Frau. Marge Hawthorne schwor, sie habe sie schon vor Monaten dabei beobachtet, mit eingezogenem Kopf und einem Kuchen. «Diese Frau hier willkommen heißen, ist das zu fassen?», fragte Marge, und niemand wollte ihr glauben, jedenfalls anfangs nicht. Marge bildete sich alles Mögliche ein; sie hatte schon zwei Mal geschworen, sie habe Warren Beatty in der Autowaschanlage gesehen. Aber dann entdeckte Cath Johansen Stella und Loretta im Park auf einer Bank, offenbar ganz locker und entspannt. Loretta sagte etwas, das Stella zum Lachen brachte, und Stella nahm tatsächlich Lorettas Zigarette und zog daran. Steckte sich die Zigarette einer farbigen Frau in den Mund! Dieses Detail – seltsam spezifisch – machte die Geschichte glaubwürdig, abgesehen von der Tatsache, dass sie von Cath kam. Sie war immer ein wenig in Stella verknallt gewesen und hatte sie umkreist wie ein Planet seine Sonne, froh, dass etwas von ihrem Glanz auf sie abfiel.

Als sie den anderen Damen von Stella und Loretta berichtete, behauptete Cath, Stella nie gut gekannt zu haben, eigentlich kaum, und außerdem habe mit der Frau schon immer etwas nicht gestimmt. Betsy Roberts unterbrach sie, um der Gruppe zu verkünden, sie habe Stella – am Montag erst – mit ihrer Tochter über die Straße gehen sehen.

«Das ist ja die eigentliche Schande», sagte sie. «Die Kleine auch noch mit hineinzuziehen.»

Aber was das alles zu bedeuten hatte, konnte keine von ihnen sagen. Niemand sagte ein Wort zu Blake Sanders, dem Stellas seltsames Verhalten aufgefallen war, der aber längst akzeptiert hatte, dass sie die Sorte Frau war, die schwer zu deutenden Stimmungen anheimfiel. Seine Mutter hatte ihn vor ihr gewarnt und gesagt, sie sei den Aufwand nicht wert. Da hatte er eben erst angefangen, mit Stella auszugehen, aber seine Sekretärin war sie schon seit zwei Jahren; mit niemandem in seinem Leben redete er so viel wie mit ihr. Er konnte an ihrer Schulterhaltung sehen, ob sie schlechte Laune hatte; er konnte an ihrer Handschrift ablesen, ob sie in Eile war. Aber mit ihr auszugehen, brachte nur neue Geheimnisse. Er lernte niemanden kennen, der ihr nahestand. Keine Angehörigen, keine Freundinnen, keine Liebhaber von früher. Damals kam ihm ihre Unverbundenheit traumtänzerisch vor. Romantisch gar. Aber seine Mutter sagte, Stella habe etwas zu verbergen.

«Ich weiß nicht, was es ist», sagte sie, «aber eins kann ich dir sagen – ihre Familie lebt noch.»

«Warum sollte sie dann das Gegenteil behaupten?»

«Weil», sagte seine Mutter, «ihre Familie wahrscheinlich das hinterletzte Bauernpack ist und du das nicht wissen sollst. Na, du wirst es schon früh genug merken.»

Seine Mutter hatte ihn mit einer anderen Sorte Mädchen verheiraten wollen, solcher mit Stammbaum. Im College hatte er Dutzende von ihnen zu offiziellen Anlässen ausgeführt – Mädchen aus der feinen Gesellschaft, die ihn zu Tode langweilten. Vielleicht zog es ihn deshalb zu der hübschen Sekretärin hin, die aus dem Nichts kam und niemanden hatte. Ihre Geheimnisse störten ihn nicht, er würde schon noch dahinterkommen. Aber die Jahre waren vergangen, und Stella war so undurchschaubar wie eh und je. Eines Nachmittags kam er früher als sonst von der Arbeit, rief ihren Namen und fand das Haus leer vor. Als Frau und Kind eine Stunde später wieder auftauchten, wirkte sie überrascht, ihn zu sehen. Sie gab ihm einen Kuss auf die Stirn.

«Liebling, entschuldige», sagte sie. «Wir waren bei Cath, und ich habe nicht auf die Zeit geachtet.»

Ein anderes Mal war er vor ihr zu Hause, weil sie zu lange bei Betsy Robertson geblieben war.

«Worüber habt ihr denn so geredet?», fragte er später.

Sie saß an ihrem Schminktisch und bürstete sich die Haare. Einhundert Streiche jeden Abend vor dem Zubettgehen; das hatte sie in *Glamour* gelesen. Das Rot der Bürste verschwamm ihm hypnotisch vor den Augen.

«Ach, du weißt schon», sagte sie. «Die Mädchen. Kleine Sachen eben.»

«So kenne ich dich gar nicht.»

«Wie denn?»

«Na, so gesellig.»

Sie lachte. «Ich will einfach eine gute Nachbarschaft. Du sagst mir doch immer, ich komme zu wenig raus.»

«Aber jetzt bist du dauernd weg.»

«Was soll ich denn machen?», sagte sie. «Kennedy sagen, dass sie keine Freundinnen haben darf?»

Als Kind war er schüchtern gewesen und hatte nie viele Freunde gehabt, ob schwarz oder weiß. Aber er hatte mit Jimbo gespielt, einer hässlichen schwarzen Flickenpuppe mit Plastikkopf und seltsam roten Lippen. Sein Vater hatte es schrecklich gefunden, dass sein Sohn mit einer Puppe herumlief, dazu noch einer Negerpuppe, aber Blake nahm sie überallhin mit und vertraute den Plastikohren seine ganzen Geheimnisse an. Das war ein Freund, jemand, hinter dessen starrem roten Lächeln seine Gefühle gut aufgehoben waren. Dann kam er eines Tages in den Garten und sah Stofffetzen über den ganzen Rasen verteilt. Auf dem Trampelpfad lag Jimbo, ausgeweidet, mit abgerissenen Armen und Beinen und herausquellenden Innereien. Der Hund musste ihn zu fassen bekommen haben, sagte sein Vater, aber Blake sah ihn dem Hund die Puppe zwischen die gefletschten Zähne werfen. Auf Knien hatte er einen von Jimbos Armen aufgesammelt. Er hatte sich immer gefragt, wie seine Eingeweide aussehen mochten. Aus irgendeinem Grund hatte er sich das Gewölle braun vorgestellt.

Als Weihnachten nahte, hatte Stella so viele Nachmittage bei Loretta verbracht, dass sie ihr aus Gewohnheit eines Montags «bis morgen» sagte. «Morgen ist Heiligabend, Schätzchen», rief Loretta lachend, und auch Stella lachte und schämte sich, dass sie es vergessen hatte. Die Feiertage waren ihr ein Graus. Sie konnte nicht aufhören, an ihre Familie zu denken, auch wenn deren Feierlichkeiten mit ihren heutigen nichts zu tun hatten. Ein Baum, so groß, dass der Stern an der Decke anstieß, so viel zu essen, dass ihr schlecht wurde beim Gedanken, was alles übrig blieb, und bergeweise Geschenke für Kennedy. Immer im Dezember stürmte sie mit den anderen Müttern das Kaufhaus, den Wunschzettel in der Hand, und versuchte, sich eine Kindheit wie diese vorzustellen. Die Zwillinge hatten immer jede ein Geschenk bekommen, etwas Praktisches, zum Beispiel ein neues Kleid für die Kirche. Einmal bekam Stella ein Ferkel von der Delafosse-Farm, das sie Rosalee nannte. Monatelang fütterte sie Rosalee und ließ sich von ihr über den Hof jagen. Dann kam der Ostersonntag, und ihre Mutter schlachtete das Schwein zum Abendessen.

«Und ich habe meine Portion ganz aufgegessen», hatte sie ihrer Tochter einmal erzählt, damit Kennedy ein wenig mehr Dankbarkeit zeigte. Sie hatte nicht damit gerechnet, dass das Mädchen in Tränen ausbrechen und sie anstarren würde wie ein Ungeheuer. Vielleicht war sie ja eins. Sie konnte sich nicht erinnern, dem Schwein eine Träne nachgeweint zu haben.

«Habt ihr über die Feiertage etwas Aufregendes vor?», fragte Loretta.

«Wir haben ein paar Leute eingeladen», sagte Stella. «Ganz kleine Sache, machen wir jedes Jahr.»

Die Party war keine kleine Sache. Caterer wurden bestellt, ein Streichquartett spielte auf, das ganze Viertel war eingeladen. Aber das konnte sie Loretta natürlich nicht sagen. Als sie die Umschläge für die Einladungen angeleckt hatte, war ihr klar gewesen, dass sie die Walkers unmöglich würde einladen können.

Am Heiligabend trafen die Johansens zuerst ein, mit einem steinharten Früchtebrot, dann kamen die Pearsons mit Bourbon für den Eierpunsch. Die Roberts, hochkatholisch, brachten einen winzigen blonden Engel für den Baum. Dann standen die Hawthornes vor der Tür und winkten mit selbstgemachtem Karamell, die Whites mit einer ironisch gemeinten Schneekugel, und schon drängten sich im Wohnzimmer die Menschen. Stella schwitzte, weil es so voll war oder weil sie zu viel Glühwein getrunken hatte, vielleicht aber auch, weil sie wusste, dass Loretta von der anderen Straßenseite die Musik hören konnte. Das endlose Defilee der Nachbarn vor der Tür konnte ihr nicht entgangen sein. Vielleicht aber doch. Am gleichen Abend waren ihre Eltern angekommen;

Stella hatte das alte Paar aus dem Cadillac steigen sehen; Reg hatte das Gepäck aus dem Kofferraum gewuchtet, und Loretta hatte ihnen den Arm um die Schultern gelegt, als sie sich in der Straße umsahen, benommen, wie in einem fremden Land. Würde ihre Mutter ihr neues Leben genauso sehen? Lorettas Eltern könnten wenigstens stolz sein. Sie war zu ihren schönen Dingen gekommen, nicht indem sie sich ein Leben ergaunert hatte, das nicht für sie bestimmt war. Andererseits waren Loretta und sie beide in den Estates gelandet, weil sie klug geheiratet hatten. Vielleicht war der Unterschied zwischen ihnen gar nicht so groß.

Blake hatte ihr das leere Glas abgenommen und gab ihr noch einen Glühwein und einen Kuss auf die Wange. Er spielte zu gern den Gastgeber, während Stella sich jedes Mal am liebsten in einer Ecke verkrochen hätte. Betsy drängte ihr ein Gespräch über Bettwäsche auf, Cath wollte wissen, wo sie den Beistelltisch herhatte, Dale hielt ihr den Mistelzweig über den Kopf. Immer blieb sie am Rand und fragte sich, ob ihre Tochter noch durch die Türritze lugte, um ja nichts Aufregendes zu verpassen. Dann brach der Kreis der Nachbarn in Gelächter aus, alle lächelten sie an und warteten auf eine Antwort.

«Tut mir leid», sagte sie. «Worum ging es gerade?»

Sie schämte sich auf diesen Partys so schnell. Plötzlich fand sie sich in eine politische Diskussion verwickelt – über Vietnam vielleicht oder die bevorstehenden Wahlen – und wurde nach ihrer Meinung gefragt. Sie las Zeitung und machte sich ihre Gedanken wie alle anderen, aber plötzlich fiel ihr nichts mehr ein. Sie hatte immer Angst, das Falsche zu sagen.

Jetzt grinste Dale Johansen sie an. «Ich habe gesagt, mal sehen, wann deine neue Freundin auftaucht», sagte er.

«Ach, ich weiß nicht», sagte sie. «Ich glaube, inzwischen sind alle da.»

Als die anderen sich amüsierte Blicke zuwarfen, wurde sie rot. Sie ertrug es nicht, dass man sich über sie lustig machte.

«Was meinst du denn, Dale?», sagte sie.

Dale lachte. «Ich wollte einfach wissen, ob deine Freundin von der anderen Straßenseite rüberkommt. Sie kann bestimmt die Musik hören.»

Stella schwieg, ihr Herz raste.

«Das ist nicht meine Freundin», sagte sie.

«Man erzählt sich aber, dass du ihr deine Aufwartung machst», sagte Cath.

«Na und?»

«Dann stimmt es also? Hast du sie besucht?»

«Ich glaube wirklich nicht, dass dich das etwas angeht», sagte Stella.

Betsy Roberts schnappte nach Luft. Tom Pearson lachte schrill, als könnte er einen Witz daraus machen. Plötzlich hatte Stella das Gefühl, als hätte sie sich vor ihren Augen in ein fremdartiges Wesen verwandelt. Wild und ungezähmt.

Cath trat einen Schritt zurück, mit rotfleckigen Wangen. «Na, es gibt jedenfalls Gerede», sagte sie. «Ich dachte, das solltest du wissen.»

Die Frau hatte Nerven.

Stella schäumte vor dem Badezimmerspiegel und spritzte sich Wasser ins Gesicht. Was bildete diese Cath Johansen sich überhaupt ein? Hier einfach so mit einem trockenen Früchtebrot reinzuplatzen und ihr ins Gesicht zu sagen, vor allen anderen, in ihrem eigenen Heim, dass die Nachbarn sich so ihre Gedanken über sie machten. Dale hatte dümmlich grinsend neben ihr gestanden, Blake verwirrt zugesehen, als wäre er eben auf dem Sofa aufgewacht und hätte sein Wohnzimmer voller fremder Menschen vorgefunden. Sie war nach oben gestürmt, hatte sich aus dem Schlafzimmerfenster gelehnt und eine Zigarette geraucht.

Von unten hörte sie das leise Murmeln der Party. Blake ließ sich bestimmt eine Ausrede für sie einfallen. Ihr dürft Stella nicht so ernst nehmen, um diese Jahreszeit ist sie immer ein bisschen empfindlich. Ja, der Feiertagsblues, wer weiß. Diese Frau ist nicht leicht zu durchschauen. Und dann marschierten die Johansens und Hawthornes und Pearsons vorsichtigen Schrittes wieder ab, über den gepflegten Rasen, zogen ihre identischen Haustüren hinter sich zu und fingen an zu tratschen. Wenn die nur wüssten. Sie ließ sich den Gedanken genüsslich auf der Zunge zergehen, so wie sie im Auto manchmal überlegte, plötzlich das Lenkrad zu verreißen und von einer Brücke zu fahren. Es gab nichts Reizvolleres als die Aussicht auf völlige Zerstörung.

«Also wirklich, fasst man es?», sagte sie zu Blake. «In meinem eigenen Haus! Redet sie so mit mir! Wie kann sie es wagen?» Wütend verrieb sie sich Nachtcreme im Gesicht. Blake stand hinter ihr und knöpfte sich das Hemd auf.

«Warum hast du mir nichts erzählt?», sagte er. Er sah nicht verärgert aus, eher besorgt.

«Es gibt nichts zu erzählen», sagte sie. «Die Mädchen spielen gern zusammen ...»

«Das hättest du mir doch sagen können. Warum lügst du mich an und erzählst, dass du bei Cath gewesen wärst?»

«Weiß ich auch nicht!», sagte sie. «Ich habe gedacht – es kam mir einfacher vor, okay? Du wärst mit allen möglichen Fragen gekommen, das weiß ich doch.»

«Kannst du mir das vorwerfen?», sagte er. «Du warst nie so. Du wolltest nicht einmal, dass sie hierherziehen ...»

«Die Mädchen mögen sich eben! Was soll ich denn machen?»

«Mich nicht anlügen», sagte er. «Mir nicht dies und das erzählen und dich dann dauernd da rüberschleichen.»

«Nicht dauernd.»

«Zwei Mal diese Woche, sagt Cath!»

Stella lachte. «Das meinst du doch nicht ernst», sagte sie. «Du kannst doch nicht Cath Johansen mehr glauben als mir.»

«Es hat nichts damit zu tun, wem ich mehr glaube!», sagte er. «Mir ist es auch aufgefallen. Du bist nicht mehr du selbst. Du läufst völlig verträumt herum. Und jetzt stellst du dieser Loretta nach. Das ist nicht normal. Das ...» Er war hinter sie getreten und legte ihr die Hände auf die Schultern. «Ich kann das verstehen, Stella, ehrlich. Du fühlst dich einsam. Das stimmt doch, oder? Du hast nie nach Los Angeles gewollt, und jetzt bist du völlig vereinsamt. Und Kennedy wird größer. Wahrscheinlich solltest du ... irgendwelche Kurse belegen oder so. Etwas, das du immer schon mal machen wolltest. Italienisch lernen oder Töpfern. Wir werden schon eine Beschäftigung für dich finden, Stel. Keine Angst.»

Eines Abends, vor vielen Jahren in New Orleans, hatte Blake sie auf ein Arbeitsbankett mitgenommen. «Ich gehe so ungern allein», hatte er gesagt, «du weißt doch, wie das ist.» Und sie hatte genickt, obwohl sie natürlich keine Ahnung hatte. Sie erzählte Desiree, sie müsse länger arbeiten, und borgte sich von einer der anderen Sekretärinnen ein Kleid. Blake wartete in der Eingangshalle des Bankettsaals auf sie, verwegen wie ein Filmstar. «Du bist aber eine Augenweide», flüsterte er ihr ins Haar. Den ganzen Abend über wich er ihr nicht von der Seite und hatte immer eine Hand auf ihrem Rücken. Nach dem Essen lud er sie noch in ein Café ein, und als sie ihren Kirschkuchen halb aufgegessen hatte, erzählte er ihr, er werde wieder nach Boston ziehen. Sein Vater sei krank, und er wolle in seiner Nähe sein.

«Oh», sagte sie und ließ die Gabel fallen. Wie unbedingt sie solche Abende mit ihm erleben wollte, war ihr erst klargeworden, als es keinen mehr geben sollte. Zu ihrer Überraschung nahm er ihre Hand.

«Es ist verrückt, ich weiß», sagte er, «aber sie haben mir in Boston eine Stelle angeboten, und ...» Er zauderte kurz, dann lachte er. «Es ist verrückt, Stella, aber möchtest du vielleicht mitkommen? Ich brauche dort eine Sekretärin und habe einfach gedacht ...» Sie hatten sich noch nicht einmal geküsst, und trotzdem klang seine Frage so tiefernst wie ein Heiratsantrag. «Sag einfach ja», sagte er, und das Wort schmeckte wie die Kirschen, herb und süß und leicht.

Ja, und so konnte sie mit einem Mal Miss Vignes werden, für immer. Sie gab sich keine Zeit, darüber nachzugrübeln. Sie machte keinen Plan, wie sie ihre Schwester verlassen würde, wie sie sich allein zurechtfände in einer fremden Stadt. Als sie ja zu Blake Sanders sagte, sorgte sie sich zum ersten Mal in ihrem Leben nicht um die praktischen Fragen. Wenn man ein anderer Mensch werden wollte, war das Schwerste der Entschluss. Der Rest war Logistik.

Jetzt blickte sie ihn im Spiegel an, und Blake betrachtete sie mit weichem, sorgenvollem Blick. Sie hatte sich ein neues Leben geschaffen mit einem Mann, der sie nie wirklich kennen durfte. Aber wie sollte sie das jetzt noch ändern? Sie hatte ja kein anderes mehr.

Am ersten Weihnachtstag lehnte sie sich an Blakes Brust und sah zu, wie ihre Tochter kreischend in den Geschenkhaufen sprang. Eine sprechende Barbie, die zu plappern anfing, wenn man an einer Schnur zog, ein voll funktionsfähiger Spielzeugbackofen, ein rotes Kinderfahrrad. Guck mal hier und guck mal da, sie musste dieses Jahr wirklich brav gewesen sein! Anders als all die Armenkinder vor ihren leeren Bäumen, denen es bestimmt recht geschah, denn sie waren böse, weil sie arm waren, und arm, weil sie böse waren. Stella hatte Kennedy nie vormachen wollen, es gebe den Weihnachtsmann wirklich, aber Blake fand es wichtig, um ihr die Unschuld zu bewahren.

«Ist doch bloß ein kleines Märchen», sagte er. «Sie wird uns nicht böse sein, wenn sie irgendwann dahinterkommt.»

Nicht einmal das Wort *Lüge* brachte er über die Lippen. Was schon in sich verlogen war.

Der ganze Teppich war voller Geschenkpapier und Kennedy dazwischen, von Seligkeit übermannt. Auch Stella öffnete eine Schachtel nach der anderen, alles Geschenke von Blake, die sie nicht erbeten hatte: einen knöchellangen Nerz, einen Brillant-Armreif, ein Smaragd-Halsband, das er ihr vor dem Schlafzimmerspiegel anlegte.

«Das ist zu viel», flüsterte sie und fuhr mit dem Finger über die Juwelen.

«Nur das Beste für meine Liebste», sagte er.

Sie gehörte zu den Glücklichen. Ein Gatte, der sie anbetete, eine fröhliche Tochter, ein schönes Heim. Wie konnte sie sich da beschweren? Wer war sie denn, noch mehr zu verlangen, wo sie sich doch schon so viel genommen hatte? Das Theater um Loretta Walker würde aufhören müssen. Sie durfte nicht länger so tun, als hätten sie etwas gemeinsam, als lebten sie im selben Universum. Als könnten sie jemals Freundinnen sein. Sie würde Loretta sagen müssen, dass es mit ihren Besuchen vorbei war.

In der Küche stampfte sie Kartoffeln, bis ihr die Arme weh taten. Sie steckte Ananasstücke in Schinkenröllchen und schob alles in den Ofen. Blake, der zusah, wie die Suns von den Lakers verprügelt wurden, sagte ihr, Kennedy sei mit den anderen Kindern spielen gegangen. Aber als Stella vor die Tür trat, rasten weder die Pearson-Jungs auf ihren Fahrrädern an ihr vorbei, noch zogen die Johansen-Mädchen ihre Handwagen, und es flog auch kein Football durch die Luft. Da waren überhaupt keine Kinder, die ganze Sackgasse war leer, abgesehen von Kennedy und Cindy auf dem Rasen der Walkers, und beide Mädchen weinten. Loretta kniete zwischen ihnen – in ihrer Schürze und mit den Nerven am Ende.

Stella lief über die Straße, riss ihre Tochter an sich und suchte nach offenen Wunden. Aber sie konnte keine finden, also umarmte sie Kennedy ganz fest.

«Was ist denn los?», fragte sie Loretta. «Ist etwas passiert?»

Streit um ein neues Spielzeug vielleicht. Zwischen den beiden lag die sprechende Barbie im Gras. Aber Loretta stand auf und packte ihre Tochter an der Hand.

«Das musst du doch am besten wissen», sagte sie.

Ihre Stimme klang seltsam kalt. Vielleicht hatte sie in der vergangenen Nacht den Partylärm gehört, vielleicht war sie verletzt, weil sie nicht eingeladen worden war.

Stella strich ihrer Tochter über die Haare. «Du musst den anderen Kindern auch etwas abgeben, Schatz», sagte sie. «Was hat Mommy dir beigebracht? Es tut mir leid, Loretta, sie ist ein Einzelkind, weißt du ...»

«Oh, sie hat uns reichlich gegeben», sagte Loretta. «Halt sie von meiner Kleinen fern.»

«Wie bitte?» Jetzt stand Stella auf und packte Kennedy schützend an den Schultern. «Was soll das denn heißen?»

«Weißt du, was sie zu Cindy gesagt hat? Also, die Mädchen haben gespielt, irgendein Spiel, und Kennedy hat verloren, und da sagt sie zu ihr: *Mit Niggern spiele ich nicht.*»

Ihr Magen rebellierte. «Loretta, ich ...»

«Nein, ich verstehe schon», sagte Loretta. «Sie hat keine Schuld. So was lernt man im Elternhaus, nicht? Und ich war dumm genug, dich an mich heranzulassen. Die einsamste Frau im ganzen Scheißviertel. Ich hätte es besser wissen müssen. Bleib weg von mir.»

Loretta zitterte, machtlos in ihrem Zorn, und dadurch umso zorniger. Stella war völlig benommen. Sie brachte ihre Tochter wieder über die Straße. Kaum hatte sie die Tür hinter sich geschlossen, packte sie Kennedy und gab ihr eine Ohrfeige. Das Mädchen jaulte auf.

«Was hab ich denn getan?», fragte es weinend.

Stella starrte Kennedy ins Gesicht und sah alles, was sie immer gehasst hatte. Dann sah sie ihre Tochter, wie sie aus feuchten Augen zu ihr aufblickte, eine Hand an der geröteten Wange. Stella fiel auf die Knie, hielt sie ganz fest und küsste ihr das verweinte Gesicht.

«Ich weiß auch nicht», sagte sie. «Ich weiß auch nicht. Es tut Mommy leid.»

Jahre später würde Stella sich nur noch an drei Wortwechsel mit Reg Walker erinnern: An den Morgen, als sie die Zeitung hereinholte und er gerade zum Dreh wollte und auf der Auffahrt innehielt und sagte: «Herrlicher Tag, oder?» Sie hatte ihm zugestimmt und ihn in sein schickes schwarzes Auto steigen sehen. An das zweite Mal, als er nach Hause kam, sie neben seiner Frau auf dem Sofa sitzen sah und in der Tür kurz stutzte, als wäre er im falschen Haus gelandet. «Ach, hallo», sagte er in einem Anfall von Schüchternheit, und Loretta lachte und griff nach ihrem Weinglas. «Setz dich ein bisschen zu uns, Baby», sagte sie. Das tat er nicht, aber bevor er wieder ging, bückte er sich und zündete ihr eine Zigarette an. Der Blick, den sie wechselten, war so innig, dass Stella wegsah. Und an das dritte Mal, als Reg ihr half, die Einkäufe aus dem Auto zu holen. Sie hätte zurückzucken sollen, aber sie erlaubte ihm, die Tüten hineinzubringen, wobei ihr der Weg von der Auffahrt bis in die Küche unnatürlich lang vorkam. Selbst Loretta war noch nicht bei ihr zu Hause gewesen. Sie ging mit ihm durch den keimfreien leeren Flur, und er setzte die Tüten auf der Arbeitsfläche ab.

«Bitte schön», sagte er. Er sah sie nicht einmal an. Aber als sie eine Woche nach Weihnachten in ihrem Nähkränzchen saß, behauptete sie vor Cath Johansen und Betsy Roberts, sie habe sich in seiner Gegenwart nicht wohlgefühlt.

«Ich weiß auch nicht», sagte sie und zupfte an einem Faden. «Er hatte so etwas im Blick.»

Drei Tage später warf jemand den Walkers einen Ziegelstein durch das Wohnzimmerfenster, der Lorettas marmorierte Vase aus Marokko zerschlug. Tom Pearson und Dale Johansen beanspruchten die Tat beide für sich, obwohl es keiner der beiden gewesen war – in Wahrheit war der rotgesichtige Percy White der Täter, der, wie Stella später herausfand, die neuen Nachbarn als persönliche Kränkung aufgefasst hatte, als wären sie nur eingezogen, um seine Amtszeit als Präsident zu beschädigen. Das fand bei manchen Zustimmung; andere fühlten sich damit nicht wohl.

«Wir sind in Brentwood, nicht in Mississippi», sagte Blake.

Menschen die Fensterscheiben einzuwerfen, das war etwas für den ungewaschenen Plebs. Aber eine Woche später stellte ein Mann, der sich beweisen wollte, den Walkers einen brennenden Sack Hundekot auf die Stufen vor der Haustür. Und ein paar Tage darauf segelte wieder ein Stein durch das Wohnzimmerfenster. Der Zeitung zufolge hatte die Tochter gerade vor dem Fernseher gesessen. Der Arzt musste ihr Glasscherben aus dem Bein ziehen.

Im März verließen die Walkers die Estates so unvermittelt, wie sie gekommen waren. Die Frau sei todunglücklich gewesen, erfuhr Stella von Betsy Roberts, also hatten sie sich ein Haus in Baldwin Hills gekauft.

«Ich weiß wirklich nicht, warum sie das nicht gleich gemacht haben», sagte Betsy. «Dort werden sie es doch besser haben.»

Da hatte Stella seit Weihnachten nicht mehr mit Loretta gesprochen. Aber sie sah trotzdem durch die Jalousie zu, wie der gelbe Umzugswagen vorfuhr und eine Gruppe junger Schwarzer langsam die Pappkartons aus dem Haus trug. Sie stellte sich vor, wie sie über die Straße marschieren und sich erklären würde. Wie sie in Lorettas riesigen Salon käme, Loretta hätte gerade einen Karton auf den anderen gestapelt und zugeklebt. Ihr Blick wäre nicht wütend – er wäre leer, und das täte nur noch mehr weh.

Stella würde ihr erklären, dass sie diese schrecklichen Dinge über Reg gesagt habe, weil sie sich verstecken musste, um jeden Preis.

«Ich gehöre nicht dazu», würde sie sagen. «Ich bin wie du.»

«Du bist eine Farbige», würde Loretta sagen. Nicht als Frage, sondern als Feststellung. Stella würde es ihr gestehen, die Frau zöge weg; binnen Stunden wäre sie für immer aus diesem Teil der Stadt und aus Stellas Leben verschwunden. Sie würde es ihr gestehen, weil Loretta, trotz allem, auf der ganzen Welt ihre einzige Freundin war. Und weil sie wusste, dass man, wenn Aussage gegen Aussage stand, immer ihr glauben würde. Und in diesem Bewusstsein fühlte sie sich zum ersten Mal wirklich weiß.

Sie malte sich aus, wie Loretta sich von dem Karton abstieß und auf sie zutrat. Mit in Ehrfurcht erstarrter Miene, als hätte sie etwas Wunderschönes und Vertrautes erblickt.

«Du musst dich nicht rechtfertigen», würde sie sagen. «Es ist dein Leben.»

«Das ist es eben nicht», würde Stella sagen. «Nichts davon gehört mir.»

«Du hast es dir nun mal ausgesucht», würde Loretta ihr sagen. «Also ist es deins.»

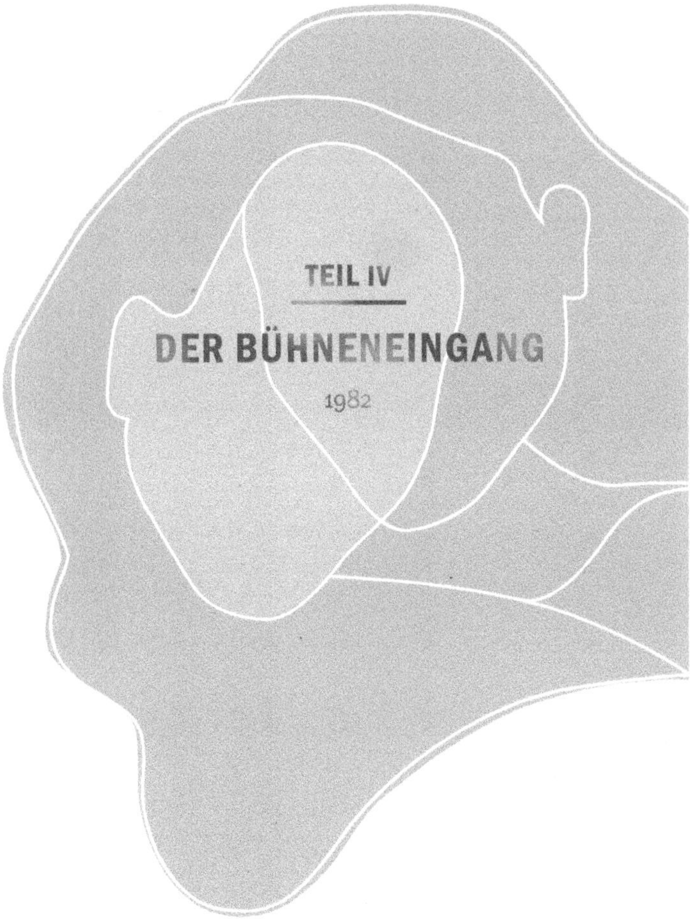

TEIL IV

DER BÜHNENEINGANG

1982

ZEHN

Wer im Herbst 1982 an der Ecke Normandie Avenue und Eighth Street Park's Korean Barbeque besuchte, traf dort vermutlich auf Jude Winston, wie sie einen der Hochtische wischte und dabei aus dem beschlagenen Fenster starrte. Manchmal saß sie vor Schichtbeginn ganz hinten in der Ecke über einem Buch. Der Lärm störte sie nicht, was die anderen Kellnerinnen und Kellner nicht verstehen konnten. Sie hatte Mr. Park an ihrem ersten Tag erzählt, dass sie praktisch in einem Restaurant aufgewachsen sei – oder eher einem Diner –, obwohl sie noch nie gekellnert habe. Dass sie die meiste Zeit mit Lesen zugebracht hatte, anstatt ihrer Mutter abzuschauen, wie man so einen Laden schmiss, hatte sie ihm nicht erzählt, aber vielleicht hatte er als Vater einfach Mitleid mit Restaurant-Kindern. Vielleicht beeindruckte ihn auch ihr Eifer bei der Jobsuche – ihr College-Abschluss war kaum eine Woche her, und sie hing nicht faul am Strand ab, wie seine Söhne es getan hätten. Vielleicht erinnerte er sich aber auch daran, wie sie im vergangenen Frühjahr an einem der Hochtische über den von einer Kommilitonin geliehenen Vorbereitungsbüchern für die Zulassung zum Medizinstudium gesessen hatte. Wenn er ihr Schweinebauch auftrug und sie fragte, wie es so laufe, sah sie immer ganz verwirrt aus, als habe er sie auf Koreanisch angesprochen.

Sie war ein kluges Mädchen, das sah er ihr an. Es gab haufenweise öde Jungs, die Medizin studieren wollten, aber nur wirklich smarte Mädchen hatten den Mut, sich zu bewerben. Er hatte selbst zwei Semester Medizin studiert, damals in Seoul, deshalb verstand er ihre Ängste und wünschte ihr Glück. Seitdem wünschte er ihr immerzu Glück, obwohl sie ihm gesagt hatte, dass Monate vergehen würden, bis die Unis sich meldeten. Ach so, na dann viel Glück.

«Du brauchst kein Glück», sagte Reese. «Du kommst schon rein.»

Mit seinen Stäbchen stibitzte er ihr eine Garnele vom Teller. Manchmal besuchte er sie abends in der Essenspause, das machte Mr. Park nie etwas aus. Er war ein guter Chef; sie hatte Glück, dass sie für einen wie ihn arbeiten konnte. Trotzdem konnte sie an nichts anderes denken als an die Briefe, die im Frühjahr eintrudeln würden. Die meisten Absagen, aber vielleicht auch ein Ja. Man brauchte nur ein Ja zum Glück – in der Hinsicht war es mit dem Medizinstudium wie in der Liebe. Es gab Tage, da glaubte sie, gute Chancen zu haben, und andere, da hasste sie sich dafür, sich an diesen lächerlichen Traum zu klammern. Hatte sie sich in Chemie nicht immer nur durchgemogelt? Hatte sie mit Biologie nicht ihre Schwierigkeiten gehabt? Um einen Medizin-Studienplatz zu bekommen, brauchte es mehr als einen guten Notendurchschnitt. Man musste sich gegen Studenten aus reichen Familien durchsetzen, die Privatschulen besucht hatten und sich ihren eigenen Tutor leisten konnten. Die schon im Kindergarten hatten Ärzte werden wollen. Die Kinderfotos hatten, auf denen sie kleine weiße Kittel trugen und Teddybären ein Plastikstethoskop an den Bauch hielten. Die waren nicht in einem kleinen Städtchen im Nirgendwo aufgewachsen, mit einem einzigen Arzt, den man nur zu sehen bekam, wenn man so krank war, dass man alles vollkotzte. Die waren auf die Idee mit dem Medizinstudium nicht erst zufällig gekommen, als sie in einer Anatomiestunde ein Schafsherz seziert hatten.

Sieben Universitäten prüften gerade ihren Aufnahmeantrag und würden in ein paar Monaten über ihre Zukunft entscheiden. Schon der Gedanke machte sie ganz krank.

«Ich weiß jetzt, wie wir die Decke reparieren können», sagte Reese. «Das macht dich doch so verrückt.»

Es war November und schon unanständig nass. Jeden Morgen waren sie in dieser Woche auf der Normandie durch tiefe Pfützen gefahren, immer in der Angst, das Auto könnte absaufen. Zu Hause schoben sie einen silbernen Eimer unter das Leck in der Decke, den Reese auf dem traurigen Stückchen Rasen hinter den Garden Apartments ausleerte. Garten Eden, dachte er immer und musste lachen. Man hätte das Gebäude lieber Ziegelklops nennen sollen oder Kein-Warmwasser oder Loch-im-Dach. Jude fand das nicht komisch. Sie blickte wieder auf die Uhr, in fünf Minuten war ihre Pause vorbei.

«Warum rufst du nicht einfach Mr. Song an?», sagte sie.

«Du weißt doch, dass er in seinem Alter nicht mehr die Leiter hochkommt.»

«Dann muss er jemanden einstellen.»

«Zu geizig», sagte er und drückte ihr die Seite.

Er hatte einen neuen Job im Kodak-Laden, Kameras verkaufen und Fotos entwickeln. Er vermisste die Kameradschaft im Sportstudio, aber im Kodak-Laden bekam man Rabatt auf Film. Er hatte seit einem halben Jahr kein Foto mehr geschossen. In seiner Freizeit half er Mr. Song, das Wasser im Keller aufzuwischen, Mausefallen aufzustellen oder was sonst an kleinen Arbeiten im Haus anfiel, um ihnen eine Mietermäßigung zu verdienen. Er reparierte die verstopfte Toilette bei den Parks oder das Regal in der Speisekammer der Shaws, oder er fischte Mrs. Choi den Ehering aus dem Ausguss. Wenn er irgendwo nicht weiterkam, rief er Barry an.

«Ich hab dir doch gesagt, das ist eine Bruchbude», sagte Barry. Aber was hätten sie machen sollen? Ihr alter Vermieter hatte schlagartig die Miete erhöht, also hieß es ab nach Koreatown. Im Grunde ein Abenteuer. Das spannende neue Essen, die unlesbaren Schilder, die fremde Sprache in den Ohren, im Bus oder auf der Straße, die es so leicht machte, sich ganz auf die eigenen Gedanken zu konzentrieren. Die Nachbarn im Garten Eden, meist schon älter, wie die Chois und die Parks und die Songs, die sich der beiden jungen Leute in der Wohnung mit dem Leck in der Decke erbarmten und ihnen zu Weihnachten Klebreis-Küchlein brachten. Aber die Decke. Das enge Schlafzimmer. Die winzige Küche. Reese sagte, wenn er genug aushelfe, könnten sie vielleicht so viel Miete sparen, dass sie sich eine neue Wohnung leisten konnten. Aber Jude hoffte, bis dahin schon weg zu sein.

«Mach du dir mal keine Sorgen», hatte ihre Mutter ihr einmal am Telefon gesagt. «Du bist ein kluges Kind.»

«Klug sind viele, Mama.»

«Nicht so wie du», hatte ihre Mutter gesagt.

Immer wenn sie auflegten, hatte Jude Schuldgefühle, weil ihr wieder bewusst geworden war, dass sie das Leben am meisten fürchtete, was ihre Mutter schon führte. Lebenslänglich kellnern, wohnen in beengten Verhältnissen. Wenigstens hatte sie Reese. Wenigstens war sie nicht in Mallard. Das war Grund zur Dankbarkeit, auch wenn es ihre Zukunftsängste nicht ganz ausräumte. Immer wenn sie auf das Frühjahr zu sprechen kam, wurde Reese ein wenig unruhig und bekam einen abwesenden Blick, als wollte er nicht darüber reden.

Als sie an diesem Abend das Park's abgeschlossen hatte, legte Reese ihr auf dem Heimweg den Arm um die Schulter. An der Ecke vor den Gardens ging eine Frau mit hellem Teint und dunklen Haaren an ihnen vorbei, und Jude hielt den Atem an. Aber es war einfach eine weiße Frau, die im Licht der Straßenlaternen an ihnen vorbeischwebte.

Es konnte unmöglich Stella gewesen sein. Noch Jahre nach jener Party in Beverly Hills hatte Jude kaum einen anderen Gedanken gehabt.

Manchmal sah die Frau im Pelzmantel für sie genau wie ihre Mutter aus. Dann war sie in ihrer Erinnerung einfach nur schlank und dunkelhaarig, hatte höchstens eine entfernte Ähnlichkeit. Schließlich hatte sie nur einen kurzen Blick auf die Frau werfen können, bevor ihr der Wein ans Bein spritzte. Danach war sie damit beschäftigt, die Glasscherben aufzusammeln, während die ganze Partygesellschaft glotzte. Das konnte sie auch nicht vergessen. Wie sie auf dem ganzen Tisch nach Papierservietten gesucht hatte, bis Carla sie zur Seite stieß und panisch den ruinierten Teppich abtupfte. Als sie die vom Wein blutigen Servietten in den Müll warf, sagte Carla ihr, sie solle verschwinden und nie wiederkommen.

Jude hatte ganz still ihre Tasche genommen und war gegangen, ohne sich umzublicken, aus Furcht, den vielen Zeugen ihrer Demütigung ins Auge sehen zu müssen. Als sie die Tür hinter sich schloss, hob sie doch noch den Blick, aber die Frau war nirgends zu sehen, nur das lilaäugige Mädchen, das ihr nachsah, die pinken Lippen zu einem Grinsen verzogen.

Eine dunkelhaarige Frau, die sonst wer hätte sein können. Vielleicht vermisste sie einfach ihre Mutter so sehr, dass sie sich die Ähnlichkeit eingebildet hatte. Schuldgefühle vielleicht, weil sie überhaupt nicht mehr nach Hause fuhr, bis zu dieser Erscheinung. Oder aber – nein, das wollte sie nicht einmal als Möglichkeit in Betracht ziehen – oder sie war mit Stella im selben Raum gewesen, hatte sogar einen Blick mit ihr gewechselt, bevor mit der Weinflasche alles zu Bruch gegangen war.

«Was hast du denn, Baby?», hatte Reese sie später in dieser Nacht gefragt. «Du zitterst ja.»

Sie waren auf dem Weg ins Mirage, wo sie Barry treffen wollten. Seit sie früher als sonst nach Hause gekommen war, hatte sie nicht viel geredet, aber jetzt, an der Ampel, sah Reese sie so besorgt an, und sie wusste, dass sie ihm die Wahrheit sagen musste.

«Ich habe meinen Job verloren», sagte sie.

«Wie bitte? Was war denn los?»

«Blöde Sache. Ich habe Stella gesehen. Habe ich mir jedenfalls eingebildet. Die Frau hat wirklich ganz genau so ausgesehen ...»

Als sie es laut sagte, kam sie sich noch verrückter vor. Sie hatte sich dafür feuern lassen, dass sie mitten in einer Menge von Partygästen eine Frau erspäht zu haben glaubte, die wie ihre Mutter aussah.

«Das war wirklich unglaublich dumm von mir», sagte sie.

Er zog sie an sich.

«Ach, mach dir nichts draus», sagte er. «Du findest schon wieder einen Job.»

«Aber ich wollte dir helfen. Ich dachte, wenn wir beide sparen ...»

Er seufzte. «Deshalb hast du wie blöd gearbeitet?»

«Ich habe einfach gedacht, wenn wir beide ...»

«Aber darum habe ich dich nie gebeten», sagte er.

«Ich weiß», sagte sie. «Ich wollte das einfach so. Nicht böse sein, Baby. Ich wollte nur helfen.»

Sie drückte ihn ganz fest, und nach kurzem Zögern erwiderte er ihre Umarmung.

«Ich bin dir nicht böse», sagte er. «Ich will mich bloß nicht wie das Sorgenkind fühlen müssen.»

«Du weißt genau, dass du das für mich nicht bist.»

«Du musst mehr mit mir reden», sagte er. «Manchmal bist du so verschlossen.»

Vielleicht war es das, was sie zueinander hinzog. Vielleicht war das der einzige Weg zu lieben, der ihnen offenstand: nah herankommen und sich dann wegducken. Er strich ihr über die Wange, und sie versuchte zu lächeln.

«Okay», sagte sie. «Keine Heimlichkeiten mehr.»

Über Jahre tauchte Stella in ihren Träumen auf. Stella, in Nerz gewandet, Stella, an einem Vorsprung lehnend, Stella, die mit den Achseln zuckte, lächelnd, durch Türen hinein- und wieder hinausschlüpfte. Immer Stella, nie ihre Mutter, als könnte sie den Unterschied noch im Schlaf sehen. Jedes Mal wachte sie aufgewühlt auf. Sie war ständig müde.

Sie hatte einen neuen Job gefunden, als Spülhilfe in einer Mensa, für zwei Dollar die Stunde; die ganze Schicht über säuberte sie stapelweise verkrustete Teller mit dem Dampfreiniger. Abends kam sie mit krummem Rücken und verschrumpelten Fingern heim. Einmal hatte sie den Abgabetermin für eine Hausarbeit in Geschichte so weit überschritten und ihr Notendurchschnitt war so wackelig geworden, dass ihr Lauftrainer sie zu sich bestellte.

«Du bist zu intelligent für so was», sagte er, und sie nickte und hüpfte geläutert aus seinem Büro. Ja, ja, sie würde härter arbeiten, sich wieder reinschmeißen. Natürlich nahm sie das Studium ernst, natürlich wollte sie im Frühjahr bei den Wettbewerben antreten. Natürlich durfte sie ihr Stipendium nicht aufs Spiel setzen. Sie war im Augenblick einfach ein wenig abgelenkt, nichts Ernstes. Sie würde das schon wieder abschütteln. Aber das konnte sie nicht, denn immer wenn sie lernen wollte, hatte sie Stella vor Augen.

«Denkst du noch an sie?», fragte sie eines Nachmittags ihre Mutter.

«An wen?»

Jude wickelte sich die Telefonschnur um den Finger. «An deine Schwester», sagte sie schließlich.

Sie brachte es nicht über sich, Stellas Namen auszusprechen, als würde sie sie damit wieder heraufbeschwören. Stella, die draußen auf dem Gehweg vorbeiging. Stellas Gesicht hinter einer beschlagenen Fensterscheibe.

«Wie kommst du denn jetzt darauf?»

«Weiß auch nicht. Hab ich mich einfach gefragt. Das ist doch erlaubt.»

«Fragen nützt nichts», sagte ihre Mutter. «Ich frage mich schon lange nicht mehr. Ich glaube nicht mal, dass sie noch unter uns ist.»

«Dass sie noch lebt?», sagte Jude. «Aber was, wenn doch? Was, wenn sie irgendwo da draußen rumläuft?»

«Das würde ich spüren», sagte ihre Mutter leise, und Jude fing an, sich Stella als elektrischen Strom im Fleisch ihrer Mutter vorzustellen. In ihrem eigenen Fleisch, schlummernd, bis zu jener Party, als sie quer durch den Raum einen Blick gewechselt hatten. Da tat es plötzlich einen Schlag, da schossen Funken, zuckte ihr Arm.

Jetzt versuchte sie, diesen Stromschlag wieder zu vergessen. Ein, zwei Mal war sie versucht, ihrer Mutter von der Frau auf der Party zu erzählen. Aber wozu sollte das gut sein? Es war Stella, sie war es nicht, sie lebte nicht mehr, sie lebte, sie war in Omaha, Lawrence, Honolulu. Wenn Jude nach draußen ging, stellte sie sich vor, ihr zufällig zu begegnen. Stella vor einem Schaufenster stehen zu sehen, wie sie eine Handtasche bewunderte. Stella im Bus, die Hand in der Halteschlaufe – nein, Stella in einer glänzenden schwarzen Limousine, halb hinter den getönten Scheiben versteckt. Stella immer und überall und gleichzeitig nirgends.

Im November 1982 wurde in einem fast schon aufgegebenen Theater in der Innenstadt von Los Angeles die Premiere eines Musicals mit dem Titel *The Midnight Marauders* gefeiert. Der Autor, ein Mann von dreißig Jahren, der noch bei seinen Eltern in Encino wohnte, war fest entschlossen, in einer Stadt Karriere zu machen, in der, wie er Freunden gegenüber behauptete, das Theater allen egal war. *The Midnight Marauders* waren als Witz gemeint gewesen, und da Witze immer auf seine Kosten gingen, blieben sie sein einziger Erfolg. Das Musical wurde vier Wochenenden lang im Stardust Theater gezeigt, regional für einen Preis nominiert und erntete im *Herald-Examiner* ein müdes Lob. Jude hätte nie davon erfahren, wenn Barry nicht einen Platz im Chor ergattert hätte. Vor dem Vorsprechen war er wochenlang am Rande des Nervenzusammenbruchs und übte in den Knien wippend «Somewhere over the rainbow» ein. Er hatte noch nie ohne Verkleidung vor jemandem gesungen.

«Ich hab mich so nackt gefühlt», berichtete er ihr später, «und geschwitzt wie ein fettes Lamm am Ostersonntag.»

Sie freute sich für ihn, als er in die Truppe aufgenommen wurde. Er schickte ihr Premierenkarten, aber sie sagte Reese, sie müsse arbeiten.

«Lass dir den Abend freigeben», sagte Reese. «Wir müssen ihn anfeuern. Und wir gehen überhaupt nicht mehr aus. Wir können ein bisschen Spaß brauchen.»

Im vergangenen Monat war ihm das Auto verreckt, und er hatte für die Reparatur sein Sparschwein geschlachtet. All die zerknitterten Scheine aus seiner Sockenschublade waren weg. Er hatte angefangen, im Mirage zu arbeiten, um sich am Wochenende etwas dazuzuverdienen. Als Türsteher, also im Grunde als Rausschmeißer, aber meistens gab er nur den hübschen Grüßaugust. Einmal hatte er eine Prügelei unter Besoffenen auflösen müssen, eine blutende Wange war der Dank gewesen. Im Bad war er zusammengezuckt, als Jude die Wunde desinfizierte, und er hatte sich nach den Wochenenden gesehnt, die sie an der Marina auf der Suche nach dem richtigen Licht für das perfekte Foto verbracht hatten. Reese hatte sich auf die Lippen gebissen, wenn er auf den Auslöser drückte. Jetzt ging er an den Freitag- und Samstagabenden in schwarzen Jeans und schwarzem T-Shirt zur Arbeit und kam nach Hause, wenn der Morgen dämmerte – mit Glitter an den Händen, weil er den Go-go-Dancern auf die Bühne half. Danach ging es ab in den Kodak-Laden oder zu Mr. Song, zum Aushelfen. Es gab Tage, da sah sie ihn kaum und spürte nur, wenn er sich neben ihr ins Bett fallen ließ.

Sie konnte es sich eigentlich nicht erlauben, eine Abendschicht auszulassen, um in einem muffigen Theater zu sitzen und drei Stunden Amateurschauspielerei über sich ergehen zu lassen, nur um vielleicht kurz einen Blick auf Barry im Chor zu erhaschen. Trotzdem sagte sie ja und fuhr Reese mit den Fingern durch die Haare. Sie brauchten einen gemeinsamen Abend, einen Abend, an dem sie nicht über die Entscheidungen nachgrübelte, die sie im Frühjahr treffen musste, an dem er sich nicht den Kopf zerbrach wegen des Geldes und sie sich auch sonst keine Sorgen machten.

Am Premierenabend schlüpfte sie in ein lila Kleid und Feinstrumpfhosen, während Reese, der sich die Krawatte band, ihr durch den Spiegel zulächelte. Sie zogen sich viel zu schick an, weil sie nie schick ausgingen; heute wollten sie so tun, als ob. Sie konnten sich als alles ausgeben: als junges Paar beim ersten Date, als frisch Verheiratete, die einen Abend ohne die Kinder verbrachten, als Theaterkenner ohne Geldsorgen, die keine Rabattmarken sammelten und nie das Wechselgeld nachzählten.

«Richtig edel», neckte Luis sie, als sie sich im Foyer trafen mit einem Dutzend der anderen Jungs, die sie sonst im Korsett über die Hinterbühne hüpfen sah. Bald drängten sich alle lachend in den muffigen Saal und glucksten, als das Licht ausging.

«Wehe, das wird nicht gut», sagte Reese in seinem Bühnenflüstern, aber seine gute Laune verriet ihr, dass es ihm egal war. Als das Orchester zu einer schwungvollen Ouvertüre ansetzte, gab er ihr einen Kuss. Der Vorhang ging auf, und sie beugte sich vor und suchte nach Barry. Er schwang mit den anderen Tänzern die Beine, mit Cowboyhut und Fransenweste. Sie kicherte, als er eine Rothaarige herumwirbelte. Dann zogen die Tänzer sich zurück, und die Hauptdarstellerin trat an die Rampe, eine Blondine im Reifrock. Ihre Stimme war schön, wenn auch nichts Besonderes; aber Charme hatte sie, und sie sagte ihren Text mit einem ironischen Unterton auf, der in Judes Ohren so vertraut klang, dass sie im Dunkeln ihr Programmheft aufschlug. Und da war es, das blonde Mädchen mit den lila Augen.

Als der Vorhang gefallen war, als Barry sich strahlend verbeugt hatte, als sich das Publikum langsam über den ausgeblichenen roten Teppich ins Foyer gedrängt und über den lückenhaften Plot und die verbockten Einsätze gelästert hatte, belagerten Jude und ihre Freunde den Bühneneingang. Alle plapperten in einem fort, sie gingen die Lokale durch, in die sie gehen könnten, wenn Barry aufgetaucht und mit donnerndem Applaus beschämt worden war. Jude aber hielt sich selbst im Klammergriff, trat von einem Fuß auf den anderen und rechnete damit, dass jeden Augenblick das Gespenst ihrer Mutter erscheinen würde.

In der Pause hatte sie sich aus dem Theater geschlichen, überzeugt, dass sie das Mädchen im Programmheft im Dunkeln einfach mit dem Mädchen von der Party in Beverly Hills verwechselt hatte. Aber da war sie, klar und deutlich. *Kennedy Sanders, gebürtig in Brentwood, brach ihr Studium an der USC ab, um Schauspielerin zu werden. Zu ihren jüngsten Rollen gehören Cordelia («König Lear»), Jenny («Tod eines Handlungsreisenden») und Laura («Die Glasmenagerie»). Dies ist ihr erster Auftritt im Stardust Theater – und hoffentlich nicht ihr letzter.* Das Mädchen auf dem Porträtfoto lächelte, und das gewellte Haar fiel ihm engelsgleich auf die Schultern. Sie wirkte so unschuldig, ganz anders als die zickige Blondine, die ihr auf der Party einen Martini abgeschwatzt hatte, und wenn die Augen nicht gewesen wären, hätte sie glauben können, dass dies wirklich eine andere war. Aber die Augen hatte sie nie vergessen.

Wenn das Mädchen hier auf der Bühne stand, musste die Frau im Pelzmantel dann nicht auch da sein? Was, wenn es Stella war – und was, wenn nicht? Jude war kreuz und quer durch das Foyer gelaufen, bis das Klingeln ertönte, hatte aber nirgendwo eine Frau entdeckt, die wie ihre Mutter aussah. Jetzt kam sie sich noch verrückter vor.

«Alles okay, Baby?», fragte Reese.

Sie nickte und versuchte ein Lächeln.

«Ich friere bloß», sagte sie. Er nahm sie in die Arme. Dann ging die Tür zum Bühneneingang auf, aber statt Barry trat Kennedy Sanders in die Gasse. Sie kämpfte mit einer Packung Marlboro. Beim Anblick der Menge wirkte sie überrascht, und kurz lächelte sie erwartungsvoll, bis sie merkte, dass niemand auf sie gewartet hatte. Dann blieb ihr Blick an Jude hängen. Sie verzog das Gesicht.

«Oh», sagte sie. «Du.»

Sie erinnerte sich noch an sie, nach drei Jahren. Aber natürlich. Wer würde schon ein dunkelhäutiges Mädchen vergessen, das Wein auf einen teuren Teppich gekippt hatte?

«Ein Freund von mir spielt mit», sagte Jude.

Kennedy zuckte die Achseln und schüttelte eine Zigarette aus der Packung. Sie trug ein zerrissenes Sex-Pistols-T-Shirt, nabelfrei, abgeschnittene Jeans über einer löchrigen Netzstrumpfhose und schwarze Lederstiefel – sie sah gar nicht aus wie die Beverly-Hills-Prinzessin von der Party. Sie ging die Gasse hinunter, und Jude eilte ihr nach.

«Barry», sagte sie. «Er ist im Chor.»

«Ist das dein Freund?», fragte Kennedy.

«Barry?»

«Nein, du Dummerchen. Der da.» Sie machte eine Kopfbewegung in Richtung der Gruppe. «Der mit den Locken. Richtig süß. Wo hast du den her?»

«Von der Uni», sagte Jude. «Na ja, eigentlich von einer Party ...»

«Hast du mal Feuer?» Kennedy steckte sich die Zigarette in

den Mund. Als Jude den Kopf schüttelte, sagte sie: «Na, auch gut. Besser für die Stimme.»

«Ich fand dich super heute Abend», sagte Jude. Das war gelogen, aber Schmeicheleien waren bestimmt der einzige Weg, aus diesem Mädchen etwas herauszubekommen. «Deine Familie ist sicher stolz auf dich.»

Kennedy schnaufte. «Also wirklich. Die hassen mich dafür.»

«Wieso?

«Na, sie haben mich auf die Uni geschickt, damit ich etwas Praktisches lerne. Und nicht, damit ich abbreche und mir das Leben versaue. Sagt jedenfalls meine Mutter. Hey, hast du mal Feuer?» Sie winkte einem Weißen mit zotteligen Haaren, der an der Ecke stand und rauchte. «Na dann.»

Sie ging zu dem Mann an der Ecke, der lächelte, als er sich vorbeugte und ihr Feuer gab. Ein Flackern im Dunkel, dann war sie weg.

Barry nannte Kennedy Sanders eine *rich bitch*.

«Die Sorte kennt man doch», sagte er zu Jude. «Ein paarmal das Solo im Highschool-Chor gesungen, und schon hält sie sich für Barbra Streisand.» Er schminkte sich gerade in der Garderobe des Mirage für die Sonntagvormittagsshow, der einzig mögliche Termin, seit die *Midnight Marauders* seine Abende in Anspruch nahmen. Er hasste den frühen Dienstantritt und das spärliche Publikum, aber er war zu gern Bianca, als dass er drei Wochen gewartet hätte, bis das Musical abgespielt war. Er streckte eine geöffnete Hand nach hinten, und Jude würgte die Bürste aus seiner Sporttasche.

«Und was machen ihre Eltern so?», fragte sie.

«Was weiß ich.»

«Waren sie denn nie in einer Vorstellung?»

«Was glaubst du denn?», sagte Barry. «Dass die in so eine Bruchbude gehen? Auf keinen Fall, da ist richtig Geld im Hintergrund. Die sind Chichi, große Villa in den Hills und alles. Warum fragst du?»

«Ach, nur so», sagte sie.

Aber später nahm sie den Bus zum Stardust Theater. In einer halben Stunde fing die Nachmittagsvorstellung an; das Kind am Einlass wollte sie ohne Karte nicht reinlassen, also tigerte sie unter dem grünen Baldachin auf und ab. Sie kam sich schon dumm vor, weil sie hergekommen war. Was sollte sie Kennedy überhaupt sagen? Sie überlegte, was Early tun würde. Auf der Jagd, hatte er ihr gesagt, ist Verstellung das Wichtigste. Aber sie hatte sich nie verstellen können und sich nach der Abfuhr sofort auf die Straße zurückgezogen. Dort wurde sie natürlich sofort von Kennedy angerempelt, die Richtung Bühneneingang lief. Ihre abgeschnittenen Jeans waren so kurz, dass die Hosentaschen unten herausguckten, dazu trug sie ein Paar ausgelatschter Cowboystiefel.

«Sorry», sagten sie beide, und Kennedy lachte.

«Also wirklich», sagte sie. «Stalkst du mich jetzt oder was?»

«Nein, nein», sagte Jude schnell. «Ich suche meinen Freund, aber sie lassen mich ohne Karte nicht rein.»

Kennedy verdrehte die Augen. «Das ist ja wie Fort Knox hier», sagte sie. Dann sagte sie dem Mädchen am Einlass: «Gehört zu mir», und schon hastete Jude durchs Foyer hinter ihr her, über die Hinterbühne, in ihre Garderobe. Der Raum war kaum größer als ein Schrank, und an den Wänden blätterte die gelbe Farbe ab.

Im schummrigen Licht der Spiegelbeleuchtung ließ Kennedy sich auf den alten Drehstuhl fallen.

«Donna wollte dir das Fell über die Ohren ziehen», sagte sie.

«Wer?», fragte Jude.

«Als du ihren Teppich ruiniert hattest. Herrgott, du hättest sie sehen sollen, die ist rumgelaufen, als hättest du ihr Erstgeborenes geschlachtet. Mein Teppich! Mein Teppich! Superlustig. Na gut, für dich vielleicht nicht so.» Sie drehte sich auf dem Stuhl zum Spiegel und betrachtete sich selbst. «Wie heißt du überhaupt?»

«Jude.»

«Wie der Song?»

«Wie in der Bibel.»

«Gefällt mir», sagte Kennedy. «Hey Jude, ich will jetzt nicht scheiße sein oder so, aber ich muss mich jetzt umziehen.»

«Oh», sagte Jude. «Sorry.»

Sie versuchte, rückwärts aus der Tür zu kommen, aber Kennedy sagte: «Bleib ruhig hier. Du kannst mir helfen. Allein kriege ich das Teil nie an.» Sie zerrte das Kleid mit dem weiten Reifrock für ihren ersten Auftritt aus dem Schrank. Jude strich die Knitterfalten aus dem orangefarbenen Stoff, während Kennedy sich das T-Shirt über den Kopf zog. Sie war schlank und sonnengebräunt und trug einen pinken BH mit passendem Slip. Jude versuchte, nicht hinzusehen, und starrte stattdessen auf den mit Make-up-Paletten, Ondulierstab, goldenen Ohrringen und Bonbonpapier zugemüllten Schminktisch.

«Und wo kommst du her, Hey Jude?», fragte Kennedy. «Bring mir das mal rüber, ja? Gott, wie ich das Teil hasse. Ich muss davon immer niesen.» Sie hob die Arme, und Jude starrte in die spiegelglatten Armbeugen, während sie ihr das Kleid über den Kopf zog. Kennedy hielt Wort und ließ ein geziertes Niesen ertönen, bevor sie die Arme in die Ärmel steckte.

«Aus Louisiana», sagte Jude.

«Das ist ja witzig! Meine Mutter auch. Ich bin von hier. Na ja, ich weiß nicht, ob man sagen kann, dass man von irgendwoher ist, wenn man noch nie weg war. Könntest du mal? Ich kapiere einfach nicht, wie die Sachen funktionieren. Den Reißverschluss!»

Sie redete so schnell, dass Jude beim Zuhören schwindelig wurde.

«Woher denn hier?»

«Hey, beeil dich mal. In zwanzig Minuten ist Vorstellung, und ich muss noch Maske machen.» Sie wischte sich die blonden Haare von der Schulter.

Jude trat hinter sie und zerrte an ihrem Reißverschluss. «Wie heißt deine Mutter denn mit Nachnamen?», sagte sie. «Vielleicht kenne ich die Familie ja.»

Kennedy lachte. «Das möchte ich doch schwer bezweifeln.»

Was machte sie hier? Sie hatte eine Frau gesehen, die vielleicht ihrer Mutter geähnelt hatte, und lief jetzt einem weißen Mädchen hinterher und half ihr in ein groteskes Kostüm? Was ging sie das alles überhaupt an? Sie hatte Stella nie gekannt.

Kennedy beugte sich zum Spiegel vor und puderte sich das Gesicht. Mit einem Mal war sie still und konzentriert, so wie Barry vor einem Auftritt. «Ich muss mich einkrampfen», sagte er immer, wenn er Jude vor seinem Einsatz aus der Garderobe scheuchte. Manchmal sah sie von der Tür aus zu, wie sich etwas wie ein Schleier vor sein Gesicht senkte. Im einen Augenblick war er Barry, im nächsten Bianca. Jetzt sah sie Kennedy eine ähnliche Verwandlung durchmachen. Es war intimer, als sie in Unterwäsche zu sehen. Sie drehte sich um und wollte gehen.

«Du kennst doch niemanden namens Vignes, oder?», rief

Kennedy ihr nach. «So heißt meine Mutter. So hieß sie jedenfalls mal.» Sie warf einen Blick über die Schulter. «Estelle Vignes. Aber sie wird immer Stella genannt.»

ELF

Statistisch gesehen war es unwahrscheinlich, dass man einer Nichte, die man nie gesehen hatte, auf einer Ausstandsparty in Beverly Hills begegnete, aber unmöglich war es nicht. Was Stella Sanders zumindest intellektuell zu erfassen in der Lage gewesen wäre. Unwahrscheinliches ereignete sich immerzu, versuchte sie ihren Studentinnen und Studenten zu erklären, weil Unwahrscheinlichkeit eine von unserem eigenen Vorverständnis geprägte Illusion war. Mit den statistischen Fakten hat das oft nichts zu tun. Schon die Existenz eines einzelnen Menschen ist ja schließlich höchst unwahrscheinlich. Dass ein spezifisches Spermatozoon eine spezifische Eizelle befruchtet, die dann einen überlebensfähigen Fötus hervorbringt. Bei Zwillingen ist die Totgeburt häufiger, eineiige Zwillinge sind empfindlicher als zweieiige, und doch, da war sie nun und lehrte am Santa Monica College Statistik. Wahrscheinlich heißt noch nicht: mit Sicherheit. Unwahrscheinlich heißt nicht: unmöglich.

Zur Statistik war sie ganz unerwartet gekommen, in ihrem zweiten Jahr an der Loyola Marymount University. Sie nannte sich damals nicht Zweitsemester; sie war zehn Jahre älter als alle anderen, da kam die Bezeichnung ihr lächerlich vor. Sie wusste nicht einmal, was sie studieren wollte, nur dass es etwas mit Zahlen sein sollte. Statistik faszinierte sie, weil das Fach von so vielen missverstanden wurde. In Las Vegas hatte sie in einem verrauchten Spielkasino neben Blake gesessen und zugesehen, wie er beim Würfeln vierhundert Dollar verlor und weiter im Spiel blieb, weil er überzeugt war, dass ein Gewinn fällig sei. Aber das kümmerte die Würfel wenig.

«Welche Zahlen schon gewürfelt worden sind, ist völlig egal», erklärte sie ihm schließlich entnervt. «Die Wahrscheinlichkeit ist jedes Mal gleich, wenn mit den Würfeln alles stimmt. Was hier nicht der Fall ist.»

«Da belegt sie mal einen Kurs», sagte Blake zu seinem Nebenmann.

Der Mann lachte und zog an seiner Zigarre. «Ich bleibe immer dabei», sagte er. «Ich verliere lieber, als zu wissen, dass ich hätte gewinnen können, wenn ich nicht auf Nummer sicher gegangen wäre.»

«Gut gesagt», sagte Blake, und sie stießen darauf an. Die Fakten der Statistik waren, wie alle Fakten, schwer verdaulich.

Die meisten Menschen trafen ihre Entscheidungen mit dem Bauch, nicht mit dem Kopf. Stella war da nicht anders. War ihre Entscheidung, mit Blake aus New Orleans wegzuziehen, nicht eine emotionale gewesen? Genau wie ihre Entscheidung, all die Jahre bei ihm zu bleiben? Oder ihre Einwilligung, auf die Ausstandsparty von Bret Hardison zu kommen, sogar ihre Tochter dazu zu drängen, damit sie, wie Blake verlangt hatte, Einigkeit demonstrierten? Blake war im Marketing zu Hause und kannte den Wert seiner Marke. Stella und Kennedy waren nur deren Anhängsel. Trotzdem hatte sie eingewilligt, auf die Party zu gehen. Hatte sich im Salon herumgetrieben, das artige Weibchen gespielt und ignoriert, dass Bret Hardison sie den ganzen Abend über bedrängte, mit Brandyfahne, seine Hand an ihrer Hüfte. Blake dagegen merkte es wirklich nicht und zog sich mit Rob Garrett und Yancy Smith in eine Ecke zurück, während Stella versuchte, mit Donna Hardison zu plaudern, dabei ihre Tochter im Auge zu behalten, die sich immer wieder an die Bar schlich, und nicht auf den roten Fleck auf dem weißen Teppich zu treten, den ein schlaksiger Schwarzer wenig erfolgversprechend mit Selters abtupfte.

Davor hatte es einen Zwischenfall gegeben, eine junge Schwarze hatte Wein auf dem Teppich verschüttet, was ein paar Augenblicke lang die Aufmerksamkeit der ganzen Gästeschaft erregt hatte. Stella war eben erst angekommen und hatte nur das Nachspiel beobachten können. Ein kohlrabenschwarzes Mädchen beim Versuch, einen teuren Merlot aus einem noch teureren Teppich zu schrubben – bis Donna kreischte, sie mache alles nur schlimmer. Auch nachdem das Mädchen rausgeworfen worden war, blieb es auf der Party weiter Gesprächsthema.

«Das ist doch nicht zu fassen», sagte Donna zu Stella. «Wozu bezahlt man eine Bedienung, wenn sie nicht mal eine scheiß Weinflasche festhalten kann?»

Das Thema langweilte Stella, wenn sie ehrlich war. Auf solche Zwischenfälle stürzten sich die Leute nur, wenn es auf einer Party nichts Interessanteres zu besprechen gab. Ganz anders auf den Zusammenkünften der Mathe-Fakultät, wo man im Gespräch vom einen Thema aufs nächste kam – abgründig, prätentiös, aber nie langweilig. Sie war immer dankbar, unter so brillanten Menschen zu sein. Denkern. Für Blakes Kollegen war Intelligenz ein Mittel zum Zweck, und der Zweck war immer Profitmaximierung. Aber an der Mathe-Fakultät am Santa Monica College erwartete niemand, reich zu werden. Wissen genügte. Sie konnte sich glücklich schätzen, ihre Tage so zu verbringen, wissend.

An diesem Abend, auf der Heimfahrt, musste sie plötzlich an Loretta Walker denken. Stella trug den Nerz, mit dem

Blake sie an jenem Weihnachten überrascht hatte, und vielleicht lag es daran, wie der edle Pelz über ihre Beine strich, dass die Erinnerung wieder hochkam. Vielleicht war es aber auch der Streit mit Blake am Morgen gewesen, als sie ihm sagte, sie werde später auf die Party kommen, und es wieder um den Job ging, den sie nur wegen Loretta hatte. Nach dem Auszug der Walkers war sie monatelang schwer depressiv gewesen, sogar nach ihren eigenen Maßstäben. Sie trauerte aus Gründen, die sie nie würde vermitteln können. Als hätte sie Desiree noch einmal verloren. Blake schlug vor, sie solle einen Kurs belegen, was er später bereute, weil sie es ihm jedes Mal aufs Brot schmierte, wenn er sich darüber beklagte, dass sie arbeiten ging.

«Du hast es selbst gesagt», hatte sie bei ihrem jüngsten Streit gesagt. «Allein zu Hause wäre ich durchgedreht.»

«Ja, aber ...» Er stockte. «Ich dachte, du würdest, na ja, Blumengestecke machen oder so.»

Sie hatte sich immer dafür geschämt, dass sie die Highschool abgebrochen hatte. Sie kam sich dumm vor, wenn jemand ein Fremdwort benutzte, das sie nicht kannte. Sie fragte ungern nach dem Weg, selbst wenn sie sich verlaufen hatte. Ihr graute vor dem Tag, an dem ihre Tochter mehr wissen würde als sie – wenn sie vor Kennedys Hausaufgaben sitzen würde und ihr nicht mehr helfen könnte. Also sagte sie Blake, sie wolle die Hochschulreife nachholen.

«Das finde ich toll, Stel», hatte er gesagt, natürlich nur, um sie ruhigzustellen, aber sie meldete sich trotzdem an. Zwei Abende verbrachte sie im Auto auf dem Parkplatz der Stadtbücherei und hatte zu viel Angst hineinzugehen. Sie würde sich dumm vorkommen und mit leerem Kopf die Tafel anstarren. Wann hatte sie das letzte Mal etwas Komplizierteres berechnet als den Kontostand? Aber als sie sich schließlich hineingetraut hatte und der Lehrer anfing, eine Algebra-Aufgabe zu erklären, fühlte sie sich wieder wie mit sechzehn, als sie Mrs. Beltons beste Schülerin gewesen war. Genau das hatte sie an Mathe so geliebt: Es funktionierte alles heute noch wie damals, und es gab immer eine richtige Antwort, ob sie sie kannte oder nicht. Das fand sie beruhigend.

Blake freute sich für sie, als ihr Abschlusszeugnis endlich in der Post war. Aber er war weniger begeistert, als sie erklärte, sie wolle zwei Jahre lang Kurse am Santa Monica College belegen, oder als sie an die Loyola Marymount wechselte, um ihren Bachelor zu machen, oder als das Santa Monica College sie im vergangenen Jahr als Hilfsdozentin für den Kurs «Einführung in die Statistik» einstellte. Der Verdienst war minimal, aber sie fühlte sich so lebendig, wenn sie vor einem Dutzend Frischlingen an der Tafel stand. Ihre Mentorin Peg Davis ermutigte sie, als Nächstes ihren Master zu machen und sogar an den Doktor zu denken. Sie könnte einen regulären Lehrauftrag bekommen, vielleicht sogar irgendwann eine Professur. Dr. Stella Sanders, das klang nicht schlecht, oder?

«Diese Feministin», beklagte er sich, wenn Stella bis spät auf dem Campus arbeitete. «Die setzt dir Flausen in den Kopf.»

«Überraschenderweise kann ich selber denken», sagte sie.

«So habe ich das nicht gemeint ...»

«Doch, genau so hast du das gemeint!»

«Du bist nicht wie sie», sagte er. «Du hast Familie. Verpflichtungen. Alles, was sie hat, ist ihr Aktivismus.»

Aber wann hatte Stella sich je bei ihren Entscheidungen an familiären Verpflichtungen orientiert? Familie war Herzenssache. Und vielleicht war sie schon immer kopfgesteuert gewesen. Weiß war sie aus praktischen Erwägungen geworden, so praktisch, dass ihr Beschluss geradezu lächerlich leicht nachzuvollziehen war. Warum sollte man nicht weiß sein wollen, wenn sich die Gelegenheit bot? Man selbst bleiben oder ein neuer Mensch werden, das war immer eine Entscheidung, wie man es auch drehte. Sie hatte einfach rational entschieden.

«Ich habe doch schon gesagt, du hast das nicht nötig», sagte Blake immer, wenn er sie mit stapelweise Hausarbeiten unter dem Arm sah. «Finanziell habe ich für diese Familie immer gut gesorgt.»

Aber sie hatte den Job nicht wegen des Geldes angenommen. Sie hatte der Vernunft den Vorzug vor dem Gefühl gegeben, und vielleicht war es das gewesen, was Loretta aus der langen Linie in ihrer Hand herausgelesen hatte.

«Du hast meine Rede verpasst», sagte Blake, als sie von den Hardisons nach Hause kamen. Er löste vor dem Schrank seine Krawatte.

«Notenvergabe, hab ich dir doch gesagt.»

«Und ich habe dir erklärt, wie wichtig der Abend für mich ist.»

«Was soll ich sagen? Ich habe mein Bestes getan.»

Er seufzte und blickte ins Dunkel vor dem Fenster.

«Na, die Rede war ganz hübsch», sagte er. «Hübsche Party.»

«Ja», sagte sie. «Die Party war reizend.»

«Ich weiß, warum wir hier sind», sagte Kennedy.

Im halbvollen Restaurant, eine Woche nach der Premiere der *Midnight Marauders*, lächelte sie Stella zu, die ihr gegenübersaß und mit dem weißen Tischtuch spielte. Sie zeigte beim Lächeln immer alle Zähne, was Stella nervös machte. So viel von sich verraten, man stelle sich vor.

Einen Tisch weiter benotete eine Asiatin Semesterabschlussarbeiten und löffelte dabei Kichererbsensuppe. Zwei junge weiße Männer stritten sich leise über John Stuart Mill. Stella sagte, sie habe das Restaurant in der Nähe der USC aus praktischen Gründen ausgesucht, was natürlich nicht stimmte. Sie hatte gehofft, das studentische Publikum könnte ihre Tochter dazu bewegen, ihre Entscheidungen zu überdenken oder sich wenigstens für sie zu schämen.

Stella breitete sich die Serviette auf dem Schoß aus. «Natürlich weißt du das», sagte sie. «Zum Lunch.»

Kennedy lachte. «Klar, Mutter. Bestimmt bist du nur deshalb quer durch die ganze Stadt gefahren ...»

«Ich weiß nicht, warum du immer aus allem eine große Verschwörung machen musst. Darf man nicht mehr mit seiner Tochter lunchen gehen?»

Sie war seit Jahren nicht mehr in der Nähe des Campus gewesen, und selbst damals war sie nur ein paarmal vorbeigekommen: zur College-Führung, als sie hinter ihrer Tochter herspaziert war, skeptisch die Pflanzgitter an den roten Ziegelmauern beäugt und sich gefragt hatte, wie ein Mädchen mit Kennedys Noten hier nur reinkommen sollte; am Einzugstag – denn schwache Noten waren nichts, was sich mit großzügigen Spenden nicht regeln ließe; ein paar Wochen später, um schamrot mit dem Erstsemester-Dekan zu verhandeln, nachdem die Wohnheimaufsicht Kennedy auf ihrem Zimmer beim Kiffen erwischt hatte. Die Drogen störten Stella weniger als die Unbesonnenheit. Erwischen ließ man sich nur aus Bequemlichkeit, und ihre Tochter war clever, aber träge und selig ahnungslos, wie hart ihre Mutter hatte arbeiten müssen, um ihre Lebenslüge aufrechtzuerhalten.

Jetzt grinste Kennedy und rührte langsam ihre Suppe um.

«Na gut», sagte sie. «Dann sparen wir uns die Predigt für den Nachtisch auf.»

Keine Predigt, hatte Stella Blake versprochen. Sie würde Kennedy nur einen Schubs in die richtige Richtung geben. Dem Mädchen sei klar, dass es wieder auf die Uni müsse. Bisher hatte Kennedy erst ein Semester verpasst – sie könnte ins Immatrikulationsbüro gehen, behaupten, sie habe einen Aussetzer gehabt, und sich wieder auf ihren Studienplatz betteln. Dann wäre sie nur ein Jahr zurück – vielleicht würde sie nach den Sommerkursen ihren Abschluss machen können. Stella hatte sich verschiedene Szenarien zurechtgelegt und war immer wieder bei ihrem eigenen Zorn gelandet. Die Uni abbrechen, um Schauspielerin zu werden! Die Idee war so dämlich, dass sie sich schon beim Griff nach der Speisekarte zurückhalten musste, es nicht laut zu sagen.

Das Erschreckendste daran? Sie hatte geglaubt, Kennedy sei schon durch ihre Höllenjahre hindurch gewesen. Als Highschool-Lehrer anriefen, weil sie wieder geschwänzt hatte; dann die entsetzlichen Zeugnisse, die Nächte, in denen Stella zu irgendeiner gottlosen Zeit die Haustür knarren hörte und schon nach dem Baseballschläger griff, bevor ihr einfiel, dass es nur ihre betrunkene Tochter war, die sich ins Haus schlich. Die ungewaschenen Jungs, die immer vor dem Haus in ihren Autos warteten und hupten.

«Mein kleiner Wildfang», hatte Blake sie einmal glucksend genannt, als könne man darauf stolz sein.

Aber die Wildheit machte Stella nur Angst. Sie brachte ihr das geordnete Leben durcheinander, das sie sich aufgebaut hatte. Morgens am Frühstückstisch fiel ihr Blick auf ein Kind, das sie nicht wiedererkannte. Verschwunden war das kleine Mädchen mit dem lieben Gesicht; da saß jetzt eine schlaksige dunkelblonde Frau, die täglich ein anderer Mensch werden wollte. Am einen Morgen rutschte ihr ein ausgeblichenes Ramones-T-Shirt von der hageren Schulter, am nächsten zeigte sie in einem Minirock mit Schottenkaro Bein, und tags darauf floss ihr ein langes Kleid bis an die Knöchel. Die Haare färbte sie sich pink, zweimal.

«Warum bist du nicht einfach du selbst?», hatte Stella sie einmal gefragt.

«Vielleicht weiß ich nicht, wer das ist», kam es wie aus der Pistole geschossen zurück. Und Stella konnte sie verstehen, wirklich. Das war an der Jugend das Aufregende, das Gefühl, dass man sein konnte, wer man wollte. Das war es, was sie damals in dem kleinen Laden gepackt hatte, vor vielen Jahren. Dann kam das Erwachsenenleben, die Entscheidungen hatten sich verfestigt, und es zeigte sich, dass alles schon Jahre zuvor in Gang gesetzt worden war. Der Rest war das Nachspiel. Sie verstand ja, warum ihre Tochter auf der Suche war, und sie machte sich deshalb sogar Vorwürfe. Vielleicht spürte das Mädchen eine leise Unruhe, vielleicht spürte sie irgendwie, dass in ihrem Leben etwas nicht ganz stimmig war. Als wäre sie erwachsen geworden und hätte mit einem Mal festgestellt, dass die Bäume um sie herum nur Filmdeko aus Pappe waren.

«Es gibt keine Predigt», sagte Stella. «Ich wollte nur sichergehen, dass wir an das kommende Semester denken ...»

«Jetzt kommt's.»

«Du hast noch nicht viel verpasst, Süße. Ich weiß, du findest dieses Theaterstück ganz toll ...»

«Das ist ein Musical.»

«Wie auch immer.»

«Wenn du zur Premiere gekommen wärst, würdest du das wissen.»

«Wie wäre es damit?», sagte Stella. «Du gehst ins Immatrikulationsbüro, und ich schaue mir dein Stück an.»

«Emotionale Erpressung», sagte sie. «Das ist ja ganz was Neues.»

«Erpressung!» Stella beugte sich vor und sprach dann ganz leise. «Wenn man das Beste für dich will, ist das Erpressung? Wenn man will, dass du dich bildest, das Beste aus dir herausholst ...»

«Dein Bestes ist nicht unbedingt meins», sagte ihre Tochter.

Aber was war für Kennedy das Beste? Stella war geschockt und auch ein wenig beschämt gewesen, als sie erfuhr, dass ihre Tochter schon das ganze vergangene Semester über eine Wackelkandidatin gewesen war. «Sie ist noch jung, sie kriegt schon die Kurve», hatte Blake gesagt, aber Stella war standhaft geblieben. Sie war ein dahergelaufenes schwarzes Armenkind aus einem Kaff in Louisiana, und selbst sie hatte mehr hinbekommen als zwei C-minus, zwei D und ein einsames B-minus im Theaterkurs. Theater war nicht einmal ein Fach – das war ein Hobby! Ein Hobby, für das ihre Tochter, Monate nach diesen grottenschlechten Noten, ihr Studium ganz hinschmeißen wollte. Was half es, einem Kind alles zu geben? Ihm Bücher zu kaufen, es an den besten Schulen unterzubringen, für Nachhilfe zu zahlen, ihm einen Studienplatz zu erbetteln – wozu war das alles gut, wenn dabei nur ein gelangweiltes Mädchen herauskam, das in einem Restaurant mit ein paar der klügsten Köpfe des Landes nur blöd mit seinem Essen spielte?

«College ist nicht für jeden was, weißt du», sagte Kennedy.

«Für dich aber schon.»

«Warum?»

«Darum. Du bist ein kluges Kind. Das weiß ich. Du strengst

dich einfach nicht genug an. Und solange du dich nicht anstrengst, werden wir nie wissen, was in dir steckt.»

«Vielleicht kann ich einfach nicht mehr! Ich bin nicht so ein großer Geist wie du.»

«Ich glaube einfach nicht, dass du schon alles gegeben hast.»

«Woher willst du das wissen?»

«Ich habe zu viel für dich aufgegeben, um dich einfach die Uni hinschmeißen zu lassen!»

Kennedy lachte und warf die Arme hoch. «Jetzt kommt das wieder. Dass du in Armut aufgewachsen bist, ist nicht meine Schuld, Mutter. Du kannst mir nicht die Scheiße aus der Zeit vor meiner Geburt zum Vorwurf machen.»

Ein junger schwarzer Kellner schenkte ihr Wasser nach, und Stella schwieg. Sie hatte sich ihr Leben selbst ausgesucht, vor vielen Jahren; Kennedy hatte sie nur darin einbetoniert. Das hieß nicht, dass sie ihr deswegen Vorwürfe machte. Sie hatte für ihre Tochter Opfer gebracht, von denen diese nie erfahren würde. Die Zeit, in der sie ehrlich miteinander hätten reden können, war lange vorbei. Stella tupfte sich mit der weißen Serviette den Mund ab und legte sie wieder auf dem Schoß zusammen.

«Nicht so laut», sagte sie. «Und keine Kraftausdrücke.»

«Das ist nicht das Ende der Welt», sagte Peg Davis. «Viele machen mal Pause vom Studium.»

Stella seufzte. Sie saß in Pegs unaufgeräumtem Büro vor dem Schreibtisch, der immer so vollgestellt war, dass Stella sich Bücher vom Stuhl räumen oder Peg zehn Minuten lang bei der Suche nach ihrer Lesebrille helfen musste, die unter einem Stapel Hausarbeiten vergraben war. Peg hätte jemanden einstellen können, der ihr beim Organisatorischen half. Stella hatte sich sogar freiwillig angeboten. Das Büro erinnerte sie an das Zusammenleben mit Desiree, die lieber Zeit damit verbrachte, verlegte Sachen zu suchen, als einfach ihre Zimmerhälfte aufzuräumen. Aber immer wenn Stella ihr das sagte, verdrehte sie die Augen und verbat sich jeden mütterlichen Kommentar. Peg genauso.

«Ach, sie müssen ja irgendwo sein», sagte sie jedes Mal, wenn sie ihre Schlüssel verlegt hatte, und wieder verwandelte sich eine Besprechung in eine Schnitzeljagd.

Genialität und Lebensunfähigkeit lagen nahe beieinander. Peg lehrte Arithmetik, ein Feld der Mathematik, das so kompliziert wirkte, dass es einem wie eine Form von Magie vorkommen konnte. Theoretische Mathematik hatte mit Statistik wenig gemein, aber Peg hatte sich Stella trotzdem als Tutorin angeboten. Sie war die einzige Professorin im Fachbereich, also nahm sie alle Studentinnen unter ihre Fittiche. Bei ihrem ersten Treffen hatte sie sich auf ihrem Stuhl zurückgelehnt und sie in Augenschein genommen. Frau Professor hatte lange, graublonde Haare und trug eine Brille mit runden Gläsern, die ihr halbes Gesicht bedeckten.

«Dann erzähl mal», hatte sie gesagt. «Was ist das denn für eine Geschichte mit dir?»

Stella war noch nie dem Blick einer so brillanten Frau ausgesetzt gewesen. Sie fühlte sich nackt, rutschte auf dem Stuhl hin und her und spielte mit ihrem Ehering.

«Keine Ahnung», sagte sie. «Was meinen Sie damit? Gar keine Geschichte. Na ja, nichts Besonderes.»

Das war natürlich gelogen, und sie zuckte zusammen, als Peg lachte.

«Unmöglich», sagte sie. «Hier kommt nicht jeden Tag eine

Hausfrau hereinspaziert, die plötzlich Mathematik studieren will. So darf ich dich doch nennen, oder?»

«Wie?»

«Hausfrau.»

«Natürlich», sagte Stella. «Das bin ich schließlich, oder?»

«Oder?»

Gespräche mit Peg verliefen immer so: scharfe Kurven, plötzliche Abzweigungen, Fragen, die wie Antworten klangen, Antworten, die wie Fragen wirkten. Stella hatte immer das Gefühl, von Peg geprüft zu werden, und wollte sich nur umso mehr beweisen. Die Professorin gab ihr Bücher – Simone de Beauvoir, Gloria Steinem, Evelyn Reed –, und sie las sie alle, obwohl Blake die Augen verdrehte, wenn er die Titel sah. Er konnte nicht verstehen, was das mit Mathematik zu tun haben sollte. Peg lud sie auf Demonstrationen ein, und obwohl Stella zu ängstlich war, sich einer Gruppe brüllender Menschen anzuschließen, las sie sich in der Zeitung immer die Berichte durch.

«Was treiben Peggys Girls denn jetzt wieder?», fragte Blake dann und las über ihre Schulter den Lokalteil mit. Da waren sie, protestierten gegen den *Miss America*-Wettbewerb, gegen sexistische Werbung im *Los Angeles Magazine* oder einen neuen Horrorfilm, der Gewalt gegen Frauen glorifizierte. Peggys Girls waren alle weiß, und als Stella wissen wollte, ob es in der Gruppe Negrofrauen gebe, war Peg die Frage unangenehm.

«Die haben ihre eigenen Themen, weißt du», sagte sie. «Aber sie können natürlich gern Seite an Seite mit uns kämpfen.»

Wer war Stella, darüber zu richten? Peg stand wenigstens für etwas ein, kämpfte für etwas. Wegen allem lag sie mit der

Universität im Clinch: Mutterschutz, Sexismus in der Einstellungspolitik und Ausbeutung der Assistentinnen. Sie zog in den Kampf, obwohl sie keine Kinder und schon eine sichere Stelle hatte und sie selbst von ihrem Engagement nicht profitieren würde. Stella war verblüfft. Peg protestierte offenbar aus Pflichtbewusstsein, vielleicht sogar zum Spaß.

Jetzt saß sie in Pegs Büro, griff sich ein Buch über Primzahlen und sagte: «Eine Pause kann man das nur nennen, wenn man irgendwann wieder anfängt.»

«Vielleicht macht sie das ja», sagte Peg. «Von sich aus. So wie du.»

«Das ist etwas anderes.»

«Wieso?»

«Ich hatte keine andere Wahl», sagte sie. «Ich musste die Schule abbrechen. In ihrem Alter war mein größter Wunsch, aufs College zu gehen. Und sie wirft das einfach weg.»

«Na ja, sie ist nicht du», sagte Peg. «Das kannst du nicht erwarten.»

Aber das war es nicht, jedenfalls nicht nur. Ihre Tochter war für sie wie eine Fremde, und es war gut möglich, dass sie ihre Unterschiedlichkeit in Mallard vielleicht lustig gefunden hätte. All die Züge ihrer Tochter, die sie an Desiree erinnerten – vielleicht hätte sie mit ihrer Schwester darüber lachen können. *Bist du sicher, dass sie nicht von dir ist?* Aber hier, in dieser Welt, kam ihre Tochter ihr wie eine Fremde vor, und es jagte ihr Angst und Schrecken ein. Eine Tochter, die nicht wirklich ihre zu sein schien, ließ alles an ihrem Leben unwirklich werden.

«Vielleicht ärgerst du dich im Grunde über dich selbst», sagte Peg.

«Über mich selbst? Warum?»

«Die ganzen Jahre, die du darüber geredet hast, dein Studium fortzusetzen, und – nichts.»

«Ja, aber ...» Stella brach ab. Das war eine ganz andere Sache. Immer wenn sie mit Blake darüber gesprochen hatte, sich für einen Masterstudiengang zu bewerben, hatte er so kindisch reagiert. Noch mehr Schule? Herrgott, Stella, wie viel Schule brauchst du denn? Er warf ihr vor, die Familie zu vernachlässigen, sie warf ihm vor, sie zu vernachlässigen, beide schliefen wütend ein.

«Natürlich glaubt dein Göttergatte, dass er dich weiter herumschubsen kann», sagte Peg. «Du machst ihm Angst. Eine Frau, die etwas in der Birne hat. Vor nichts haben sie mehr Angst.»

«Ich weiß nicht, ob das stimmt», sagte Stella. Blake war noch immer ihr Mann. Sie hörte andere nicht gern über seine Schwächen reden.

«Ich will nur sagen, es geht immer um die Macht», sagte Peg. «Er will sie, und er will nicht, dass du sie hast. Warum würden Männer sonst ihre Sekretärinnen vögeln?»

Wieder tat es ihr leid, dass Peg wusste, wie sie Blake kennengelernt hatte. Die Geschichte, die ihr einmal so romantisch vorgekommen war, klang über die Jahre immer haarsträubender. Sie war so jung gewesen wie ihre Tochter heute; sie war noch nie einem Mann wie Blake begegnet – natürlich hatte sie sich dem nicht entziehen können. Als sie zum ersten Mal miteinander schliefen, war sie neunzehn und hatte Blake auf eine Geschäftsreise nach Philadelphia begleitet. Inzwischen hatte sie gemerkt, dass man als Sekretärin fast so etwas wie eine Ehefrau war; sie kannte seine Termine auswendig, hängte ihm Hut und Mantel auf, schenkte ihm einen Scotch ein. Sie brachte ihm Lunch, fing seine Stimmungen auf, hörte ihm zu, wenn er über seinen Vater klagte, erinnerte ihn daran, seiner Mutter zum Geburtstag Blumen zu schicken. Deshalb hatte er sie auch nach Philadelphia eingeladen, hatte sie geglaubt, bis er sich am letzten Abend der Reise an der Hotelbar zu ihr beugte und sie küsste.

«Du hast keine Ahnung, wie lange ich das schon tun wollte», sagte er. «Seit dem Lunch im Antoine's. Du hast so süß ausgesehen und so hilflos. Da wusste ich, das geht nicht gut aus. Ich will das Mädchen mit der schönsten Handschrift, habe ich ihnen gesagt, das Aussehen ist nicht wichtig. Hoffentlich ist sie nicht hübsch, habe ich gedacht, die Ablenkung kann ich nicht brauchen. Ich bin nicht so einer, weißt du. Aber natürlich hat das schönste Mädchen auch die schönste Handschrift. Und seitdem bringst du mich um den Verstand.»

Er lachte kurz, sah sie aber so ernst an, dass ihr der Hals rot anlief.

«Das wollte ich nicht», sagte sie. «Dich um den Verstand bringen, meine ich.»

«Hasst du mich dafür, dass ich dir das alles erzähle?», fragte er.

Seine Nervosität beruhigte sie. Sie war schon mit ein paar weißen Männern ausgegangen, aber zu mehr als zu Küssen im Auto war es nie gekommen. Sie hatte immer gefürchtet, dass sie ihr die Lüge ansehen konnten, irgendwie, ihrem nackten Leib. Vielleicht würde ihre Haut auf den weißen Laken dunkler wirken, oder vielleicht würde sie sich einfach anders anfühlen, wenn er in ihr war. Wenn Nacktheit nicht enthüllte, wer du warst, was dann?

Im Hotel zog Blake sie langsam aus. Er öffnete den Reißverschluss ihres Rocks, löste die Haken ihres BHs, bückte sich und rollte ihr die Nylonstrümpfe herunter. Von innen drängte es sich an seine weißen Boxershorts, und er tat ihr leid, alle Männer taten ihr leid, weil sie gezwungen waren, ihr Begehren so zur Schau zu stellen. Sie konnte sich nichts Entsetzlicheres denken, als nicht verstecken zu können, was sie wollte.

Sie würde ihn nicht zurückweisen können, das war ihr inzwischen klargeworden, aber sie wollte es auch nicht. Und das war der Unterschied, aber vielleicht lag der Unterschied auch darin, dass es überhaupt einen gab.

«Jetzt sieh mich nicht so an», sagte Peg.

«Wie denn?»

«Als wenn gerade deine Katze gestorben wäre.» Peg beugte sich über den Schreibtisch. «Ich kann einfach nicht mit ansehen, wenn du dich für ihn kleinmachst. Einfach weil er dich nie so sehen wird, wie du dich selbst siehst.»

Stella wandte den Blick ab.

«Das verstehst du nicht», sagte sie. «Wenn ich nur denke, was ich vorher für ein Mensch war. Ein völlig anderer Mensch.»

«Und wer warst du da?», fragte Peg.

Ein Zwilling sein war manchmal, wie mit einer anderen Version seiner selbst zu leben. Diesen Menschen gab es vermutlich für jede und jeden, ein anderes Ich, das man nur im Kopf hatte. Aber ihres war real. Jeden Morgen hatte Stella sich im Bett umgedreht und ihm in die Augen geschaut. Andere Male hatte sie das Gefühl gehabt, als lebte sie mit einer Fremden. Warum bist du nicht mehr wie ich, hatte sie gedacht, wenn sie zu Desiree hinüberblickte. Wie bin ich ich geworden und du du? Vielleicht war sie nur so still, weil Desiree es nicht war. Vielleicht hatten sie ihr gemeinsames Leben damit zugebracht, einander zu modulieren, auszugleichen, was der anderen fehlte. So wie Stella auf der Beerdigung ihres Vaters kaum ein Wort herausgebracht hatte, und wenn jemand sie etwas fragte, hatte Desiree für sie geantwortet. Zuerst hatte sie das gestört – jemand sprach mit ihr, und Desiree reagierte. Wie über Fernsprecher. Aber bald fühlte sie sich wohl damit. Man konnte nichts sagen und verschwinden, sich frei fühlen in der eigenen Nichtigkeit.

Sie starrte aus dem Fenster, sah Studenten vorbeiradeln, dann blickte sie wieder die Professorin an.

«Ich kann mich schon gar nicht mehr erinnern», sagte sie.

ZWÖLF

Nach ihrer zweiten Woche im Saaldienst am Stardust Theater hatte Jude schon zwei entscheidende Dinge über Kennedy Sanders herausgefunden: Sie wollte ein Broadway-Star werden, und sie verhielt sich wie jede verkannte Schauspielerin – ein wenig hochmütig und immer leicht verletzt. Der Hochmut war kaum zu übersehen; sie ließ andere nur zu gern auf sich warten und stolzierte durch jede Tür, die man ihr aufhielt. Sie stritt sich mit dem Regisseur über die richtige Betonung, oft zum Spaß, wie es schien. Sie stellte ihren roten Sportwagen im Parkhaus ganz hinten ab, weil ihr angeblich einmal eine Zweitbesetzung vor Neid den Lack zerkratzt hatte. Sie erfand gern Geschichten aus ihrem Leben, als wäre die Wirklichkeit öde und nicht der Rede wert. Manchmal berichtigte sie sich mitten im Gespräch, zum Beispiel als sie Jude erzählte, ihr Auto sei ein Geschenk zum Highschool-Abschluss gewesen.

«Oder eher ein *Kaum zu glauben, dass du den Abschluss geschafft hast*-Geschenk», sagte sie. «Auf der Highschool war ich eine richtige Ratte. Aber waren wir das nicht alle? Na ja, vielleicht auch nicht. Du siehst mir nicht wie eine kleine Ratte aus.»

«War ich auch nicht», sagte Jude.

«Schon klar. So was sehe ich sofort. Wer seinen Broccoli aufgegessen und auf Papa gehört hat und wer richtig was losgemacht hat. Hey, sei ein Schatz und wirf das für mich weg, ja?»

Sie ließ ein zerknülltes Bonbonpapier in Judes wartende

Hände fallen. An den beiden vergangenen Wochenenden hatte sie den Bus zu dem heruntergekommenen Theater genommen, dort Popcorn aufgefegt, auf den Toiletten die Waschbecken geschrubbt und die Garderobe geputzt. Mit der Zeit würde sie sich schon zum Kartenabreißen und Platzanweisen hocharbeiten, hatte der Schichtleiter gesagt. Er konnte nicht ahnen, dass sie genau dort war, wo sie hinwollte. Aber das sagte sie ihm natürlich nicht. Sie hatte ihm nur die einfache Version erzählt: dass sie gerade ihren College-Abschluss gemacht habe und sich an den Wochenenden etwas dazuverdienen wolle. Sie konnte an den Freitag- und Samstagabenden arbeiten und sonntagnachmittags. Die *Midnight-Marauders*-Schichten. Zur Sonntagnachmittagsvorstellung solle sie Schwarz tragen, sagte er.

«Das gefällt mir nicht», sagte Reese. Er lehnte sich an den Küchentresen, noch immer den abgewetzten Werkzeuggürtel von Mr. Song um die Hüften, und sah so besorgt aus, dass sie sich wünschte, sie hätte ihm gar nicht erst davon erzählt.

«Ist doch bloß ein kleiner Nebenjob», sagte sie locker. «Wir können das Geld gebrauchen.»

«Ist es nicht, und das weißt du auch.»

«Und was soll ich jetzt machen? Einfach weiter so tun, als wäre sie nicht die Tochter von Stella? Das kann ich nicht. Ich muss sie kennenlernen. Ich muss Stella treffen.»

«Und wie willst du das anstellen?»

Aber über das Stardust Theater hinaus hatte sie keinen Plan. Vor jeder Vorstellung ging sie zu Kennedy in die Garderobe und half ihr mit dem monströsen Kleid. Es gab noch mehr Gefälligkeiten: Sie brachte ihr heißes Wasser mit Zitrone, besorgte ihr aus einem Diner in der Nähe Sandwichs und ging ihr aus dem Automaten im Foyer Cola holen. Sie kam sich jedes Mal blöd vor, wenn sie mit einer Tasse Tee vor der Garderobe wartete, bis Kennedy hereinplatzte, ungerührt und außer Atem.

«Meine Retterin!», sagte sie dann. Oder: «Ich schulde dir was.» Nie einfach danke.

Während des ersten Akts, bevor sie den Getränkestand für die Pause vorbereitete, schlich Jude sich auf die Nebenbühne und sah sich das Stück an, das ihr jedes Mal blöder vorkam. Ein Western-Musical über ein couragiertes Mädchen, das in eine Geisterstadt kommt und dort auf richtige Gespenster stößt.

«Ich finde es total schlau», sagte Kennedy. «Irgendwie so wie *Hamlet*, wenn man drüber nachdenkt.» Das Stück war ganz und gar nicht wie *Hamlet*, aber sie sagte es mit einer Überzeugung, dass man ihr beinahe glaubte. Ihre erste Hauptrolle, seit sie vor zwei Monaten die Uni abgebrochen hatte, so erzählte sie es Jude eines Tages nach der Vorstellung. Sie saßen in einem Diner auf der anderen Straßenseite, und Kennedy dippte Pommes in einen großen Klacks Ranch-Dressing.

«Meine Mutter hat sich noch immer keine Vorstellung angeguckt», sagte sie. «Sie ist mir so böse, weil ich die Uni geschmissen habe. Sie glaubt, dass ich meine Zukunft verspiele. Stimmt ja vielleicht auch. Kaum jemand schafft es nach oben, oder?»

Zum ersten Mal ließ sie die Angeberei sein und wirkte so unsicher, dass Jude ihr fast die Hand gedrückt hätte. Der plötzliche Anfall von Mitgefühl erschreckte sie. Wie wäre es, dieses Mädchen zu sein? Unkluge Entscheidungen würden einem Mitleid einbringen statt Verachtung, ein einziger Moment des Zweifels würde reichen, damit eine praktisch Fremde einem bestätigte, wie besonders man war?

«Einen Medizin-Studienplatz bekommt auch keiner», sagte Jude.

«Aber das ist doch was anderes. Meine Mutter würde es toll finden, wenn ich Ärztin werde, das kannst du mir glauben. Würde wohl den meisten Müttern so gehen. Sie wollen alle, dass wir es mal besser haben als sie, oder?»

«Wie hatte sie es denn?»

«Schwer. Du weißt schon, so richtig *white trash, Früchte des Zorns.* Jeden Tag zehn Meilen zu Fuß zur Schule und so weiter.»

«Kommt sie aus einer großen Familie?»

«Ach nein. Bloß sie. Und ihre Eltern sind schon lange tot. Sie ist die Einzige, die noch lebt.»

Manchmal konnte man verstehen, warum Stella die Seiten gewechselt hatte. Wer träumte nicht davon, sich selbst hinter sich zu lassen und als neuer Mensch neu anzufangen? Aber wie konnte sie die Menschen, die sie geliebt hatten, umbringen? Menschen, die noch Jahre später Sehnsucht nach ihr hatten, völlig von sich abschneiden? Das war der Teil, den Jude nie begreifen würde.

«Ich weiß nicht, wie du die ertragen kannst», sagte Barry. «Das Mädchen redet und redet! Man möchte ihr am liebsten das Hütchen ins Maul stopfen.»

Wie alle anderen Mitglieder der Truppe fand er Kennedy unerträglich. Aber Jude wollte, dass sie redete. In all ihren Geschichten suchte sie nach Stella. Also hob sie ihr das Kleid über den Kopf und hörte zu, wie Kennedy sich endlos darüber ausließ, dass sie im Sommer nach Indien wollte, aber auch Angst davor hatte, klar. Nicht mal das Wasser kann man da einfach so trinken, und sie hatte eine Freundin – na ja, nicht wirklich eine Freundin, ein Nachbarskind von früher, Tammy

Roberts –, die dort freiwilligen Hilfsdienst geleistet hatte, und als sie wiederkam, war sie vom Obst krank geworden. Stell dir mal vor, vom Obst. Sie würde lieber mit einer Spritze im Arm verrecken, als sich von einer Mango umbringen zu lassen.

Ein andermal erzählte Kennedy ihr, im Publikum sitze eine alte Flamme von ihr, ein verheirateter Surfer, der bei ihr im Haus wohnte. Sie habe ein Mal mit ihm geschlafen, als er ihr aus Frankreich eine Flasche Absinth mitgebracht hatte.

«Das war ein ziemlicher Trip», sagte sie und rekelte sich barfuß auf dem klumpigen Sofa.

In fünfzehn Minuten war Vorstellungsbeginn, und sie war noch nicht einmal im Kostüm. Sie war ständig unkonzentriert, nie vorbereitet. Wenn Jude kam und ihr beim Ankleiden helfen wollte, stand sie immer leicht überrascht in der Tür, als hätte sie Jude nie darum gebeten. Immer wieder kam sie ganz plötzlich auf ihre Mutter zu sprechen, zum Beispiel, als sie Jude vor einer Vorstellung erzählte, sie habe mit der Schauspielerei angefangen, als sie elf war. Ihre Mutter hatte alle möglichen Freizeitaktivitäten für sie gebucht, weil man das als Eltern in Brentwood so machte, man warf seine Kinder aus wie ein Fischernetz und hoffte, dass sich ein Talent verfing. Also hatte sie Tennis- und Ballettstunden gehabt, Klarinette und Klavier. Aber nichts blieb hängen. Sie war entsetzlich mittelmäßig. Ihre Mutter schämte sich.

«Laut gesagt hat sie es nie, aber ich konnte es spüren», sagte Kennedy. «Sie wollte unbedingt, dass ich etwas Besonderes bin.»

Also hatte sie einfach aus Spaß für eine Schultheaterproduktion über den Goldrausch vorgesprochen und eine kleine Rolle als chinesischer Eisenbahnarbeiter bekommen. Nur sieben Sätze, aber ihre Mutter half ihr trotzdem beim

Auswendiglernen, den Text in der einen Hand, während sie mit der anderen Pastasoße umrührte. Kennedy schleifte ihre unsichtbare Spitzhacke über den Küchenboden.

«Völlig absurd eigentlich», sagte sie. «Da stehe ich und spiele einen Kuli mit Bambushut. Man konnte nicht einmal mein Gesicht sehen. Aber meine Mutter hat mich trotzdem gelobt. Sie war ... ich weiß auch nicht, endlich mal aufgeregt.»

Sie sprach mit Wehmut von ihrer Mutter, so wie alle über Stella redeten. Das war das Einzige, was sich echt anfühlte.

Jude blieb den ganzen November über bei der *Midnight-Marauders*-Schicht. Sie füllte die Popcornmaschinen auf, verteilte am Eingang Programmhefte, begleitete alte Damen zu ihren Plätzen. Noch beim Einschlafen hatte sie die Ouvertüre im Ohr. Wenn sie die Augen schloss, sah sie Kennedy an der Rampe, im Scheinwerferlicht. Sie konnten unmöglich Cousinen sein. Jedes Mal, wenn die Blondine ins Theater gefegt kam, das Gesicht hinter einer Sonnenbrille versteckt, kam ihr die Vorstellung absurder vor. Eine überraschend aufgetauchte Verwandte – da müsste man doch Gemeinsamkeiten entdecken? Vielleicht nicht auf den ersten Blick, aber mit der Zeit würde man doch irgendwie die Blutsverwandtschaft spüren. Aber je mehr Zeit sie in Kennedys Gegenwart verbrachte, desto fremder wurde das Mädchen ihr.

Eines Freitagabends ging die Truppe nach der Vorstellung etwas trinken. Barry zupfte Jude am Ärmel, um sie zum Mitkommen zu überreden, aber noch bevor sie ihm erklären konnte, dass sie müde sei, sprang Kennedy neben ihr auf die Gasse. Also ging sie natürlich mit. Sie konnte ihr nie etwas abschlagen. Wenn sie in ihrer Nähe war, packte es sie. Das Musical war beinahe abgespielt, und sie hatte kaum etwas über Stella herausbekommen. In einer Ecke der düsteren Bar entdeckte der Pianist ein eingestaubtes Klavier und schlug ein paar Akkorde an. Langsam versammelte sich die Truppe um ihn, etwas beschwipst und noch immer in Spiellaune. Nur Kennedy blieb mit Jude am Ende des Tischs sitzen. Ihre Knie stießen aneinander.

«Du hast nicht viele Freunde wie mich, oder?», fragte sie.

«Wie meinst du das?»

Weiße wahrscheinlich, aber Kennedy überraschte sie und sagte: «Freundinnen. Als ich dich zum ersten Mal gesehen habe, hattest du lauter Jungs dabei.»

«Nein», sagte Jude. «Eigentlich habe ich überhaupt keine Freundinnen.»

«Warum nicht?»

«Keine Ahnung. Schon als Kind hatte ich keine. Liegt an dem Ort, wo ich herkomme. Da mögen sie solche wie mich nicht.»

«Du meinst Schwarze.»

«Dunkelhäutige», sagte sie. «Die hellhäutigen sind okay.»

Kennedy lachte. «Das ist doch bescheuert.»

Beiden war das Leben der jeweils anderen ein Rätsel, und wie sollte es anders sein? Musste Jude sich nicht fragen, wie das wohl wäre – sich so wenig um Bildung zu scheren und trotzdem zu wissen, dass man selbst im schlimmsten Fall noch gut dastehen würde? Wie sollte sie den lauten Punk denn nicht hassen, der aus der Anlage kreischte, wenn Kennedy sich ins Parkhaus schlängelte? Ja, und jedes Mal wenn Kennedy zu spät kam, verdrehte Jude die Augen. Sie fand es grässlich, dass Kennedy sich heiße Zitrone bringen ließ. Sie wollte sie verteidigen, wenn Barry sie ein verzogenes Gör nannte, aber natürlich war sie eines. Das Mädchen konnte einen zum Wahnsinn treiben, aber vielleicht wäre aus Jude dasselbe geworden, wenn ihre Mutter keinen dunkelhäutigen Mann geheiratet hätte. In diesem anderen Leben hätten die Zwillinge gemeinsam die Seiten gewechselt. Ihre Mutter hätte einen Weißen geheiratet und würde sich nun auf edlen Partys aus Nerzmänteln schälen, anstatt in einem Provinz-Diner zu kellnern. In dieser Wirklichkeit wäre Jude blond und schön und ließe die Hand aus dem Fenster baumeln, wenn sie in ihrem roten Camaro durch Brentwood fuhr. Strahlend würde sie jeden Abend auf die Bühne treten, ihre goldene Mähne in den Nacken werfen und sich von der ganzen Welt feiern lassen.

Der Junge am Klavier hämmerte jetzt «Don't stop me now», und Kennedy zog Jude kreischend hoch. Jude hatte noch nie vor anderen Menschen gesungen. Aber sie fiel in den Chor der aufgedrehten Gruppe ein, und sie nervten die anderen Gäste, bis der Barkeeper sie hinauswarf. Es war nach drei Uhr, als sie in dieser Nacht ins Bett kroch. In ihrem Kopf schwirrte es, und sie spürte noch immer Kennedys Arm um ihre Schultern. Sie waren nicht wirklich Familie, und sie waren nicht richtige Freundinnen, aber irgendetwas waren sie. Oder nicht?

«Wo bist du?», fragte Reese. Sie lagen im Bett und küssten sich, aber sie war abgelenkt, ihr Kopf schwebte noch in der Musik.»

«Tut mir leid», sagte sie. «Ich habe nur nachgedacht.»

«Über dieses weiße Mädchen?» Er seufzte. «Du musst damit aufhören, Baby. Du spielst ein gefährliches Spiel.»

«Das ist kein Spiel», sagte sie. «Das ist meine Familie.»

«Diese Menschen sind nicht deine Familie. Sie wollen es nicht sein, und du kannst sie nicht zwingen.»

«Das versuche ich auch gar nicht ...»

«Warum schnüffelst du dann diesem Mädchen hinterher? Du kannst niemanden dazu bringen, jemand anderer zu sein. Und wenn deine Tante eine Weiße sein will, ist das ihre Entscheidung.»

«Das verstehst du nicht», sagte sie.

«Natürlich», sagte er und warf die Arme in die Luft. «Ich verstehe dich einfach nicht ...»

«So habe ich es nicht gemeint», sagte sie. Aber stimmte das? Er hatte nicht erlebt, wie ihre Mutter Stella jahrelang nachgetrauert hatte, wie Early Tausende von Meilen gefahren war, um nach ihr zu suchen. Er hatte nicht gesehen, wie Jude Vormittage lang die Kartons hinten im Schrank durchwühlt hatte und Stellas Sachen durchgegangen war. Das meiste war Schrott gewesen, ein paar alte Spielsachen, ein einzelner Ohrring oder eine Socke. Ob ihre Großmutter diese Kisten absichtlich aufbewahrt oder sie vergessen hatte, konnte sie nicht sagen. Aber sie wühlte darin und versuchte herauszufinden, was Stella so anders machte. Wie hatte sie einen Weg gefunden, aus Mallard wegzukommen, während ihre Mutter nur hatte bleiben können?

Den ganzen November über meldete sie sich in der Garderobe von Kennedy Sanders zum Dienst und hob ihr das große Kleid über den Kopf. Dann stand sie Abend für Abend auf der Nebenbühne und suchte den Zuschauerraum nach Stella ab. Sie entdeckte sie kein einziges Mal. Und trotzdem hielt sie nach ihr Ausschau, auch wenn die Ouvertüre verklungen war und Kennedy endlich ihren Auftritt hatte. Irgendwie legte sie, sobald die Vorstellung begann, den klugscheißerischen Tonfall ab, der den Technikern so auf die Nerven ging. Im Scheinwerferlicht war sie nicht länger das sarkastische Mädchen, das kettenrauchend vor dem Bühneneingang stand. Sie wurde Dolly, das liebe, sorg- und harmlose Mädchen, das sich in eine verlassene Stadt verlaufen hatte.

«Ich weiß auch nicht», sagte sie. «Ich habe die Bühne immer geliebt. Alle sehen dich an. Ist doch aufregend, oder?»

An einem Samstagabend hatte sie Jude nach der Vorstellung angeboten, sie nach Hause zu fahren. Sie blickte zu ihr hinüber, lächelte sie an, und Jude sah unangenehm berührt aus dem Fenster. Sie konnte nicht ertragen, wie direkt Kennedy sie ansah, als wollte sie sie herausfordern wegzugucken.

«Nein», sagte Jude. «So von allen angestarrt zu werden, würde ich ganz schrecklich finden.»

«Wieso?»

«Keine Ahnung. Ich fühle mich dann so ... bloßgestellt.»

Kennedy lachte.

«Ja, aber beim Schauspielen ist das anders», sagte sie. «Man zeigt den Menschen nur das, was man will.»

DREIZEHN

Im Dezember war das *The Midnight Marauders*-Plakat vor dem Stardust Theater schon mit Werbung für die *West Side Story* überklebt. Jude musste so grimmig geschaut haben, dass der Mann, der das Banner auswechselte, von seiner Leiter heruntersah und sagte: «Manchmal gibt es Wiederaufnahmen.» Aber sie dachte gar nicht an das Stück – sie dachte nur an Stella, die immer noch nicht aufgetaucht war. Jetzt war das Stück abgesetzt, und was hatte es ihr gebracht? Ein paar alte Geschichten über eine Frau, die sie nie kennenlernen würde.

Am Abend der letzten Vorstellung trat sie in das leere Theater, um den Boden zu fegen, und fand Kennedy allein auf der dunklen Bühne vor. Sie war sonst nie zu früh da, daher fragte Jude, ob alles in Ordnung sei. Kennedy lachte.

«Zur letzten Vorstellung komme ich immer etwas früher», sagte sie. «Das ist die, an die sich die Leute hinterher erinnern. Man ist immer nur so gut wie bei der letzten Vorstellung.»

Sie trug zerrissene Jeans und einen großen, weichen lila Hut, der ihr halbes Gesicht verdeckte. So war sie immer angezogen – wie ein Kind, das in die Verkleidungskiste gegriffen hatte.

«Komm mal hier rauf», sagte Kennedy.

Jude lachte und sah sich im leeren Theater um. «Wieso das denn?», fragte sie. «Ich arbeite.»

«Und? Es ist niemand hier. Komm einfach hoch, nur zum Spaß. Ich wette, du hast noch nie auf so einer Bühne gestanden.»

Das hatte sie tatsächlich nicht, obwohl sie jedes Jahr überlegt hatte, für die Schulaufführung vorzusprechen. Ihre Mutter hatte einmal die Hauptrolle in *Romeo und Julia* gespielt – das ganze lustige Englisch auswendig gelernt und sich vor der gesamten Schule von Ike Goudeau küssen lassen. Aber die letzte Verbeugung war wundervoll gewesen, sagte sie, und der donnernde Schlussapplaus. Sie wäre begeistert gewesen, Jude in einem Stück zu sehen. Und beinahe hätte sie sich auch getraut – nicht, weil sie unbedingt eine Rolle haben wollte, sondern weil es ihrer Mutter einmal so viel bedeutet hatte. Sie wollte sich beweisen, dass sie einander ähnlich waren. Aber kaum hatte sie das Theater zum Vorsprechen betreten, stellte sie sich vor, wie die ganze Stadt über sie lachte, und schlüpfte durch die Kulissen wieder hinaus, bevor die zuständige Lehrerin sie aufrufen konnte.

Sie lehnte den Besen an die erste Sitzreihe.

«Einmal hätte ich beinahe für ein Stück vorgesprochen», sagte sie zu Kennedy und stieg die Stufen hinauf. «Aber dann habe ich doch gekniffen.»

«Vielleicht ist das dein Problem», sagte Kennedy. «Du sagst schon nein, bevor es jemand anderes tun kann.»

Von der Bühne aus wirkte das Theater in der Tat ganz anders. Das Licht war gedimmt, sodass man die Gesichter des Publikums gar nicht sah. Es musste seltsam sein, nicht zu wissen, was die Leute, die einem zuschauten, dachten.

«Ich hatte früher schlimme Albträume», sagte Kennedy. «Als ich klein war. Also, richtig schlimm.»

«Worüber?»

«Das ist es ja: Ich konnte mich nie daran erinnern. Aber als ich anfing zu spielen, hat es aufgehört. Als hätte irgendetwas Böses aus mir rausgewollt, und ich konnte es nur hier loswerden.» Sie klopfte auf den Bühnenboden. «Aber das ist Quatsch, oder? Die Ärzte sagen, dass kreative Menschen die wildesten Träume haben. Ich weiß nicht, warum. Vielleicht bekommst du es raus, wenn du erst mal Ärztin bist.»

Sie wollte zwar nicht Psychiaterin werden, aber sie war Kennedy dankbar, dass sie es ihr zutraute. *Wenn du erst mal Ärztin bist.* Bei ihr klang das so einfach.

«Ja», sagte sie. «Vielleicht.»

Sie folgte ihr von der Bühne hinunter. Sie hörte den Rest der Truppe ankommen, alle wuselten aufgekratzt hinter der Bühne herum und zogen sich zum letzten Mal um. Sie würde den Boden fegen und ein letztes Mal ihren Platz im Dunkeln einnehmen. Und nach dem letzten Vorhang würde sie zum ersten Mal, seit sie begriffen hatte, wer Kennedy Sanders war, nicht wissen, wann sie sie wiedersehen würde.

«Komm doch zur Dernierenfeier», hatte Kennedy gesagt. «Und bring deinen Freund mit. Das Theater bezahlt ihn bestimmt, wenn er ein paar Fotos macht.»

Das war ein überraschend aufmerksamer Vorschlag gewesen; sie hatte Kennedy einmal erzählt, dass Reese Fotograf war, aber sie hatte nicht damit gerechnet, dass sie es sich merken würde.

«Danke», sagte sie. «Ich rufe ihn mal an.»

Kennedy machte sich auf den Weg hinter die Bühne, hielt dann aber inne. «Ich weiß noch gar nicht, was danach passiert.»

«Was meinst du?»

Vielleicht waren die Kulissen für eine Schauspielerin so heilige Orte wie Kirchen für andere Leute; jedenfalls fing Kennedy an zu beichten. Dass sie nicht wusste, was sie morgen tun würde, und zwar ganz wörtlich: am nächsten Morgen nach dem Aufwachen. Dass dieses Stück das Einzige gewesen war, was ihrem Leben in den letzten Monaten Sinn gegeben hatte. Schauspielerei war das Einzige, was sie gut konnte. Die Schule hatte sie verkackt, und in allem anderen taugte sie auch nichts. Vielleicht hatte ihre Mutter recht, vielleicht hatte sie einen großen Fehler gemacht. Vielleicht war die Schauspielerei reine Zeitverschwendung. Vielleicht stritten ihre Eltern so viel, weil sie sich trennen wollten. Vielleicht korrigierte ihre Mutter lieber Matheklausuren, als mit ihr zu sprechen. Vielleicht stimmte das alles. Und vielleicht hatte sie ihre bislang größte Rolle nur deswegen bekommen, weil der Junge, mit dem sie schlief, ihr eines Nachts, als sie stoned waren, erzählte, dass sein großer Bruder ein irrwitzig schlechtes Stück geschrieben hatte, das sie in der Stadt tatsächlich auf die Bühne bringen würden. Und obwohl es schlecht war, hatte sie beim Lesen geweint. Ein einsames Mädchen, das nur von Gespenstern umgeben war. Nichts erinnerte sie deutlicher an ihr eigenes Leben.

Vielleicht hatte Doug, der Regisseur, das gespürt, vielleicht stand er auch nur auf ihre Titten, oder der Junge hatte seinen Bruder gebeten, zu tun, was auch immer nötig war, damit ihr Name oben auf der Besetzungsliste landete. So oder so, sie bekam die Titelrolle.

«Aber meiner Mutter könnte ich nichts davon erzählen», sagte sie. «Sie würde nur sagen, dass sie recht hatte. Recht behalten ist ihr wichtiger als Mutter sein. Manchmal glaube ich, sie mag mich nicht mal besonders. Das ist doch Wahnsinn. Zu denken, dass die eigene Mutter einen nicht leiden kann.»

Sie lächelte, aber in ihren violetten Augen standen Tränen.

«Das stimmt ganz sicher nicht», sagte Jude.

«Woher willst du das wissen?», sagte Kennedy. «Du kennst sie ja gar nicht»

An diesem Abend sah sie zum letzten Mal, wie Kennedy Sanders sich im Rampenlicht verwandelte.

Kennedy, wie sie in der ersten Szene durch die Kleinstadt stolziert, ihr melancholisches Solo auf dem Friedhof, das Beinewerfen auf dem Bartresen in der Szene vor der Pause, mit dem Chor der betrunkenen Gespenster. Wenn man sie auf der Bühne sah, hätte man nicht geglaubt, dass sie eben noch geweint hatte. Sie war wie neu, wann immer sie ins Licht trat. Nach dem ersten Akt brandete Applaus auf, und Jude schob sich zum Popcornstand. Sie schaufelte lauwarmes Popcorn in Papiertüten, bis sie endlich Stella entdeckte.

Ihre Mutter, aber auch wieder nicht. Als wäre das Gesicht ihrer Mutter auf den Körper einer anderen Frau montiert worden. Stella trug ein langes grünes Kleid, das Haar hatte sie zu einem tiefsitzenden Knoten gebunden. Diamantohrringe, schwarze Pumps. Sie fingerte an einer ledernen Handtasche herum, während sie durch das Foyer glitt, ließ den Blick ein wenig schweifen, bevor sie einen großen Mann anlächelte, der ihr die Tür aufhielt. In diesem Lächeln war sie für einen Augenblick Mama. Dann legte sich die Maske wieder darüber, die andere Frau übernahm.

Zum Nachdenken blieb keine Zeit. Jude verließ den Popcornstand und folgte ihr, schob sich durch das überfüllte Foyer zur Tür. Draußen fand sie Stella unter dem Vordach, sie kramte nach einer Zigarette. Dann hob sie den Blick, überrascht von dem plötzlichen Überfall, und Jude erstarrte. Ihr erster dummer Gedanke war gewesen, Stella könnte sie erkennen. Irgendetwas Vertrautes in ihrem Gesicht entdecken – ihre Augen, vielleicht sogar ihren Mund –, und dann würde ihr der Mund offen stehen, die Handtasche aufgeklappt zu Boden fallen. Aber Stellas Blick glitt über sie hinweg, und sie starrte missmutig auf die Straße. Jude war allein mit ihrem klopfenden Herzen.

«Hi», sagte sie. «Ich bin mit Ihrer Tochter befreundet.» Etwas Besseres fiel ihr nicht ein.

Stella hielt kurz inne und zündete sich dann ihre Zigarette an.

«Aus der Uni?», fragte sie. Ihre Stimme war weicher, sanfter.

«Nein, von hier.»

«Oh. Reizend», sagte Stella.

Das war ein Wort, das ihre Mutter niemals benutzt hätte. Reizend. Stella lächelte schmal, zog an der Zigarette und sah zum Vordach hinauf.

«Wollen Sie eine Zigarette?», fragte sie.

Beinahe hätte Jude ja gesagt. Dann hätte sie wenigstens einen Grund gehabt, hier zu stehen.

«Nein», sagte sie. «Ich rauche nicht.»

«Braves Mädchen», sagte Stella. «Soll wirklich ungesund sein.»

«Ich weiß. Meine Mutter versucht aufzuhören.»

Stella sah sie an. «Aufhören ist gar nicht so einfach», sagte sie. «Nicht bei den guten Dingen.»

Die Pause war beinahe vorbei, Stella würde gleich wieder im dunklen Zuschauerraum verschwinden. Wenn das Stück zu Ende wäre, würde sie mit der Menschenmenge auf die Straße gespült werden. Sie würde nach Hause gehen und vielleicht später am Abend in einem ruhigen Moment an das dunkle Mädchen zurückdenken, das ihre Zigarettenpause unterbrochen hatte, und dann würde sie die Szene vergessen.

«Kennedy sagt, Sie sind aus Louisiana», sagte Jude schließlich. «Ich auch. Ich komme aus Mallard.»

Stella sah sie an, eine Augenbraue leicht hochgezogen. Nichts an ihrer Körperhaltung änderte sich, nichts ließ vermuten, dass sie es überhaupt gehört hatte, außer dieser leicht gewölbten Braue.

«Aha», sagte sie. «Tut mir leid, das kenne ich nicht.»

«Meine Mutter ...» Jude holte tief Luft. «Meine Mama heißt Desiree Vignes.»

Jetzt wandte Stella sich ihr zu.

«Wer zum Teufel bist du?», sagte sie leise.

«Das habe ich doch gesagt, meine Mutter ...»

«Wer bist du? Was machst du hier? Ich verstehe nicht.»

Sie lächelte ansatzweise, aber hielt dabei die Zigarette so von sich gestreckt, als wollte sie Jude warnen, ihr bloß nicht zu nahe zu kommen. Sie war wütend – damit hatte Jude nicht gerechnet. Stella würde verwirrt sein. Erschrocken vielleicht. Aber wenn die Überraschung abgeklungen wäre, hatte sie gedacht, würde Stella sich vielleicht freuen, vielleicht sogar staunen über den irren Zufall, der sie zusammengebracht hatte. Stattdessen schüttelte Stella den Kopf, als wollte sie sich selbst aus einem Albtraum aufwecken.

«Ich wollte dich treffen», sagte Jude.

«Nein, nein, nein, das verstehe ich nicht. Wer bist du wirklich? Du siehst ihr überhaupt nicht ähnlich.»

Durch die Fenster sah man das Licht im Foyer flackern. Sie sollte jetzt eigentlich die Leute an ihre Plätze zurückbringen. Der Schichtleiter wurde bestimmt schon wahnsinnig und suchte sie. Und was würde er finden, wenn er jetzt herauskäme? Ein schwarzes Mädchen, das darum bettelte, von einer weißen Frau erkannt zu werden.

«Sie hat mir erzählt, wie ihr euch immer in den Toiletten versteckt habt», sagte Jude. «In dieser Wäscherei in New Orleans. Sie sagt, du hast dir fast die Hände abgemangelt.» Sie plapperte jetzt drauflos, damit Stella nicht einfach wegging.

Stella zog zitternd an ihrer Zigarette, dann trat sie sie auf dem Gehweg aus. «Sie wäre niemals nach Mallard zurückgegangen», sagte sie.

«Wir mussten. Um von meinem Vater wegzukommen. Er hat sie immer wieder geschlagen.»

«Geschlagen?» Stella hielt inne. Wurde weicher. «Ist sie – ich meine, ist meine Mama noch ...»

«Sie sind immer noch da unten. Mama arbeitet im Diner.»

«Bei Lou's? Mein Gott. An Lou's habe ich schon ewig nicht mehr gedacht.» Stella machte eine Pause. «Das muss ja furchtbar für dich gewesen sein.»

Jude sah beiseite. Sie wollte Stellas Mitleid nicht.

«Sie hat immer wieder nach dir gesucht», sagte sie.

Stellas Mund verzog sich, als würde sie gleich lächeln oder weinen, ihr Gesicht war wie dazwischen gefangen. Ein Regenschauer bei Sonnenschein. Der Teufel schlägt seine Frau, hatte ihre Mutter manchmal gesagt, und Jude hatte immer daran denken müssen, wenn ihr Vater ausgerastet war. Der Teufel konnte die Frau lieben, die er schlug; die Sonne konnte trotz Regen scheinen. Nichts war so einfach, wie man es gern hätte. Unwillkürlich griff sie nach ihrer Tante, aber die hielt sie auf Armeslänge von sich. Ihre Augen schimmerten.

«Das hätte sie nicht tun sollen», sagte Stella. «Sie hätte mich vergessen sollen.»

«Hat sie aber nicht! Du kannst sie anrufen. Wir können sie jetzt sofort anrufen. Sie würde sich so freuen ...»

«Ich muss gehen», sagte Stella.

«Aber ...»

«Das ist mir zu viel», sagte sie. «Ich kann da nicht wieder hin. Das war ein anderes Leben, verstehst du?»

Autoscheinwerfer glitten über sie hinweg, und für einen Augenblick wirkte Stella im gelben Licht panisch, als würde sie gleich vor den Wagen laufen. Dann drückte sie ihre Handtasche an sich und verschwand in der Nacht.

Bei der Dernierenfeier versammelten sich sämtliche Schauspieler und Musiker um die Hauptdarstellerin, die sich betrank und jedem ungefragt erzählte, dass ihre Mutter nicht aufgetaucht war. «Ist das zu fassen?», fragte sie immer wieder. «Letzte Vorstellung, und sie sagt, sie würde es versuchen. Nicht besonders hartnäckig anscheinend!»

Niemand hatte sie je in so schlechter Stimmung erlebt. Sie hatte die letzte Verbeugung kaum abgewartet, hatte die Ensemblemitglieder ignoriert, die ihr gratulieren wollten, die Rosen vom Regisseur in den Müll geworfen. Sie hatte nicht mal am Ausgang Programmhefte signiert. Und jetzt stand sie schon seit einer halben Stunde allein an der Bar und kippte Tequila in sich hinein.

«Meine erste große Rolle», sagte sie zu Jude. «Sie hätte einfach bloß dasitzen müssen. Nicht mal das hat sie hingekriegt.»

Am anderen Ende der Bar streifte Reese umher und machte unauffällig Fotos vom Ensemble. Statt sich für ihn zu freuen, dass er wieder fotografierte, stand sie hier an der Bar neben einem missmutigen, betrunkenen Mädchen und zitterte noch immer. Sie hatte Stella getroffen, aber Stella wollte sie nicht kennenlernen. Es hätte sie nicht überraschen dürfen. Stella hatte seit Jahrzehnten nichts von der Familie wissen wollen, so gesehen hatte sich nichts geändert. Warum fühlte sie sich, als hätte sie jemanden verloren? Wieder sah sie vor sich, wie sie die Hand nach Stella ausgestreckt und Stella sie weggeschoben hatte. Es war, als hätte sie sich nach ihrer Mutter ausgestreckt und wäre zurückgewiesen worden.

«Ich muss gehen», sagte sie. Ihr war zu heiß auf dieser überfüllten Party, und sie brauchte frische Luft.

«Was soll das denn jetzt?», fragte Kennedy. «Die Party fängt doch gerade erst an.»

«Ich weiß. Tut mir leid. Ich kann nicht bleiben.»

«Komm schon», sagte sie. «Trink noch einen mit mir. Bitte.»

Sie klang so verletzlich, dass Jude beinahe eingewilligt hätte. Beinahe. Aber sie sah noch vor sich, wie Stella in der Nacht verschwunden war, panisch über die Schulter zurückblickend, als würde sie verfolgt, und schüttelte den Kopf.

«Ich kann wirklich nicht», sagte sie. «Mein Freund will auch los.»

Auf der anderen Seite des Raumes packte Reese seine Kamera ein und plauderte mit Barry. Kennedy betrachtete die beiden einen Moment lang.

«Du hast es wirklich gut», sagte sie. Sie lächelte immer noch, aber in ihrer Stimme lauerte etwas Gemeines.

«Was meinst du?», fragte Jude.

«Nichts. Du weißt schon. Niemand würde denken, dass einer wie er mit dir zusammen ist, oder?» Kennedy lachte. «Du weißt ja, dass ich das nicht so meine. Ich sag's nur. Eure Männer stehen meistens auf hellere Mädchen, oder?»

Noch Jahre später fragte sie sich, was am Ende den Ausschlag gegeben hatte. Dieses böse kleine Lächeln oder die Art, wie Kennedy so lässig «eure Männer» gesagt hatte, als hätte das alles mit ihr nichts zu tun. Vielleicht war es auch, weil Kennedy recht hatte. Sie wusste genau, wie glücklich Jude darüber war, dass sie geliebt wurde. Sie wusste, auch wenn Jude es zu verstecken versuchte, sehr genau, wie sie ihr weh tun konnte.

Sie war Kennedy wochenlang im Stardust Theater hinterhergelaufen. Sie hatte ihr beim Ankleiden geholfen, ihr Tee gebracht, ihr beim Einsingen im Flur zugehört. Sie hatte Toiletten geputzt, um mit ihr sprechen zu können, und sich die ganze Zeit gefragt, wie dieses fremde Mädchen mit ihr verwandt sein konnte. Und endlich sah sie es: Kennedy Sanders war nichts als ein hochnäsiges Mädchen aus Mallard, das die Geschichten glaubte, die man ihm erzählt hatte.

«Du bist so dumm», sagte Jude. «Du weißt nicht mal, was du bist.»

«Nämlich?»

«Deine Mutter kommt aus Mallard! Wo meine auch herkommt. Sie sind Zwillinge. Sie sehen genau gleich aus, und selbst du würdest das sehen.»

Kennedy lachte. «Du spinnst.»

«Nein, deine Mutter spinnt. Sie hat dich dein ganzes Leben lang belogen.»

Sie bereute die Worte, sobald sie sie ausgesprochen hatte, aber da war es schon zu spät. Sie hatte den Geist aus der Flasche gelassen und würde ihn für den Rest ihres Lebens nicht mehr einfangen können.

Mr. Park brachte Bulgogi aufs Haus, er stellte den Teller auf den Tisch. «So traurig», sagte er, «so traurig kenne ich euch gar nicht.» Was für einen Anblick sie bieten mussten – Jude tupfte sich die geschwollenen Augen, Reese saß düster neben ihr und sah so hilflos aus wie immer, wenn sie weinte. Er drückte ihr die Schulter und sagte: «Komm, Baby, iss was.» Aber sie hatte keinen Hunger. Auf der Fahrt hierher hatte sie ihm von dem ganzen schrecklichen Abend erzählt. Sie erzählte ihm alles, bis auf das, was Kennedy gesagt hatte, um sie zu verletzen, das hatte zu weh getan, als dass sie es hätte erzählen können, nicht mal ihm.

«Du hattest recht», sagte sie. «Du hattest vollkommen recht. Ich hätte mich nie auf die Suche ...»

«Ist schon okay», sagte er. «Du wolltest sie kennenlernen, jetzt kennst du sie. Jetzt kannst du dich mit etwas anderem beschäftigen.»

«Ich kann Mama das nicht erzählen», sagte sie.

Sie wollte kein solches Geheimnis vor ihrer Mutter haben. Aber auch wenn es grausam war, ihr nicht zu sagen, dass Stella lebte – dass sie sie sogar getroffen hatte –, wäre es nicht noch grausamer, ihr zu sagen, dass Stella nichts mit ihr zu tun haben wollte? Was würde es helfen, wenn ihre Mutter erfuhr, dass die Schwester, nach der sie jahrelang gesucht hatte, sie nicht einmal anrufen wollte? Vielleicht würde ihre Mutter irgendwann einsehen, dass es das Beste war, sie verloren zu geben. Vielleicht könnte sie Stella im Laufe der Zeit einfach vergessen, so wie Jude das Gesicht ihres Vaters? Nicht von heute auf morgen, aber so nach und nach, und irgendwann würde aus der Erinnerung eine Geschichte werden. Was für ein hauchfeiner Unterschied.

Ihre Mutter würde Stella nie vergessen. Bis zu ihrem Lebensende würde ein Blick in den Spiegel reichen, um sie an ihren Verlust zu erinnern. Aber Jude würde nicht zu ihrem Kummer beitragen. Sie telefonierte Tage später mit ihrer Mutter und sagte von Stella kein Wort. Vielleicht war sie in dieser Hinsicht wie ihre Tante. Vielleicht wurde sie, wie Stella, an jedem Ort, an dem sie lebte, ein neuer Mensch, und vielleicht war sie für ihre Mutter jetzt schon nicht wiederzuerkennen. Ein Mädchen, das Geheimnisse hatte. Eine Lügnerin.

Am Morgen nach dem Stück wachte Stella mit klopfendem Herzen auf.

Sie hatte kaum die Augen aufgeschlagen, da kam der gestrige Abend schon zurück: dieses grässliche Stück, zu dem sie schließlich doch gegangen war, obwohl sie wusste, dass ihre Tochter mit der Schauspielerei nur Zeit und Talent verschwendete. Aber sie war hingegangen, weil es die letzte Vorstellung war – sie hatte das fürchterliche Ding ausgesessen, erfreut und ein wenig überrascht, dass ihre Tochter das einzige Highlight war. Zur Pause hatte sie ebenso laut applaudiert wie alle anderen und gehofft, ihre Tochter würde sie sehen. Aber das Mädchen war mit dem Rest der Besetzung in die Kulissen geschlüpft, und Stella war rauchen gegangen. Sie hatte, als sie aus dem schmuddeligen Theater trat, darüber nachgedacht, wie sie die Dinge in Ordnung bringen könnte. Sie könnte Kennedy nach der Vorstellung zum Abendessen einladen und sich entschuldigen, dass sie nicht früher gekommen war. Ihr vorschlagen, mehr Schauspielunterricht zu nehmen, solange sie weiter studierte. Und dann war dieses dunkelhäutige Mädchen aufgetaucht. Danach war Stella ziellos durch die Straßen gerannt. Sie stolperte zwei Blocks Richtung Innenstadt und erinnerte sich erst dann, wo sie geparkt hatte.

Dieses dunkelhäutige Mädchen konnte nicht Desirees Tochter sein. Es sah ihr überhaupt nicht ähnlich. Komplett schwarz, keine Spur von Desiree darin. Sie konnte sonst wer sein. Aber woher hatte sie diese Geschichten aus New Orleans? Wer außer Desiree konnte sie kennen? Vielleicht hatte sie jemandem davon erzählt. Glaubte dieses Mädchen denn, es könnte einfach nach Kalifornien kommen und ihr drohen, sie womöglich sogar erpressen?

Die Möglichkeiten nahmen in Stellas Kopf immer gespenstischere Formen an, und keine davon ergab Sinn. Wie hatte das Mädchen sie überhaupt gefunden? Und wenn es sie erpressen wollte, wieso hatte es dann keinen Preis genannt? Statt auf dem Gehweg hinzuwelken, als wäre es verletzt. Als hätte Stella es irgendwie enttäuscht.

«Dein Herz rast ja», sagte Blake. Er hob den Kopf und lächelte sie schläfrig an. Er schlief gern mit dem Kopf an ihrer Brust ein, und sie ließ es zu, weil sie es süß fand.

«Ich hatte einen komischen Traum», sagte sie.

«Einen Albtraum?»

Sie fuhr ihm mit den Fingern durch das ergrauende Haar.

«Früher hatte ich Albträume», sagte sie. «Dass diese Männer mich aus dem Bett zerren. Es fühlte sich ganz real an. Ich habe ihre Hände um meine Fußknöchel gespürt, selbst noch nachdem ich aufgewacht war.»

«Aber deswegen hast du nicht diesen Baseballschläger hier, oder?»

Sie wollte antworten, aber ihr stiegen Tränen in die Augen, und sie wandte sich ab.

«Es ist etwas passiert», sagte sie. «Als ich klein war.»

«Was ist denn passiert?»

«Ich habe etwas gesehen ...» Ihre Stimme brach, und sie konnte nicht weitersprechen. Blake küsste sie auf die Wange.

«Weine nicht, Schatz», sagte er sanft. «Ich weiß nicht, wovor du solche Angst hast. Bei mir bist du für immer sicher.»

Sie küsste ihn, bevor er noch etwas sagen konnte. Sie schliefen verzweifelt miteinander, wie damals, als sie neunzehn gewesen war und Mr. Sanders zum ersten Mal berührt hatte. Das Bild hätte ihr früheres Selbst erröten lassen. Zwei mittelalte Körper, die sich aneinander festhielten und die Laken abwarfen, als das Sonnenlicht durch die Jalousien fiel und der Wecker klingelte, der sie zum Dienst rief, jeden für sich. Ihr Körper veränderte sich, sein Körper veränderte sich, war vertraut und fremd zugleich. Wenn man jemanden heiratete, versprach man auch, das Wesen zu lieben, das dieser Mensch werden würde. Den Menschen, der man gewesen war. Und das versuchten sie noch immer, auch wenn die Vergangenheit ebenso geheimnisvoll war wie die Zukunft.

An diesem Morgen würde sie zu spät zum Unterricht kommen. Nur kurz duschen, eine Bluse über die noch feuchten Schultern ziehen – Blake lächelte sie beim Rasieren im Spiegel an. «Ich habe den Verdacht, dass du meinetwegen zu spät zur Arbeit kommst, Mrs. Sanders», sagte er, was nicht ganz so großartig klang wie *Dr. Sanders*, aber vielleicht war das in Ordnung. Vielleicht genügte es, Mrs. Sanders zu sein, vielleicht genügten eine Statistikvorlesung, ein Haus, eine Familie. Dieses dunkelhäutige Mädchen. Wieder sah sie es vor sich, versuchte, den Gedanken abzuschütteln. Sie war anmaßend gewesen, das war ihr Problem. So sehr auf den nächsten Schritt konzentriert, dass sie darüber ganz aus den Augen verlor, womit sie schon durchgekommen war. Einen solchen Schnitzer durfte sie sich nicht noch einmal erlauben. Sie musste sich konzentrieren. Wachsam bleiben.

Auf dem Weg nach draußen traf sie auf ihre Tochter, die einen Beutel Wäsche die Treppe heraufschleppte. Beide zuckten zusammen, dann zeigte Kennedy das entwaffnende

Lächeln, das sie von ihrem Vater geerbt hatte. Es war vollkommen unmöglich, jemandem mit einem solchen Lächeln böse zu sein, Kennedy hatte es oft genug geprobt: als sie um einen Welpen gebettelt und die Pflege dann Yolanda überlassen hatte, als sie in der neunten Klasse in Geometrie durchgefallen war, obwohl Stella ihr geholfen hatte, als sie ihren ersten Camaro zu Schrott gefahren und Blake irgendwie überredet hatte, ihr einen neuen zu kaufen.

«Na ja, irgendwie muss sie sich ja fortbewegen können», hatte er gesagt, und Stella, die es leid gewesen war, immer die Schwierige zu sein, hatte schließlich eingewilligt. Nicht, dass sie viel zu sagen gehabt hätte. Kennedy hatte längst gelernt, dass sie, wenn sie etwas wollte, ihren Vater fragen musste. Es Stella zu sagen, war dann reine Formsache.

«Ich hatte gehofft, dich noch zu sehen», sagte Stella. «Hör mal, wegen gestern Abend ...»

«Ich weiß, ich weiß, es tut dir leid. Aber wenn du sowieso nicht kommen wolltest, dann hättest du das auch gleich sagen können, dann hätte ich das Ticket jemand anderem ...»

«Ich habe das Stück gesehen! Ich musste nur früher los. Mir ging es nicht so gut – ich muss etwas Falsches gegessen haben. Aber ich war da. Und ich fand es sehr gut. Mit den Gespenstern und so. Und dieser Song im Saloon, großartig. Wirklich.»

Ihre Tochter trug eine große, spiegelnde Sonnenbrille, sodass Stella ihre Augen nicht sehen konnte, sondern nur ihr eigenes Spiegelbild. Sie wirkte ruhig und natürlich. Nicht wie eine Frau, die mit klopfendem Herzen aufgewacht war.

«Hat es dir wirklich gefallen?», fragte Kennedy.

«Natürlich, mein Schatz. Ich fand dich wundervoll.»

Sie zog ihre Tochter an sich, umarmte sie und fuhr ihr mit der Hand über die schmalen Schulterblätter.

«Gut», sagte sie, «ich bin spät dran. Hab einen schönen Tag!»

Sie suchte in ihrem Aktenkoffer nach dem Schlüssel, als ihre Tochter ihr noch über die Schulter zurief: «Du bist nie in Mallard gewesen, oder?»

Stella hätte nie damit gerechnet, diesen Namen aus dem Mund ihrer Tochter zu hören, und zum ersten Mal an diesem Morgen geriet sie ins Schlingern.

«Was meinst du?», fragte sie.

«Ich habe ein Mädchen von da kennengelernt. Sie sagt, sie kennt dich.»

«Nie gehört. Mallard, sagst du?»

Wieder das entwaffnende Lächeln. Kennedy zuckte die Achseln.

«Schon gut», sagte sie. «Vielleicht meinte sie wen anders.»

Als Blake an diesem Abend von der Arbeit kam, erzählte Stella ihm von dem dunkelhäutigen Mädchen.

Sie hatte den ganzen Nachmittag darüber nachgedacht und dann beschlossen, dass sie es ihm sagen musste. Ein Präventivschlag. Er sollte nicht denken, dass sie etwas zu verbergen hatte, auch sollte er die Geschichte lieber von ihr hören. Sie hasste die Vorstellung, dass ihr Mann und ihre Tochter über sie tuschelten. Als er sich bettfertig machte, erzählte sie ihm, dass ein dunkelhäutiges Mädchen Kennedy nach dem Stück in eine Ecke gedrängt und behauptet hatte, ihre Cousine zu sein. Sie beobachtete sein Gesicht die ganze Zeit über und wartete auf eine Veränderung. Ein Erkennen vielleicht. Erleichterung, dass eine Frage, die er sich schon immer gestellt hatte, sich endlich klärte. Aber er lachte nur und knöpfte sich das Hemd auf.

«Das ist der Camaro», sagte er. «Den hat sie gesehen und gedacht: Bäm. Zahltag.»

«Genau», sagte Stella. «Genau das. Habe ich ihr auch gesagt.»

«Diese Stadt, also wirklich.»

Sie hatten in letzter Zeit manchmal darüber gesprochen, aus Los Angeles wegzuziehen. Vielleicht nach Orange County oder, noch weiter nördlich, nach Santa Barbara. Anfangs war sie dagegen gewesen, weil sie ihren Job an der Uni nicht aufgeben wollte, aber jetzt stellte sie sich immer wieder vor, wie dieses dunkelhäutige Mädchen ihr auflauerte, den Kopf zur Tür hereinstreckte, ans Fenster klopfte. Oder schlimmer, dass das Mädchen Kennedy durch die Stadt folgte, zu ihren Vorstellungen kam oder sie beim Vorsprechen stalkte. Was konnte sie wollen? Wieder sah Stella ihr Gesicht vor sich. Wie sie verwundet unter dem Vordach gestanden hatte.

Stella hatte den Fehler gemacht zu glauben, sie könne sich niederlassen. Aber man musste in Bewegung bleiben, sonst holte die Vergangenheit einen irgendwann ein.

«Du kennst die Leute aus der Stadt ja», sagte sie. «Die Hälfte ist komplett irr.»

«Mehr als die Hälfte», sagte Blake und schlüpfte neben ihr ins Bett.

Als sie das erste Mal weiß gewesen war, hatte Stella es gar nicht abwarten können, Desiree davon zu erzählen. Sie würde es nicht für möglich halten, sie glaubte ja nicht, dass Stella in der Lage war, irgendetwas Überraschendes zu tun. Aber als Stella am Abend nach Hause kam, ging sie im Flur an ihrer Schwester vorbei und erzählte ihr nichts. Ein geheimer

Seitenwechsel war noch aufregender als ein geteilter. Bisher hatte sie alles mit Desiree geteilt. Jetzt wollte sie etwas, das nur ihr gehörte.

Inzwischen war sie vierundvierzig; sie hatte den größeren Teil ihres Lebens ohne Desiree verbracht. Aber im Laufe der nächsten Wochen spürte sie Desiree wieder stärker, wie eine Hand in ihrem Nacken. Manchmal war es ein sanftes Streicheln; manchmal würgte es sie geradezu. Sie gab dem dunkelhäutigen Mädchen die Schuld, das sie allerdings seit dem Abend im Stardust Theater nicht mehr gesehen hatte. Die Stadt war groß, das Mädchen würde sie nicht wiederfinden. Stella dachte nie an sie als ihre *Nichte*. Das war nicht das richtige Wort für ein Mädchen, das man nicht kannte, das einem überhaupt nicht ähnlich sah. Andererseits – würde es Desiree mit Kennedy nicht genauso gehen? Manchmal starrte selbst sie ihre Tochter an und sah eine Fremde. Kennedy konnte nichts dafür, dass Stella vor langer Zeit beschlossen hatte, jemand anders zu werden. Aber jetzt war ihr ganzes Leben auf dieser Lüge aufgebaut und auf den anderen Lügen, die Stella noch draufgestapelt hatte, um sie zu stützen, bis das dunkelhäutige Mädchen aufgetaucht war und damit drohte, alles zum Einsturz zu bringen.

«Hast du eigentlich eine Schwester?», fragte Kennedy eines Abends. Stella, die sich gerade über den Tisch gebeugt hatte, um ein paar Krümel wegzuwischen, erstarrte.

«Wie meinst du das? Du weißt doch, dass ich keine habe.»

«Ich dachte nur ...»

«Du denkst doch nicht immer noch an das schwarze Mädchen, oder?»

Aber ihre Tochter biss sich auf die Lippe und starrte zum

dunklen Fenster hinaus. Sie war … sie hatte einfach nichts dazu gesagt, was den Betrug noch größer machte.

«Mein Gott», sagte Stella. «Wem glaubst du? Einer Verrückten oder deiner eigenen Mutter?»

«Aber warum sollte sie mich anlügen? Warum würde sie so etwas zu mir sagen?»

«Sie will Geld! Oder sich über dich lustig machen. Wer weiß schon, was im Kopf von Verrückten vor sich geht?»

Blake kam in die Küche und hielt inne, wie immer, wenn er in eines ihrer Gespräche platzte – als müsste er sich selbst daran erinnern, dass er sich immer noch heraushalten konnte und so tun, als hätte das alles nichts mit ihm zu tun. Das dunkelhäutige Mädchen hatte ihn nicht genügend interessiert, um noch etwas dazu zu sagen, nur dass Kennedy, falls sie es noch einmal sah, die Polizei rufen sollte. Jetzt drückte er seiner Tochter die Schulter.

«Vergiss es, Ken», sagte er. «Mach dich nicht verrückt deswegen.»

«Ich weiß, aber …»

«Wir lieben dich», sagte er. «Wir würden dich doch nicht anlügen.»

Aber manchmal war Lügen auch ein Akt der Liebe. Stella hatte schon zu lange gelogen, um jetzt plötzlich die Wahrheit zu sagen. Aber vielleicht gab es auch nichts mehr zu enthüllen. Vielleicht war sie jetzt diese neue Person.

Im Juni überraschten Stella und Blake ihre Tochter mit dem Schlüssel zu einer neuen Wohnung in Venice. Sie würden ein Jahr lang die Miete zahlen, während Kennedy vorsprechen ging, und danach müsste sie entweder an die Uni zurück oder sich einen Job suchen. Rein technisch war das keine Erpressung, aber als Stella ihrer begeisterten Tochter den Schlüssel überreichte, war sie so erleichtert, dass es sich wie eine anfühlte. Vielleicht würde ihre Tochter jetzt aufhören, sie mit Fragen zu ihrer Vergangenheit zu bedrängen. Sie hatte immer befürchtet, dass Kennedy hinter ihr Geheimnis kommen und sie ablehnen würde, dass Blake sie verlassen und das ganze Leben ihr entgleiten würde. Nur mit dem Zweifel hatte sie nicht gerechnet. Womöglich wäre es einfacher gewesen, wenn Kennedy dem dunkelhäutigen Mädchen geglaubt hätte. Stattdessen schien sie über dessen Behauptungen nachzudenken, sie manchmal in Betracht zu ziehen, manchmal zu verwerfen, und Stella wusste nie, woran sie war. Sie konnte nicht absehen, wonach Kennedy fragen oder was sie glauben würde, und diese Unsicherheit machte sie wahnsinnig. Die neue Wohnung würde zumindest eine Ablenkung sein. Vielleicht sogar die Lösung.

An einem Samstagmorgen halfen sie und Blake ihrer Tochter beim Einzug. Blake baute im Schlafzimmer Möbel zusammen, Stella wischte die Küchenschubladen aus und erinnerte sich an die Wohnung in New Orleans. Die Wände waren aus Pappe gewesen, die Bodendielen hatten geknarzt, und unter der Decke war ein feuchter Fleck gewachsen. Aber sie hatte es toll gefunden. Sie war so dankbar gewesen, nicht mehr bei Farrah Thibodeaux auf dem Fußboden schlafen zu müssen, dass es ihr völlig egal gewesen war, wie winzig und vollgestopft diese Wohnung war. Sie gehörte ihr und Desiree, und sie hatte das Gefühl gehabt, am Beginn eines Lebens zu stehen, das sie sich noch gar nicht vorstellen konnte. Ihr stiegen Tränen in die Augen, und Kennedy überraschte sie und nahm sie von hinten in den Arm.

«Jetzt werd mal nicht sentimental», sagte sie. «Ich komme ab und zu zum Abendessen.»

Stella lachte und tupfte sich die Augen.

«Ich hoffe, es wird dir hier gefallen», sagte sie. «Das ist eine hübsche kleine Wohnung. Du hättest mal meine in New Orleans sehen sollen.»

«Wie war sie?»

«Na ja, sie hätte hier zweimal reingepasst. Wir haben ziemlich aufeinandergehockt.»

«Wer?»

Stella stutzte. «Bitte?»

«Du hast *wir* gesagt.»

«Ach so. Meine Mitbewohnerin. Das Mädchen, mit dem ich zusammengewohnt habe, sie kam aus demselben Ort wie ich.»

«Das hast du mir noch nie erzählt», sagte Kennedy. «Du erzählst überhaupt fast nie etwas von deinem Leben.»

«Kennedy ...»

«Darum geht es nicht», sagte sie. «Und es geht auch nicht um das Mädchen. Man hat einfach keine Chance, überhaupt irgendetwas über dich zu erfahren. Ich muss ja schon betteln, damit du mir von deiner Mitbewohnerin erzählst, und du bist meine Mutter. Warum soll ich dich denn nicht kennen?»

Sie hatte sich mehr als einmal vorgestellt, wie es wäre, ihrer Tochter die Wahrheit zu sagen, über Mallard und Desiree und New Orleans. Wie sie vorgegeben hatte, jemand anderes zu sein, weil sie einen Job brauchte, und wie nach einer Weile das Vorgetäuschte Wirklichkeit geworden war. Sie konnte die Wahrheit sagen, dachte sie, aber es gab keine gültige Wahrheit mehr. Ihr Leben war auf zwei verschiedene Frauen aufgeteilt. Beide echt, beide eine Lüge.

«So war ich einfach schon immer», sagte Stella. «Ich bin

nicht wie du. So offen. Das ist aber gut, ich hoffe, du bleibst so.»

Sie reichte ihrer Tochter einen Bogen Schrankpapier, und Kennedy lächelte.

«Ich kann es mir anders gar nicht vorstellen», sagte sie. «Und was hätte ich denn schon zu verstecken?»

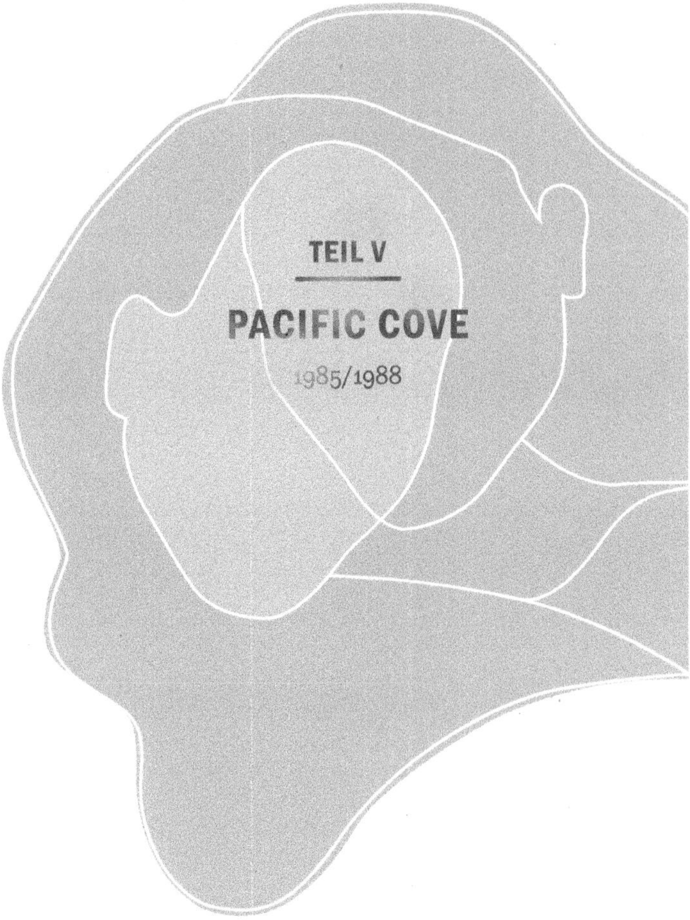

TEIL V

PACIFIC COVE

1985/1988

VIERZEHN

1988 war Kennedy Sanders erschöpft vom Streben nach künstlerischem Tiefsinn, und, was noch wichtiger war, sie ging auf die dreißig zu. Also nahm sie Rollen in einer Reihe von Daily Soaps an. Einen Monat nach ihrem siebenundzwanzigsten Geburtstag bekam sie schließlich eine auf drei Staffeln angelegte Rolle in *Pacific Cove*. Das war ihr längstes Engagement überhaupt, und noch Jahrzehnte später würden schmierige Fans sie in Shopping Malls als Charity Harris ansprechen. Die Rolle ihres Lebens, wie ihr der Regisseur erklärte, sie habe für Seifenopern einfach genau das richtige Gesicht. Sie musste die Stirn gerunzelt haben, denn er lachte und berührte ihren Arm viel zu nah an ihren Brüsten.

«Das ist kein schlimmes Schicksal, Babe», sagte er. «Ich meine nur – nun ja, du hast auf jeden Fall etwas Dramatisches.»

Melodrama war nichts Schlechtes, erklärte sie ihren Eltern, als sie sie anrief, um ihnen davon zu erzählen. Tatsächlich hatte ein Teil der klassischen Filmdiven – Bette Davis, Joan Crawford, Greta Garbo – sich gelegentlich auf diese Weise verdingt. Ihr Vater freute sich, dass sie wieder nach Kalifornien zog. Ihre Mutter freute sich, dass sie Arbeit hatte. Nachdem sie aufgelegt hatte, ging sie noch in einer Shopping Mall in Burbank umher, wo sie ein Jahr später von einer mittelalten Frau vor einem Schuhregal angesprochen und um ein Autogramm gebeten werden sollte. Es verwirrte sie jedes Mal, wenn sie in der Öffentlichkeit angesprochen wurde. Sie wurde erkannt?

Erst war es aufregend, dann beunruhigte es sie: dass sie bemerkt wurde, bevor sie jemanden bemerkte.

Unvollständige Liste der Rollen, die sie vor *Pacific Cove* in Seifenopern spielte: eine unheimliche Hilfsschwester, die ein Baby klaut; eine Lehrerin, die den Vater ihrer Schülerin verführt; eine Stewardess, die den Star der Serie mit Wasser überschüttet, vielleicht versehentlich, vielleicht absichtlich, da war das Drehbuch nicht eindeutig; die Tochter des Bürgermeisters, die vom Bösewicht der Serie verführt wird; eine Krankenschwester, die im Auto erwürgt wird; eine Floristin, die dem Star eine Rose überreicht; eine Stewardess, die einen Flugzeugabsturz überlebt und später im Auto erwürgt wird. Sie trug schwarze Perücken, braune Perücken, rote Perücken – und als Charity Harris schließlich ihr eigenes blond gewelltes Haar. Sie spielte nur weiße Mädchen, was bedeutete, sie spielte nie sich selbst.

Am Set von *Pacific Cove* wurde sie von Besetzung und Crew Charity genannt, nie bei ihrem richtigen Namen, und später würde sie in einem Interview mit *Soap Digest* sagen, das habe ihr geholfen, in der Rolle zu bleiben. Sie ließ die Fans lieber glauben, sie betreibe *Method Acting*, als ihnen die Wahrheit zu sagen: dass niemand sich die Mühe machte, sich ihren Namen zu merken, weil niemand damit rechnete, dass sie lange bleiben würde. Drei Staffeln waren in der Soapwelt wie drei Sekunden, und als die Serie 1994 auslief, tauchte Charity Harris in der letzten Folge noch einmal für drei Millisekunden auf, als die Kamera über Fotos an den Wänden schwenkte. Nur die treusten Fans würden sich an ihre prominenteste Rolle erinnern, an die neun Monate, in denen sie, vom Stalker ihres Lovers entführt, in einem Keller angekettet war. Monatelang hatte sie sich auf einem Stuhl gewunden – geschrien, gebeten, gebettelt –, und erst Jahre später ging ihr auf, dass ihre wichtigste Rolle darin bestanden hatte, gar nicht Teil der eigentlichen Handlung zu sein.

Einmal nahm sie ihre Mutter mit ans Set. Sie hatte sie vorgewarnt, dass es kühl werden konnte, also war ihre Mutter lächerlicherweise in einem leuchtend blauen Pullover gekommen, obwohl es in Burbank über dreißig Grad waren. Kennedy führte ihre Mutter am Set herum, zeigte ihr das Haus der Harris von außen, die Stadthalle, die Surfbude, in der Charity arbeitete. Sie nahm sie sogar mit in den Keller, in dem Charity im Moment gefangen war – da waren erst drei Monate ihrer Entführung vorbei.

«Hoffentlich lassen sie dich da bald wieder raus», sagte ihre Mutter und warf Kennedy und Charity ebenso in einen Topf wie der Rest der Crew. So viel Wertschätzung als Schauspielerin hatte sie von ihrer Mutter noch nie bekommen. Seltsam, dass es für eine Schauspielerin als größter Erfolg galt, selbst zu verschwinden und jemand anderes geworden zu sein. Beim Spielen ging es nicht darum, gesehen zu werden, hatte ihr eine Schauspiellehrerin mal gesagt. Spielen bedeutete, unsichtbar zu werden, sodass nur noch die Rolle sichtbar war.

«Ändere deinen Namen doch einfach in Charity», sagte der Regisseur von *Pacific Cove*. «Ist nicht böse gemeint, aber wenn ich deinen Namen höre, denke ich immer an den Mann mit dem Kopfschuss.»

An das hier hatte sie ewig nicht gedacht:

Einmal, als sie vielleicht sieben gewesen war, saß sie in der Küche auf einem Tritt und sah ihrer Mutter beim Kuchenglasieren zu. Sie saß in der Ecke und übte halbherzig einen neuen Jo-Jo-Trick, eigentlich wirbelte sie es nur herum, bis es auf dem Boden aufschlug. Sie wollte, dass ihre genervte Mutter mit ihr schimpfte. Das hatte sie sich angewöhnt – verzweifelte Aktionen, die zu klein waren, um wirklich Ärger zu machen, aber nervig genug, um Aufmerksamkeit zu erregen. Aber ihre Mutter sah sie nicht einmal an – sie war nicht der Typ, der einfache Hausarbeit zur Mutter-Kind-Bindung nutzte. Guck mal, Schatz, so knetet man Brotteig. Sieh mal, Liebes, so macht man Kuchenglasur. Ihre Mutter schien eher erleichtert zu sein, als Kennedy aus dem Alter herauswuchs, in dem Kinder in der Küche helfen wollen.

«Es ist nicht so, dass ich deine Hilfe nicht möchte», sagte ihre Mutter immer. «Aber allein habe ich das schneller fertig.» Als würde der zweite Teil dem ersten widersprechen, wo er ihn doch in Wahrheit rechtfertigte.

Warum hatte sie überhaupt gebacken? Sie war gar nicht der Typ, der einfach so einen Kuchen machte. Zum Wohltätigkeitsbasar brachte sie gekaufte Kekse fürs Kuchenbuffet mit, in einer Blechdose, damit man es nicht merkte. Vielleicht hatte Kennedys Vater Geburtstag gehabt. Aber es war Sommer, nicht Frühling, sonst wäre sie mitten am Tag noch in der Schule gewesen, statt gelangweilt zu Hause zuzusehen, wie ihre Mutter Kuchenglasur glatt strich.

«Wo hast du das gelernt?», fragte sie.

Ihre Mutter konzentrierte sich sehr, als würde sie ein beschädigtes Ölgemälde restaurieren.

«Keine Ahnung», sagte sie schließlich. «Kam mit der Zeit.»

«Hat deine Mom dir das gezeigt?» Sie hatte damit gerechnet, dass ihre Mutter ja sagen, sie zu sich rufen und ihr ein Messer reichen würde. Aber sie sah nicht einmal auf.

«Wir hatten kein Geld für Kuchen», sagte sie.

Später würde Kennedy merken, wie oft ihre Mutter das Thema Geld benutzte, um nicht über ihre Vergangenheit sprechen zu müssen, als wäre Armut für Kennedy so unvorstellbar, dass damit alles erklärt war: warum ihre Mutter keine Familienfotos hatte, warum nie Freunde aus der Highschool anriefen, warum sie nicht zu einer einzigen Hochzeit oder Beerdigung oder zu einem Klassentreffen eingeladen wurde. «Wir waren arm», sagte ihre Mutter, wenn sie zu viele Fragen stellte, und diese Armut betraf sämtliche Aspekte des Lebens. Ihre komplette Vergangenheit ein leeres Küchenbord.

«Wie war sie denn?», fragte Kennedy. «Meine Oma?»

Ihre Mutter drehte sich immer noch nicht um, aber ihre Schultern spannten sich.

«Komisch, sie sich so vorzustellen», sagte sie.

«Wie was?»

«Als Oma.»

«Aber ist sie doch. Auch wenn man tot ist, ist man doch trotzdem Oma.»

«So ist das wohl», sagte ihre Mutter.

Dabei hätte Kennedy es belassen sollen. Aber sie war wütend, weil ihre Mutter sich so auf diesen blöden Kuchen konzentrierte, als wäre der das Wichtigste und ein Gespräch mit ihrer Tochter eine lästige Pflicht. Sie wollte, dass ihre Mutter mit dem Kuchenglasieren aufhörte und sie wahrnahm.

«Wo ist sie denn gestorben?», fragte sie.

Jetzt drehte ihre Mutter sich um. Sie trug eine pfirsichfarbene Schürze, an den Händen hatte sie Vanilleglasur, und sie runzelte die Stirn. Nicht direkt wütend, aber verwirrt.

«Was ist das denn für eine Frage?»

«Ich frage doch nur! Du erzählst mir nie irgendwas.»

«In Opelousas, Kennedy!», sagte sie. «Wo ich aufgewachsen

bin. Sie ist da nie weggegangen und war nie irgendwo anders. Hast du nichts zu tun?»

Beinahe hätte Kennedy geweint. Sie weinte damals oft und viel, was ihre Mutter, die nur gelegentlich bei traurigen Filmen feuchte Augen bekam und sich dann, noch während sie sich die Tränen aus den Augenwinkeln tupfte, über sich selbst lustig machte und sich entschuldigte, peinlich fand. Kennedy weinte auf dem Fußboden im Supermarkt, wenn sie einen rosa Flummi haben wollte, den ihre Mutter sich zu kaufen weigerte, sondern sie stattdessen durch den Gang zerrte. Auf dem Spielplatz, wenn sie beim Tetherball verlor. Nachts, wenn sie aus Albträumen aufwachte, an die sie sich nicht erinnerte. Und auch jetzt blinzelte sie Tränen weg, nach diesem Satz von ihrer Mutter, von dem sie wusste, dass er nicht stimmte.

«Da kommst du doch gar nicht her», sagte sie.

«Was soll das denn heißen? Natürlich komme ich da her.»

«Nein, kommst du nicht. Du hast mir gesagt, dass du aus einer Kleinstadt kommst. Die mit M anfängt, M-irgendwas. Hast du mir erzählt, als ich klein war.»

Ihre Mutter schwieg so lange, dass Kennedy dachte, sie würde verrückt, wie Dorothy am Ende des *Zauberers von Oz*. Und du, und du, und du warst dort! Aber die Geschichte mit der Stadt stimmte, sie konnte sich nicht an alle Einzelheiten erinnern, nur dass sie in der Badewanne gesessen und ihre Mutter sich über sie gebeugt hatte. Aber jetzt lachte ihre Mutter.

«Und wann soll ich dir das erzählt haben?», fragte sie. «Du bist ja immer noch klein.»

«Weiß ich nicht mehr.»

«Da erinnerst du dich falsch. Du warst ja noch ein Baby.»

Ihre Mutter trat einen Schritt vor, der Kuchen hinter ihr war ganz glatt. «Komm her, Schatz. Willst du den Löffel ablecken?»

Das war das erste Mal gewesen, dass Kennedy gemerkt hatte, dass ihre Mutter log.

Die Stadt saß in ihr fest.

Sie wurde sie nicht los, auch wenn sie sich nicht an den Namen erinnerte. Oder gerade weil sie sich nicht an den Namen erinnerte. Sie erwähnte sie ihrer Mutter gegenüber jahrelang nicht mehr. Aber eines Abends im College, als sie ein bisschen high war, zog sie eine Enzyklopädie aus dem Regal ihres Freunds. «Was machst du da?», fragte er halbherzig, weil er sich mehr für den Joint interessierte, den er drehte, also ignorierte sie ihn und blätterte weiter, bis sie bei Louisiana gelandet war. Und bis ganz nach unten, zur alphabetischen Liste der Städte. Mansfield, Marion, Marksville.

«Hey», sagte er, «leg den Scheiß weg, Lernen ist gerade nicht dran.»

Mer Rouge, Milton, Monroe.

«Komm schon, das ist doch wohl nicht interessanter als ich.»

Moonshine, Moss Bluff, Mount Lebanon. Sie würde den Namen erkennen, wenn sie ihn vor sich sah, da war sie sicher. Aber sie ging die komplette Liste durch, und keiner kam ihr vertraut vor. Sie stellte das Buch wieder ins Regal.

«Sorry», sagte sie. «Weiß auch nicht, was mich da überkommen hat.»

Danach versuchte sie nie wieder, den Ort zu finden. Sie wusste zwar, dass sie recht hatte, konnte es aber nicht beweisen, wie die Leute, die steif und fest behaupteten, sie hätten im Supermarkt Elvis gesehen, wie er an Melonen klopfte. Aber im Gegensatz zu diesen Verrückten würde sie es niemandem erzählen. Eine private Verrücktheit – damit kam sie zurecht. Bis sie Jude Winston kennenlernte. An diesem Abend auf der Dernierenparty hatte Jude den Namen *Mallard* erwähnt, und er klang wie ein Song, den Kennedy seit Jahren nicht gehört hatte. So ging das also.

1985, fast drei Jahre nachdem *The Midnight Marauders* abgesetzt worden war, sah sie Jude in New York wieder.

Sie war selbst noch neu in der Stadt und hatte den ersten Winter dort gerade so überstanden. Sie hatte nie gedacht, dass sie einmal aus Los Angeles wegziehen würde, aber dann war die Stadt ihr sekündlich kleiner vorgekommen. Jude hatte sie seit der Dernierenparty nicht mehr gesehen, aber sie stellte sich dauernd vor, ihr an der nächsten Ecke über den Weg zu laufen. Sie sah sie in Restaurantfenstern sitzen. Einmal verpasste sie ihren Einsatz in *Fiddler on the Roof*, weil sie Jude in der ersten Reihe entdeckt hatte. Die Frau sah wirklich aus wie sie – dunkel, lange Beine, ein bisschen unsicher, ein bisschen beherrscht –, aber als sie merkte, dass sie sich getäuscht hatte, war die Szene schon versaut. Der Regisseur trug den Bühnenarbeitern noch vor dem Vorhang auf, ihre Sachen aus der Garderobe zu räumen. Sie gab Jude die Schuld. Sie gab ihr an allem die Schuld.

«Ich verstehe es nicht», sagte ihre Mutter, als sie ankündigte, nach New York zu ziehen. «Was willst du denn da? Schauspielerin kannst du doch hier genauso werden.»

Aber sie wollte auch ein bisschen Abstand zu ihrer Mutter. Zunächst hatte Stella sich geweigert, sich mit Judes Behauptungen zu beschäftigen. Dann hatte sie es mit Argumenten versucht. Sehe ich aus wie ein Negro? Oder du? Wirkt es irgendwie plausibel, dass wir mit ihr verwandt sein sollen? Nein, das tat es nicht, aber nichts am Leben ihrer Mutter wirkte besonders plausibel. Woher kam sie? Wie hatte sie vor ihrer Hochzeit gelebt? Wer war sie gewesen, wen hatte sie geliebt, was hatte sie gewollt? Lücken. Wenn sie ihre Mutter jetzt ansah, sah sie nur Lücken. Und Jude hatte immerhin eine Brücke geschlagen, ihr eine Möglichkeit gezeigt. Natürlich musste sie ständig an sie denken.

«Hör doch auf, dir darüber Gedanken zu machen», sagte ihre Mutter. «Du machst dich ja ganz verrückt. Deswegen hat sie das doch alles gesagt. Sie ist neidisch und will sich in deinem Kopf festsetzen.»

Sie hatte ihre Fragen beantwortet, ungehalten, aber nicht wütend. Andererseits war ihre Mutter immer ruhig und rational. Wenn sie sie anlog, würde sie das genauso ruhig und rational tun wie alles andere.

In New York lebte Kennedy in einer Souterrainwohnung mit ihrem Freund zusammen, Frantz, der an der Columbia University Physik lehrte. Er war in Port-de-Paix geboren, aber in Bed-Stuy aufgewachsen, in einem dieser rotbraunen Bauprojekte, an denen sie mit dem Bus immer vorbeikam. Er erzählte ihr gern Horrorgeschichten aus seiner Kindheit – von Ratten, die an seinen Zehen nagten, Kakerlaken in den Schrankecken, Junkies in den Hauseingängen, die ihm die Turnschuhe stehlen wollten. Er wollte, dass sie ihn verstand, dachte sie anfangs, aber dann merkte sie, dass ihm an seiner dramatischen Vergangenheit auch der Kontrast zu dem gefiel, was er geworden war: umsichtig, fleißig, ein Mann, der stets seine Hornbrille putzte.

Er war nicht cool. Das gefiel ihr. Er war nicht einer dieser schwarzen Jungs, für die sie aus der Ferne geschwärmt hatte, diese geschmeidigen Typen, die in runtergerockten Autos hingen oder vor dem Kino den Mädchen hinterherpfiffen. Sie und ihre Freundinnen taten, als wären sie davon genervt, aber heimlich genossen sie die Aufmerksamkeit dieser Jungs, die sie nie küssen, nie mit nach Hause nehmen konnten. Sie war immer ein bisschen in diese Jungs verknallt gewesen. Ungefährlich verknallt, wie in Jim Kelly, dessen Anblick ihr immer das Herz klopfen ließ. Sie hatte bei ihrem Vater auf der Armlehne gesessen, wenn die Lakers spielten, nur um Kareem Abdul-Jabbar in seine Schutzbrille zu gucken. Wirklich harmlose Verknalltheiten, von denen sie vorsichtshalber nie jemandem erzählt hatte. Frantz war ihr erster schwarzer Lover. Sie war seine vierte Weiße.

«Die vierte?», fragte sie. «Echt? Wie waren die anderen denn so?»

Er lachte. Sie standen auf einer Fachbereichsparty in der Küche seines Tutors und tranken Ginger Beer. Da waren sie gerade frisch zusammen, und sie war etwas zu schick angezogen, mit langem Rock und High Heels, wie in einem glamourösen 60er-Jahre-Film, in dem sie in einem verrauchten Wohnzimmer am Arm ihres bebrillten Professorengatten hing. Stattdessen stand sie mit schmuddeligen Paarunddreißigjährigen zusammengepfercht in einer Wohnung im dritten Stock ohne Fahrstuhl und hörte Fleetwood Mac.

«Sie waren anders», sagte er.

«Wie anders?»

«Anders als du», sagte er. «Alle Menschen sind verschieden, auch weiße Frauen.»

Er war anders als alle, die sie vorher gekannt hatte. Seine Muttersprache war Kreol, er sprach Englisch mit einem leichten Akzent. Er hatte ein beinahe fotografisches Gedächtnis;

wenn er ihr beim Textlernen half, konnte er ihn immer vor ihr auswendig. Sie hatten sich im *8 Ball* kennengelernt, der Kaschemme, in der sie arbeitete. Irgendwie hatten sie sich gefunden – trotz ihrer eigenen Bemühungen, nicht aufzufallen, zwischen all den stämmigen Bikern an Stehtischen und den tätowierten Mädchen, die die Jukebox fütterten, um Joan Jett zu hören. Sie bemühte sich immer noch um eine Rolle, und niemand verstand, warum sie dafür aus Los Angeles weggegangen war. Aber sie mochte die Bühne. In Los Angeles hatten sämtliche Schauspieler, die sie kannte, auf den Durchbruch in Hollywood gehofft, denn jeder vernünftige Mensch wusste, dass dort das Geld saß. Aber der Weg dorthin schlauchte. Im Morgengrauen aufstehen, stundenlang vor der Kamera stehen und die immer gleichen Zeilen aufsagen, bis irgendein Arschloch von Regisseur zufrieden war. Auf der Bühne war es ganz anders; jedes Mal hatte sie wieder Lampenfieber. Jede Vorstellung war anders, jedes Publikum einzigartig, jeder Abend voller Möglichkeiten. Dass dort kein Geld zu holen war, war auch gut. Sie war erst vierundzwanzig und fand die Vorstellung vom kargen Leben romantisch.

«Das weiß ich», sagte sie zu Frantz. «Deswegen will ich ja wissen, wie sie waren.»

Bald liefen sie seinen Exfreundinnen so oft über den Weg, dass sie die Frage bereute. Sage, der Dichterin, die lange, wirre Essays über den weiblichen Körper schrieb und sie Frantz noch immer zum Gegenlesen schickte. Hannah, der Ingenieurin, die an Abwasserkonzepten für arme Länder arbeitete. Kennedy hatte sich ein unscheinbares Mädchen vorgestellt, das durch Kläranlagen watete, keine selbstbewusste Blondine, die auf zwölf Zentimeter hohen Stiefeln nicht mal in der U-Bahn aus dem Gleichgewicht kam. Christina war

Klarinettistin im Brooklyn Philharmonic. Beim gemeinsamen Abendessen rührte Kennedy im Rahmspinat, während Frantz und Christina über Brahms diskutierten. Er hatte recht, sie waren alle verschieden. Sie kam sich dumm vor, dass sie das überraschte. Anscheinend hatte sie gedacht, sie müssten alle Versionen ihrer selbst sein – wie sie, wenn sie beispielsweise in Jersey aufgewachsen wäre oder sich aus einer Laune heraus das Haar rot gefärbt hätte. Aber sein Weiße-Mädchen-Geschmack war breit gefächert, und sie wusste nicht, was schlimmer gewesen wäre: als letzte in einer Reihe ähnlicher Frauen zu stehen oder radikal anders zu sein als ihre Vorgängerinnen. In ein Muster zu passen, war zumindest sicher; Einzigartigkeit war riskant. Was hatte Frantz an ihr gefunden? Wie konnte sie hoffen, dass es so bleiben würde?

«Was wäre eigentlich», fragte sie, «wenn ich dir sage, dass ich gar nicht weiß bin?»

Sie hatte das nicht geplant, es rutschte ihr einfach raus. Frantz lächelte und hob sein Bier an die Lippen.

«Was bist du denn dann?»

«Jedenfalls nicht komplett weiß. Ich habe auch einen schwarzen Anteil.»

Sie hatte es nie vorher ausgesprochen. Sie hatte sich gefragt, ob es wirklicher werden würde, wenn sie es aussprach – vielleicht würden Worte etwas zum Leben erwecken, das in ihr schlummerte. Aber es klang hohl, aufgesetzt, als würde sie aus einem Stück zitieren. Sie überzeugte sich nicht einmal selbst. Frantz blinzelte.

«Ah ja», sagte er. «Jetzt sehe ich es auch.»

«Echt?»

«Klar», sagte er. «Ich kenne jede Menge Negroes mit so welligem Haar.»

Er zog sie auf. Er dachte, sie mache Witze, und im Laufe der Zeit wurde es zum *running gag* zwischen ihnen. Wenn sie zu spät kam, nannte er sie «so pünktlich wie eine Schwarze». Wenn sie ihn anfauchte, sagte er: «Locker machen, Sista.» So wurde es auch für sie bald zum Scherz. Jude, das Geheimnis ihrer Mutter, alles. Sie würde es doch wissen, dachte sie. Man konnte nicht durchs Leben gehen und etwas so Grundlegendes über sich selbst nicht wissen. Sie würde es irgendwie spüren. Sie würde es in den Gesichtern anderer Schwarzer sehen, eine Art Verbindung. Aber sie spürte nichts. Sie sah sie in der U-Bahn mit dem vagen Desinteresse einer Fremden an. Selbst Frantz war ihr im Grunde fremd. Nicht, weil er schwarz war, wobei es das vielleicht untermauerte. Aber sein Leben, seine Sprache, selbst seine Interessen waren nicht ihre. Manchmal betrat sie das Kämmerchen, das er zum Arbeitszimmer gemacht hatte, und sah ihn Gleichungen kritzeln, die sie niemals verstehen würde. Es gab viele Arten, einander fremd zu sein, und nur wenige zusammenzugehören.

Ihre Mutter konnte Frantz nicht leiden. Sie nannte ihn hochnäsig.

«Und nicht aus den Gründen, die du denkst», sagte sie. Sie saßen im Fenster eines Cafés und beobachteten die Leute, die draußen vorbeigingen. Ihre Mutter war über Thanksgiving zu ihr nach New York geflogen. Kennedy hatte steif und fest behauptet, sie könne sich nicht von der Arbeit und den Vorsprechen freinehmen und nach Hause fahren, aber in Wahrheit wollte sie ihrer Mutter ihr New Yorker Leben zeigen. Sie hatte eine perverse Freude daran, wie ein Kind, das seine Mutter herbeizerrt, damit sie das Bild bewundert, das es auf die Wand gemalt hat. Guck mal, wie ich alles kaputt mache!

Ihre Mutter gab sich alle Mühe, nicht zu reagieren. Bei der Führung durch die Kellerwohnung presste sie die Lippen aufeinander. Nickte stumm, als Kennedy sie mit ins *8 Ball* nahm. Aber Frantz war der Tropfen, der das Fass zum Überlaufen brachte, der eine Teil ihres inakzeptablen Lebens, den ihre Mutter nicht ignorieren konnte.

«Und warum bitte?», fragte Kennedy.

«Das weißt du genau.» Neben ihnen saßen zwei schwarze Frauen und aßen Croissants. Ihre Mutter würde es nicht laut aussprechen. «Es ist nicht deswegen. Aber ich mag einfach keine Leute, die sich so verhalten wie er ...»

«Wie denn?»

«Als würde seine Du-weißt-schon nicht stinken.»

Sie musste die einzige Mutter in ganz Brooklyn sein, die zu höflich war, das Wort *Scheiße* auszusprechen.

«Ich verstehe nicht, was du gegen ihn hast», sagte Kennedy. «Er war total nett zu dir.»

«Ich habe auch nichts anderes behauptet. Aber er benimmt sich, als wäre er der Klügste im Raum.»

«Ist er auch! Er hat einen Doktortitel aus Dartmouth, du meine Güte. Ich fühle mich immer ganz dumm neben ihm.»

«Ich verstehe es einfach nicht. Du hast noch nie jemanden wie ihn gemocht.»

Auf der Highschool hatte sie auf Jungs gestanden, die Nietenjacken trugen, dazu die Haare lang und fettig wie die Ramones. Ihr erster Freund konnte kaum etwas sehen, ohne sich die Strähnen aus dem Gesicht zu schütteln. Sie fand das süß, aber ihren Vater machte es wahnsinnig. Wie alle Väter erwartete er, dass sie mit Jungs ausging, wie er selbst einer gewesen war, ordentlich frisiert und gekleidet, karriereorientiert. Nicht wie diese schlaffen Jungs, die sie mit nach Hause brachte, immer ein bisschen stoned, nicht vollkommen respektlos, aber nah dran. Manche ihrer Freunde machten in Bands so schreckliche Musik, dass sie sie gar nicht hätte hören können, wenn sie nicht verliebt gewesen wäre. Im College war sie mit einem Wrestler gegangen, der stundenlang in Müllbeutel gehüllt herumlief, um Gewicht zu verlieren. Sie könnte keinen Mann mehr lieben, dem irgendetwas so wichtig war, sagte sie hinterher, und nun lebte sie mit einem zusammen, der mathematische Gleichungen auf dem Badezimmerspiegel notierte, um sie nicht zu vergessen.

«Na ja, mal was anderes», sagte sie.

Ihre Bad-Boy-Phase war vorbei. Ihre Mutter hätte erleichtert sein sollen, stattdessen wirkte sie besorgt.

«Es ist aber nicht wegen dieses Mädchens, oder?», fragte sie.

Sie hatten seit zwei Jahren nicht über Jude gesprochen. Aber sie war immer noch da. Kennedy wusste sofort, um wen es ging.

«Was meinst du?», fragte sie.

«Bisher hast du nie auf solche gestanden. Und dann ist dir dieses dumme Mädchen in den Kopf gekrochen. Ich hoffe nur, du willst nicht irgendetwas beweisen.»

Sie war so aus der Fassung, wie sie da am Henkel ihrer Kaffeetasse herumfummelte, dass Kennedy weggucken musste. Falls es eine Art Experiment gewesen war, mit Frantz zusammen zu sein, dann war es gründlich schiefgegangen. Seit sie einen schwarzen Mann liebte, fühlte sie sich weißer denn je.

«Tue ich nicht», sagte sie. «Komm, wir gehen ins Museum.»

In dem Winter, in dem sie Jude Winston wiedersah, spielte Kennedy in dem Off-Off-Broadway-Musical *Silent River*. Sie war Cora, die rebellische Tochter des Sheriffs, die mit einem ungehobelten Landarbeiter durchbrennen will. Monatelang, länger als normal, hatte sie panische Angst gehabt, krank zu werden. Sie trank so viel heißen Tee mit Zitrone, dass sie den Geruch schon im Februar nicht mehr ertrug und sich beim Hinunterwürgen die Nase zuhalten musste. Sie schluckte mehlige Zinktabletten und wickelte sich den Schal dreimal um den Hals, bevor sie das Haus verließ. Sie wusch sich panisch die Hände, wenn sie aus der U-Bahn kam. Sie war schon unter normalen Umständen nicht für den New Yorker Winter gemacht, und ihre erste große Rolle, seit sie in der Stadt war, brachte alles andere als normale Umstände. Am Abend der Zusage hatte Frantz sie zum Essen ausgeführt. Sie war ausgelassen gewesen. Er erleichtert.

«Ich dachte schon», sagte er und beendete den Satz nicht. Er war fünf Jahre älter als sie und dazu ein ernsthafter Mann, der an ernsthaftes Streben glaubte. Dass ihre Schauspielkarriere nicht richtig in Gang kam, wurde immer klarer. Anfangs schien er das bezaubernd zu finden. Mein *California Dreamer* nannte er sie. Er übte im Wohnzimmer Text mit ihr, holte sie vom Vorsprechen ab und hörte sich in der U-Bahn an, wie es gelaufen war. Aber jetzt, als er sie leidend über den Tisch hinweg anlächelte, sah sie, dass er gar nicht so glücklich, sondern eher überrascht war, wie ein Elternteil, der entdeckt hat, dass es den Weihnachtsmann doch gibt. Er hatte die Briefe beantwortet, die hingestellten Plätzchen gegessen und die Geschenke unter den Baum gelegt, aber nicht damit gerechnet, dass ein dicker Mann durch den Kamin gerutscht kommen würde.

Für das Musical arbeitete sie härter als je zuvor. Sie klebte Werbeplakate in jeden Laden und an jeden Laternenpfahl, den sie finden konnte. Sie erduldete die Blicke der Nachbarn, wenn sie ihre Songs im Treppenhaus übte, weil dort die Akustik besser war. Morgens beim Zähneputzen steppte sie auf den Badezimmerfliesen einen Soft Shoe und übte ihre Schritte. Wenn sie nicht probte, schonte sie ihre Stimme. Niemand, der sie kannte, hätte es geglaubt, aber es stimmte: Sie sprach wochenlang kaum ein Wort. Zu der Zeit arbeitete sie schon nicht mehr im *8 Ball*, sondern im Café Gulp in der Nähe des Theaters. Abends hatte sie Vorstellungen, und außerdem musste man an der Bar immer viel reden. Kaffee ausschenken ging auch mit weniger Konversation. In den Pausen trank sie Tee und redete mit niemandem. Zu Hause gab Frantz ihr ein kleines Whiteboard, auf das sie ihm Nachrichten schrieb. *Abendessen? Ich geh gleich los. Deine Mutter hat angerufen.* Er schien das alles spannend zu finden, als wäre er in eine Kunstperformance hineingezogen worden.

Man staunt ja, wie laut die Stadt ist, wenn man selbst beschlossen hat, still zu sein. Sie wurde nervös, scheute wie ein Pferd. Selbst das plötzliche Geräusch der Kaffeemühle ließ sie zusammenzucken. Aber als Jude zur Tür hereinkam, hörte Kennedy nichts, nicht das Klingeln der Türglocke, nicht den Straßenlärm, der mit der Kälte hereinwehte. Drei Jahre lang hatte sie sich ausgemalt, was sie sagen würde, falls sie Jude noch einmal begegnen sollte. Jetzt stand sie ihr am Tresen gegenüber, aber als Kennedy den Mund aufmachte, kam nichts heraus. Sie konnte nicht mal flüstern.

«Dachte ich doch, dass du das bist», sagte Jude.

Sie war immer noch schlank und sehnig und in einen weißen Mantel gehüllt, der ihre Haut noch dunkler schimmern ließ. Und sie lächelte. Sie lächelte wirklich und wahrhaftig, als wären sie alte Freundinnen.

«Ich habe ein Plakat mit deinem Namen gesehen», sagte sie.

«Wir kamen gerade vorbei, und da war das Plakat im Fenster, und – wow, du bist es wirklich.»

An der Tür erkannte sie Judes Freund. Sein lockiges Haar war länger, der Bart dunkler, aber er war es, eindeutig. Er war am Fenster stehen geblieben und wärmte sich mit seinem Atem die Hände. Auf seinen Schultern lagen Schneeflocken. Kennedy kam nicht dagegen an – sie war überrascht, dass die beiden immer noch zusammen waren. Sie kannte diesen Typ – schmerzhaft gutaussehend –, und das war nicht der Typ, der auf Frauen wie Jude stand. Klar, sie war auf ganz eigene Weise bemerkenswert, aber seit wann standen so hübsche Jungen auf eher aparte Schönheiten? Trotzdem waren sie immer noch zusammen und in New York. Was um alles in der Welt machten sie hier draußen?

«Wie geht's dir?», fragte Jude.

Sie gab sich locker, aber nichts an ihrer Freundschaft war je Zufall gewesen. Sie glaubte nicht mehr an die Magie des Schicksals, sofern Jude Winston involviert war. Ein weißer Mann im grauen Mantel betrat das Café, und Kennedy winkte ihn heran. In Los Angeles hätte sie Jude wahrscheinlich beschimpft. Aber hier in ihrem selbstgewählten Schweigen konnte sie sie nur ignorieren. Jude wirkte überrascht, trat aber beiseite.

Der Mann bezahlte seinen Kaffee und ging. Jude schob ihr einen Zettel über den Tresen. «Da wohnen wir», sagte sie. «Falls du reden möchtest.»

Sie rief an. Natürlich rief sie an.

Sie wusste schon, dass sie es tun würde, als sie den Zettel in ihre Schürzentasche steckte. Sie warf ihn nicht weg – das war das erste Zeichen. Das zweite war die Tatsache, dass sie die ganze Zeit daran dachte. Ein winziges Stück Papier in ihrer Tasche, das ebenso gut eine Rasierklinge hätte sein können, die in sie hineinschnitt. Es ergab keinen Sinn, dass ein Stück Papier sie so beschäftigte, und zweimal während ihrer Schicht beschloss sie, es in kleine Fetzen zu reißen. Aber immer wenn sie es herauszog, sah sie auf Judes kleine, ordentliche Handschrift. Hotel Castor, Zimmer 403, und die Telefonnummer. Beim dritten Mal war es zu spät. Sie kannte die Nummer schon auswendig.

Nach der Arbeit ging sie in die Telefonzelle auf der anderen Straßenseite und wählte. Niemand nahm ab, und in der U-Bahn dachte sie daran, noch einmal anzurufen, sobald sie zu Hause war, aber sie wollte nicht, dass Frantz mithörte. Wie sollte sie ihm das erklären? Dass plötzlich ein schwarzes Mädchen aufgetaucht war, das behauptete, ihre Cousine zu sein? Er würde das für einen Witz halten. Sie rief am nächsten Morgen von der Arbeit aus an, und diesmal nahm Jude ab.

«Ich sollte nicht mit dir sprechen», sagte Kennedy.

Jude zögerte. Für einen Moment dachte Kennedy, sie hätte ihre Stimme nicht erkannt. Dann fragte sie: «Warum nicht?»

«Weil», sagte Kennedy, «ich in einem Musical bin.»

«Sorry», sagte Jude ruhig, «das verstehe ich nicht.»

«Ich sollte mit niemandem sprechen. Ich schone meine Stimme.»

«Ach so.»

«Also sag einfach, was du mir sagen willst. Ich kann keine Zeit mit Geplänkel verschwenden.»

«Ich bin nicht zum Streiten hier.»

«Warum zum Teufel denn dann?»

«Reese lässt sich operieren.»

Sie hatte die ganze Zeit darüber nachgedacht, was Jude

wohl wollte. Rache, nachdem sie auf dieser Party so eklig zu ihr gewesen war? Geld, wie ihre Mutter meinte? Na, dann viel Glück. Ein kurzer Blick reichte, dann war klar, dass Kennedy keins hatte. Sie konnte kaum ihre Miete zahlen. Sie hatte sich vorgestellt, Jude das zu sagen – ein bisschen beschämt, ein bisschen stolz –, aber jetzt kam heraus, dass sie gar nicht ihretwegen in New York war. Ihr Freund war krank – todkrank vielleicht –, und sie hatte sich eingebildet, es ginge um sie. «Weißt du, was dein Problem ist?», hatte einmal ein Regisseur zu ihr gesagt. «Du hältst dich selbst für dein faszinierendstes Sujet.» Sie hatte immer geglaubt, auf der Bühne würde sich jeder wie die Hauptrolle fühlen, umgeben von Sidekicks und Schurken und Schönlingen. Sie wusste immer noch nicht, welche dieser Rollen Jude in ihrem Leben spielte, aber sie selbst tauchte in Judes Leben nicht einmal am Rande auf.

«Was Ernstes?», fragte sie. «Ich meine, geht es ihm okay?»

«Er wird nicht sterben», sagte Jude. «Aber ernst ist es. Ja, würde ich schon sagen.»

«Warum seid ihr denn hierhergekommen? Gibt es in Los Angeles keine Chirurgen mehr?»

Jude zögerte. «Wir sind nicht mehr in Los Angeles», sagte sie. «Und es ist eine etwas spezielle Operation. Das machen nur wenige Ärzte.»

Sie drückte sich so vage aus, dass Kennedy natürlich mehr wissen wollte. Aber sie konnte nicht direkt danach fragen. Es ging sie nichts an, weder Reeses Leben noch Judes. Diesmal waren sie sich offensichtlich zufällig begegnet.

«Wo lebt ihr denn?», fragte sie.

«In Minneapolis.»

«Was wollt ihr denn da?»

«Ich studiere Medizin.»

Gegen ihren Willen war Jude ein bisschen stolz. Sie lebte das Leben, das sie gewollt hatte, schon vor Jahren. Sie wurde immer noch von demselben Mann geliebt und war dabei, Ärztin zu werden. Und was hatte Kennedy in derselben Zeit erreicht? Eine Souterrainwohnung mit einem Mann, den sie kaum verstand, keinen Berufsabschluss und einen Job im Café, damit sie es sich leisten konnte, jeden Abend in einem halbleeren Theater Lieder zu schmettern.

«Ich bin froh, dass du anrufst», sagte Jude. «Ich habe nicht damit gerechnet.»

«Na ja, kein Wunder.»

«Also, ich weiß, dass das alles etwas seltsam geendet hat ...»

Kennedy lachte. «Untertreibung des Jahres.»

«Aber wenn du zehn Minuten Zeit hast, dann zeige ich dir etwas.»

Ihre Mutter hatte Jude verrückt genannt. Vielleicht war sie das. Aber sie hatte Kennedy wieder am Haken. Sie hätte auflegen können. Sie hätte einfach auflegen und nie wieder mit ihr reden können. Sie hätte versuchen können, sie zu vergessen. Aber Jude bot ihr einen Schlüssel zum Verständnis ihrer Mutter an. Wie hätte sie dazu nein sagen können?

«Im Moment ist es schlecht», sagte sie. «Ich bin bei der Arbeit.»

«Dann danach?»

«Da habe ich Vorstellung.»

«Wo denn?», fragte Jude. «Reese und ich kommen. Es ist doch nicht ausverkauft, oder?»

Es war noch kein einziges Mal ausverkauft gewesen, aber Kennedy machte eine Kunstpause, als müsste sie darüber nachdenken.

«Wahrscheinlich nicht», sagte sie. «Normalerweise gibt es noch Restkarten.»

«Super», sagte Jude. «Dann kommen wir heute Abend. Wir wollten uns sowieso irgendeine Show angucken, wo wir schon mal in New York sind.»

Sie klang unerträglich unschuldig, nicht wie das steinerne, zurückhaltende Mädchen, das Kennedy gekannt hatte. Sie war geradezu bezaubert davon, aber vor allem fühlte sie sich wieder auf sichererem Boden. Sie nannte Jude den Namen des Theaters und sagte ihr, dass sie jetzt Schluss machen müsse.

«Gut», sagte Jude. «Dann sehen wir uns heute Abend. Und, Kennedy?»

«Wirklich, ich muss los.»

«Ja, tut mir leid. Ich wollte nur noch sagen, ich freu mich. Dich wieder spielen zu sehen, meine ich. Deine letzte Show war toll.»

Sie ärgerte sich, dass sie sich so darüber freute. Sie legte auf, ohne sich zu verabschieden.

FÜNFZEHN

In *Pacific Cove* war Charity Harris das Mädchen von nebenan gewesen, was bedeutete, dass die eine Hälfte der Fans sie toll und die andere Hälfte sie langweilig fand. Als sie bei ihrem letzten Auftritt auf einem Kreuzfahrtschiff verschwand, bekam sie sogar Post, in der Fans der Serie sich über ihr Unglück freuten. Damals war ihr das egal gewesen. Es war ihr egal, ob Fans sie liebten oder hassten, beides bedeutete Aufmerksamkeit, und bisher hatte noch nie jemand so starke Gefühle gegenüber einer von ihr gespielten Figur gehabt, dass er ihr deswegen geschrieben hätte. Dennoch hoffte sie, als sie vom Studio nach Hause fuhr, dass es nicht Charitys letzte Szene gewesen sein würde.

«So ist das in Soaps», sagte der Regisseur. «Nichts ist endgültig, außer die Serie wird abgesetzt.»

Charity hätte ein besseres Ende verdient gehabt, erklärte sie noch betrunken ihren Freunden, als sie schon weit über vierzig war und längst darüber hätte hinweg sein sollen. Selbst wenn sie nicht auf Charitys wundersame Rückkehr hoffen konnte – ein Schicksal, auf das alle, die aus einer Soap gestrichen worden waren, hofften –, hätten sie ihre Geschichte wenigstens hübsch zu Ende bringen können, mit irgendwelchem Mist im Abspann, dass das Mädchen Pacific Cove verlassen habe und jetzt in Peru Lamas züchte, es war ihr vollkommen egal.

«Aber einfach verschwinden?», sagte sie einmal. «Im Meer? Und das war's? Das ist doch scheiße.»

«*Verdient* ist Quatsch», sagte ihr Freund, ein Yogalehrer.

«Niemand von uns hat irgendetwas verdient. Wir müssen das Leben nehmen, wie es kommt.»

Vielleicht war Charity betrogen worden, weil sie so ein nettes Mädchen gewesen war. Viel netter als Kennedy auf jeden Fall, die jede Menge Dummheiten begangen hatte. Sie hatte mit zwei verheirateten Regisseuren geschlafen, ihren Eltern Geld gestohlen, als sie zu stolz gewesen war, sie noch einmal anzupumpen, sie hatte Freundinnen falsche Uhrzeiten für Vorsprechen genannt, um sie auszustechen. Charity dagegen war süß. Sie traf die Liebe ihres Lebens, den Serienschönling Lance Garrison, als sie gerade einen ertrinkenden Hund rettete, du lieber Himmel. Aber schon eine halbe Staffel nach ihrem Verschwinden machte Lance der sinnlichen Tochter des Detective schöne Augen. Fünf Jahre später feierten die beiden eine riesige Hochzeit, die sämtliche Zuschauerrekorde brach – zwanzig Millionen, schrieb *TV Guide* und zählte die Hochzeit zu den «fünfzig größten Soap-Ereignissen aller Zeiten». Die Folge wurde sogar für einen Emmy nominiert! Und in all den hymnischen Besprechungen wurde Charity nicht einmal erwähnt oder die Tatsache, dass das glückliche Paar nie zusammengefunden hätte, wenn Charity nicht an Bord dieses Kreuzfahrtschiffs gegangen und, vergnügt vom Deck winkend, in den Vorabendhimmel entschwunden wäre.

Mehr noch als der Jobverlust kratzte es sie, dass sie nicht in einer großen Seifenopernhochzeit aufgetreten war. Vielleicht ärgerte sie das sogar mehr als die Tatsache, dass sie im wirklichen Leben nie geheiratet hatte.

«Ich spiele nie das Mädchen von nebenan», sagte ein schwarzer Gaststar einmal zu ihr. «Ich schätze, neben mir will niemand wohnen.»

Pam Reed lächelte den Cateringtisch schief an und steckte

sich eine Kirschtomate in den Mund. Sie sei eine richtige Schauspielerin, hörte Kennedy zwei Kameraleute sagen. In den 70er Jahren hatte sie in einer beliebten Actionfilmreihe eine Polizistin gespielt, bis sie im dritten Teil vom Bösewicht erschossen wurde. Danach war sie Richterin in einer Gerichtsserie gewesen. Sie sollte für den Rest ihrer Laufbahn Richterinnen spielen, und manchmal, wenn Kennedy den Fernseher einschaltete, sah sie Pam Reed auf der Bank sitzen und sich mit strengem Blick vorbeugen, das Kinn in die Hand gestützt.

«Das Fernsehpublikum liebt schwarze Richterinnen», sagte Pam. «Es ist komisch – kannst du dir vorstellen, wie die Welt aussähe, wenn wir entscheiden würden, was Recht ist?»

An diesem Nachmittag hatte sie auch in *Pacific Cove* eine Richterin gespielt. Noch zwischen den Takes war sie ehrfurchtgebietend in ihrer langen schwarzen Robe, daher sagte Kennedy, während sie nach den Weintrauben griff, das Blödeste, was ihr in den Sinn kam.

«Wir haben mal neben einer schwarzen Familie gewohnt», sagte sie. «Also, gegenüber. Die Tochter hieß Cindy, sie war eigentlich meine erste Freundin.»

Sie erzählte Pam allerdings nicht, dass die Freundschaft in die Brüche gegangen war, nachdem sie Cindy in einem kindlichen Wutanfall *Nigger* genannt hatte. Sie wand sich immer noch vor Scham, wenn sie daran dachte, wie Cindy daraufhin in Tränen ausgebrochen war. Sie hatte albernerweise selbst angefangen zu weinen, und ihre Mutter hatte ihr eine runtergehauen. Das erste und einzige Mal, dass sie geschlagen worden war. Die Ohrfeige verwirrte sie weniger als der Kuss danach; dass Wut und Liebe in ihrer Mutter so heftig kollidierten. Zu der Zeit dachte sie, *Nigger* sei auch nicht schlimmer als jedes andere Schimpfwort und ihre

Mutter wäre genauso wütend gewesen, wenn sie in der Sackgasse laut *Scheiße* gebrüllt hätte. Aber nachdem das mit Jude gewesen war, fiel ihr wieder ein, wie ihre Mutter sie ins Haus gezerrt hatte. Sie war wütend gewesen, ja, aber mehr als das: verängstigt. Als fürchtete sie sich vor ihren Gefühlen oder – ein verstörender Gedanke – vor der eigenen Tochter, die sich als so widerlich herausgestellt hatte.

Sie nahm das Wort nie wieder in den Mund, nicht beiläufig, nicht beim Witzeerzählen, nicht, bis Frantz sie im Bett darum bat. Es sei nur ein Spiel, erklärte er und streichelte ihr den Rücken, weil er ja wisse, dass sie es nicht so meine. Das Wort zu ihm zu sagen, war etwas anderes, als es zu Cindy zu sagen. Oder?

Pam Reed lachte ein bisschen und tupfte sich den Mund mit einer Cocktailserviette ab.

«Die Glückliche», sagte sie.

An dem Abend, als Jude Winston in der Vorstellung war, trat Kennedy auf der Bühne aus ihrem Körper.

Fast alle Schauspieler sagten, sie hätten das schon einmal erlebt – die besseren sicher schon früher in ihrer Karriere. Aber Kennedy erlebte an diesem Winterabend zum ersten Mal, was es bedeutete, wirklich aus sich herauszutreten. Singen war wie Atmen, Tanzen so natürlich wie Gehen. Bei ihrem Duett mit Randy, dem Landarbeiter –, einem schlaksigen Schauspielstudenten von der NYU – verliebte sie sich beinahe wirklich in ihn. Nach dem letzten Vorhang umringten die Kollegen sie jubelnd, und irgendwie wusste sie schon in diesem Moment, dass das die beste Vorstellung gewesen war, die sie je geben würde. Und das hatte sie nur geschafft, weil Jude irgendwo im dunklen Theater saß und ihr zusah.

In der Garderobe zog sie sich langsam um, und die Magie der Bühne verflog. Frantz würde im Foyer auf sie warten. Donnerstags kam er nach dem Büro immer vorbei. Er würde sagen, dass sie heute gut gewesen war, sogar großartig. Er würde eine Veränderung in ihr bemerken, vielleicht würde er sich fragen, woher sie kam. Und außerdem würden Jude und Reese im Foyer sein. Womit sie nicht gerechnet hatte, war, dass die drei zusammen auf sie warteten. Frantz grinste, als er sie heranwinkte.

«Du hast mir ja gar nicht erzählt, dass Freunde von dir hier sind», sagte er. «Kommt, gehen wir etwas trinken!»

«Ich will die beiden ja nicht aufhalten ...», sagte sie.

«Unsinn. Sie sind extra hergekommen. Nur einen Drink.»

Sie war wie betäubt und konnte sich später kaum an den Weg erinnern. Sie hatte die Bar nur deswegen ausgesucht, weil sie wusste, dass Jude sich dort unwohl fühlen würde.

Und tatsächlich sah Jude sich, sobald sie drinnen waren, unbehaglich um, überwältigt von der lauten Punkmusik, die im *8 Ball* aus den Boxen dröhnte. Sie betrachtete die Obszönitäten, die mit Filzer auf die Tische geschmiert waren, die Biker an der Bar und sah aus, als wäre sie lieber woanders. Gut, dann müssten sie nicht lange bleiben. Kennedy hatte leider nicht damit gerechnet, dass diese beiden Teile ihres Lebens aufeinandertreffen würden. Sie hatte Jude nach der Vorstellung kurz treffen wollen, damit sie ihr zeigen konnte, was auch immer sie ihr zeigen wollte. Niemals hatte sie damit gerechnet, dass Jude und Frantz ins Gespräch kommen und feststellen würden, dass sie sie beide kannten. Alte Schulfreunde, musste Jude ihm erzählt haben, denn Frantz fragte immer wieder, wie Kennedy im College gewesen sei.

«Schatz», sagte sie, «jetzt nerv die beiden doch nicht so.»

«Ich nerve doch nicht», sagte Frantz. Er wandte sich an Jude. «Nerve ich?»

Sie lächelte. «Nein, alles okay. Ich bin nur ein bisschen erschlagen von dem Laden hier.»

«Wir sind eigentlich keine Großstädter», sagte Reese. Das war so bodenständig und charmant, dass Kennedy am liebsten gekotzt hätte.

«War ich früher auch nicht», sagte Frantz. «Ich bin zwar schon als Kind hergezogen, aber die Stadt macht immer noch etwas mit mir. Wie lange seid ihr denn hier? Ken führt euch bestimmt gern ein bisschen herum ...»

«Lass uns erst mal was zu trinken holen», sagte sie, «bevor wir hier Ausflüge planen.»

Frantz lachte. «Ja, schon gut.» Er schob sich aus der Sitznische und nickte Reese zu. «Kommst du mit?»

Die Männer gingen an die Bar. Kennedy war zum ersten Mal seit Jahren mit Jude allein. Sie hatte sich noch nie so nach einem Drink gesehnt.

«Dein Freund ist nett», sagte Jude.

«Also, es tut mir leid, was ich damals auf dieser Party gesagt habe», sagte Kennedy. «Über dich und Reese. Ich war betrunken. Ich hab's nicht so gemeint.»

«Doch, hast du», sagte Jude. «Und du warst betrunken. Kann ja beides wahr sein.»

«Okay, aber bist du deswegen hinter mir her? Ich habe keine Lust auf das Ganze.»

«Welches Ganze?»

«Was auch immer du vorhast. Dieses Spielchen, oder was das ist.»

Jude starrte sie einen Moment lang an, dann griff sie nach ihrer Handtasche.

«Ich hatte so ein Gefühl, dass ich dich noch mal treffen würde», sagte sie.

«Toll, du kannst hellsehen.» Kennedy sah die Männer an der Bar bestellen, und ihr dämmerte, dass sie Frantz gar nicht gesagt hatte, was sie trinken wollte. Eine kleine Vertrautheit, aber dennoch bemerkenswert, dass Frantz wusste, was sie wollte, bevor sie etwas sagte.

«Ich wollte dir das eigentlich nicht erzählen», sagte Jude. «Bei der Party. Ich hatte nicht das Gefühl, dass du es wissen willst. Ich habe es nur gesagt, weil ich wütend war, wegen deiner Bosheit, und ich wollte dir weh tun. Das war gemein.» Sie zog etwas Weißes aus ihrer Brieftasche. «Man sollte Leuten nicht die Wahrheit sagen, um sie zu verletzen, sondern weil sie sie kennen wollen. Und ich glaube, das willst du jetzt.»

Sie reichte Kennedy ein weißes Stück Papier. Ein Foto. Kennedy wusste, bevor sie es umdrehte, dass es ein Bild ihrer Mutter sein würde.

«Himmel, das hat ja ewig gedauert», sagte Frantz und glitt wieder auf die Sitzbank. «Hey, was ist das denn?»

«Nichts», sagte sie. «Lass mich mal raus, ich muss aufs Klo.»

«Jetzt habe ich mich gerade hingesetzt», stöhnte er, stand aber trotzdem auf, und sie kroch aus der Nische, das Foto fest in der Hand. Sie ging tatsächlich zur Toilette, aber nur, weil da besseres Licht war. Da draußen hätte Jude ihr ein beliebiges Foto unter die Nase halten können, und sie hätte niemanden darauf erkannt. Einen Moment lang stand sie vor dem Spiegel und drückte sich das Bild an den Bauch.

Sie brauchte es gar nicht anzugucken. Sie konnte es einfach zerreißen und Jude nach diesem Abend nie mehr wiedersehen. Reese würde bald operiert werden, und dann würden sie die Stadt wieder verlassen. Sie musste nicht alles wissen. Oder?

Trotzdem war klar, was als Nächstes passierte. Sie wusste es, noch bevor sie das Bild umdrehte. So funktioniert Erinnerung – als würde man gleichzeitig voraus- und zurückblicken. In diesem Augenblick sah sie in beide Richtungen. Sie sah sich selbst als kleines Mädchen – lebhaft, lästig, bedürftig nach einer Mutter, der so viel Nähe unangenehm war. Einer Mutter, die sie nie wirklich gekannt hatte. Sie sah sich ihr das Foto zeigen, den Beweis, dass sie ihr ganzes Leben lang gelogen hatte. Als Kennedy das Bild umdrehte, sah sie Zwillingsmädchen in schwarzen Kleidern und eine weitere Frau zwischen ihnen. Das Foto war sehr alt, grau und verblichen, aber im Neonlicht sah sie dennoch sofort, welches dieser identischen Mädchen ihre Mutter war. Sie wirkte unglücklich – als würde sie, wenn sie es könnte, einfach aus dem Bild rennen.

Ihre Mutter hatte es immer gehasst, fotografiert zu werden. Sie hasste es, an einen Ort gebannt zu sein.

«Deine Freunde sind nett», sagte Frantz später an diesem Abend, als er ins Bett kroch.

Auf dem Heimweg in der U-Bahn hatte sie kaum ein Wort gesagt. Sie fühle sich nicht wohl, hatte sie nach dem ersten Drink behauptet, sie wolle lieber Schluss machen. Auf der Toilette hatte sie das Foto in ihren Hosenbund gesteckt wie früher, als Kind, wenn sie Süßigkeiten aus der Küche schmuggeln wollte. Nur dass jetzt nicht Schokolade unter ihrem Shirt schmolz, sondern die spitzen Ecken ihr den gesamten Weg zur U-Bahn-Station über in den Bauch piksten. Ein Teil von ihr wollte, dass Jude glaubte, sie hätte es weggeworfen. In der Toilette runtergespült oder so. Jude hatte enttäuscht gewirkt beim Abschied. Gut so. Sollte sie doch enttäuscht sein. Was glaubte sie denn, wer sie war? Ihr das Leben zum zweiten Mal auf den Kopf zu stellen. Und außerdem konnte Jude immer noch gelogen haben. Sie sah keinem der Mädchen auf dem Foto ähnlich, auch der Frau in der Mitte nicht, die dunkler war, aber immer noch hellhäutig, eine Hand auf der Schulter jedes Mädchens. Die drei wirkten wie ein Set, als gehörten sie zusammen. Aber Jude gehörte zu niemandem davon. Und was war mit ihr, mit Kennedy? Zu wem gehörte sie?

«Wir sind nicht befreundet», sagte sie. «Nicht wirklich. Das waren einfach Bekannte von früher.»

«Ach so.» Er zuckte mit den Achseln, rollte sich dann zu ihr hin und küsste sie auf den Hals. Sie zuckte zurück.

«Mann, hör auf», sagte sie.

«Was ist denn?»

«Was wohl? Ich habe doch gesagt, mir geht's nicht so gut.»

«Deswegen musst du mir ja nicht gleich den Kopf abreißen.»

Er rollte sich mürrisch auf seine Seite zurück und knipste das Licht aus.

«War mir schon klar, dass ihr nicht befreundet seid», sagte er.

«Was?»

«Du hast keine schwarzen Freunde», sagte er. «Du magst keinen einzigen Schwarzen außer mir, und wir sind auch nicht wirklich Freunde, oder?»

Am nächsten Morgen rief sie wieder im Hotel Castor an, aber niemand nahm ab.

Sie lag allein im Bett und betrachtete das verblasste Foto, bis sie zur Arbeit musste. Die Zwillinge, links und rechts, in diesen finsteren Kleidern. Ihre Mutter und Nicht-ihre-Mutter, ihre Großmutter dazwischen. Eine ganze Familie – obwohl ihre Mutter gesagt hatte, sie hätte keine –, und Jude wusste das alles irgendwoher. Einmal, als Kennedy dreizehn war, war ihre Mutter mit ihr in die Mall gegangen, um ihr zum Geburtstag ein neues Kleid zu kaufen. Kennedy hatte schon angefangen, sich von ihr zurückzuziehen, und wäre lieber mit ihren Freundinnen zu Bloomingdale's gegangen. Aber ihre Mutter schenkte ihr gar keine Beachtung. Sie blieb irgendwo stehen und betastete die spitzenbesetzten Ärmel eines schwarzen Kleids.

«Ich liebe Shoppen», sagte sie wie zu sich selbst. «Das ist, als würde man all die anderen Leute anprobieren, die man hätte sein können.»

In der Mittagspause rief Kennedy noch einmal im Hotel an. Wieder keine Reaktion. Diesmal versuchte sie es an der Rezeption.

«Die Dame hat gesagt, sie sind den ganzen Tag im Krankenhaus», sagte die Rezeptionistin. «Falls jemand anruft.»

«In welchem Krankenhaus?»

«Sorry, Miss, das hat sie nicht gesagt.»

Natürlich. Was war von einem Landei, das zum ersten Mal in New York City war, schon zu erwarten? Natürlich hatte sie nicht darüber nachgedacht, wie viele Krankenhäuser es allein in Manhattan gab. Kennedy war gereizt, blätterte aber im Telefonbuch und suchte das Krankenhaus heraus, das dem Hotel am nächsten lag. Dort sagte ihr die Rezeptionistin, sie könne keine Patientennamen herausgeben, und als sie auflegte, ging Kennedy auf, dass sie Reese' vollen Namen sowieso nicht kannte. Aber sie ging früher von der Arbeit weg und nahm den Bus zum Krankenhaus. Im Schwesternzimmer bat sie eine winzige Rothaarige, Jude Winston anzupingen. Sie wartete fünf Minuten, in ihrer Hosentasche raschelte die Seite aus dem Telefonbuch, und sie fragte sich, ob sie die ganze Stadt würde absuchen müssen. Dann ging die Fahrstuhltür auf, und Jude trat heraus. Sie wirkte zunächst verwirrt, dann aber erleichtert, als sie sah, dass es nur Kennedy war.

«Du hast den Namen des Krankenhauses nicht hinterlassen», sagte Kennedy. «Ich hätte den ganzen scheiß Tag mit der Suche zubringen können.»

«Hast du aber nicht», sagte Jude.

«Hätte aber passieren können.» Himmel, sie kabbelten sich schon wie Geschwister. «Das ist nämlich eine ziemlich große Stadt.»

Jude schwieg kurz. «Na ja», sagte sie. «Ich habe den Kopf gerade ziemlich voll.»

Das hätte auch von ihrer Mutter kommen können. Vielsagend und mit der Absicht, ihr ein schlechtes Gewissen zu machen, damit sie sich fügte.

«Sorry», sagte sie. «Geht es ihm gut?»

Jude kaute auf ihrer Unterlippe. «Keine Ahnung», sagte sie. «Er ist noch drin. Sie lassen mich nicht zu ihm, weil wir nicht verwandt sind.»

In diesem Moment wurde Kennedy klar, dass, falls sie hier plötzlich einen Herzinfarkt hätte, Jude ihre nächste Verwandte wäre. Cousinen. Sie waren Cousinen. Aber wenn Jude das einer der Krankenschwestern erzählte und auf ihrem Besuchsrecht bestand, wer würde ihr glauben?

«Das ist absurd», sagte Kennedy. «Du bist doch die Einzige, die er hier hat.»

«Tja.» Jude zuckte mit den Schultern.

«Er sollte dich einfach heiraten», sagte sie. «Bringt es hinter euch! Ihr seid doch lange genug zusammen, und dann braucht ihr euch über so einen Quatsch keine Gedanken mehr zu machen.»

Jude starrte sie eine Sekunde lang an, und Kennedy dachte schon, sie würde sie zum Teufel schicken. Das hatte sie vermutlich verdient. Aber Jude verdrehte nur die Augen.

«Du klingst wie meine Mutter», sagte sie.

Das Foto sei von einer Beerdigung, erzählte Jude. Die beiden saßen sich in der Cafeteria an einem langen Metalltisch gegenüber und nippten lauwarmen Kaffee, zwischen ihnen lag das Foto. Das hatte sie sich schon gedacht – die schwarzen Kleider und so –, aber jetzt sah sie sich das Foto noch einmal genauer an, diese Zwillinge. Gleiche Haarbänder, gleiche Strumpfhosen. Erst jetzt fiel ihr auf, dass die eine Schwester die andere am Kleid festhielt, als würde sie versuchen, sie still zu halten. Sie berührte das Foto und rief sich in Erinnerung, dass es echt war. Das brauchte sie, um an Ort und Stelle zu bleiben.

«Wer ist denn gestorben?», fragte sie.

«Ihr Vater. Er wurde ermordet.»

«Von wem?»

Jude zuckte die Achseln. «Von ein paar Weißen.»

Sie wusste nicht, was sie mehr schockierte, die Enthüllung selbst oder wie beiläufig Jude es gesagt hatte.

«Was?», fragte sie. «Warum?»

«Braucht es dafür einen Grund?»

«Wenn jemand ermordet wird? Normal schon.»

«Gibt es aber nicht. Es ist einfach passiert. Direkt vor ihren Augen.»

Sie versuchte, sich ihre Mutter als ein Kind vorzustellen, das etwas so Grausames mit ansieht, aber sie sah sie nur vor sich, wie sie vor acht Jahren mit einem Baseballschläger in der

Hand am Ende des dunklen Flurs gestanden hatte. Kennedy war ein bisschen betrunken gewesen und hatte sich nach einer Party ins Haus geschlichen. Sie hatte erwartet, dass ihre Mutter sie anschreien würde, weil sie später als vereinbart nach Hause gekommen war. Stattdessen stand sie im Flur und schlug sich die Hand vor den Mund. Der Baseballschläger fiel auf den Holzboden und kullerte ihr vor die Füße.

«Sie hat nie über ihn gesprochen», sagte Kennedy.

«Meine auch nicht», sagte Jude.

Am Ende des Tisches hustete ein alter Mann in den Ärmel seines Pullovers. Jude sah zu ihm hinüber und spielte mit einem Bonbonpapier herum.

«Wie ist sie so?», fragte Kennedy. «Deine Mutter.»

«Stur», sagte sie. «Wie du.»

«Ich bin nicht stur.»

«Wenn du meinst.»

«Und sonst? Sie muss doch noch etwas anderes sein als stur.»

«Ich weiß nicht», sagte Jude. «Sie arbeitet in einem Diner. Sie sagt, sie hasst es, aber sie würde nie irgendwo anders hinziehen. Sie würde Maman nicht noch mal verlassen.»

«So nennst du deine Großmutter?» Kennedy schaffte es immer noch nicht, *unsere* zu sagen.

Jude nickte. «Ich bin bei ihr aufgewachsen. Sie wird langsam alt. Sie vergisst viel. Sie fragt immer noch manchmal nach deiner Mom.»

Eine Durchsage kam durch die Lautsprecher. Kennedy kippte noch ein Päckchen Zucker in den Kaffee, den sie nicht trinken würde.

«Das ist komisch für mich», sagte sie. «Ich weiß nicht, ob du dir vorstellen kannst, wie seltsam das alles ist.»

«Ich weiß», sagte Jude.

«Nein, weißt du nicht. Ich glaube nicht, dass irgendjemand das nachvollziehen kann.»

«Gut, dann weiß ich es eben nicht.» Jude stand auf und warf ihren Kaffeebecher in den Müll. Kennedy, die plötzlich fürchtete, sie könnte sie hier allein sitzen lassen, lief ihr nach. Was, wenn sie Jude vor den Kopf gestoßen hatte und sie ihr jetzt gar nichts mehr erzählte? Ein bisschen was zu wissen, war schlimmer, als gar nichts zu wissen. Also folgte sie Jude in den Aufzug, fuhr schweigend mit ihr in den fünften Stock und setzte sich zwischen sie und eine welkende Pflanze ins Wartezimmer.

Reese wurde noch am selben Abend entlassen. Als Jude ihn nach draußen schob, sah Kennedy auf und war überrascht, dass der Himmel schon dunkelblau war. Sie hatte stundenlang neben Jude im Warteraum gesessen, gelangweilt in Zeitschriften geblättert, war in die Cafeteria gegangen, um mehr Kaffee zu holen, oder hatte nur dagesessen und das Foto angestarrt. Für die Vorstellung am Abend hatte sie sich krankgemeldet. Behauptet, dass die Grippe sie doch noch erwischt hätte. Und obwohl sie allen Grund gehabt hätte zu gehen, blieb sie in dem stillen Krankenhauszimmer, bis eine barsche weiße Schwester ihnen sagte, sie könnten gehen. Sie dachte daran, zu Hause anzurufen. Frantz versuchte immer, sie vor der Vorstellung kurz anzurufen, und er würde sich Sorgen machen, wenn die Zweitbesetzung ans Telefon ging. Trotzdem winkte sie ein Taxi heran und half Jude, Reese hineinzuverfrachten. Er war noch ein bisschen benebelt von der Narkose, und auf dem Weg zum Hotel fiel sein Kopf ihr immer wieder auf die Schulter. Jude drückte ihm den Oberschenkel, und Kennedy sah beiseite. Sie konnte sich nicht vorstellen, jemanden so unverhohlen zu brauchen.

Vor dem Hotel hätte sie sich verabschieden können, aber sie stieg mit aus. Sie und Jude sprachen nicht. Sie legten Reese je einen Arm um die Taille und stützten ihn auf dem Weg hinein. Er war schwerer, als er aussah, und als sie am Aufzug ankamen, tat ihr schon die Schulter weh. Aber sie hielt ihn fest, bis sie im Zimmer waren und ihn behutsam auf das Bett sinken ließen. Jude setzte sich auf die Bettkante und strich ihm die Locken aus dem Gesicht.

«Danke», sagte sie sanft, schaute dabei aber weiterhin Reese an. Die Zärtlichkeit in ihrer Stimme war nur für ihn.

«Gut», sagte Kennedy. Sie hätte sich verabschieden sollen, blieb aber einfach stehen. Jude würde noch ein paar Tage in der Stadt bleiben, während Reese sich erholte. Vielleicht könnte sie ja morgen noch einmal vorbeikommen? Jude konnte doch nicht den ganzen Tag in diesem schmuddeligen Zimmer hocken und ihm beim Schlafen zugucken. Vielleicht könnten sie auf einen Kaffee irgendwohin gehen? Sie könnte ihr die Stadt zeigen, damit sie ein bisschen mehr von New York sah als ein mittelmäßiges Musical und ein Wartezimmer im Krankenhaus.

Jude begleitete sie in die Lobby, und Kennedy wickelte sich langsam den Schal um den Hals.

«Wie ist es da?», fragte sie. «In Mallard.»

Sie hatte sich eine Kleinstadt wie Myberry vorgestellt, heimelig und gemütlich, wo die Frauen Pasteten zum Abkühlen auf die Fensterbank stellten. Ein Ort, der so klein war, dass jeder jeden kannte. In einem anderen Leben hätte sie vielleicht die Sommerferien dort verbringen und mit Jude vor dem Haus ihrer Großmutter spielen können. Aber Jude lachte nur.

«Grässlich», sagte sie. «Sie mögen nur helle Negroes. Du würdest da gut hinpassen.»

Sie sagte das so beiläufig, dass Kennedy es beinahe nicht bemerkt hätte.

«Ich bin kein Negro», sagte sie.

Wieder lachte Jude, diesmal unbehaglich.

«Na ja, deine Mutter schon», sagte sie.

«Und?»

«Damit bist du es auch.»

«Gar nichts bin ich», sagte sie. «Mein Vater ist nämlich weiß. Erzähl du mir nicht, was ich bin.»

Es ging nicht um Abstammung oder so etwas. Sie hasste es einfach, wenn man ihr sagte, wer sie zu sein hatte. Da war sie wie ihre Mutter. Wäre sie schwarz geboren, wäre das vollkommen in Ordnung gewesen. Aber das war sie nicht, und mit welchem Recht wollte Jude ihr erzählen, dass sie es doch war? Es hatte sich ja nichts geändert. Sie hatte etwas über ihre Mutter erfahren, aber was hieß das schon für ihr eigenes Leben? Ein einziges Detail war verschoben und ersetzt worden. Wenn man einen Backstein austauschte, wurde aus einem Wohnhaus keine Feuerwache. Sie war immer noch sie selbst. Nichts hatte sich geändert. Es hatte sich überhaupt nichts verändert.

Später am Abend fragte Frantz sie, wo sie gewesen sei.

«Im Krankenhaus», sagte sie, zu müde zum Lügen.

«Im Krankenhaus? Was ist passiert?»

«Alles in Ordnung. Ich war mit Jude da, Reese wurde operiert.»

«Was für eine Operation denn? Geht es ihm gut?»

«Keine Ahnung. Irgendwas am Brustkorb, wie es aussah. Es geht ihm gut. Er war nur ein bisschen neben der Spur.»

«Du hättest mal anrufen können, ich habe gewartet.»

Sie würde ihn verlassen. Sie hatte immer ein gutes Gespür dafür gehabt, wann es Zeit war zu gehen. Ob aus Intuition oder Rastlosigkeit – sie war nie geblieben, wenn sie sich nicht mehr willkommen fühlte. Sie hatte gewusst, wann es Zeit gewesen war, Los Angeles zu verlassen, und ein Jahr später wusste sie, dass es Zeit war, aus New York wegzugehen. Sie wusste, wann sie mit einem Mann besser sechs Wochen und wann sechs Jahre zusammenbleiben sollte. Gehen war immer gleich. Gehen war einfach. Bleiben war der Teil, den sie nie richtig hinbekommen hatte. Als sie Frantz in dieser Nacht ansah, seine dunkelbraune Haut auf der silbrigen Bettwäsche, wusste sie, dass sie nicht mehr lange bei ihm bleiben würde. Trotzdem setzte sie sich auf die Bettkante, nahm ihm die Brille ab und verschwamm vor seinen Augen.

«Würdest du mich immer noch lieben», fragte sie, «wenn ich nicht weiß wäre?»

«Nein», sagte er und zog sie an sich. «Denn dann wärst du nicht du.»

Nachdem sie Frantz verlassen hatte, zog sie ein Jahr lang herum und sagte niemandem, wohin. Das Musical war abgespielt, und sie hatte langsam genug vom Theater, blieb trotzdem noch über Jahre dabei, machte Impro-Comedy und sprach für experimentelle Stücke vor. Die Schauspielerei schien das Einzige zu sein, bei dem sie nicht wusste, wann es Zeit zum Aufhören war.

Bevor sie sich davonmachte, traf sie ihre Mutter ein letztes Mal. Sie saßen zusammen im Garten am Pool und tranken Chardonnay. Es war ein unnatürlich milder Wintertag. Sie war überrascht von der Wärme, überrascht, dass es eine Zeit in ihrem Leben gegeben hatte, in der sie die Vorstellung eines warmen Februartags nicht bemerkenswert gefunden hatte. Sie schloss die Augen, streckte die Beine in die Sonne und dachte keine Sekunde lang an den armen Frantz, der jetzt am ratternden Heizlüfter kauerte.

«Früher habe ich morgens oft hier gesessen», sagte ihre Mutter. «Wenn du in der Schule warst. Ich hatte nie etwas zu tun, und irgendwie bin ich immer hier gelandet und habe nachgedacht.»

Es war ein herrlicher Tag. Daran würde Kennedy sich später erinnern und dass sie auch nichts hätte sagen, einfach für immer in der Sonne hätte liegen bleiben können. Stattdessen gab sie ihrer Mutter das Foto.

«Was ist das?», fragte Stella und legte den Kopf schief, um es zu betrachten.

«Von der Beerdigung deines Vaters», sagte Kennedy. «Erinnerst du dich nicht?»

Ihre Mutter schwieg mit leerem Blick.

«Woher hast du das?», fragte sie dann.

«Was denkst du denn?», fragte Kennedy. «Sie hat mich wiedergefunden. Sie kennt dich besser als ich!»

Sie hatte nicht schreien wollen. Sie hatte nur erwartet, dass ihre Mutter irgendeine Regung zeigen würde. Sie wollte ihrer Mutter ein Familienfoto hinhalten, und ihre Mutter sollte anfangen zu weinen. Sich die Tränen abwischen und ihrer Tochter endlich die Wahrheit über ihr Leben erzählen. Das war sie ihr doch schuldig? Einen Moment der Ehrlichkeit. Aber ihre Mutter schob ihr das Bild wieder hin.

«Ich weiß nicht, warum du das tust», sagte sie. «Was soll ich deiner Meinung nach dazu sagen?»

«Ich will wissen, wer du bist!»

«Du weißt doch, wer ich bin! Das hier», ihre Mutter tippte auf das Foto, «bin ich nicht. Sieh es dir doch an! Sie sieht doch überhaupt nicht aus wie ich.»

Sie hätte nicht sagen können, auf wen ihre Mutter tippte, ihre Schwester oder sich selbst.

Jude hatte ihre Telefonnummer auf die Rückseite des Fotos geschrieben. Kennedy rief jahrelang nicht an.

Aber sie behielt das Bild. Sie nahm es auf all ihre Reisen mit: nach Istanbul und Rom, nach Berlin, wo sie drei Monate lang lebte und sich eine Wohnung mit zwei Schweden teilte. An einem Abend besoffen sie sich, und sie zeigte ihnen das Foto. Die blonden Jungs lächelten sie fragend an und gaben es ihr zurück. Es bedeutete niemandem etwas, nur ihr, was mit ein Grund dafür war, dass sie sich nicht davon trennen konnte. Es war der einzige Teil ihres Lebens, der echt war. Sie wusste nicht, was sie mit dem Rest anfangen sollte. Alle Geschichten, die sie kannte, waren nur Geschichten, daher begann sie, sich neue auszudenken. Sie wurde die Tochter eines Arztes, einer Schauspielerin, eines Baseballspielers. Sie nahm sich gerade eine Auszeit vom Medizinstudium. Sie hatte zu Hause einen Freund namens Reese. Sie war weiß, sie war schwarz, sie wurde eine neue Person, sobald sie eine Grenze übertrat. Sie erfand ihr Leben immer wieder neu.

Anfang der 90er Jahre versiegten ihre Schauspieljobs endgültig. Kein Regisseur hatte Bedarf an einer Blondine in den Dreißigern, die noch kein Star war. Sie spielte in Fernsehfilmen ein paar große Schwestern, dann ein oder zwei Lehrerinnen, und irgendwann rief ihre Agentin gar nicht mehr an. Sie fühlte sich zu jung, um zum alten Eisen zu gehören, aber andererseits hatte sie auch unwahrscheinlich viel Glück gehabt. Eigentlich war ihr ganzes Leben eine einzige Glückssträhne gewesen – sie war weiß. Blondes Haar, hübsches Gesicht, gute Figur, reicher Vater. Sie hatte sich unter Tränen aus Bußgeldern für zu schnelles Fahren herausgeredet und sich den Weg zu zahllosen zweiten Chancen freigeflirtet. Ihr ganzes Leben war ein einziges Geschenk, das sie nicht verdient hatte.

Zwei Jahre lang arbeitete sie als Spinning-Trainerin, und das Studio druckte Bilder von Charity Harris auf die Flyer, um Kunden anzulocken. Aber irgendwann hatte sie keine Lust mehr, die ganze Zeit zu schwitzen und Krämpfe und Muskelkater in den Beinen zu haben, und so kehrte sie 1996 auf die Schulbank zurück, um Immobilienmaklerin zu werden. Sie hatte schrottige Produkte im Verkaufsfernsehen angepriesen, da konnte sie ebenso gut Häuser verkaufen.

Am ersten Tag saß sie unbehaglich an einem winzigen Tisch und starrte das Handout an, das der Dozent verteilt hatte.

Was Kunden an Immobilienmaklern schätzen

- Ehrlichkeit
- Kenntnis des Immobilienmarkts
- Verhandlungsgeschick

Das meiste davon konnte sie lernen, sagte sie sich, bis auf den ersten Punkt. Sie war ihr ganzes Leben Schauspielerin gewesen, und das machte sie zur besten Lügnerin, die sie kannte. Gut, zur zweitbesten.

Im ersten Jahr bei *San Francisco Valley Real Estate* verkaufte Kennedy sieben Häuser. Ihr Chef Robert sagte, sie habe ein goldenes Händchen, aber sie selbst nannte es den *Charity-Harris*-Effekt. Sie hatte eins dieser Gesichter, die den Leuten vage bekannt vorkommen, auch denen, die nie *Pacific Cove* geguckt hatten. Jeder meinte, sie irgendwoher zu kennen. Und die Fans tauchten so oder so bei ihren Besichtigungsterminen auf, auch wenn die Serie schon lange abgesetzt war.

«Ich fand das schlimm, was Ihnen passiert ist», raunte ihr eine Kundin in einem Musterhaus in Tarzana zu. Sie hatte höflich gelächelt und die Dame durch den Eingangsbereich geführt. Sie konnte Charity sein, wenn sie wollte. Sie konnte alles sein.

Vor jeder Hausbesichtigung fühlte sie sich wieder wie auf der Bühne, wenn sie darauf wartete, dass der Vorhang sich hob. Sie zupfte an der Deko herum und tauschte die gerahmten Stockfotos glücklicher Familien aus. Eine schwarze Familie wurde weiß, ein Fußball-Sitzsack zu einem Basketball-Sitzsack, anstelle der Menora wanderte ein Füllhorn in den Schrank. Ein Musterhaus war nichts anderes als ein Bühnenbild, wenn man es recht bedachte, die Besichtigung eine Vorstellung, bei der sie Regie führte. Jedes Mal stand sie mit gesenktem Kopf hinter der Tür, genauso aufgeregt wie vor ihrem ersten Auftritt, als ihre Mutter irgendwo im dunklen Zuschauerraum gesessen und ihr zugesehen hatte. Dann setzte sie ein breites Charity-Harris-Lächeln auf und öffnete die Tür. Drinnen, in diesen leeren Häusern, in denen niemand wohnte, konnte sie in sich selbst verschwinden. Aber wenn die Räume sich mit Fremden füllten, fand sie immer in ihre Rolle, führte Paare durch die Küche, wies auf die eingelassenen Lampen hin, den Fliesenspiegel, die hohen Decken.

«Stellen Sie sich vor, hier zu wohnen», sagte sie. «Stellen Sie sich vor, was für ein Mensch Sie hier sein könnten.»

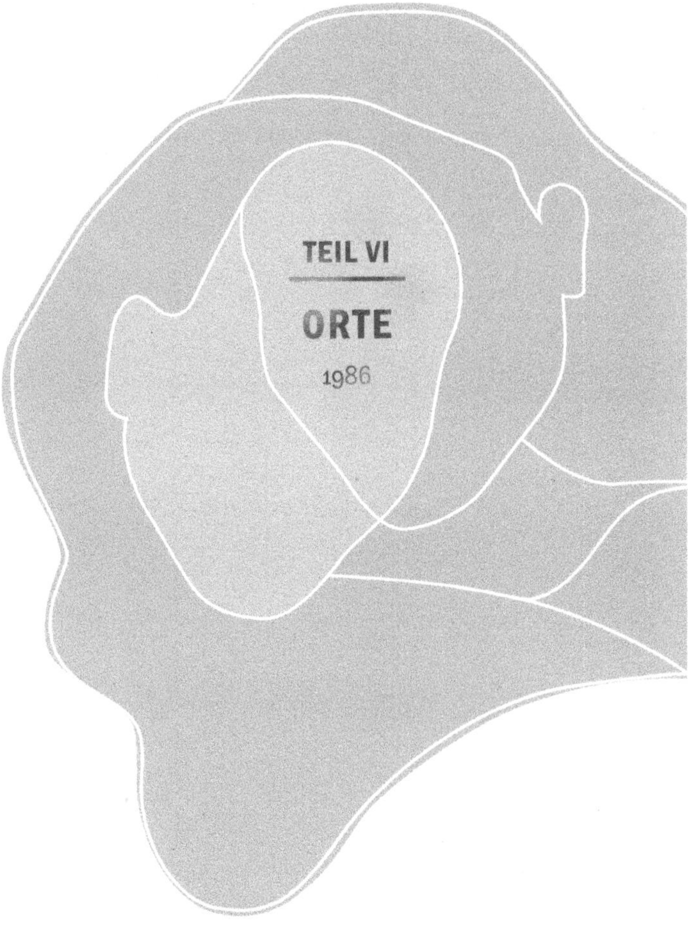

TEIL VI

ORTE

1986

SECHZEHN

Im Jahr 1981 existierte Mallard nicht mehr, oder jedenfalls hieß es nicht mehr Mallard.

Die Stadt war in Wahrheit nie eine Stadt gewesen. Offiziell galt Mallard als Dorf, aber der United States Geological Survey führte es nur als «besiedelt». Und auch wenn die Einwohner ihre eigenen Grenzen gezogen hatten, hatte ein «besiedelter Ort» von Rechts wegen keine. Nach der Volkszählung von 1980 wurden die Gemeindegrenzen verschoben, und so erfuhren die Einwohner von Mallard eines Morgens, dass sie nun in Palmetto wohnten. Spätestens im Jahr 1986 war Mallard von sämtlichen Karten und Plänen verschwunden. Den meisten Menschen machte die Namensänderung nichts aus. Mallard war immer vor allem Gedanke und Vorstellung gewesen und erst in zweiter Linie eine Stadt, daran konnten geographische Gegebenheiten nichts ändern. Aber Stella Vignes verwirrte die Namensänderung. Sie stand am Bahnhof von Opelousas und starrte zehn Minuten lang den Fahrplan an, bis sie schließlich einen jungen schwarzen Angestellten heranwinkte und ihn fragte, wie sie am besten nach Mallard käme. Er lachte.

«Oh, Sie stammen noch aus den alten Zeiten», sagte er. «So heißt das heute nicht mehr.»

Sie errötete. «Wie heißt es denn dann?»

«Ach, alles Mögliche. Lebeau, Port Barre. Offiziell Palmetto, und manche sagen immer noch Mallard. Manche sind eben stur.»

«Verstehe», sagte sie. «Ich bin lange nicht hier gewesen.»

Er lächelte sie an, und sie sah beiseite. Sie war so einfach wie möglich gereist, weil sie keine Aufmerksamkeit erregen wollte. Nur eine schlichte Reisetasche, ihr Ehering steckte darin. Sie trug ihre billigste Hose und hatte sich das Haar zurückgesteckt wie früher, auch wenn inzwischen graue Strähnen drin waren. Die hatte sie allerdings vor ihrer Abreise noch nachgetönt, und sie schämte sich für ihre Eitelkeit. Aber was, wenn Desiree sich das Haar färbte? Sie konnte doch nicht der alte Zwilling sein. Der Gedanke, Desiree ins Gesicht zu gucken und nicht sich selbst zu sehen, machte ihr Angst.

Wie beim Weggehen war es auch beim Zurückkehren das Schwierigste, den Entschluss zu fassen. Monatelang hatte sie nach einer anderen Lösung gesucht, aber sie war verzweifelt.

Sie hatte nichts mehr von ihrer Tochter gehört, seit sie aus New York zu Besuch gewesen war und das Foto mitgebracht hatte. Da hatte Stella ihrer Vergangenheit ins Gesicht gesehen. Dass bei der Beerdigung ihres Vaters ein Foto gemacht worden war, hatte sie nicht mehr gewusst, aber sie erinnerte sich ohnehin kaum an den Tag. Diese kratzige schwarze Spitze, die an den Beinen juckte. Eine Scheibe Rührkuchen, schwammig und süß. Ein geschlossener Sarg. Desiree drückte sich an ihre Seite. Ihre Schwester, die sie irgendwie verstand, auch wenn Stella nichts sagen konnte.

Als sie das Foto im Garten angestarrt hatte, war sie wieder genauso verstummt. Sie wusste, bevor sie den Mund aufmachte, dass sie lügen würde, wie sie immer gelogen hatte, aber diesmal würde ihre Tochter ihr nicht glauben.

«Als ob du unfähig wärst, die Wahrheit zu sagen», hatte Kennedy gesagt. «Du kannst überhaupt nichts anderes als lügen.»

Monatelang hatte sie ihre Anrufe nicht angenommen. Stella hatte ihr Nachrichten auf dem Anrufbeantworter hinterlassen, beschämt von dem Gedanken, dass der arrogante Frantz sie so betteln hörte. Ein oder zwei Mal hatte sie sogar mit ihm gesprochen; er hatte immer versprochen, Kennedy etwas auszurichten, aber Stella hätte nicht sagen können, ob er sie nur beruhigte, um die Leitung wieder freizumachen. Vor einem halben Jahr hatte Frantz ihr schließlich gesagt, dass ihre Tochter ausgezogen war. «Sie ist weg», sagte er, «und ich habe keine Ahnung, wohin. Sie ist eines Morgens einfach gegangen und hat nicht mal eine Nachsendeadresse hinterlassen. Ich habe hier noch ein paar Kisten mit ihren Sachen, aber sie sagt mir nicht, wohin ich sie schicken soll.» Es hörte sich an, als wären eher die Kisten mit ihrem Gerümpel das Problem und nicht die Tatsache, dass sie ihn verlassen hatte. Stella machte sich natürlich große Sorgen, aber ein paar Wochen später bekam Blake eine Postkarte aus Rom in der hastigen Handschrift ihrer Tochter.

Bin mich selbst suchen gegangen, schrieb sie. Alles in Ordnung, macht euch keine Sorgen.

Die Formulierung machte Stella am meisten Sorgen. Man fand nicht einfach sich selbst, irgendwo da draußen. Man musste etwas aus sich machen. Man musste die werden, die man sein wollte. Und das tat ihre Tochter doch schon! Stella gab dem dunkelhäutigen Mädchen die Schuld, das ihre Tochter in Los Angeles gestalkt und sie irgendwie quer durch das ganze Land bis nach New York verfolgt hatte. Das Mädchen war entschlossen, Kennedy die Wahrheit zu beweisen, und würde nicht aufgeben. Außer wenn ... Stella hörte auf, in ihrem Büro herumzumarschieren, und lehnte sich schwer an die Tür.

Sie wusste, was sie zu tun hatte. Sie musste Desiree dazu bringen, ihre Tochter zurückzupfeifen. Sie musste nach Mallard.

Als Blake geschäftlich nach Boston reiste, buchte sie einen Flug nach New Orleans. Im Landeanflug rang sie die Hände und starrte aus dem Fenster auf das flache braune Land. Sie konnte immer noch umkehren. Sich umdrehen, ein Ticket nach Los Angeles kaufen, die ganze blöde Idee vergessen. Aber dann stellte sie sich vor, dass dieses dunkelhäutige Mädchen wieder auftauchen würde, wieder und wieder, und hielt sich an der Armlehne fest, als das Flugzeug sanft über die Landebahn ratterte. Jetzt, am Bahnhof, lächelte der schlaksige Gepäckträger sie an, und er wusste irgendwie – da war sie ganz sicher –, dass sie von einem Ort zurückgekehrt war, von dem sie nie gedacht hätte, sie könnte ihn verlassen. Er zeigte auf eine Bushaltestelle.

«Der fährt direkt bis an den Ortsrand von Mallard. Von da aus müssen Sie laufen, fürchte ich.»

Sie war seit Jahren nicht mehr Bus gefahren. Er deutete auf eine Telefonzelle.

«Sie könnten auch jemanden anrufen», sagte er. «Sich abholen lassen.»

Aber sie war nicht sicher, ob sie noch jemanden hatte. Stattdessen sagte sie: «Es tut mir ganz gut, mir ein bisschen die Beine zu vertreten.»

Als Mallard nicht mehr Mallard hieß, witzelten die Leute, der Name des Diners solle auch geändert werden, es solle endlich so heißen, wie es sowieso schon lange genannt wurde: *Desiree's*. «Wir sehen uns im Desiree's» war in den Achtzigern ein üblicher Gruß geworden – manche Kinder wussten gar nicht, dass es je anders geheißen hatte. Die Stadt ignorierte die verblassende Kaffeetasse auf dem Dach, die immer noch Lous Namen trug, was ihm zwar nicht gefiel, aber er war jetzt alt.

Er verließ sich in allem auf Desiree; sie war Kellnerin und Geschäftsführerin, sie stellte Köche ein und feuerte sie wieder; sie änderte die Speisekarte, wenn ihr danach war. Sie war das Gesicht des Ladens, seit Jahren gerahmt von seinen schwarzweißen Fenstern. Lou würde ihr den Laden hinterlassen, wenn er starb, sagte er immer, obwohl Desiree sagte, sie wolle ihn gar nicht.

«Ich habe auch noch ein anderes Leben», sagte sie. «Ich will hier nicht für immer festsitzen.»

Aber wie sah dieses Leben eigentlich aus? Manchmal wusste sie das selbst nicht so genau. Early kam und ging immer noch. Das Gedächtnis ihrer Mutter ließ nach. Ihre Tochter war weit weg. Im Winter 1985 hatte sie Jude in Minneapolis besucht. Sie waren Arm in Arm durch den Schneematsch spaziert und hatten sich an den vereisten Stellen aneinander festgehalten. Solchen Schnee hatte sie seit dreißig Jahren nicht gesehen, richtigen Schnee; an einer Straßenecke schloss sie die Augen, und dicke Flocken fielen ihr auf die Wimpern. Sie dachte an ihren eigenen ersten Winter in D.C., als Sam sie zum Schlittschuhlaufen mit in die Stadt genommen und über ihre Unsicherheit gelacht hatte. Die ganze Schlittschuhbahn war voller junger Farbiger gewesen, manche händchenhaltend, die geübteren glitten und wirbelten über das Eis. Selbst der Weihnachtsmann am Rand war farbig gewesen. Sie hatte noch nie einen dunkelhäutigen Weihnachtsmann gesehen und ihn so lange angestarrt, dass sie beinahe die Balance verloren hätte.

«Es soll die ganze Woche schneien», hatte ihre Tochter gesagt. «Tut mir leid, Mama.»

«Was tut dir leid? Du kannst doch das Wetter nicht beeinflussen.»

«Ich weiß, aber ... Ich hätte es gern schön für dich gehabt.»

Sie strich Jude den Schnee aus dem Haar. «Es ist doch schön», sagte sie. «Komm, wir gehen.»

Im Lebensmittelladen war helles Licht, und ihre Tochter schlenderte mit dem Einkaufswagen hinter ihr her. Desiree griff nach einem Bund Stangensellerie. Sie hatte angeboten zu kochen – oder besser gesagt, darauf bestanden, nach einem deprimierenden Blick in die Vorratsschränke ihrer Tochter. Nichts als kalte Frühstücksflocken und Dosenfutter.

«Ich hätte dir das Kochen beibringen sollen», sagte sie.

«Ich koche doch.»

«Zu viele kluge Frauen verstehen nichts mehr von Haushaltsführung.»

«Also, ich koche, und Reese kocht auch.»

«Oh, stimmt ja. Ihr seid so ... wie nennt man das?»

«Modern.»

«Modern», wiederholte sie. «Er ist nett.»

«Aber?»

«Nichts aber. Er ist wirklich süß. Ich verstehe nur nicht, warum er dich nicht heiratet. Worauf wartet er, auf den Sensenmann?»

«Und was ist mit dir?»

«Mit mir?»

«Und Early.»

Desiree griff nach einer Paprikaschote, überrascht von der Zärtlichkeit, die sie plötzlich überkam, als sie seinen Namen hörte. Sie vermisste ihn. Das musste man sich mal vorstellen, erwachsen, wie sie war. Sie vermisste ihn noch immer. Sie hatte ihn angerufen, nachdem sie in Minnesota gelandet war. Sie war vorher noch nie geflogen und fühlte sich so mutig, als ginge es zum Mond. Sie wünschte sich, er wäre dabei, aber er hatte angeboten, bei ihrer Mutter zu bleiben. Desiree merkte langsam, dass es gefährlich werden konnte, sie allein zu lassen.

«Das ist doch was ganz anderes», sagte sie.

«Wieso das denn?»

«Ihr seid noch jung. Wollt ihr nicht ein gemeinsames Leben anfangen? Gib mir mal die Zwiebel.»

«Wir leben doch zusammen», sagte Jude. «Dafür brauchen wir nicht zu heiraten.»

«Ich weiß, ich meine nur ...» Sie machte eine Pause. «Nicht, dass du wegen mir ein gebranntes Kind bist.»

Desiree betrachtete eine angematschte Tomate, weil sie ihre Tochter nicht anschauen wollte. Sie dachte nicht gern an die Auseinandersetzungen, die ihre Tochter vielleicht mitbekommen hatte, diese brutale Einweisung in die Liebe. Jude schlang die Arme um sie.

«Das bin ich nicht», sagte sie. «Versprochen.»

Zum Abendessen kochte Desiree in der winzigen Küche Shrimp Creole mit Reis. Sie rührte in der Pfanne und sah sich in der Wohnung um, die zusammengewürfelten Esszimmerstühle, das orange Zweiersofa, Reeses gerahmte Fotos an den Wänden. Er arbeitete inzwischen als Freelancer für den *Minnesota Daily Star*. Kleine Aufträge meistens, Spiele der Little League oder Geschäftseröffnungen. Wenn sonst nichts los war, fotografierte er auf Bar Mizwas, Hochzeiten und Schulbällen. Manchmal lief er stundenlang herum, bis seine Fingerspitzen rot waren, und fotografierte das Eis auf einem See oder einen zusammengerollten Obdachlosen in einem Hauseingang oder einen kaputten roten Fäustling in einer Schneewehe. Er sagte, er hasse die Kälte, sei aber noch nie so produktiv gewesen. Ein Foto hatte er für zweihundert Dollar verkauft. Er wollte auf ein Haus sparen.

«Sie sollen wissen, dass es mir ernst ist», sagte er. «Mit Ihrer Tochter.»

Und er wirkte auch ernst, wie er da auf der Sofakante hockte und die Hände rang, so ernst, dass sie beinahe gelacht hätte. Stattdessen drückte sie ihm den Arm.

«Ich weiß, mein Lieber», sagte sie.

Als sie nach Mallard zurückgekehrt war, hätte sie sich nicht vorstellen können, dass sie einmal hier landen würde, auf einem Sofa in Minnesota mit einem Mann, der ihre Tochter liebte. Sie hatte Jude die ganze Woche an die Uni begleitet und die dick eingepackten Studierenden um sie herum angestarrt und konnte es immer noch nicht glauben, dass ihre Tochter eine von ihnen geworden war. Ihr Mädchen war in die Welt hinausgegangen, wie Desiree selbst, als sie jung war. Ein Teil von ihr hoffte noch immer, dass sie die Zeit haben würde, es wieder zu tun.

«Es ist albern», hatte sie zu Early am Telefon gesagt. «Ich habe ja gar keinen Grund, von vorn anzufangen. Aber ich weiß nicht. Manchmal frage ich mich, was es da draußen sonst noch gibt.»

«Das ist überhaupt nicht albern», sagte er. «Was möchtest du denn machen?»

Sie wusste es nicht, und es war ihr ein bisschen peinlich, dass sie, wenn sie sich vorstellte, Mallard zu verlassen, einfach sie beide in seinem Auto sah, auf einer langen Straße nach nirgendwo. Natürlich war das nur so eine Phantasie. Sie würde das Lou's nicht aufgeben, nicht solange ihre Mutter sie noch brauchte.

An ihrem letzten Abend in Minneapolis donnerte vor dem

Fenster eine Dachlawine herunter, und Desiree schob die Lamellen des Rollos auseinander, um hinauszusehen. Sie hatte einen Becher Kaffee in der Hand, in den Reese einen Schluck Whiskey gegossen hatte, während Jude das Geschirr spülte. Seine Fotos waren auf dem Tisch ausgebreitet, Schnappschüsse aus ihrem Leben in Los Angeles. Jude legte ihm die Hand in den Nacken, als er sich vorbeugte, und deutete auf die Ansichten, die er fotografiert hatte. Die Pier am Manhattan Beach, das Gebäude von Capitol Records, das aussah wie eine Plattenspindel, ein Buckelwal, den sie vor Santa Barbara gesehen hatten. Die Leute, die sie gekannt, die Freunde, die sie zurückgelassen hatten, überfüllte Räume auf Partys. Es war seltsam, diese Stadt, die sie nur aus dem Fernsehen kannte, mit den Augen ihrer Tochter zu sehen.

«Wer ist das?», fragte sie.

Sie deutete auf ein Foto, das in einer überfüllten Bar aufgenommen worden war. Es wäre ihr nicht weiter aufgefallen, wenn da nicht dieses blonde Mädchen im Hintergrund gestanden hätte, das über die Schulter grinste, als hätte es gerade etwas Lustiges gehört. Ihre Tochter schob das Bild wieder in den Stapel.

«Ach, niemand», sagte sie. «Nur eine Bekannte.»

Später am Abend, sie lag schon neben ihrer Tochter im Bett – ihr Freund hatte galanterweise angeboten, auf dem Sofa zu schlafen, und ein bisschen verlegen sein Bettzeug gepackt, als wüsste sie nicht, was die beiden machten, wenn sie nicht da war, als wüsste sie nicht, was vermutlich in dem Moment passieren würde, in dem sie die Wohnung verließ, was passieren musste, zwischen zwei Menschen, die jung und verliebt waren und erleichtert, dass die alte Dame weg war, die dauernd fragte, wann sie heiraten würden – im Bett jedenfalls dachte Desiree immer noch an das blonde Mädchen auf dem Foto. Sie wusste selbst nicht, warum das Bild sie so berührt hatte. Das Mädchen sah einfach nach Kalifornien aus oder nach dem, was sie sich darunter vorstellte: schlank und gebräunt, blond und glücklich. Beinahe hätte sie Early angerufen – wenn es nur nicht schon so spät gewesen wäre und sie ihn am nächsten Tag nicht sowieso wiedergesehen hätte und es nicht so peinlich gewesen wäre, dass sie ihn trotz alledem anrufen wollte. Wusstest du, dass Jude so was macht, hätte sie ihn gefragt, sich mit weißen Mädchen anfreunden? Es ist wirklich eine andere Welt, oder? Hast du gewusst, dass die Welt sich so verändert hat?

1986 war Big Ceel tot, was Early Jones erst in Dr. Brenners Wartezimmer aus der Zeitung erfuhr. Er wartete dort mit seiner Schwiegermutter oder mit der Frau, die er als seine Schwiegermutter zu betrachten begonnen hatte, als er ein Foto von ihm sah, irgendwo hinten in der *Times-Picayune*, unter der Überschrift *Kredithai tot aufgefunden*. Erstochen, wie sich herausstellte, bei einem außer Kontrolle geratenen Kartenspiel. Irgendwie passend, dass Ceel, der sein ganzes Leben auf dem Ausleihen und Eintreiben von Geld aufgebaut hatte, wegen Geld endete. Gleichzeitig kam es ihm erbärmlich vor, wegen einer so kleinen Summe zu sterben. Vierzig Dollar, hatte es in der Zeitung geheißen. Vierzig Dollar. Scheiße. Early wusste natürlich, für wie wenig Geld Menschen bereit waren zu töten oder zu sterben. Er hatte Schlimmeres erlebt, ein höheres Risiko für noch weniger Geld. Aber es verblüffte ihn, in so herzenskalter Druckerschwärze von Ceels Ableben zu erfahren, fast so sehr, wie es ihn erstaunte, dass Ceels richtiger Name Clifton Lewis war.

Oh, dann ging es ihm auf: C. L. Als er die Zeitung zuschlug, weil der Doktor Adeles Namen aufgerufen hatte, dämmerte ihm, dass Ceel sein ältester Freund gewesen war.

Zu diesem Zeitpunkt hatte er schon seit drei Monaten keinen Job mehr für ihn übernommen. «Ich sollte dich langsam in Rente schicken», hatte Ceel bei ihrem letzten Telefongespräch gesagt. «Du bist nicht mehr der Kerl, den ich damals kennengelernt habe. Du hast den Killerinstinkt verloren.» Early hatte aufgelegt, ihm war klar gewesen, dass Ceel ihn nur anstacheln wollte, weil er ihn brauchte, denn der alte Mann hatte ihm mehr als einmal versichert, er sei der beste Kopfjäger, den er je hatte. Früher hätten seine Beleidigungen vielleicht funktioniert. Aber jetzt hatte sich das Leben verändert. Early war kein Kind mehr. Er hatte Verantwortung. Eine Frau, die er liebte. Dazu ihre Mutter, die er ebenfalls liebte und die beinahe das Haus abgefackelt hätte, als sie Kaffee kochen wollte, den Herd vergaß und sich schlafen legte. Er war noch am selben Tag bei Fontenots gewesen, hatte eine Kaffeemaschine gekauft und Adele beigebracht, wie man sie bediente. Aber seit diesem Morgen hatte sie nie wieder Kaffee gekocht. Wenn Desiree gegangen war, um Lou's Egg House aufzumachen, stand er auf und kochte ihr welchen. Wenn er weiterhin für Ceel unterwegs wäre, wer würde Adele dann Kaffee kochen?

Zum ersten Mal in seinem Leben fand er einen Job, einen festen, in der Ölraffinerie. Jetzt ging er jeden Morgen zur Arbeit – wie ein anständiger Mann, hätte Adele früher wohl gesagt – in einem grauen Overall, in den über dem Herzen sein Name eingestickt war. Sein Vorarbeiter nannte ihn *Early Come Lately*, weil er der älteste Arbeiter seiner Truppe war. Er arbeitete vormittags, wenn Desiree's geschlossen hatte, und abends, wenn sie früh nach Hause kam, er arbeitete immer, wenn sie freihatte, damit Adele nie allein war.

Eines Morgens nahm er Adele mit an den Fluss zum Angeln. Über ihren Köpfen schwirrten die Schwalben umher und raschelten in den Kiefern. Adele sah sich um und zog ihren Pullover enger um sich. Sie trug die Haare jetzt zu zwei langen Zöpfen geflochten. Morgens kämmte Desiree ihr das Haar, und wenn sie ins Lou's musste, übernahm Early. Eines Nachmittags hatte sie ihm mit Wolle das Flechten gezeigt. Er übte und übte und staunte, dass seine Finger zu einer so filigranen Arbeit in der Lage waren. Er mochte es, morgens Adeles Haar zu flechten. Sie gestattete es ihm nur, weil sie vergaß – und er ebenfalls vergessen konnte –, dass sie nicht seine Mutter war.

«Ist es warm genug, Miss Adele?», fragte er.

Sie nickte und zog an ihrem Pullover.

«Desiree sagt, du gehst gern angeln», sagte er. «Stimmt das?»

«Das hat Desiree gesagt?»

«Und ich hab gesagt, wir bringen ihr Fisch mit, den kann sie heute Abend braten. Klingt doch gut, oder?»

Sie starrte in die Baumwipfel und rang die Hände.

«Ich müsste eigentlich los zur Arbeit», sagte Adele.

«Nein, Ma'am. Du hast heute frei.»

«Den ganzen Tag?»

Sie war so überrascht und erfreut, dass er es nicht übers Herz brachte, ihr zu sagen, dass sie schon seit neun Monaten nicht mehr zur Arbeit gegangen war. Die Weißen, bei denen sie putzte, hatten als Erste gemerkt, dass mit ihrem Gedächtnis etwas nicht stimmte. Geschirr landete in den falschen Schränken, Wäsche wurde vor dem Trocknen zusammengelegt, Dosenbohnen landeten im Kühlschrank, während ein frisches Huhn in der Speisekammer verdarb.

«Ach, ich bin alt», sagte sie. «Du weißt ja, wie das ist. Da wird man vergesslich.»

Aber Dr. Brenner hatte gesagt, es sei Alzheimer und könne nur schlimmer werden. Desiree weinte am Telefon, als sie Early davon erzählte. Er kürzte einen Job in Lawrence ab, um bei ihr sein zu können. Alles würde gut werden, behauptete er und wiegte sie hin und her, aber er konnte sich nichts Schrecklicheres vorstellen, als eines Tages in ihr Gesicht zu blicken und eine Fremde zu sehen.

«Bist du mein Sohn?», fragte Adele.

Er lächelte und griff nach seiner Angel.

«Nein, Ma'am», sagte er.

«Nein», wiederholte sie. «Ich habe keine Söhne.»

Sie drehte sich zufrieden zu den Bäumen um, als hätte er ihr gerade geholfen, ein Rätsel zu lösen, das sie beschäftigt hatte. Dann sah sie ihn wieder an, beinahe schüchtern.

«Du bist aber nicht mein Mann, oder?»

«Nein, Ma'am.»

«Hab ich nämlich auch keinen.»

«Ich bin einfach dein Early», sagte er. «Sonst nichts.»

«Early?» Plötzlich lachte sie. «Was für ein verrückter Name ist das denn?»

«Der einzige verrückte Name, den ich habe.»

«Ich weiß, wer du bist», sagte sie. «Du bist dieser Erntehelfer, der immer um Desiree rumschwirrt.»

Er berührte das Ende ihres grauen Zopfs.

«Das stimmt», sagte er. «Haargenau.»

Als sie zum Haus zurückkehrten, saß eine weiße Frau auf der Veranda.

Early hatte zwei kleine Bachsaiblinge gefangen, und Adele hatte sie entzückt an seiner Leine zappeln sehen. Auf dem Heimweg summte Adele, bei ihm untergehakt, als er die weiße Frau auf der Veranda entdeckte und ihren Arm fester packte. Einmal war eine Frau von der Behörde gekommen, um nach dem Rechten zu sehen. Desiree hatte sich gedemütigt gefühlt, dass diese fremde weiße Frau in ihrem Haus umherging, um sich zu vergewissern, dass Adeles Lebensumstände angemessen waren.

«Was sollen sie sonst sein», sagte sie zu Early. «Sie lebt hier schließlich schon sechzig Jahre.»

Er hasste die Vorstellung, dass Regierungsbeamte sich in ihr Leben einmischten, als wären sie nicht in der Lage, sich um eine vergessliche Frau zu kümmern, aber die Besuche gingen mit der finanziellen Unterstützung einher. Die brauchten sie für Medikamente, Arztbesuche, Rechnungen. Trotzdem war er nicht besonders heiß darauf, die Frau von der Behörde zu treffen. War doch klar, was sie von ihm hielt.

Er tätschelte Adele die Hand.

«Wenn die Dame fragt, sagen wir, ich bin dein Schwiegersohn», sagte er.

«Was meinst du?»

«Die Weiße da auf der Veranda», sagte er. «Von der Behörde. Das macht es einfacher.»

Sie zog ihren Arm weg.

«Red keinen Unsinn», sagte sie. «Da ist keine Weiße. Da ist doch nur Stella.»

In all den Jahren, dic er nacl Stella gesucht hatte, sie sich vorgestellt und von ihr geträumt hatte, war sie in seiner Vorstellung immer größer geworden. Sie war klüger als er – sie entwischte ihm immer, wenn er ihr gerade auf der Spur war. Aber diese nichtweiße Frau, diese Stella Vignes, sah so gewöhnlich aus, dass es ihm den Atem verschlug. Nicht wie Desiree – er hätte die beiden nie verwechseln können, auch nicht, als er näher kam und Stella sich erhob. Sie trug eine dunkelblaue Stoffhose und Lederstiefel, das Haar zum Pferdeschwanz gebunden. Tiefschwarz, als wäre sie gar nicht gealtert, im Gegensatz zu Desiree, an deren Schläfen sich graue Strähnen zeigten. Aber es war nicht nur ihre Kleidung, auch ihre Körpersprache. Angespannt, wie eine Gitarrensaite, die sich von allein aufrollte. Sie hatte Angst – aber wovor? Vor ihm? Nun, vielleicht sollte sie das. Er wollte sie für jede einzelne Nacht beschimpfen, die Desiree beim Einschlafen an sie gedacht hatte statt an ihn.

Aber Stella sah ihn nicht an. Sie starrte ihre Mutter an, ihr Mund stand offen wie bei einer Forelle, die nach Luft schnappt. Adele würdigte sie kaum eines Blickes.

«Komm rein und hilf uns die Fische ausnehmen», sagte Adele. «Und hol deine Schwester.»

Ihre Mutter hatte den Verstand verloren.

Das merkte Stella langsam, als sie ihr durch den schmalen Flur in die Küche folgte, wo ein fremder Mann Fisch aus einer Kühlbox holte. Wie oft hatte sie sich vorgestellt, wie ihre Mutter reagieren würde, wenn sie nach Hause käme – sie würde wütend sein, ihr vielleicht sogar eine scheuern –, aber damit hatte sie nicht gerechnet: dass ihre Mutter nur noch eine leere Hülle war, wie sie da in der Küche herumwurstelte, als hätte sie nichts Dringenderes zu tun, als Abendessen zu machen. So gleichgültig gegenüber Stella, als wäre sie nur für eine halbe Stunde weg gewesen, nicht für Jahre. Und der fremde Mann räumte hinter ihr her, nahm das Messer an sich, sobald sie es abgelegt hatte, zog sie vom Herd fort und brachte sie schließlich dazu, sich hinzusetzen, damit er ihr einen Kaffee kochen konnte.

«Bist du Desirees Mann?», fragte Stella.

Er lachte tief. «So was in der Art.»

«Wer bist du denn dann? Was machst du mit meiner Mutter?»

«Was soll denn das, Stella?», fragte ihre Mutter und reichte ihr einen Löffel. «Du weißt doch, dass er dein Bruder ist.»

Er konnte nicht der Vater des dunkelhäutigen Mädchens sein. Er war nicht annähernd so dunkel wie sie, ein ergrauter Haudegen, aber durchaus der Typ, der eine Frau schlagen konnte.

«Wie lange ist sie schon so?», fragte sie.

«Vielleicht ein Jahr.»

«Herr im Himmel.»

«Kind, führ den Namen des Herrn nicht ungehörig im Mund», sagte ihre Mutter. «So habe ich dich nicht erzogen.»

«Tut mir leid, Mama», sagte sie schnell. «Mama, es tut mir so leid ...»

«Keine Ahnung, wovon du redest», sagte ihre Mutter. «Vielleicht auch besser so. Kümmer dich mal um den Fisch.»

Ihr Daddy hatte ihr beigebracht, wie man einen Fisch ausnahm. Sie war neben ihm im Fluss gewatet, das Wasser war ihr bis zu den Knien gespritzt. Desiree war vorausmarschiert und hatte so herumgetrampelt, dass sie, wie ihr Vater sagte, alle Fische verscheuchte. Sie waren seine Zwillings-Waldgeister, die ihm durch den Wald folgten. Das Angeln hatte Desiree immer gelangweilt; sie stromerte lieber umher, legte sich irgendwo auf den Bauch und machte Gänseblümchenketten, aber Stella konnte stundenlang still mit ihm dasitzen und sich einbilden, jedes einzelne Wesen zu erkennen, das im trüben Wasser um ihre nackten Zehen herumschwamm. Hinterher zeigte er den Zwillingen, wie man die Fische ausnahm, die er gefangen hatte. Flach hinlegen, das Messer in den Bauch schieben, und dann? Sie konnte sich nicht erinnern. Am liebsten hätte sie geweint.

«Ich kann das nicht», sagte sie.

«Du machst dir nur nicht gern die Hände schmutzig», sagte ihre Mutter. «Desiree!»

«Sie ist noch auf der Arbeit, Miss Adele», sagte der Mann.

«Arbeit?»

«In der Stadt.»

«Dann muss jemand sie holen. Sonst verpasst sie das Abendessen.»

«Stella kann sie holen», sagte der Mann. «Ich bleibe bei dir.»

Er legte ihrer Mutter beschützend den Arm um die Schulter. Er beschützt sie vor mir, ging Stella auf, und sie legte vorsichtig das Messer ab. Sie trat auf die Veranda hinaus und starrte in den Wald. Erst als sie durch den Lehm ging, merkte sie, dass sie keine Ahnung hatte, wohin.

Das Wichtigste an der Wiedervereinigung, wie sie es nennen würden, war, dass es keine Zeugen gab. Zwischen Mittag- und Abendessen war Lou's Egg House immer leer, und darum rief Jude um diese Zeit immer aus der Student Union an. Desiree liebte den Lärm im Hintergrund, auch wenn Jude immer klang, als wäre sie auf dem Sprung in eine Vorlesung oder ins Labor. An diesem Nachmittag versuchte sie, Desiree zu einem weiteren Besuch zu überreden.

«Du weißt doch, dass ich nicht kann», sagte Desiree.

«Ich weiß», sagte Jude. «Aber du fehlst mir. Manchmal mache ich mir Sorgen um dich.»

Desiree schluckte. «Brauchst du nicht», sagte sie. «Du lebst dein Leben. Das wünsche ich mir für dich. Mach dir um mich keine Sorgen, bei Mama ist alles in Ordnung.»

Sie hörte die Türglocke erst, als sie aufgelegt hatte, und war überrascht. Das Diner war leer gewesen, als sie ins Hinterzimmer zum Telefon gegangen war, leer bis auf Marvin Landry, der schon nachmittags nicht mehr nüchtern war. Der Krieg hatte ihn kaputtgemacht, und an diesem Nachmittag hing er besonders fertig hinten in einer Sitznische, nach einer ganzen Flasche Whiskey. Das Putensandwich, das Desiree ihm hingestellt hatte, hatte er nicht angerührt. Er wachte auch nicht auf, als Stella Vignes hereinkam. Er sah nicht, wie sie in der Tür innehielt, den sich lösenden Linoleumboden betrachtete, die aufgeplatzten Lederhocker, den schlafenden Penner in der Ecke. Er hörte Desiree nicht von hinten rufen: «Bin gleich da!»

Er sah Desiree nicht rückwärts aus der Küche kommen, wie sie sich die Schürze neu band. Und auch sie beachtete ihn nicht, denn als sie sich umdrehte, sah sie Stella.

«Oh», sagte Desiree. Mehr fiel ihr nicht ein. Oh. Weniger ein Wort als ein Geräusch. Sie ließ die Schürzenbänder fallen, das Ding hing lose an ihr hinunter. Auf der anderen Seite des Tresens lächelte Stella, und ihre Augen füllten sich mit Tränen. Sie wollte auf sie zugehen, aber Desiree hob die Hand.

«Nicht», sagte sie und schluckte ihre Wut hinunter. Stella stand vor ihr, einfach so, ohne Vorwarnung, ohne Entschuldigung, nachdem Desiree die Trennung endlich akzeptiert hatte. In dieser Bluse, die sie manchmal cremefarben in Erinnerung haben würde, manchmal beige, einer Bluse, die aussah, als wäre sie noch nie schmutzig oder zerknittert gewesen. Winzige Perlmuttknöpfe. Schimmerndes Silberarmband. Kein Ehering. Die Hände zu Fäusten geballt, wie so oft, wenn sie nervös war, und jetzt war sie nervös, Stella, nicht wahr?, und das war sie in Desirees Gegenwart nie gewesen. Aber wie sollte es anders sein? Wie konnte sie es wagen, nach all den Jahren einfach so wieder aufzutauchen? Glaubte sie etwa, dass sie hier willkommen war? Desirees Gedanken rasten. Sie konnte ihnen kaum folgen. Und Stellas Lächeln schwand, aber sie kam dennoch einen winzigen Schritt näher.

«Das ist mein Ernst», sagte Desiree. Ihre Stimme war tief und bedrohlich.

«Vergib mir», sagte Stella. «Vergib mir.»

Sie wiederholte diese Worte, als sie um den Tresen herumkam. Desiree versuchte, sie wegzuschieben, aber Stella zog, und dann rangen sie, und dann hielten sie einander, Desiree erschöpft, wimmernd, Stella in das Haar ihrer Schwester hinein um Verzeihung bittend. Und das, erzählte Marvin Landry später, war, was er beim Aufwachen sah: ein Putensandwich auf einem Teller vor sich, eine beschlagene Flasche Cola und hinter dem Tresen Desiree Vignes, um sich selbst gewickelt.

Sie ist jetzt jemand anders. Durch die Köpfe der Zwillinge zogen dieselben Worte. Desiree sah zu, wie Stella Messer und Gabel hielt und das Metall kaum berührte. Stella bemerkte, wie selbstbewusst Desiree sich inzwischen in der Küche bewegte. Desiree sah Stella sich den Nacken reiben, und sie wirkte so schrecklich erschöpft dabei. Stella hörte Desiree mit ihrer Mutter sprechen, mit sanfter und tröstender Stimme. Gleichzeitig waren die Zwillinge für Adele Vignes immer noch, wie sie immer gewesen waren. Die Zeit zog sich zusammen und dehnte sich aus; die Zwillinge waren gleichzeitig verändert und dieselben. Es hätten fünfzig Zwillingspaare am Tisch sitzen können, alle, die sie gewesen waren, seit sie zuletzt miteinander gesprochen hatten: die geprügelte Ehefrau und die gelangweilte, die Kellnerin und die Dozentin, und jede wäre der anderen fremd gewesen.

Stattdessen waren da nur die Zwillinge, und Early saß zwischen ihnen. Er hatte, als er Stella steif ihren Fisch zerlegen sah, das Gefühl, Desiree überhaupt nicht zu kennen, das Gefühl, dass man die eine gar nicht kennen konnte ohne die andere. Nach dem Abendessen spülte er das Geschirr, während die Zwillinge vorn auf die Veranda traten, Desiree mit einer staubigen Flasche Gin, die sie in der hintersten Ecke der Speisekammer gefunden hatte. Sie wusste nicht einmal, ob Stella Gin mochte, aber als Stella erst die Flasche anblickte und dann wieder sie, spürte Desiree das Kribbeln wortlosen Einverständnisses. Sie schmuggelte die Flasche hinaus, Stella kam nach.

«Bleibt nicht zu lange draußen!», rief ihre Mutter. «Morgen ist Schule!»

Jetzt reichten sie einander träge die Flasche, nippten abwechselnd an dem uralten Gin, ein Hochzeitsgeschenk von Marie Vignes. Die Decuirs waren schockiert gewesen – was für ein Geschenk, noch dazu von der Schwiegermutter! –, und irgendwie war die inkriminierte Flasche im Lauf der Jahre in Vergessenheit geraten. Desiree trank einen Schluck, dann Stella, die Zwillinge fanden in einen ganz entspannten Rhythmus.

«Du redest so anders», sagte Desiree.

«Was willst du damit sagen?», fragte Stella.

«Na, so eben: *Was willst du damit sagen?* Wo hast du gelernt, so zu reden?»

Stella dachte kurz nach, dann lächelte sie. «Fernsehen», sagte sie. «Manchmal habe ich stundenlang davorgesessen. Ich wollte klingen wie sie.»

«Himmel», sagte Desiree. «Ich kann es immer noch nicht fassen, dass du das durchgezogen hast, Stella.»

«So schwer ist es nicht. Hättest du auch gekonnt.»

«Du wolltest mich ja nicht dabeihaben. Du hast mich verlassen.» Gott, Desiree verabscheute sich dafür, dass sie so verletzt klang. Nach all den Jahren, winselnd wie ein vergessenes Kind auf dem Spielplatz.

«So war es nicht», sagte Stella. «Ich hatte jemanden kennengelernt.»

«Das war alles für einen Mann?»

«Nicht für ihn», sagte sie. «Aber es gefiel mir, was ich mit ihm war.»

«Weiß.»

«Nein», sagte Stella. «Frei.»

Desiree lachte. «Ist doch das Gleiche.» Sie nahm noch einen Schluck Gin und schluckte schwer. «Und wer war der Mann?»

Wieder machte Stella eine Pause.

«Mr. Sanders», sagte sie schließlich.

Desiree lachte, trotz allem. Sie lachte so laut wie seit Wochen nicht, vielleicht seit Jahren, sie lachte, bis Stella, die ebenfalls lachte, ihr die Flasche aus der Hand nahm, damit sie nichts auskippte.

«Mr. Sanders? Dein Boss? Mit dem bist du durchgebrannt? Farrah hat gesagt ...»

«Farrah Thibodeaux! An die habe ich schon Jahre nicht gedacht.»

«Sie sagt, sie hat dich mit einem Mann gesehen ...»

«Was ist aus ihr geworden?»

«Keine Ahnung. Das ist Jahre her ... Sie hat einen Stadtrat geheiratet.»

«Eine Politikergattin?»

«Nicht zu fassen, oder?»

Die Zwillinge lachten, sprachen jetzt wieder übereinander und tranken sich durch die Flasche. Desiree hielt nach ihrer Mutter Ausschau, wie früher, als sie Teenager gewesen waren und auf der Veranda heimlich geraucht hatten. Sie war ein bisschen angetrunken. Sie hätte nicht sagen können, wie spät es war.

«Wie hast du das bloß durchgezogen?», fragte sie. «Die ganzen Jahre.»

«Ich musste einfach weitermachen», sagte Stella. «Wenn man Familie hat, kann man nicht wieder zurück. Menschen, die von einem abhängig sind.»

«Du hattest doch schon eine Familie», sagte Desiree.

«Das meine ich nicht», sagte Stella und wandte den Blick ab. «Mit einem Kind ist es anders. Das weißt du doch auch.»

Aber was genau war denn anders? War eine Schwester leichter abzuwerfen als eine Tochter, eine Mutter leichter als ein Mann? Wieso war sie so leicht aufzugeben? Die Frage stellte sie natürlich nicht. Da wäre sie sich noch kindischer vorgekommen als ohnehin schon, wo sie sich ständig umdrehte, ob ihre Mutter sie auch nicht beim Trinken erwischte.

«Also du und Mr. Sanders ...»

«Blake.»

«Du und Blake und ...»

«Wir haben eine Tochter», sagte Stella. «Kennedy.»

Desiree versuchte, sie sich vorzustellen. Aus irgendeinem Grund sah sie ein adrettes, kleines weißes Mädchen vor sich, auf einem Klavierhocker, die Hände artig im Schoß gefaltet.

«Wie ist sie denn so?», fragte Desiree. «Deine Tochter.»

«Stur. Reizend. Sie ist Schauspielerin.»

«Schauspielerin!»

«Kleine Produktionen in New York. Nicht am Broadway oder so.»

«Trotzdem», sagte Desiree. «Schauspielerin. Vielleicht bringst du sie ja nächstes Mal mit?»

Sie wusste sofort, dass die Einladung ein Fehler gewesen war. Ein kurzer Blick, aber Desiree konnte ihn immer noch deuten. Als ihre Blicke sich wieder trafen, waren Stellas Augen voller Tränen.

«Du weißt, dass ich das nicht kann», sagte sie.

«Warum nicht?»

«Deine Tochter ...»

«Was ist mit ihr?»

«Sie hat mich gefunden, Desiree. In Los Angeles. Deswegen bin ich hier.»

Desiree schnaubte. Wie konnte Jude Stella gefunden haben? Ihre Tochter, eine Studentin, stolperte in einer Stadt wie Los Angeles einfach so über sie? Und selbst wenn, dann hätte sie ihr doch davon erzählt. Niemals hätte sie ihr das verschwiegen.

«Sie hat es dir nicht erzählt», sagte Stella. «Kann ich ihr nicht verdenken. Ich war schrecklich zu ihr. Ich wollte das gar nicht, aber ich hatte Angst – da taucht plötzlich aus dem Nichts ein Mädchen auf und behauptet, dass sie mich kennt. Du weißt ja selbst, dass sie dir überhaupt nicht ähnlich sieht. Was sollte ich denn da denken? Aber sie hat meine Tochter gefunden. Und ihr alles über mich erzählt und über Mallard. Und später ist sie dann in New York aufgetaucht ...»

Desiree hatte sich von der Verandastufe erhoben. Sie musste Jude anrufen. Es war ihr egal, wie spät es war und dass sie betrunken war und dass Stella wundersamerweise hier auf der Veranda saß. Aber Stella hielt sie am Handgelenk fest.

«Bitte, Desiree», sagte sie. «Hör mir zu. Sei vernünftig.»

«Ich bin vernünftig!»

«Sie wird nie damit aufhören! Deine Tochter wird immer weiter versuchen, ihr die Wahrheit zu sagen, aber dafür ist es zu spät. Verstehst du das nicht?»

«Oh, klar, das wäre das Ende der Welt. Wenn deine Tochter rausfindet, dass sie gar nicht so blütenweiß ist.»

«Dass ich sie belogen habe», sagte Stella. «Das würde sie mir nie verzeihen. Verstehst du nicht, Desiree? Du bist eine gute Mutter, das sehe ich. Deine Tochter liebt dich. Deswegen hat sie dir nicht von mir erzählt. Aber ich war keine gute Mutter. Ich habe mich so lange versteckt ...»

«Weil du das so beschlossen hattest! Du wolltest es so!»

«Ich weiß», sagte Stella. «Ich weiß. Aber bitte. Bitte, Desiree. Nimm sie mir nicht weg.»

Sie schlug weinend die Hände vors Gesicht, und Desiree setzte sich erschöpft neben sie auf die Stufe. Sie legte Stella den Arm um die Schultern, starrte ihr in den Nacken und tat, als würde sie die graue Strähne unter dem Schwarz nicht sehen. Sie hatte sich immer wie die ältere Schwester gefühlt, auch wenn sie nur ein paar Minuten früher geboren worden war. Aber vielleicht hatten diese sieben Minuten, in denen sie zum ersten Mal getrennt gewesen waren, sie schon fürs ganze Leben auf verschiedene Spuren gesetzt. Damit jede für sich entdeckte, wer sie war.

Am Anfang konnte Early Jones im Haus der Vignes nicht einschlafen. Die Gemütlichkeit verunsicherte ihn. Er war es gewohnt, unter den Sternen zu liegen oder im Auto zusammengerollt oder auf einer harten Gefängnispritsche. Oder, noch früher, auf einer Matratze, die mit Louisianamoos gestopft war, zusammen mit acht seiner Geschwister, an deren Namen er sich nicht mehr erinnern konnte, von ihren Gesichtern ganz zu schweigen. Dies hier war er nicht gewohnt: ein großes Bett mit selbstgemachtem Quilt, das Kopfteil handgeschnitzt von einem Mann, über den niemand sprach, der aber noch in sämtlichen Möbeln zu stecken schien. Anfangs war er neben Desiree liegen geblieben, unter einem Dach, durch das es nicht hindurchregnete, und hatte es versucht. Manchmal endete es damit, dass er vor der Tür auf und ab ging, bis morgens um drei, rauchend, mit dem Gefühl, das Haus selbst lehne ihn ab. Manchmal schlief er auf der Veranda ein und wachte erst auf, wenn Desiree am nächsten Morgen über ihn stolperte.

«Er ist wie ein streunender Hund», hatte er Adele einmal zu ihr sagen hören. «Man gibt ihm ein schönes Bett, aber ihm geht es besser, wenn er im Dreck schläft.»

Sie hatte nicht unrecht. Immerhin war er ein Jäger. Er war nicht für weiche Quilts und geräumige Sessel gebaut. Er fühlte sich am wohlsten, wenn er einer Spur folgte. Und deswegen ging er Stella am nächsten Morgen nach, als er sie zur Haustür hinausschleichen hörte.

«Ganz schön früh dran für den Zug», sagte er.

Sie zuckte zusammen und ließ beinahe ihre kleine Tasche fallen. Sie wirkte beschämt, dass er sie erwischt hatte.

«Ich muss wieder nach Hause», sagte sie.

«Es ist nicht in Ordnung, einfach so zu verschwinden», sagte er. «Ohne Abschied.»

«Anders geht es nicht», sagte sie. «Wenn ich mich von ihr verabschiede, werde ich nicht gehen können, und ich muss. Ich muss wieder zurück in mein Leben.»

Das verstand er. Obwohl er es nicht wollte, verstand er es. Vielleicht hatten seine Eltern es auf dieselbe Art geschafft, ihn wegzugeben. Wenn sie sich verabschiedet hätten, hätte er geschrien und sich an ihren Beinen festgeklammert. Er hätte sie niemals gehen lassen.

«Soll ich dich fahren?», fragte er.

Sie blickte in den finsteren Wald und nickte. Er ging mit Stella zu seinem Wagen. Er hatte es ihr nicht aus Freundlichkeit angeboten, sondern weil Desiree sie liebte, und so funktionierte die Liebe doch, oder? Sie sprang auf einen über, wenn man nah genug heranrückte. Er fuhr Stella an der Bushaltestelle vorbei, den ganzen Weg bis zum Bahnhof. Sie saß auf dem Beifahrersitz seines verbeulten Wagens und hielt mit beiden Händen ihre Tasche umklammert.

«Ich hatte das nie so gewollt», sagte sie.

Er grunzte. Er wollte sie nicht ansehen, als sie aus dem Wagen stieg. Er wollte nicht der Einzige sein, der sich von ihr verabschiedete. Schon in diesem Moment wusste er, dass er Desiree anlügen würde, wenn er nach Hause kam. Dass er so tun würde, als hätte er Stella nicht durch den Flur schleichen hören. Ebenso wie er, als Stella ihm ihren Ehering in die Hand drückte, wusste, dass er Desiree nichts davon erzählen würde.

«Verkauf ihn», sagte sie, ohne ihn anzusehen. «Kümmere dich um Mama.»

Er wollte ihr den Ring zurückgeben, aber da war Stella schon ausgestiegen, war schon zum Bahnhofsgebäude gegangen, schon hinter der Glastür verschwunden. Der Diamantring fühlte sich kalt an. Er hatte keine Ahnung, was so etwas wert war, und er würde es erst Wochen später wissen, als er ihn schätzen ließ. Von diesem weißen Glatzkopf, der den Ring durch seine Lupe anstarrte und dann misstrauisch den Blick hob und Early fragte, woher er den gleich wieder habe. Ein Familienerbstück, sagte Early, und es klang, wie die meisten Wahrheiten, irgendwie falsch.

Als Desiree an diesem Morgen aufwachte, streckte sie den Arm auf die andere Bettseite, und da war nichts. Sie war nicht überrascht, schrie aber trotzdem auf und tastete in der Leere umher. Am Abend vorher war sie neben ihrer Schwester eingeschlafen, zwei Frauen in einem viel zu schmalen Bett. Stella an ihrem alten Platz, Desiree dort, wo sie jahrelang geschlafen hatte. Sie waren noch stundenlang wach gelegen, hatten geflüstert, bis ihnen die Dunkelheit vor den Augen verschwamm, aber keine von beiden hatte als Erste die Augen schließen wollen.

Einen Monat nachdem Stella nach Mallard zurückgekehrt war, meldete sich endlich ihre Tochter und verkündete, sie werde wieder nach Kalifornien ziehen. Die Sache mit Frantz – das sah ihr ähnlich, eine ernsthafte Beziehung «die Sache» zu nennen – habe sich totgelaufen, sie habe in Europa ihr ganzes Geld ausgegeben, ihr Herz schlage nicht mehr fürs Musical ... Sie brachte alle möglichen Erklärungen vor, aber Stella, der das Herz bis zum Hals schlug, war es egal. Es war ihr sogar egal, dass Kennedy nicht sagte, sie wolle wieder näher bei ihren Eltern sein, dass sie sie vermisst habe. Sie war selbst nach Hause zurückgekehrt, und jetzt kehrte auch ihre Tochter nach Hause zurück. Die beiden Ereignisse hatten natürlich nichts miteinander zu tun, aber sie verknüpfte sie miteinander, als hätte eine Rückkehr die andere nach sich gezogen. Sie sagte ihre Nachmittagsvorlesung ab, um Kennedy vom Flughafen abzuholen. Und dann war sie da, sie kam durch das Terminal und schleppte einen aus allen Nähten platzenden Koffer. Sie hatte abgenommen und sich die Haare geschnitten, die blonden Wellen reichten ihr jetzt bis knapp unters Kinn.

Stella umarmte sie und hielt sie so lange fest, dass die Leute schon zu schauen begannen.

«Alles okay?», fragte ihre Tochter. «Du siehst so anders aus.»

«Wie, anders?»

«Ich weiß nicht. Müde.»

Sie hatte in den letzten Monaten kaum durchgeschlafen. Sobald sie die Augen schloss, sah sie Desiree vor sich.

«Alles in Ordnung», sagte sie und griff nach Kennedys Hand. «Ich freue mich nur so, dass du wieder da bist.»

«Was ist mit deinem Ring passiert?», fragte ihre Tochter.

Beinahe hätte Stella gelogen. Es ängstigte sie, wie selbstverständlich ihr das Lügen vorkam. Beinahe hätte sie ihrer Tochter dieselbe Geschichte erzählt wie Blake, als sie nach Hause gekommen war, zum ersten Mal seit über zwanzig Jahren mit nackten Händen. Dass sie den Ring bei der Arbeit abgelegt hatte, um sich die Hände zu waschen, dass sie ihn in der Seifenschale der Fakultätstoilette vergessen haben musste, und wie sie sämtliche Hausmeister verrückt gemacht hatte, aber keiner ihn finden konnte. Sie wirkte so durcheinander, dass er am Ende sie tröstete.

«Ist doch nicht so schlimm, Stel», sagte er. «Ich glaube, es ist sowieso ein Upgrade fällig.»

Er ließ bei ihrem Lieblingsjuwelier einen neuen Ring für sie anfertigen. Eine Lüge für den ersten Ring, noch eine für den zweiten. Ihrem Mann gegenüber würde sie nie ganz ehrlich sein können, aber dort am Flughafen brachte sie es irgendwie nicht fertig, ihre Tochter weiterhin zu belügen. Vielleicht war es die Erschöpfung oder die Erleichterung, dass Kennedy endlich wieder zu Hause war, vielleicht wusste sie einfach, als sie nach dem ausgebeulten Koffer griff, dass ihre Tochter das Weglaufen genauso im Blut hatte. Wenn Stella ihr diesen Fluchtreflex nicht erklärte, würde sie ihn immer wieder spüren. Ihre Tochter, die für immer der einzige Mensch auf der Welt sein würde, der sie wirklich kannte.

Sie packte den Koffer am Griff und starrte auf den ausgetretenen Teppichboden.

«Den Ring habe ich meiner Schwester gegeben», sagte sie. «Sie braucht ihn dringender als ich.»

Kennedy erstarrte. «Deiner Schwester?», sagte sie. «Du bist da hingefahren?»

«Komm, Schatz», sagte Stella. «Wir reden im Auto.»

Der Verkehr würde ein Albtraum sein. Das wusste sie, bevor sie auf die 405 auffuhr. Stoßstange an Stoßstange, Rücklichter, so weit man sehen konnte. Als sie gerade erst nach Los Angeles gezogen war, hatte sie den Verkehr auch ein bisschen schön gefunden. All diese Menschen, die irgendwo hinwollten. Zuerst hatte sie Angst vor dem Freeway gehabt, aber nach einer Weile fuhr sie dort manchmal mitten am Tag spazieren, einfach weil es so friedlich war. Sie schaute so gern in den wolkenlosen Himmel und auf die blassblauen Berge. Das Baby war hinten angeschnallt und plapperte mit dem Radio.

«Du kannst mich alles fragen», sagte sie und ergriff das Lenkrad. «Aber zu Hause ...»

«Ich weiß, ich weiß», sagte ihre Tochter. «Darf ich nichts dazu sagen.»

«Es tut weh, darüber zu sprechen», sagte sie. «Verstehst du? Aber ich möchte, dass du weißt, wer ich bin.»

Ihre Tochter wandte sich ab und sah aus dem Fenster. Sie waren nicht weit von zu Hause entfernt, aber dies hier war Los Angeles. Da konnten elf Meilen für ein ganzes Leben reichen.

SIEBZEHN

Sie nannten den Toten Freddy.

Er war einundzwanzig, eins achtundachtzig groß, achtzig Kilo schwer und das Opfer eines vergrößerten Herzens. In morbiden Momenten nannte das Labor ihn *Fred, the Dead.* An der University of Minnesota gaben alle Studierenden ihren Leichen Namen. Das personalisiere den Tod, hieß es in der Fakultät, es gebe dem unwürdigen Prozess des Sterbens die Würde zurück. Dem unwürdigen Prozess der Wissenschaft. So stellten es sich die Leute wohl nicht vor, wenn sie ihre Körper der Forschung überschrieben: Eine Gruppe Anfang Zwanzigjähriger in Laborkitteln, die sich bei der Namenssuche kaputtlachten, und jedes Jahr wieder waren welche so einfallslos, ihre Leiche Yorick zu nennen. Bei Jude führte der Name seltsamerweise dazu, dass ihr der Umgang mit Freddy weniger intim vorkam. Es war nicht sein echter Name. Er war im Leben und im Sterben jemand vollkommen anderes gewesen, jemand, über den sie nicht mehr erfahren würden als das, was in seiner Krankenakte stand. Tatsächlich hatte er kaum gelebt – dafür würde sein Nachleben hier im Kellerlabor wohl richtig interessant werden.

Nachdem sie sich einmal an den Geruch gewöhnt hatte, gefiel Jude die Arbeit an Leichen. Sie musste keine Witze über sie machen, um ihre Verunsicherung zu überspielen; ihr wurde beim Anblick von Toten nicht übel. Vorlesungen langweilten sie, aber im Labor war sie hellwach, immer als Erste am Skalpell, wenn der Professor um Freiwillige bat. Menschen lebten in Körpern, die man kaum kennen konnte. Manches würde man selbst nie erfahren – manches konnte niemand über einen wissen, bis man tot war. Jude war von den Geheimnissen der Obduktion ebenso fasziniert wie von der Herausforderung an sich. Sie mussten winzige Nerven suchen, die unmöglich zu finden waren. Es war beinahe wie eine Schatzsuche.

«Wie krass», sagte Reese. Er wandte sich ab, wenn sie nach Hause kam und nach Formaldehyd roch. Er schickte sie unter die Dusche, bevor er sie küsste. Er wollte nicht, dass sie gleich nach den toten Menschen ihn berührte. Er war schon immer empfindsamer gewesen als sie – jedenfalls hatte sie das bis zu jenem Nachmittag geglaubt, an dem ihre Mutter anrief und ihr sagte, dass ihre Großmutter gestorben war. Sie stand in ihrem fensterlosen Büro und hielt sich den Telefonhörer an die Wange. Sie arbeitete in diesem Semester als wissenschaftliche Hilfskraft und hatte dieses Büro zugeteilt bekommen, das sie aber selten benutzte. Niemand hatte die Telefonnummer außer Reese und ihrer Mutter, für Notfälle. Sie war so überrascht gewesen, die Stimme ihrer Mutter zu hören, dass ihr der einzig mögliche Grund für ihren Anruf nicht gleich aufgegangen war.

«Du weißt ja, dass sie krank war», sagte ihre Mutter. Sie versuchte, sie zu trösten oder vielleicht den Schock abzumildern.

«Ich weiß», sagte Jude. «Trotzdem.»

«Sie hatte keine Schmerzen. Sie hat gelächelt und mit mir geredet bis zum Schluss.»

«Kommst du klar, Mama?»

«Ach, du kennst mich ja.»

«Deswegen frage ich.»

Ihre Mutter lachte auf. «Es geht schon», sagte sie. «Jedenfalls, die Beerdigung ist am Freitag. Wollte ich dir sagen. Ich weiß, dass du in der Uni viel zu tun hast ...»

«Freitag?», sagte Jude. «Ich buche einen Flug.»

«Ach was. Du musst nicht extra herkommen.»

«Meine Großmutter ist gestorben», sagte Jude. «Ich komme nach Hause.»

Ihre Mutter versuchte nicht weiter, sie davon abzuhalten. Dafür war Jude ihr dankbar. Sie hatte geklungen, als wäre es ihr unangenehm, ihr die Nachricht vom Tod ihrer Großmutter zu überbringen. Was dachte ihre Mutter denn, was für ein Leben sie führte, dass sie es mit einer solchen Nachricht nicht unterbrechen durfte? Sie legten auf, und Jude trat in den Gang. Studierende schwirrten an ihr vorbei. Eine Freundin aus der Biologie hob ihren Kaffee zum Gruß, als sie in die Lounge schlüpfte. Ein schmächtiges Mädchen mit orangem Haar tackerte ein grünes Poster für eine Protestkundgebung ans Schwarze Brett. So war das mit dem Tod: Nur der Einzelfall tat weh. Ansonsten war der Tod ein Hintergrundrauschen. Sie stand in der dazugehörigen Stille.

West Hollywood sei ein Friedhof geworden, hatte Barry bei seinem letzten Anruf gesagt. Jeden Tag eine neue Litanei für einen Toten.

Da waren die Männer, die man irgendwie kannte, wie Jared, der blonde Barkeeper im Mirage, der so freigebig ausschenkte. Er zwinkerte einem zu, dann kippte er einem Gin ins Glas, als wäre er nicht zu jedem so großzügig. Seine Gedenkfeier fand in Eagle Rock statt. Seine Exfreunde und -feinde waren gekommen, wie Ricardo, genannt Yessica, eine Dragqueen, die Barry bei mehr Bällen ausgestochen hatte, als er je zugegeben hätte. Er hatte sich einäschern lassen, und Barry hatte am Manhattan Beach gestanden, als seine Asche im Meer verteilt wurde.

Dann kamen die Männer, die man liebte. Luis war gerade ins Good Samaritan Hospital eingeliefert worden, und als Jude ihn anrief, sprach er die ganze Zeit davon, dass eine Schwester ihm erzählt hatte, Bobby Kennedy sei hier gestorben.

«Kannst du dir das vorstellen?», fragte er. «Ich meine, ein Präsident ist hier gestorben!»

Sie brachte es nicht übers Herz, ihm zu sagen, dass Bobby Kennedy nie Präsident gewesen war. Er war während der Kandidatur ermordet worden, ein vielversprechender junger Mann.

«So jung auch wieder nicht», sagte Barry, als sie ihn danach anrief. «Er war schon über vierzig.»

«Und das ist nicht jung?», fragte sie.

Er antwortete nicht, und sie wünschte, sie hätte nichts gesagt.

Die Wochenenden verbrachte sie an der Seite von Aktivisten, die mit großer Energie Petitionen, Briefkampagnen und Demos organisierten, um die Regierung wegen ihrer Gleichgültigkeit anzuprangern. Sie arbeitete ehrenamtlich in einer Studentengruppe, die in Downtown Minneapolis Kondome und steriles Spritzbesteck verteilte. Sie besuchte Kranke, die keine Angehörigen hatten, brachte ihnen Zeitschriften und Kartenspiele mit. Sie dachte permanent über den Tod nach, aber an dem Nachmittag, an dem ihre Großmutter starb, war sie plötzlich nicht mehr in der Lage, die Leiche von Freddy zu berühren. Es war albern, aber sie konnte ihn nicht einmal ansehen. Sie stellte sich immer wieder ihre Großmutter vor, wie sie leblos irgendwo auf einem Seziertisch lag. Maman hätte ihren Leichnam niemals der Wissenschaft zur Verfügung gestellt. Sie hätte die Vorstellung gehasst, dass Fremde sie berührten, und außerdem war sie katholisch und hielt Einäscherung immer noch für Sünde. Am Tag des Jüngsten Gerichts würde ihr Körper auferstehen, also musste er intakt bleiben.

«Begrabt mich einfach in einer alten Holzkiste hinten im Garten», hatte Maman immer gesagt. Das war Jahre her, als ihr langsam bewusst wurde, dass sie krank war. Ihre Erinnerungen kamen und gingen wie Ebbe und Flut.

In diesem Jahr hatte Jude jedes einzelne Buch über Alzheimer gelesen, das sie finden konnte. Sie versuchte verzweifelt, die Krankheit zu verstehen, als würde das etwas ändern. Natürlich tat es das nicht. Sie war erst im zweiten Semester und wollte Kardiologin werden. Das Herz war ein Muskel, den sie verstand. Das Gehirn war ihr ein Rätsel. Aber sie lieh sich in der medizinischen Bibliothek Bücher aus und las, so viel sie konnte. Im Gehirn ihrer Großmutter verhärteten sich Proteine zu Ablagerungen zwischen den Nervenzellen. Das Hirngewebe schrumpfte. Zellen im Hippocampus degenerierten. Mit der Ausbreitung der Krankheit in der Großhirnrinde würde ihre Großmutter auch die Fähigkeit zu einfachen Tätigkeiten verlieren. Sie würde ihre Urteilskraft verlieren, die Kontrolle über ihre Gefühle, die Sprache. Sie würde nicht mehr in der Lage sein, sich selbst zu versorgen, Menschen zu erkennen, ihre Körperfunktionen zu kontrollieren. Sie würde das Gedächtnis verlieren. Sie würde sich selbst verlieren.

«Verschwendet doch nicht das ganze Geld an mich», hatte ihre Großmutter gesagt. «Da hab ich sowieso nichts mehr von.»

Es war ihr egal, in welchen Kleidern sie beerdigt wurde, was auf dem Grabstein stand, welche Blumen sie schmückten. Aber auf gar keinen Fall wollte sie eingeäschert werden. Da war sie sehr entschieden. Jude hatte nicht versucht, sie zu überreden, auch wenn sie es nicht verstand. Wenn Gott eine verwesende Leiche wieder zusammensetzen konnte, dann konnte er doch wohl auch Asche wiederbeleben? Aber auch das wollte sie sich nicht genauer vorstellen, ihre Großmutter verbrannt, umherwirbelnde Haut- und Knochenflocken in einer Urne. Sie verließ das Labor früh.

Zu Hause rührte Reese gerade in einer Suppe. Er trug kein Hemd und keine Schuhe, nur eine Jeans. Er trug in diesen Tagen nie ein Hemd. Man hätte meinen können, sie lebten in einer Hütte am Strand von Miami, nicht im kalten Norden.

«Du holst dir noch eine Lungenentzündung», sagte sie.

Er lächelte und zuckte mit den Achseln. «Ich komme gerade aus der Dusche.»

Sein Haar war noch feucht, auf seinen Schultern lagen winzige Tröpfchen. Sie schlang ihm die Arme um die Taille und küsste ihm den feuchten Rücken.

«Meine Oma ist gestorben», sagte sie.

«Oh Gott.» Er drehte sich zu ihr um. «Das tut mir leid.»

«Schon okay», sagte sie. «Sie war ja krank ...»

«Trotzdem. Alles okay bei dir? Wie geht es deiner Mutter?»

«Ganz okay. Bei ihr und bei mir. Die Beerdigung ist am Freitag, ich werde wohl hinfliegen.»

«Natürlich. Solltest du auch. Warum hast du mich nicht angerufen?»

«Ich weiß nicht. Ich habe nicht richtig nachgedacht. Ich konnte unsere Leiche heute nicht mal ansehen. Ist das nicht bekloppt? Ich meine, ich wusste ja auch vorher schon, dass es ein toter Körper ist. Was ist denn heute anders?»

«Was soll das denn heißen?», fragte er. «Heute ist alles anders.»

«So nah waren wir uns auch nicht.»

«Das macht nichts», sagte er und umarmte sie fest. «Verwandt ist verwandt.»

An diesem Nachmittag klingelte das Telefon in einem Make-up-Trailer in Burbank sieben Mal, bis der Maskenbildner den Hörer von der Gabel riss und ihn der Blondine auf seinem Stuhl vor die Nase hielt. «Ich bin nicht dein Privatsekretär», flüsterte er vernehmlich und übergab ihr das Telefon. Er konnte nicht verstehen, wieso diese Künstlerin – denn das war sie, unabhängig von seinem Geschmack – ihre Termine nicht einhielt, warum sie immer zu spät kam, warum sie ihrem Stalker-Freund oder wer auch immer sie dauernd anrief, nicht sagte, er solle sie später belästigen. Sie entgegnete ihm, dass sie keinen Anruf erwarte, stand dann aber doch auf, das Haar zur Hälfte zu einer Frisur toupiert, die sie Jahrzehnte später entsetzt im Internet betrachten würde.

«Hallo?», sagte sie.

«Hier ist Jude», sagte die Stimme. «Deine Großmutter ist gestorben.»

Törichterweise dachte Kennedy zuerst an die Mutter ihres Vaters, die gestorben war, als sie klein war, ihre erste Beerdigung. Es war das «Deine», das sie auf die falsche Spur brachte. Es ging um ihre Großmutter, der sie nie begegnet war. Und der sie nie begegnen würde. Tot. Sie lehnte sich an den Tresen und bedeckte die Augen.

«Du lieber Gott», sagte sie.

Der Maskenbildner erahnte die Tragödie am anderen Ende der Leitung und entschuldigte sich. Endlich allein, griff Kennedy nach einem Päckchen Zigaretten. Sie hatte versucht, das Rauchen aufzugeben. Ihre Mutter hatte es schließlich auch geschafft, und jetzt stichelte sie die ganze Zeit. Ein paarmal hatte sie beschlossen, einfach radikal aufzuhören. Sie warf sämtliche angebrochenen Schachteln weg, die sie noch hatte. Leider fanden sich in Schubladen oder im Handschuhfach ihres Autos immer noch lose Zigaretten, die sie selbst für ihr zukünftiges Ich dort versteckt hatte. Sie kam sich wie ein Junkie vor. Nur solange sie aufzuhören versuchte, hatte sie das Gefühl, süchtig zu sein. Aber aufhören konnte sie ja immer noch. Ihre Großmutter war gestorben. Da war wohl eine Zigarette fällig.

«Du musst den Umgang mit Kranken echt noch üben», sagte sie. Sie stellte sich vor, wie Jude am anderen Ende der Leitung grinste.

«Sorry», sagte sie. «Ich wusste nicht, wie ich es sonst sagen soll.»

«Wie geht es deiner Mom?»

«Ganz gut, glaube ich.»

«Oje, es tut mir so leid. Ich weiß gar nicht, was ich sagen soll.»

«Du brauchst nichts zu sagen. Sie ist auch deine Großmutter.»

«Aber es ist nicht das Gleiche. Ich kannte sie nicht so wie du.»

«Aber ich dachte, du solltest es trotzdem wissen.»

«Okay», sagte sie. «Jetzt weiß ich es.»

«Sagst du es ihr?»

Kennedy lachte. «Wann sage ich ihr schon irgendwas?»

Sie erzählte ihrer Mutter zum Beispiel nicht, dass sie immer noch Kontakt zu Jude hatte. Nicht dauernd, aber oft genug. Sie rief Jude manchmal an und hinterließ Nachrichten auf dem Anrufbeantworter. Hey Jude, sagte sie immer, weil sie wusste, dass es sie wahnsinnig machte. Manchmal rief Jude zuerst an. Ihre Gespräche liefen wie dieses – schleppend, ein wenig streitlustig, vertraut. Sie redeten nie lange, machten keine Pläne, sich zu treffen, und manchmal waren die Anrufe eher pflichtschuldig, als würde man der anderen nur mal kurz den Finger ans Handgelenk legen, um den Puls zu fühlen. Sie ließen ihre Finger ein paar Minuten dort, und dann ließen sie wieder los.

Sie erzählten ihren Müttern nichts von diesen Anrufen. Dieses Geheimnis würden sie bis zum Ende ihrer getrennten Leben für sich behalten.

«Vielleicht würde sie es gern wissen», sagte Jude.

«Glaub mir, würde sie nicht», sagte Kennedy. «Du kennst sie nicht so gut wie ich.»

Geheimnisse waren die einzige Sprache, die sie beide sprachen. Ihre Mutter hatte ihre Liebe gezeigt, indem sie log, und Kennedy machte es ebenso. Sie hatte das Foto von der Beerdigung nie wieder erwähnt, obwohl sie das verblasste Bild aufbewahrt hatte, und am Abend, nachdem ihre Großmutter gestorben war, holte sie es hervor und sagte weiter kein Wort.

«Ich kenne sie überhaupt nicht», sagte Jude.

An diesem Abend bat Jude Reese, mit ihr nach Hause zu fliegen.

Sie fuhr mit dem Finger über seine dichten Augenbrauen, den Bart, den er so lange schon nicht mehr rasiert hatte, dass sie ihn ihren Holzfäller nannte. Er veränderte sich laufend. Seine Kinnpartie war jetzt kantiger, seine Muskeln waren fester, die Haare auf seinen Armen so dicht, dass sie, wenn er vorüberging, manchmal erschrak. Er roch sogar anders. Seit sie sich getrennt hatten, unmittelbar bevor sie nach Minnesota gezogen war, registrierte sie jede Veränderung an ihm. Er hatte sein Leben in Los Angeles nicht aufgeben wollen. Er hatte ihr nicht in den Mittleren Westen folgen und ihr wie ein Klotz am Bein hängen wollen. Eines Tages, hatte er gesagt, würde sie merken, dass sie viel mehr draufhatte als er.

Das ganze Frühjahr über hatten sie sich langsam getrennt, Schritt für Schritt, immer wieder Streit gesucht, sich versöhnt, sich geliebt, und dann wieder von vorn. Zweimal wäre sie beinahe zu Barry gezogen; es war besser, sich gleich zu trennen, als das Unvermeidliche hinauszuzögern, sagte sie sich, aber dann legte sie sich doch jede Nacht in Reeses Bett. Woanders konnte sie nicht einschlafen.

In diesem Jahr war früher als erwartet der erste Schnee gefallen, winzige Flocken schon an Halloween. Sie hatte aus dem Fenster des Moos Tower gestarrt und die verkleideten Erstsemester vorbeieilen sehen. Sie dachte an ihren Cowboy, wie er auf dieser überfüllten Party auf dem Sofa gesessen hatte, und versuchte wieder einmal, nicht zu weinen. Am Abend stand er vor ihrer Wohnungstür mit einer schwarzen Strickmütze voller Schneeflocken, eine Leinentasche über die Schulter geschwungen.

«Herrgott», sagte er, «ich bin echt bescheuert.»

An der Uni hatte sie eine schwarze Endokrinologin kennengelernt, die bereit war, Reese Testosteron zu verschreiben. Sie mussten jeden Monat dafür sparen, aber die Medikamente von der Straße würden auf die Dauer seine Leber kaputt machen, hatte Dr. Shayla gesagt. Sie war geradeheraus, aber freundlich – während sie etwas auf ihren Block kritzelte, sagte sie Reese, er erinnere sie an ihren eigenen Sohn.

Jetzt, neben ihm im Bett, küsste Jude ihn auf die geschlossenen Augenlider.

«Was sagst du?», fragte sie. «Kommst du mit?»

«Wirklich?», fragte er. «Möchtest du das?»

«Ich glaube, ohne dich kann ich da nicht hin.»

Sie hatte sich mit achtzehn Jahren in ihn verliebt. Sie hatte seit drei Jahren keine Nacht ohne ihn verbracht. In einem schmuddeligen Hotelzimmer in New York hatte sie ihm den Verband gelöst und den Atem angehalten, als die frische Nachtluft seine neue Haut küsste.

Alzheimer war erblich, und Desiree lebte mit der Sorge, es ebenfalls zu bekommen. Sie begann, Kreuzworträtsel zu lösen, weil sie in einer Frauenzeitschrift gelesen hatte, dass Rätselraten gegen Demenz helfen konnte.

«Du musst dein Gehirn trainieren», erklärte sie ihrer Tochter, «wie jeden anderen Muskel auch.»

Ihre Tochter brachte es nicht übers Herz, ihr zu sagen, dass das Gehirn kein Muskel war. Sie bemühte sich, ihr beim Rätseln zu helfen, und stellte sich vor, wie Stella da draußen in ihrer Welt schon zu vergessen begann.

Jude Winstons Heimatstadt, die nie eine Stadt gewesen war, existierte nicht mehr. Aber sie sah immer noch aus wie früher. Jude starrte aus dem Fenster von Earlys Truck, der sie überraschend in Lafayette abgeholt hatte. Sie hatte den El Camino erwartet. «Das Auto war ja älter als du!», sagte Early und lachte. «Das musste ich verschrotten lassen.» Er trug seinen Raffinerie-Overall, was Jude ebenfalls überraschte – Early in einer Uniform. Er schüttelte Reese die Hand, sie nahm er in den Arm und gab ihr einen Kuss auf die Stirn. Sein Bart war genauso kratzig, wie sie ihn in Erinnerung hatte.

«Du siehst toll aus!», sagte er. «So erwachsen. Nicht zu fassen!»

Er wirkte immer noch kräftig, auch wenn sein Haar langsam grau wurde und sich silbrige Strähnen durch seine Koteletten und den Bart zogen. Als sie ihn damit aufzog, lachte er und fasste sich ans Kinn. «Ich rasiere ihn mir ab», sagte er. «Lieber Babyface als Weihnachtsmann.»

«Wie geht es Mama?», fragte sie.

Er schob seine Basecap zurück und rieb sich die Stirn.

«Ganz gut», sagte er. «Du kennst deine Mama ja. Zähes Stück. Sie schafft das schon.»

«Ich wünschte, ich wäre hier gewesen», sagte sie. Aber sie war gar nicht sicher, ob sie das ernst meinte. Sie hatte nie gewusst, wie sie mit ihrer Großmutter reden sollte. Aber sie wäre gern für ihre Mutter da gewesen. Es hätten zwei Frauen da sein und ihre Großmutter am Ende trösten sollen, eine links und eine rechts des Bettes, und jede hätte ihr eine Hand halten sollen.

«Schon okay», sagte Early, «hättest sowieso nichts machen können. Wir freuen uns, dass du jetzt da bist.»

Sie drückte Reese den Oberschenkel. Er drückte ihren zurück. Er starrte aus dem Fenster, den Mund leicht geöffnet. Sie wusste, dass er dies hier vermisste, nicht sonnengetränkte Strände oder vereiste Bürgersteige, sondern braune Landschaft, die sich flach bis zu den Wäldern erstreckte. Das kleine weiße Haus tauchte auf und sah genauso aus wie immer, was ihr falsch vorkam, denn ihre Großmutter würde nicht auf der Terrasse sitzen und sie in Empfang nehmen. Ihr Tod traf sie in Wellen. Keine Flut, das Wasser umspülte eher ihre Fesseln. Aber man konnte auch in fünf Zentimeter tiefem Wasser ertrinken. Vielleicht war es mit der Trauer genauso.

Den Abend über half sie ihrer Mutter beim Kochen für den Leichenschmaus. Early wollte letzte Fragen mit dem Bestattungsunternehmer klären und nahm Reese mit. Jude starrte aus dem Küchenfenster, sah die beiden Männer in den Truck steigen und fragte sich, worüber um alles in der Welt sie sich unterhalten würden.

«Immer noch glücklich?», fragte ihre Mutter. «Ist er gut zu dir?»

Desiree sah sie nicht an, sondern beugte sich über den Ofen und holte ein Blech Süßkartoffeln heraus.

«Er liebt mich», sagte Jude.

«Das habe ich nicht gefragt. Das eine hat mit dem anderen nichts zu tun. Meinst du, man kann jemandem, den man liebt, nicht weh tun?»

Jude schnippelte Sellerie für den Kartoffelsalat und spürte das vertraute schlechte Gewissen. Vier Jahre hatte sie von Stella gewusst und ihrer Mutter kein Wort gesagt. Sie hatte nicht damit gerechnet, dass Stella einfach wieder auftauchen würde, dass ihre Mutter sie eines Morgens anrufen würde, unter erstickten Tränen, und ihre Lüge bloßlegen. Sie hatte, so gut sie konnte, um Verzeihung gebeten, aber auch wenn ihre Mutter sagte, sie würde ihr vergeben, wusste sie, dass sich zwischen ihnen etwas verschoben hatte. In den Augen ihrer Mutter war sie erwachsen geworden, nicht mehr ihre Tochter, sondern eine eigenständige Frau mit eigenen Geheimnissen.

«Glaubst du ...» Sie machte eine Pause und schob die Selleriestückchen in eine Schüssel. «Glaubst du, Daddy hat dich geliebt?»

«Ich glaube, alle, die mir jemals weh getan haben, haben mich geliebt», sagte ihre Mutter.

«Glaubst du, er hat mich geliebt?»

Ihre Mutter berührte ihre Wange. «Ja», sagte sie. «Aber ich konnte nicht lange genug bleiben, um es zu sehen.»

Am Morgen der Beerdigung wachte Jude im Bett ihrer Großmutter auf, weil ihre Mutter verkündet hatte, in ihrem Haus würden zwei unverheiratete Menschen nicht im selben Bett schlafen. Sie versuchte immer noch, sie vor den Altar zu schubsen, falls man eine so unverblümte Ansage noch als Schubser durchgehen lassen konnte. Sie wusste nicht, dass Jude und Reese sogar ein- oder zweimal darüber gesprochen hatten. Sie würden nicht heiraten können, nicht ohne eine neue Geburtsurkunde für Reese, aber sie hatten trotzdem darüber gesprochen, so wie Kinder über Hochzeiten sprachen. Sehnsüchtig. Ihre Mutter hielt sie für hippe Intellektuelle, die zum Heiraten zu cool waren. Besser so, als wenn sie verstanden hätte, wie romantisch sie waren.

Jude hatte frische Bettwäsche in ihr altes Schlafzimmer getragen, hatte Reese geholfen, das Bett zu beziehen, und kein Wort darüber verloren, dass ihre Mutter und Early genauso wenig verheiratet waren, in den Augen des Gesetzes und der Kirche. Erst gegen Morgen schlief sie ein. Sie fragte sich blödsinnigerweise, ob sie die Anwesenheit ihrer Großmutter irgendwie spüren konnte. Aber sie spürte nichts, und das war schlimmer.

Im Flur drehte sie sich um und steckte sich das Haar hoch, während Reese ihr den Reißverschluss ihres schwarzen Kleids zuzog.

«Ich habe kaum geschlafen», sagte sie. «Ohne dich.»

Er küsste sie in den Nacken. Er trug seinen guten schwarzen Anzug. Ihre Mutter hatte ihn gebeten, den Sarg mit zu tragen. Jude hatte sie am Abend noch in der Küche reden hören, während sie sich die Zähne putzte. Ihre Mutter sagte zu Reese, er sei wie ein Sohn für sie, verheiratet hin oder her, aber sie hoffe wenigstens, er würde nicht ewig warten, bis er sie zur Großmutter machte.

«Muss nicht sofort sein», sagte ihre Mutter. «Ich weiß, ihr habt zu tun. Aber irgendwann. Bevor ich alt und grau bin und mich nicht mehr bewegen kann. Du wärst bestimmt ein prima Vater, oder?»

Er war einen Moment lang still. «Das will ich hoffen», sagte er.

Gegen Ende ihres Lebens hatte Adele Vignes Desiree Geschichten aus ihrer Kindheit erzählt, die so lebendig waren, dass Desiree sich fragte, ob sie sie nicht mit ihren Vorabendserien durcheinanderbrachte. Ein Mädchen, das sie in der Schulzeit gehasst hatte, habe versucht, sie in einen Brunnen zu stoßen. Ihre Brüder seien, komplett schwarz angezogen, Kohlen klauen gegangen. Ein armer Junge habe ihr zum Abschlussball ein Nelkensträußchen zum Anstecken mitgebracht. Mit solchen Anekdoten kam sie ihr plötzlich nachmittags vor dem Fernseher. Das Serienformat war perfekt für sie. Tag für Tag gingen die Geschichten ein kleines bisschen weiter, aber am Ende der Woche war die Welt im Grunde unverändert, die Figuren hatten sich kein bisschen weiterentwickelt.

Als ihre Mutter sie zum ersten Mal Stella nannte, hatte Desiree ihr gerade in den Sessel geholfen. Sie suchte zwischen den Sofakissen nach der Fernbedienung und hielt plötzlich inne.

«Was?», fragte sie. «Wie hast du mich gerade genannt?» Sie war so durcheinander, dass sie stammelte. «Ich bin's, Mama. Desiree.»

«Natürlich», sagte ihre Mutter. «Meinte ich doch.»

Der Versprecher schien ihr peinlich zu sein, als wäre es einfach schlechtes Benehmen. Dr. Brenner hatte ihnen gesagt, sie sollten ihre Fehler nicht korrigieren. Sie sagte, was sie für die Wahrheit hielt; sie zu korrigieren, würde sie nur wütend oder traurig machen. Und normalerweise tat Desiree das auch nicht. Nicht, wenn ihre Mutter Early Leon nannte, nicht, wenn sie die Namen ganz gewöhnlicher Gegenstände vergaß – Pfanne, Stift, Stuhl. Aber wie konnte ihre Mutter sie selbst vergessen? Die Tochter, mit der sie die letzten zwanzig Jahre zusammengelebt hatte? Die für sie kochte, sie in die Badewanne setzte, ihr geduldig ihre Tabletten verabreichte. Dr. Brenner sagte, das liege in der Natur der Krankheit.

«Was lange her ist, daran erinnern sie sich», sagte er. «Niemand weiß, warum das so ist. Es ist, als würden sie ihr Leben rückwärts leben.»

Und so ging die Rückwärtsgeschichte: Die langweilige Gegenwart zog sich zurück, all die Arztbesuche, die ewigen Pillen, der komische Mann, der ihr in die Augen leuchtete, die Fernsehsendungen, denen sie nicht mehr folgen konnte, die Tochter, die sie beobachtete und die immer aufsprang, wenn sie sich aus dem Sessel erhob, jedes Mal, wenn sie irgendwo hingehen wollte. Adele fand sich an den seltsamsten Orten wieder. Sie ging hinaus, um ein wenig spazieren zu gehen, und schlief für Stunden in einem Feld, bis ihre Tochter weinend angelaufen kam, ihr eine Decke umlegte und sie nach Hause brachte. Vielleicht war sie ein Baby, und das Mädchen war ihre Mutter oder ihre Schwester. Wann immer Adele sie ansah, war das Gesicht ihrer Tochter ein anderes. Es waren einmal zwei gewesen. Vielleicht waren es immer noch zwei, vielleicht erschien jedes Mal, wenn sie die Augen schloss, eine neue. Sie erinnerte sich nur an den Namen der einen. Stella. Ein Stern, leuchtend und weit weg.

«Wo warst du, Stella?», fragte sie einmal.

Das war schon gegen Ende oder eher am Anfang. Sie wartete darauf, dass Leon aus dem Laden heimkam. Er hatte ihr Narzissen versprochen. Stella saß neben ihr und massierte ihr eine duftende Lotion in die Hände.

«Nirgends, Mama», sagte sie. Sie sah sie nicht an. «Ich war die ganze Zeit hier.»

«Warst du nicht», sagte Adele. «Du warst irgendwo anders ...»

Aber ihr fiel nicht ein, wo. Stella stieg zu ihr ins Bett und hielt sie fest.

«Nein», sagte sie. «Ich war nie fort.»

Desiree Vignes sei aus Mallard abgehauen, sagten die Leute später – so als hätte sie alles stehen- und liegenlassen.

Niemand hatte geglaubt, dass sie länger als ein Jahr bleiben würde; sie war fast zwanzig Jahre geblieben. Dann starb ihre Mutter, und sie beschloss endlich, dass es reichte. Vielleicht konnte sie nicht mehr im Haus ihrer Kindheit leben, nachdem beide Eltern tot waren, auch wenn ihre letzten Stunden nicht unterschiedlicher hätten sein können. Ihr Vater war im Krankenhaus gestorben und hatte seinen Mördern ins Gesicht geblickt. Ihre Mutter war einfach eingeschlafen und nicht mehr aufgewacht. Vielleicht träumte sie noch immer.

Aber es waren nicht nur die Erinnerungen, die Desiree forttrieben. Sie dachte an die Zukunft. Zum ersten Mal in ihrem Leben schaute sie nach vorn. Also verkaufte sie das Haus, nachdem sie ihre Mutter beerdigt hatte, und zog mit Early nach Houston. Er fand eine Stelle in der Cocono Refinery, sie arbeitete in einem Call-Center. Es war dreißig Jahre her, dass sie in einem Büro gearbeitet hatte. Am ersten Morgen zitterte sie unter der Klimaanlage, als sie zum Hörer griff und sich an ihr Script zu erinnern versuchte. Aber ihre Vorgesetzte, ein blondes Mädchen Anfang dreißig, sagte, sie mache das toll. Sie starrte ihren Schreibtisch an und fühlte sich klein unter diesem Lob.

«Ich weiß nicht», sagte sie zu ihrer Tochter. «Ich dachte, es ist mal Zeit für was Neues.»

«Aber gefällt es dir da?»

«Es ist anders. Der Verkehr. Der Lärm. Die vielen Menschen. Es ist lange her, dass ich unter so vielen Menschen war.»

«Ich weiß, Mama. Aber fühlst du dich wohl?»

«Manchmal denke ich, ich hätte schon früher fortgehen sollen. Für dich und für mich. Wir hätten überall leben können. Ich hätte sein können wie Stella, ein großartiges Leben führen.»

«Ich bin froh, dass du nicht bist wie sie», sagte ihre Tochter. «Ich bin froh, dass ich bei dir gelandet bin.»

Jeden Morgen setzte Desiree sich im Call-Center hin und ging die Liste der Nummern durch, die sie anrufen musste. Es sei keine einfache Arbeit, hatte die junge Vorgesetzte ihr am ersten Tag erklärt. Man müsse mit Zurückweisung zurechtkommen, damit, dass Leute einfach auflegten oder einen beschimpften.

«Wird schon nicht schlimmer sein als das, was Leute mir schon ins Gesicht gesagt haben», sagte sie, und die Vorgesetzte lachte. Sie mochte Desiree. All die jungen Mädchen mochten sie. Sie nannten sie Mama D.

Nach der ersten Woche kannte sie das Script auswendig, sie sprach es vor sich hin, wenn sie auf der Bank vor dem Büro saß und darauf wartete, dass Early sie abholte. Hallo, Name – immer schön persönlich sein –, hier spricht Desiree Vignes vom Royal Travel House hier in Houston. Im Rahmen unserer aktuellen Werbeaktion verschenken wir drei Tage und zwei Nächte in einem Hotel in der Metropolregion Dallas-Fort Worth-Arlington. Jetzt überlegen Sie bestimmt schon, wo der Haken ist, nicht wahr? – Hier machte sie immer eine kleine Pause und lachte, was den Gesprächspartner entweder für sie einnahm oder ihm die Gelegenheit zum Auflegen gab. Sie war überrascht, wie oft die Leute dranblieben.

«Du hast so eine schöne Stimme», hatte Early ihr einmal gesagt und sie durch den Windfang angelächelt.

Sie hielt es für wahrscheinlicher, dass die Leute einsam waren. Manchmal dachte sie darüber nach, einfach bei Stella anzurufen. Würde sie ihre Stimme erkennen? Würde sie immer noch klingen wie sie selbst? Oder würde Stella sich anhören wie ein einsamer Mensch, der wollte, dass sie weitersprach, nur um einmal eine andere Stimme zu hören?

Adele Vignes wurde auf dem Friedhof St. Paul auf der Seite für die Farbigen beerdigt. Niemand hatte etwas anderes erwartet. So war es immer gewesen, die Weißen auf der Nordseite, die Farbigen im Süden. Niemand beschwerte sich darüber, bis zu dem Jahr, in dem die Kommunionhelfer an Allerseelen die Grabsteine säuberten, aber nur die auf der Nordseite. Als Mallard protestierte, wollte der Diakon keinen Streit, also schickte er zwei murrende Messdiener mit überschwappenden Eimern los, die Grabsteine auf der Seite der Farbigen ebenfalls zu putzen. Jude musste beinahe lachen, als ihre Mutter ihr das erzählte – das war also die Lösung. Nicht etwa die Aufteilung des Friedhofs aufzugeben, sondern einfach die Grabsteine auf beiden Seiten zu säubern. Sollte ein Hurrikan den Friedhof überfluten, dass die Särge aufgingen und sich mit bräunlichem Wasser füllten, so könnte ein Totengräber, der beglückt im Schlamm nach goldenen Uhren und Diamantringen suchte, über die Knochen stolpern und keinen Unterschied feststellen.

Auf dem Friedhof sah sie zu, wie Reese den Sarg ihrer Großmutter anhob, Early ihm gegenüber, vier weitere Sargträger hinter ihnen. Am offenen Grab stand der Priester und segnete den Sarg, er zeichnete mit der Hand ein Kreuz in die Luft, und dann wurde ihre Großmutter einfach so in die Erde abgesenkt. Jude streichelte ihrer Mutter den Rücken und hoffte, dass sie sich nicht umdrehte. Sie konnte ihr nicht ins Gesicht sehen, nicht jetzt. Während der Messe hielt sie ihr die Hand und stellte sich noch eine andere Frau in der Bankreihe vor, Stella, die einen Rosenkranz durch die Finger gleiten ließ und in Trauer mit ihrer Schwester vereint war.

Zum Beerdigungskaffee versammelte sich die Kleinstadt in Adele Vignes' Haus und hoffte, einen Blick auf Mallards verlorene Tochter zu erhaschen. Sie studierte inzwischen Medizin, hatten sie von ihrer Mutter gehört. Die Hälfte der Leute erwartete sie praktisch im weißen Kittel. Die andere Hälfte war skeptisch und glaubte, Desiree Vignes habe bestimmt übertrieben. Wie sollte das dunkelhäutige Mädchen das geschafft haben?

Aber sie fanden sie nicht unter den Toten. Sie war mit ihrem Freund zur Hintertür hinausgeschlüpft, und sie rannten Hand in Hand durch den Wald zum Fluss. Die Sonne ging gerade unter, und vor dem orangeroten Himmel zog Reese sich das Hemd über den Kopf. Die Sonne wärmte ihm die Brust, die noch immer blasser war als der Rest. Mit der Zeit würden die Narben weniger sichtbar sein, und die Haut würde nachdunkeln. Sie würde ihn ansehen und vergessen, dass es eine Zeit gegeben hatte, in der er sich vor ihr versteckt hatte.

Er öffnete den Reißverschluss ihres Beerdigungskleids, legte es ordentlich gefaltet auf einen Stein, und dann wateten sie ins kalte Wasser, quietschend, als es ihnen die Oberschenkel hinaufstieg. Dieser Fluss kannte, wie alle Flüsse, seinen Weg. Sie trieben unter dem Blätterdach dahin und wollten vergessen.

DANKSAGUNG

Grenzenloser Dank an: meine Agentin Julia Kardon, die immer an mich geglaubt hat; meine Lektorin Sarah McGrath, die mir geholfen hat, mit diesem sperrigen Buch zurechtzukommen, und mich als Autorin herausgefordert hat; an alle bei Riverhead, besonders aber das Team Brit, damals wie heute: Jynne Dilling Martin, Claire Mcginnis, Delia Taylor, Lindsay Means, Carla Bruce-Eddings und Liz Hohenadel Scott.

Allen Freundinnen und Freunden, die mein Gejammer über die Unmöglichkeit, einen zweiten Roman zu schreiben, ertragen haben, besonders aber Brian Wanyoike, Ashley Buckner und Derrick Austin, deren Unterstützung mich bei Verstand hielt. Meinen ersten Lesern Chris McCormick, Mairead Small Staid und Cassius Adair, deren präzises und großherziges Feedback mich ermutigt und geleitet hat. An alle Bibliothekare, Buchhändler und Leser, die sich für «Die Mütter» eingesetzt haben. Und schließlich an meine Familie. Danke für eure Liebe.